運命のモントフォード家Ⅲ

追憶のフィナーレ

キャンディス・キャンプ

細郷妙子　訳

MIRA®

MIRA®文庫

No Other Love

by Candace Camp

Published by Harlequin K.K., Tokyo, 2005

追憶のフィナーレ

■主要登場人物　（カバー裏面に人物関係図を掲載）

ニコラ・ファルコート……………………貴族の令嬢。ボランティア活動家。

デボラ・モントフォード………………ニコラの妹。

リチャード・モントフォード…………デボラの夫。六代エクスムア伯爵。

バックミンスター（バッキー）………ニコラのいとこ。男爵。

アデレード・バックミンスター………ニコラの叔母。バッキーの母。

エクスムア伯爵夫人……………………五代エクスムア伯爵の未亡人。

アーシュラ・カースルレイ……………エクスムア伯爵夫人の娘。

ペネロピ・カースルレイ………………アーシュラの娘。バッキーの婚約者。

マリー・アン（マリアンヌ）・モントフォード……エクスムア伯爵夫人の孫。三兄妹の長女。

ジャスティン・ランベス………………マリアンヌの婚約者。侯爵。公爵家の跡継ぎ。

アレクサンドラ・ソープ………………マリアンヌの妹。三兄妹の末娘。

セバスティアン・ソープ………………アレクサンドラの夫。貴族。実業家。

ジャック・ムーア………………………追いはぎ団の首領。

ペリー……………………………………ジャックの部下。

ジョージ・ストーン……………………警察裁判所の警吏。

ヘンリー・ホールジー…………………判事。

ローズおばあさん………………………薬草に詳しい村の老女。

ギル・マーティン………………………ローズおばあさんの曾孫。馬丁。

プロローグ

一七八九年

ヘレンは身をかがめて、ベッドに寝ている男の子をのぞきこんだ。あまりにもいたいけで、胸がつぶれる思いだった。男の子は目をつぶり、身じろぎもせずに横たわっている。濡《ぬ》れた巻き毛がひたいに張りつき、並はずれて長いまつげが頬に影を落としていた。シーツでおおわれた小さな胸がかすかに上下している。生きていることを示す唯一のあかしだった。ついさっきまで高熱に苦しみ、ひっきりなしに寝返りを打っては、うわごとをつぶやいていた。今は死んだように眠っている。

男の子のひたいの髪をかきあげてやり、ヘレンは懸命に祈った。この子の命を助けてください。お願いです。まだ死なせないで。見ず知らずのこの男の子が連れてこられてから、まだ二日しかたっていない。けれどヘレンは早くも、この子に死なれたら耐えられないだろうという気持になっていた。

二日前の夜、奇妙なことに、ミスター・フュークェイが病気のこの子を馬車に乗せてやってきた。ミスター・フュークェイは以前に、リチャード・モントフォードとともに村の旅籠《はたご》に泊まりに来た客だ。リチャードが友人たちを連れて、先代のエクスムア伯爵の子息であるチルトン卿《きょう》を訪ねてきたときのことだった。リチャードはチルトン卿のいとこか何かにあたるらしい。村の噂《うわさ》によれば、チルトン卿はリチャードを軽蔑《けいべつ》していて、モントフォード家の田舎の屋敷タイディングズ邸に滞在することを許さなかったという。だが今では老伯爵もチルトン卿も亡くなり、リチャード・モントフォードが爵位と屋敷を継いでいる。それなのにミスター・フュークェイはなぜタイディングズ邸ではなく、今回も旅籠に来たのだろうか？　なんだか変だ。

もっと変なのは、二人の子どもを連れていることだった。ミスター・フュークェイは旅籠の待合室の戸口から顔をのぞかせ、手招きした。ヘレンは旅籠の主人にちらりと目をやり、気づかれぬようにミスター・フュークェイのあとから外へ出た。フュークェイという若い紳士はどことなくおかしい。ハンサムだけれど顔がやつれていて、いつもとろんとした目をしている。仲間の話では阿片《あへん》中毒だというが、たぶん本当だろう。親切だし優しくされたので、しつこく口説かれたというほどではなかったが、旅籠に泊まっているあいだの夜のお相手を務めた。気前もよかった。だからヘレンは、ミスター・フュークェイに悪い感じはいだいていない。

　旅籠の前に停《と》めた馬車には、眠っている二人の子どもがいた。帽子をかぶり、外套《がいとう》をまとった女の子は、座席に丸まって寝ている。向かいの座席には、毛布にくるまれた男の子が横になっていた。顔が赤く汗をびっしょりかいて、見るからにつらそうにふるえている。

「ヘレン、この子の面倒をみてやってくれないか？」そわそわした様子でフュークェイが話しだした。「ひどく具合が悪くて、このぶんだとおそらく長くはないと思う。かといって、ほうりだすわけにも……なんと言われようと……」

　フュークェイは口をにごして、すがりつくような目をヘレンに向ける。ポケットから金貨を取りだし、ヘレンの手ににぎらせた。

「むだな骨折りをさせるつもりはない。ただそばについていて、看取《みと》ってやってくれればいいんだ。頼んだよ、いいね？」

「この子、どうしたんですか？」ヘレンは男の子から目が離せなかった。なんという美しい子だろう。小さくて、弱々しげで。

「熱病にかかっている。もうだめなんだ。だからといって……少なくとも、ベッドで死なせてやりたい。やってくれるか？」

　言うまでもなく、ヘレンは承諾した。一目見たとたんに、この子に惚《ほ》れこんでしまったのだ。何度も機会はあったにもかかわらず、ヘレンは身ごもることができなかった。子どもが欲しい。ひそかな悲願だった。旅籠の同僚の娘たちはそんなヘレンを笑ったものだった。〝あんたはほんとに運がいいじゃない。妊娠なんていう厄介なことで悩まなくてすむんだもん〟

そして今、こんなに愛らしい子が授かった。天からの贈り物としか言いようがない。質問したいことは山ほどあったけれど口には出さず、ヘレンはただちに馬車に乗りこんだ。紳士たちは詮索《せんさく》されるのをいやがるものだ。

なんとしても大切な贈り物を死なせてはならない。ヘレンは御者に祖母の家へ行く道を教えた。この男の子の命を救えるのは、ローズおばあさんしかいない。家の前まで来ると、ミスター・フュークェイは男の子をヘレンに渡した。やたらに感謝の言葉を口にしていたが、ヘレンはろくに返事もしなかった。一刻も早く男の子を祖母のもとに連れていきたい。頭にはそれしかなかった。

ヘレンは何度も祖母の表情をうかがった。地元ではローズおばあさんと呼ばれている祖母は、背が低くてだんごのようにまるまると太っている。乾燥りんごみたいにしわくちゃで、茶色の顔には不釣りあいなほどきらきらした青い目の持ち主だ。陽気でひょうきんな見かけに似合わず賢く物知りで、村の人々に尊敬されていた。薬草に詳しく、病気を治す方法を心得ている。ヘレンが男の子をかつぎこむなり、祖母は手当てをはじめた。

二日間、ローズおばあさんとヘレンは男の子に煎《せん》じ薬をのませ、水でしぼった布で熱い体をふき、スープや水を少しずつ干からびた唇のあいだに流しこんだ。高熱にさいなまれる男の子がかわいそうでたまらず、ヘレンは声を忍んで泣いた。病気と闘っている子がいじらしく、いとしさがつのるのだった。

「もしかして、もう……」ヘレンは口ごもる。男の子はぴくりともせず、血の気がまったくなかった。

だが祖母は首を横に振った。口もとに笑みが浮かぶ。「いいや、峠は越したようだよ。熱がさがりだしただろう」

「ほんと？」ヘレンは男の子の頬に手をあててみる。祖母の言うとおりだ。さっきほど熱くない。

「おまえ、この子をどうする気だい？ 見るからにいいとこのお坊っちゃんじゃないか」

ローズおばあさんは孫娘の顔をじっと見た。

ヘレンはうなずいた。それだけは、はっきりしている。熱に浮かされたときのうわごとが、まぎれもなく上流階級の話し方だった。服は汗まみれで汚れてはいるものの、生地も仕立ても最上級のようだ。

「わかってるわ。でも、この子は私のものよ」ヘレンは断固として言った。「この子を助けたのは、私たちですもの。もう私の子になったの。絶対に返さない。それに……」

ヘレンは言いよどんだ。この男の子について私が疑っていることを、祖母は見抜いているのではないか？ それを口に出していいのかどうか、自分でも迷った。子どもの身元についてはだいたい見当がついている。その推測が当たっているとすれば、生きていることを口外したらこの子の命にかかわるという気がする。もし私の思い違いだとすれば……どこの家の子かわからないわけだから、実の親に返さないからといって非難されるいわれはない。

どちらにしても、黙っていたほうがいいと思う。

「それに？」ローズおばあさんは鋭いまなざしを孫娘の目に注いだ。

「どこの子かわからないんですもの。返しようがないでしょ。それに……この子は生きていないものと思ってるかもしれないし」

「じゃあ、子どもはどうなったと訊《き》かれたら、どう答えるつもりかい？」

「それはもちろん、死んだと答えるわ。そう思われているとおりに。で、誰も知らない林に埋めたと言うの」

祖母は黙ってうなずく。以後は二度と、子どもの家族の話を口にしなかった。ローズおばあさんもこの子を手放したくなくなったにちがいない。

熱がさがってからは、男の子はしだいに生気を取りもどしていった。ようやくまぶたがあき、濃い茶色の目がヘレンを見あげた。

「あなたは誰？」かすれ声で訊いた。

ヘレンは子どもの小さな手をにぎって言った。「私はあなたの新しいお母さんよ、ギル」

「ママ？」ぼんやりした目で、男の子はつぶやくように訊き返した。

「そう、ママよ」ヘレンは力をこめて答える。

「ああ、ぼくは何も……」男の子の目に涙が浮かんだ。「何も憶《おぼ》えてなくて……怖い！」

「そうよね、怖いのは当たり前よ」ヘレンはベッドの端に腰をおろして、子どもを抱いた。

「病気だったんだから、さぞ怖かったでしょう。でも、もうだいじょうぶ。私がついてるわ。ローズおばあさんもいるのよ。あなたが元気になるように、二人でいっしょうけんめい看病してあげるわ」

男の子はヘレンにしがみついた。頬に涙がこぼれ落ちる。「ママ……」

「だいじょうぶよ。いつも私がそばにいるからね」

1

一八一一年

四輪馬車がエクスムア邸に近づいていく。車上のニコラは同じことばかり考えていた。なぜ私は妹の家に行くと約束してしまったのだろう？　馬車が進むにつれ、後悔がつのる。ロンドンから離れずに、マリアンヌやペネロピの結婚式の支度を手伝っていたほうがずっとよかった。だがデボラがあまりにもやつれていて心細げなのが痛々しく、頼みを断ることができなかった。デボラは私のたった一人の妹だし、愛してもいる。疎遠になっていた理由はただ一つ、デボラとエクスムア伯爵リチャード・モントフォードが結婚したからだった。

ニコラはため息をもらし、落ちつきなく姿勢を変えた。リチャードと結婚すると妹に告げられたときの口論は思いだしたくなかった。なんとかしてやめさせようと説得したけれど、デボラは聞く耳を持たず、リチャードの欠点に目を向けようとはしなかった。ほんの

二、三カ月前までリチャードは私を追いかけていたじゃないと言うと、デボラは猛然と反撃してきた。お姉さまは妬《や》いてるのよ、男の人に好かれたのがお姉さまじゃなくて、私だったものだから気に入らないだけでしょう、などと言い返す始末だった。ニコラは説得をあきらめ、それから九年のあいだ姉妹はごくたまにしか顔を合わせなくなった。ニコラはエクスムア邸の敷居をまたぐのを拒否し、デボラはしだいに引きこもりがちになって、ロンドンはおろか、外出もめったにしなくなった。

数カ月前、姉妹のいとこにあたるバッキーの家でパーティがひらかれたとき、ニコラは久しぶりでデボラに会った。デボラは四度目の妊娠をしていて、うちに泊まりに来てほしいとニコラに頼んだのだった。三回も流産したためデボラはいまだに跡継ぎの男子が授からず、今度もまただめなのではないかと不安がっていた。落ちくぼんだ妹の目を見ると、ニコラはいやとは言えなかった。だが本音を言えば、たとえ二、三カ月であってもリチャード・モントフォードと一つ屋根の下で暮らすのは耐えがたかった。

なぜ姉がリチャードを憎んでいるのか、デボラは知る由もない。けれどもニコラにしてみれば、リチャードの顔を見るたびにいやでも忌まわしい記憶がよみがえってくる。あの男のせいで私の人生はめちゃめちゃになってしまった。私が愛したただ一人の人をあの男は殺したのだ。

馬車が突然ぐらぐらしだした。道路の穴に落ちたらしい。ニコラは座席に倒れそうになり、頭のてっぺんから足のつま先まで衝撃が走った。顔をしかめて体を起こす。私のせいだわ。一時間ほど前に通りすぎた旅籠《はたご》に泊まればよかったのだ。走りつづけるよう言い張った報いにちがいない。エクスムア伯爵の屋敷タイディングズに行くのがいやでたまらないくせに、早く目的地に着いてしまいたかった。あと二時間も走れば到着するのだ。人にもしばしば指摘されるのだが、せっかちなところがニコラの短所だった。

そのとき、馬車のすぐ近くで銃声が鳴りひびいた。ニコラはびくっとする。心臓がどきどきしだした。

「停《と》まれ！」命令する声が聞こえる。馬車は音をたてて停まった。

「私がきみなら、そういうことはしないな」笑いをふくんだ男の声が続けた。奇妙なことに、上流階級の人間の口調だった。「きみにはらっぱ銃しかない。それにひきかえ我々はさまざまな武器を六挺《ちょう》も持っていて、すべてがきみの心臓を狙《ねら》っているんだよ」

追いはぎだ！　ニコラは悟った。男の話からすると、数人はいるらしい。昔はロンドン郊外の地域で追いはぎがよく出没していたが、近年になってからそういう事件は起きなくなった。しかも、ロンドンからこんなに離れた土地で追いはぎに襲われようとは。少なくともニコラ自身は一度もこんな目に遭ったことはない。

一瞬の沈黙ののちに、同じ男の声が聞こえてきた。「よし、適切な判断だ。きみは賢明な男だね。ではまず、銃をそこにいる私の部下に渡したまえ——焦らずゆっくりと、言うまでもなく筒先を上に向けて」

　ニコラは窓をおおったカーテンの端をそっと持ちあげ、外をのぞいてみた。下弦の月が空に浮かんでいる暗い夜だった。内密に事を運ばなくてはならない男たちにとってはうってつけの夜だろう。御者の横にいる馬丁が、馬車の屋根の座席かららっぱ銃を手渡しているところだった。馬にまたがった男が下から手を伸ばして銃を受けとる。男は自分のピストルをズボンにさしこみ、らっぱ銃を御者と馬丁に向けた。

　おのおのピストルを手に、馬にまたがった数人の男が馬車を取りかこんでいる。黒ずくめのいでたちで黒い馬に乗っているので、闇《やみ》に溶けこみそうに見えた。銃や馬具の金属部分だけが、ほのかな月光と馬車の明かりを受けてちかちか光っていた。何よりも不気味なのは、全員が顔の上半分を黒い覆面でおおっていることだった。その光景のまがまがしさに、ニコラは思わず息を吸いこんだ。

　男たちの一人がぱっと振り返った。視線はまっすぐニコラのほうに向いている。ニコラはあわててカーテンの端から手を離した。動悸《どうき》が激しくなる。

「おやおや、好奇心旺盛《おうせい》なお方が乗っておられるようだ」上流階級の話し方をする男がどことなく満足げに言った。「ああ、伯爵の紋章か。なるほど。エクスムア伯爵ご本人にでくわすとは、なんたる奇遇よ。拝顔の栄に浴したいものだ。伯爵、馬車からお出ましください」

あの男は首領にちがいない。馬車の扉に描かれた金色の家紋に気がつき、金持ちを捕まえたとほくそ笑んでいるのではないか。エクスムア伯爵なら莫大《ばくだい》な身の代金を払うだろうと思いこんで、私を誘拐しようとしなければいいが。リチャードが自家用の馬車をさし向けると言い張ったりするからこんなことになるのだ。ニコラは舌打ちする思いだった。質素な駅伝馬車を雇えばよかったのだ。

深呼吸してからニコラは扉をあけ、平静を装って外へ出た。アメリカ育ちの友達、アレクサンドラが小型ピストルを手提げ袋に忍ばせていたことを思いだした。みんなあきれた顔をしてアレクサンドラを見ていたけれど、今となっては悪くない習慣だと思う。

馬車の踏み段にすっくと立って、ニコラは追いはぎ団の首領をまっすぐ見すえた。おじけづいているそぶりは決して見せてはならない。馬上の男が体をこわばらせ、口のなかでののしるのがわかった。

「お見事ですこと。無防備の女を首尾よくお捕まえになるとは」ニコラは辛辣《しんらつ》な皮肉をこめて言った。

「無防備な女などいない」男は言い返し、にやりと笑った。敏捷《びんしょう》な身のこなしで馬からおり、前へ進みでてニコラに礼儀正しくおじぎをした。

上背があって体格のよい黒衣の男には迫力があり、気品すらただよっている。全身にただならぬふるえが走るのをニコラは感じた。顔のほとんどは柔らかな黒い布に隠れていて、わずかに見えている角張ったあごも、きちんと刈りこんだ口ひげとあごひげにおおわれている。にもかかわらず、輪郭の端整さはまぎれもない。大きくてしっかりした口もとに皮肉っぽい笑みが浮かび、きれいな白い歯並びが闇のなかで光った。追いはぎ団の首領は背筋を伸ばして近づき、手をさしのべてニコラが踏み段をおりるのを助ける。黒い手袋をはめた手でニコラの手を取り、巧みに地面に誘導した。男はニコラの目をじっと見つめたまま、すぐには手を放そうとしなかった。

ニコラは見くだすように片方の眉をつりあげた。「手を放してください」

「ああ、もちろんです、奥さま。放しますとも」

闇を背景にした男の瞳は漆黒だった。非情な目だわ。ニコラは胸をつかれ、視線をはずすことができなかった。男はつかの間、ニコラの手をにぎりしめてから放した。

「ただし、私の土地を通りすぎるにはまず通行料を払ってもらわなくてはならない」

「あなたの土地ですって？」経験したことのない感覚のほとばしりが体を突きぬけた。声がうわずらないように、ニコラはこぶしをにぎりしめる。こんな状況にもかかわらず、なんとなくおかしくなり、わざと周囲を眺めまわしてみせた。「でも、ここはエクスムアの地所だと思っていましたわ」

「法的な意味ではね」

「でしたら、どんな意味でですの？」

「権利です。土地はそこに住んでいる人々のものじゃありませんか?」

「急進的な考え方ですこと。で、つまりその〝人々〟の代表者があなただとおっしゃりたいわけね」

男は肩をすくめ、今度は偽りのない微笑で口もとがほころんだ。「私しかいないでしょう?」

「わたくしが存じておりますこの土地の住人のほとんどは、盗人を自分たちの代表としてふさわしいとは考えないと思いますけど」

「傷つくことをおっしゃるお方だ。おたがいに礼儀を重んじたいと思っていたが」男の低音はどことなく快いひびきをおびていた。

またしても腹部の奥がざわめき、ニコラはびっくりした。「礼儀とおっしゃっても、脅されているのにそんなことができますでしょうか?」

「脅されている?」とんでもないというふうに、男は両手をあげた。「なんということをおっしゃる。私は脅してなどいませんよ」

「わたくしの馬車を無理やり停めてお金を要求することは、取りも直さず脅しではありません?」ニコラは、無言で二人のやりとりを見ている馬上の男たちを見渡した。「さもなければ、あなた方はなぜわたくしたちに銃を向けているのでしょう?」

男たちの一人が低い声を発した。「一本取られたようだ」

この男も上流階級らしい歯切れのよい話し方をする。ニコラはびっくりして声のするほうを見た。彼らは何者だろう？「いったいどういうことですか？　お大尽のお遊び？」

初めて口をひらいた男はくっくっと笑った。だが、首領らしい男はにこりともしない。

「いや、遊びではありません。仕事です。だから早くすませましょう。あなたの財布を渡してください」

「わかりました」ニコラは手提げ袋の口をあけ、男にさしだす。

男は慣れた手つきで手提げ袋から革の財布を取りだした。重さを量るように、手のひらで軽くはずませている。「旅費をたっぷりお持ちになったようだ。これはありがたい」

「わたくしの装身具もご所望でしょうね」ニコラはさっさと手袋をぬぎ、二個の地味な銀の指輪をはずした。自発的にさしだせば、たぶんそれ以上は探そうとしないだろう。ドレスの下につけているペンダントだけは渡したくない。言うまでもなく、自分以外の人間にとっては価値のない品物だ。だがこの不愉快な男は、いやがらせだけのためにこれさえも奪っていくのではないか。

「ブレスレットやネックレスはつけておりません。旅をするときはほとんど装身具はつけないんです」

「うむ。身につけはしなくても、旅行にお持ちになるものではないですかね」追いはぎの首領はおかしそうに言い返し、馬車のほうに身ぶりで合図した。二人の手下が馬をおりて、馬車の屋根によじのぼった。そして勝ち誇った表情で屋根から飛びおり、ニコラの旅行用の宝石箱と頑丈な小型金庫を馬に積みこんだ。

ニコラは内心ほっとする。首領が手袋をはずし、ニコラの手を取った。じかにふれられて、ニコラはびくっとする。がっしりして温かい感触だった。男はもう一方の手でニコラの指から指輪を抜きとった。ニコラは息をのんだ。

見あげると、謎《なぞ》めいた男の目と目が合った。かすかに嘲《あざけ》るような表情が消えた。男のまなざしは黒々と深く、何を考えているのか測りようもなかった。ニコラはぐいっと手を振りほどく。

「もうご用はおすみになったのでしょうから、わたくしは旅を続けたいと存じます」ニコラは皮肉たっぷりに言った。

「いや、まだすんではいないんです。あなたから頂戴《ちょうだい》したいものがもう一つある」

けげんそうにニコラが眉をつりあげた。首領は両手でニコラの肩をしっかりつかんだ。ニコラはどきっとする。男の目が光ったと思うと、いきなり抱きよせられ、唇をおおわれた。

ニコラは憤然として、身を硬くした。男の唇はひりひりするほど熱く、このうえなく刺激的な口づけだった。不本意にもニコラの体はぽっと火照りだし、手足から力が抜けていく。男の無礼なふるまいに腹を立てながらも、ただならぬざわめきが全身を走りぬける感覚にただ驚いていた。

ニコラは美しい女性だ。ふさふさした淡い金色の髪と黒っぽいまつげにふちどられた大きな目の持ち主で、小柄ながら曲線を描く姿態がなまめかしい。男たちの視線を引きつけたり、無作法に言いよられたりするのにも慣れてはいた。けれども、自分自身がこのように反応するのはめったにないことだった。

抱きよせられたときと同じように、男は荒っぽくニコラから手を離した。暗闇で男のまなざしがきらめくのが見えた。私の体の反応に気がついたにちがいない。激しい怒りがこみあげ、思わずニコラは男の顔を平手打ちした。

その場は静まり返り、一同身じろぎもせずに立ちつくしていた。ニコラは男から目をそらさなかった。仕返しされるのではないか？　だが憤りのあまり、どうなってもかまうものかという気分だった。

追いはぎ団の首領はじっとニコラを見つめていた。表情からは何もうかがい知れない。

「では、これで」ようやく男は口をひらいてニコラにおじぎをしてみせ、ひらりと馬にまたがった。馬の向きを変え、手下を従えて男はたちまち闇の彼方《かなた》に消えていく。

ニコラは追いはぎ団が去っていくのを見送っていた。唇が燃えるように熱く、全身の神経が逆立っている。怒りが冷めやらず、ふるえを抑えることができない。厚かましくも唇まで奪った悪漢に腹を立てているのか、それとも口づけされて応《こた》えずにいられなかった自分自身が悔しいのか、どちらとも定めがたかった。

「無礼千万な野郎だ！」リチャードは手近にあった小さなテーブルをこぶしでなぐりつけた。テーブルが音をたてて揺れた。モントフォード家の人間は皆、長身だが、リチャードも背が高く、五十近い年齢のわりには若く見える。茶色の髪のこめかみあたりが白くなりかけていて、角張った目鼻立ちは二枚目の部類に入るだろう。だがその日は、面変わりするほど顔が怒りでゆがんでいた。

自家用馬車が追いはぎに襲われた話をニコラから聞くと、案の定リチャードは激怒した。こぶしをにぎりしめ、顔を真っ赤にして、客間をいったりきたりしている。デボラが青ざめた面もちで夫を見つめていた。ニコラは嫌悪感を隠しきれない。

「うちの馬車を狙うとは！　厚かましい野郎め！」リチャードがののしる。

ニコラは冷ややかに揶揄《やゆ》した。「男の人はたいてい厚かましいものでしょう」

リチャードはニコラを無視して息巻いた。「御者に責任を取らせなきゃならん」

「御者のせいじゃないわ」ただちにニコラが反論した。「木を切り倒して道をふさいでいたんですもの。そこに馬を進ませたりしたら大変なことになっていたでしょう」

「だったら、馬丁は何をしてたんだ？」リチャードはニコラをにらむ。「そういう場合にそなえて、わざわざ馬丁に銃を持たせて御者の横にすわらせたというのに。一発も撃たないどころか、敵に銃まで渡してしまうとはなんたることだ！」

「ほかにどんな方法があるとおっしゃるんですか？　六人もの男たちに馬車をかこまれていたんですよ。もしも馬丁が銃を撃ったら、その場で御者もろとも射殺されていたでしょう。そうしたら私は賊とともに一人きりで闇のなかに取り残されてしまうじゃありませんか。それでは彼らが務めを果たしたことにならないわ」

リチャードはふんと鼻を鳴らした。「あれで務めを果たしたと言うのかね」

「でも、私はこうして無事にここに着いたじゃありませんか。装身具とお金をいくらか盗《と》られたくらいですんだんですもの」

「どうでもいいという言い方をするんだね、あなたは」リチャードは憤懣《ふんまん》やるかたないという顔をしている。

「命を落とさずにすんだだけで幸せよ。いっときは、絶対に殺されると思ったくらいだから」

「そうよ。本当に無事でよかったわ」デボラが姉のほうに手をさしのべた。

ニコラは妹に近づいて手をにぎる。

伯爵は不愉快そうに姉妹を見やった。「そんなふうに軽く考えられるというなら、それもいいだろう。しかし、ぼくは許せない。あからさまな侮辱だ」

「だって、リチャード、襲われたのは私なのよ！」

「しかしうちがさし向けた馬車が待ち伏せされたんだから、ぼくを侮辱したのと同じことだ。やつは明らかにぼくを愚弄《ぐろう》するためにやっている」リチャードは薄気味悪い笑みを浮かべた。「今度こそ思い知らせてやるぞ。あの野郎、なめやがって。絶対に逃がすものか。ロンドンから警吏をよこすように頼んであるから、ちょうどよかった。着きしだい、追いはぎ団の首領を逮捕させることにしよう。そのときになって、相手が悪かったと悔やんでもあとの祭りさ」

いかにもリチャードらしい。ニコラは苦々しく思った。怖い目に遭った私の身の安全よりも、自分が侮辱されたことばかり気にしているんだから。この男がいかに自己中心的で冷酷か、デボラはまだ気がついていないのかしら?

けれども血の気のないやつれた妹の顔を見ると、リチャードのことなどどうでもいいと思い直した。「もう追いはぎの話はやめましょう。デボラがずいぶん疲れているようだから、寝かせてあげなくては」ニコラはきびきびと言った。

デボラは感謝のまなざしを姉に向けながらも、控えめに口ごもる。「いいえ、私ならだいじょうぶ」

「何を言ってるの。今にも倒れそうなくせに。さあ、私が寝室までついていってあげるわ」ニコラはリチャードに形ばかりの挨拶《あいさつ》をする。「では、リチャード、私たちは失礼して休ませていただきます」

妻を気づかうそぶりも見せずに、リチャードは会釈を返した。「どうぞ。ぼくは御者に話を聞かなくてはならない。おやすみ、デボラ、ニコラ」一瞬ためらってから、つけ加える。「ニコラ、来てくれてありがとう。とんだ道中で申し訳なかった」

リチャードが客間を出ていってから、ニコラは妹を支えるようにして階段に向かった。デボラは心配そうに言った。

「リチャードが御者にあまり厳しくしなければいいけど。あ、もちろん、ふだんはそんなに思いやりのない人じゃないのよ。ただ、例の追いはぎにすごく腹を立てているものだから」

「そのようね」

「リチャードはその追いはぎにさんざんな目に遭わされてるのよ。変なことを言うと思われるだろうけど、その男はリチャードから奪うことが特に嬉《うれ》しいらしいの。小作料や、鉱山から運んでくる積み荷を強奪されたり……荷馬車を襲われたのは数えきれないくらいよ。しかも白昼に。リチャードが愚弄されてると言ったのは、まんざら嘘《うそ》でもないみたいなの」

「別におかしくはないじゃない。だって、リチャードはこのあたりでいちばんの大地主ですもの。リチャードの被害が多いのも当然でしょう」

「ほかの馬車や駅伝馬車も、あの追いはぎにやられてはいるのよ。だけど、損害額がもっとも大きいのはリチャードなの。錫《すず》の鉱山からの利益なんか大幅に減ってるのよ。リチャードは気が狂ったように怒ってた。とりわけ腹が立つのは、〝紳士〟と呼ばれている首領がちっとも捕まらないことらしいわ。どこからともなくあらわれて、忽然《こつぜん》と闇に消えていくんですって。隠れ家を捜させたんだけど、見つからなかったの。荷馬車や馬車に護衛を増やしたりしても、今夜みたいにまんまとしてやられるわけ。その男についての情報がまったくつかめないの。エクスムアの土地や鉱山で働いている人たちも何も知らないと言うのよ。そんなことってあると思う？」

「さあ、どうかしら。でも確かに、あの首領について誰一人、何も知らないというのはちょっと変ね」

「ふつうは村人たちはなんでも知ってるものなのに。みんなが嘘をついてると、リチャードは言うの。男の所在がわかっていても隠しているのじゃないかと。どういうわけか、その首領は地元の人たちにとって英雄みたいな存在らしいの」

リチャードがいきりたって御者や馬丁を非難していたところを見ているので、使用人たちが隠しごとをするのももっともだという気がする。同じ身分の人間に対してさえ傲慢《ごうまん》な態度をする男だから、目下の者をどれほどひどく扱うか、ニコラは容易に想像できる。おそらく地元の人たちは、リチャードが追いはぎに悩まされているのをひそかにいい気味だと思っているのではないか。

「その男について、何か知ってるの?」ニコラはさりげなくたずねる。「追いはぎにしては変わった感じだったわよ。しゃべり方も私たちと同じだったし。首領のほかに、似たような印象の男がもう一人いたわ」

「だから〝紳士〟と呼ばれているの」二人は階段の下に来た。一息ついてデボラは続ける。「上流階級のような話し方や物腰で、いつも礼儀正しく、特に女性に丁重だというので有名なの。それと、誰にも危害を加えないという話よ。ある晩、臨終の床にある人を訪ねる牧師さまの馬車の行く手をさえぎって停めさせたところ、相手が牧師さまだとわかると何も盗らずに謝ったそうよ」

「へえ、そう」今夜の自分に対するふるまいは、とうてい礼儀正しいとは言えない。だが、ニコラは口に出さなかった。危害を加えられたわけではないが、あの口づけは……無礼かつ侮辱的だった。

「あの男がどこから来たかもわからないの。このへんで追いはぎをはじめたのはほんの半年ぐらい前からよ」

デボラの説明にニコラは首をかしげる。「なぜこんなところで追いはぎをはじめたのかしら。泥棒が出没するのはたいていはもっとロンドンに近いところか、大きな街道でしょう。どうしてこんな田舎にやってきたの?　それと、本当によいおうちの出だと思う?　不義の子か何かで追いだされたのかもしれないわね」

「じゃなかったら、放蕩《ほうとう》者で身代をつぶした人？　これは牧師夫人の推測だけど。それとも、教養はあるけれど、おうちが貧しかったので、学者かフェンシングの先生にでもなったとか」

「学者？」ニコラは笑いをかみ殺した。「歴史学者が追いはぎするの？」

デボラも顔をほころばせた。「やっぱりちょっとおかしいわね。リチャードが言うには、上流階級の人たちの真似《まね》がうまいだけじゃないかって。もしかしてそのとおりかもしれないわ。私たちが勝手に実物よりもロマンティックな人物に仕立てているんだわ、きっと」

「そうかもしれない」追いはぎの首領の手の感触や唇の火照りを思いだし、ニコラはかすかに身をふるわせた。

「ごめんなさい」ニコラの腕から身ぶるいが伝わってきたので、デボラは表情をくもらせる。「お姉さまが恐ろしい体験をしたばかりだというのに、私ったらこんな軽はずみな言い方して。さぞ怖かったでしょう」

ニコラはほほえんでみせる。「心配しなくていいのよ。私がそんなに繊細な女じゃないことは、あなたも憶《おぼ》えてるでしょう」

「でも非情な犯罪者とでくわしたのだから、いくら気丈なお姉さまでも不安だったにちがいないわ。もうこの話はよしましょうね」

扉の前でデボラは足をとめ、取っ手をまわした。

「ここがお姉さまのお部屋よ。私の寝室はすぐそこ」隣の部屋を指して続ける。「このお部屋が気に入ってくださるといいんだけど。何か欲しいものがあったら、私におっしゃってね」

立派な家具がついている広い部屋だった。奥の壁に窓が二つあり、厚いカーテンが閉ざされている。暖炉には火が燃えていて、ベッドのわきのテーブルにランプの明かりがともっていた。召使いが、寝床を温める長い柄のついたあんかをシーツのあいだにさし入れているところだった。姉妹が入っていくと、召使いはひざを曲げておじぎをしてから部屋を出ていった。

「すてきなお部屋」ニコラは室内を見まわして言った。

デボラはほほえむ。「気に入ってくださって嬉しいわ。窓からの眺めがいいのよ。下のお庭と、その先に荒野が広がっていて」

「明日、景色を見るのが楽しみ」

「私のお部屋も見に来て」デボラは姉の手を取って廊下に出た。

デボラの寝室も、ニコラにあてがわれた部屋と同じく広々としている。ひらひらした飾りであふれた女らしい部屋だった。だがどこを見ても、男の気配がまったく感じられない。壁ぎわに男物の長靴があるわけでもなく、ひげ剃《そ》りの台もなかった。貴族社会では夫婦がそれぞれの寝室を持っているのがごくふつうなので、リチャードと妹が別々に寝ているとしても、ニコラは特に驚かない。けれども、妻の部屋にリチャードが足を踏み入れることもなさそうなのは奇妙だと思わずにはいられなかった。

「自分のベッドの横に赤ちゃん用の小さなベッドを置いて、乳母には隣接する化粧室の簡易ベッドで寝てもらうつもり」そう楽しげに話す妹に、ニコラは視線を走らせた。デボラは今でも結婚したころと同じようにリチャードを愛しているのかしら。それとも、月日がたつにつれ、リチャードの正体を見抜くようになったのか。

赤ちゃん用のベッドを置くはずの場所に目を向けたまま、デボラは小さなため息をついた。ニコラは、心細げで悲しそうな妹の表情を見逃さなかった。生まれてくることができなかった赤ちゃんたちのことを思っているにちがいない。

「あなたのベッドの横に寝かせるというのはいい思いつきね。赤ちゃんもきっと喜ぶわよ」ニコラは妹のそばへ行って、肩を抱いた。

「本当にそう思う？」

ニコラにはわかっていた。今度生まれてくる赤ちゃんは、これまでに流産した子たちのような運命をたどらない。そう思いたくて、デボラは力強い返事を求めているのだ。妹を安心させるために、ニコラは落ちつき払った笑顔を見せる。「もちろん。そうにきまってるわ。心配なんかしちゃだめ。安心しなさい。そのほうが赤ちゃんのためにもいいのよ」

「ええ。みんなにそう言われるけれど、やっぱり今までのことを考えると、つい――」

「そうよね。でも、安心して。私がついてるわ。家のなかの問題でもなんでも私が片づけるから、あなたは心配しないでゆっくりしてらっしゃい。私がいかにびしびし取りしきるか、あなたもわかってるでしょう」

デボラは笑って、ニコラによりかかった。年下のきょうだいに特有の依頼心に訴えたのが功を奏したようだ。

「お姉さまが来てくださって、私、とっても嬉しいの」デボラの顔が寂しげにくもった。長年にわたって訪ねてもこなかったのはかわいそうなことをしたと、ニコラは思う。「お姉さまとは……いろんなことでけんかもしたけれど、もう昔のことだと思って水に流してもいいでしょう?」

「もちろんよ」この家の敷居をまたぎたくなかったのは、デボラとけんかしたからではない。原因はリチャードにある。十年前にリチャードがしたことが許せないからだ。「昔のことなんか心配しないで。今いちばん大事なのは、あなたの体のことよ」

「ええ。近ごろ私はすぐ疲れてしまうの。それに、つわりが前のときよりもずっとひどいの。でもね、先生がおっしゃるには、つわりがひどいのはよいしるしなんですって。おなかの赤ちゃんが健康な証拠だそうよ」

「先生のおっしゃるとおりだと思うわ」実のところニコラは、医者は往々にして恐ろしく無知だと思っている。そんな考え方をするものだから、ロンドン社交界では変人扱いされるのだ。「それと、十分に休まなくてはいけないと、先生に言われたんじゃないの？」

デボラはほほえんだ。「ええ」

「じゃあ、もう召使いを呼んで寝る支度を手伝ってもらいましょうね」

「あら、でも、バッキーの婚約のお話を聞きたいと思ってたのに！」

「そういう話なら、明日たっぷり時間があるじゃない。詳しく教えてあげるわ。ランベス卿《きょう》の結婚のことも」

「あの方が結婚なさるなんてね。いったいどなたと？　独身主義者だと思ってたけど」

「これまでは理想の女性にめぐりあわなかっただけだと思うわ。でも話しだすと長くなるから、今夜は寝ましょう。明日全部聞かせてあげるわ」

ニコラは妹の頬におやすみのキスをしてから、廊下伝いに自分の部屋へ行った。扉をきっちりしめ、室内を見まわす。ランプが温かくともっていて居心地のよい部屋ではあるものの、ニコラの心は冷え冷えとしていた。

ここにいるのがいやでたまらない。ロンドンで築きあげた自分の世界にもどれたら気持が休まるのに。ロンドンでは、ニコラは慈善事業にたずさわっている。東部のイーストエンド地区で、貧困にあえいでいる人たちに衣服や食料を支給する奉仕活動をしていた。そのほかにも、社交的な集まりに顔を出したり、知人たちと訪問しあったり、気が向けば男性と戯れたりもする。親しい仲間との食事の席で知的な議論をするのもいやではない。それどころか、自分の主義主張について貴族社会の人々と言い争いになるほうがかえって張りあいを感じるくらいだった。忙しい活動のかたわら、オペラやお芝居を観《み》に行く楽しみもある。ロンドンでのそういう生活にニコラは満足していた。

なのに、この屋敷では……とにかく落ちつかない。リチャードと同じ屋根の下にいるのがいやなのだ。おまけに、追いはぎの首領とのおぞましい出会い……そして、あの口づけ……。

記憶を消し去るように、ニコラは頭を振った。唇を奪われたことを思いだすなんて、ばかげている。もう考えるまい。

ニコラは窓辺に行って厚いカーテンを引きあけ、闇に目をこらした。月は隠れてしまい、庭園の木々や植えこみが黒い影のように見える。突然、激しい哀惜の念が突きあげてきた。ああ、ギル！　ニコラは目をつぶり、冷たい窓にひたいを押しつけてこらえる。

ずっと以前にも、こんなふうになったことがある。あれから何年もたっていたのに、まるでつい昨日の出来事のように生々しい悲痛が不意に襲ってきたのだ。ギルを想《おも》うと悲しくて切なくて、息がとまりそうになる。けれども、こういうことは久しくなかった。何しろ十年も前のことだ。このごろギルについて回想するときは、甘美な悲哀をともなうようになった。ギルのほほえみや笑い声、歩き方。思い浮かべると、寂しさと同時にぬくもりも感じる。だが今夜の、このたとえようもない心の痛みは、十年前と変わらないほど深く胸をえぐった。

今夜はギルのことばかり思いだしていた。馬車が屋敷に入ったとき、初めてギルに会ったときの情景がまざまざとよみがえってきた。あれは、狐《きつね》狩りの一行とともにここタイディングズ邸にもどってきたときのことだった。ギルがやってきて、馬から助けおろしてくれた。馬上からギルを見たとたんに、あまりの美貌《びぼう》にはっとしたのを憶えている。笑みをふくんだ黒い瞳。ひたいに渦巻く豊かな髪。まさに一目惚《ぼ》れだった。いけないと思いながらも、あらがいがたい恋情だった。

先ほどリチャードやデボラと話しているあいだも、ギルのことが何度も頭に浮かんできた。こうして一人になると、もはや追憶の奔流をせきとめようもなかった。ギルに初めて会った、このタイディングズ邸に来たせいにちがいない。あるいは、この十年間あれほど避けていたリチャードと顔を突きあわさないわけにはいかなかったからかもしれない。いずれにしても、二度と会えないギルへの慕情で心はずたずただった。ときどき影をひそめることはあっても、死ぬまでこの激しい感情は消えないだろう。

なかばむせび泣きながらニコラは窓ぎわを離れ、ベッドに倒れこんだ。横向きになって子どものように丸くなり、暖炉の赤い火を見つめつつ、ひたすらギルを想いつづけた。

2

一八〇一年

十六歳で父を亡くしたニコラは、母と妹デボラとともにダートムアに転居した。貴族としての生活に困らないくらいの財産は父が遺《のこ》してくれたものの、それまで住んでいた家屋敷と爵位は自動的に遠縁の男性の手に渡った。父親のいとこにあたるその男性からは、〝自分たち一家と一緒にこれまでどおりこの屋敷で暮らしませんか〟といちおうは言われた。けれども温かい思いやりからではなく、世間体を考えての儀礼的な申し出だった。いとこに対してニコラの母ファルコート夫人も好意を感じてはいなかったし、まして精力的でやり手の妻や騒々しい子どもたちとの同居を好むはずがない。夫人はいとこの申し出を丁重に断り、娘たちを連れて実の妹バックミンスター夫人の屋敷に身をよせた。

甥《おい》にあたるバックミンスター卿《きょう》はバッキーという愛称で呼ばれている。人なつっこくて親切なバッキーはファルコート母娘《おやこ》を喜んで迎え入れ、気がねなくいつまでもいられるように取りはからってくれた。正直なところ、ニコラの暮らしはバックミンスター邸に来てからのほうが自宅にいたときよりも楽になった。それというのも、亡くなった父は一年の大半をロンドンの邸宅で過ごしていたのと、母が病気がちだったので、年若いニコラが家事万端の指図を引き受けなければならなかったからである。だがバックミンスター邸では、このうえなく有能な家政婦が女主人を煩わすことなく何もかも取りしきっていた。

バックミンスター夫人はといえば、並はずれた馬好きだ。乗馬や飼育、狩猟など、馬にかかわるいっさいに熱中していて、それさえ邪魔されなければ家のなかがどうなっていようと頓着《とんちゃく》しなかった。家庭教師から解放され、家政の重荷もなくなり、バックミンスター夫人は大らかだし、ニコラは生まれて初めて自由を楽しめるようになった。まずは一人で馬に乗って地域をまわり、地元の人々と親しくなった。

子どものころからニコラは召使いや父の土地の小作人と一緒にいるとくつろげるたちだった。母は病弱を理由に、じっとしていられない子どもたちと過ごすことを煩わしがった。代わりに乳母の愛情をたっぷり受けて育ったニコラは、乳母はもとよりまわりの人々を熱烈に愛した。身分の低い馬丁から二階の係の小間使い、そして厨房《ちゅうぼう》を牛耳っている態度の大きい料理人の女性にいたるまで、ニコラの〝家族〟はどんどん増えていった。

ニコラが香草、薬草のたぐいに興味を持ったのは、料理人のおかげだ。丈の高いスツールにちょこんと腰かけて目を輝かせながら、料理人が香辛料を料理に入れるのを熱心に眺め、説明に耳を傾けたものだった。薬草には病気を治す特性があるという料理人の話がとりわけ興味深く感じられた。やがてニコラは、料理人に教わって薬草を庭で育てはじめた。さらに、野生の薬草の見分け方や摘み方、乾燥の仕方、調合してチンキや軟膏《なんこう》をつくる方法など、あらゆる種類の民間療法を習得した。大きくなるにつれ、本を読んだり実験したりして知識を広げていき、十四歳になったころにはすでに料理人と同じようにあれやこれやの疾患の治療にあたっていた。

そういうわけで、バックミンスター邸に引っ越すときは、召使いたちと涙ながらに別れを惜しんだ。とはいえバッキーの家に落ちつくと、たちまち行く先々に新しい友達ができた。

だが新生活でただ一つの悩みの種になったのが、リチャード・エクスムア伯爵だった。その地域では貴族は二家族しかいなかったので、社交的な集まりにはもう一方の家のリチャードが必ず顔を出していた。田舎のしきたりは条件がゆるいため、まだ十七歳のニコラもたいていの催しに招かれた。地元社交界の華となったニコラを追いかける若い男は多かった。オクスフォードから帰省したにきびだらけの牧師の息子や、地主の息子とその友人たちが不慣れな物腰で近づいてくる。そういう若者たちのことはあまり気にならなかった。けれどもリチャードとなると、まったくわけが違う。さんざん道楽にふけった色事の達人が、あの手この手で言いよってくるのだ。巧みにファルコート夫人やバックミンスター夫人らの目をかすめ、すきを見ては欲情があらわな面もちでニコラにふれたり、甘い言葉をささやいたりする。ニコラはそれがいやでたまらず、不安すらおぼえていた。

だいいち、リチャードにはなんの関心もなかった。けれども母や世間一般の人々にとっては、伯爵はまたとない花婿候補らしい。ピクニックに伯爵を招いたことにニコラが抗議すると、母は言ったものだ。「ニコラ、いったい何を考えてるの？　エクスムア伯爵があなたに気があるなんて、喜ぶかと思いきや。お金持ちで、お家柄もよいモントフォード家を継いだ方になんの不満があるのよ。伯爵のご親戚《しんせき》の……お名前はなんといったかしら？　ぱっとしないあのお嬢さんとは、あなた、お友達じゃありませんか」

むっとしてニコラは母に言い返した。「ペネロピのこと？　ペネロピはぱっとしないんじゃないわ。物静かなだけ。お母さまのおっしゃるとおり、ペネロピとは仲良しだし、ペネロピのお祖母《ばあ》さまも好きよ。でもだからといって、エクスムア卿をどう思うかとは関係ないわ。あの方は嫌い。私を見るときの目つきも話し方もいやなの」

ファルコート夫人はくすくす笑った。「やれやれ、あなたはうぶなお坊っちゃんたちばかりを相手にしてるから」

「お年寄りよりはうぶなお坊っちゃんたちのほうがずっとましよ！」

「まあ、ニコラったら、なんてことを言うんでしょう。伯爵はお年寄りじゃないわ。人生の盛りでいらっしゃるのに」

「でも、もう四十近いでしょう！　お母さまはお忘れかもしれないけれど、私はまだ十七なのよ」

「そんな失礼な言い方はやめてちょうだい」ファルコート夫人はため息をついてみせる。「伯爵は三十代後半だから、結婚相手として年をとりすぎているというほどじゃないわ。妻よりもずっと年上の殿方はいっぱいいらっしゃいますよ。例えば、あなたのお父さまだって私よりも十六歳上だったわ」

ニコラは下唇をかんで、口答えしたいのを我慢した。若き日の母のういういしい美しさに魅せられて結婚はしたものの、いっときの熱はたちまち冷めて父がロンドンに入りびたるようになったことは、周囲の誰もが知っている事実だった。

「ま、年の差なんてどうでもいいことよね。それよりも、私は誰とも結婚するつもりはないの。愛する人にめぐりあえるまでは、結婚なんて考えられないわ。お祖母さまが遺してくださったものがあるから、無理に結婚する必要はないんですもの」

ファルコート夫人はぐったりと椅子の背によりかかった。「そんな過激な考え方、あなたはいったいどこから聞いてきたのかしら。私には見当もつかないけれど」

「あら、おわかりでしょう。お祖母さまにきまってるじゃありませんか」ニコラの祖母は歯に衣《きぬ》着せずにものを言う自立心の強い女性だった。だから、しっかりした考えがなくて退屈な娘、つまりニコラの母をいつももどかしげに眺めていたようだ。家のために愛なき結婚を強いられた祖母は、自分の三人の娘たちには同じ失敗をさせるつもりはないと常々はっきり言っていた。ニコラにも、〝みずからの心に従いなさい〟とよく話していた。そして二人の孫娘であるニコラとデボラには、自活できるようにとかなりの額の遺産を遺したのだった。

「そうね。それと、ドゥルシラの影響もあるんだわ」ファルコート夫人は面白くなさそうに言った。ニコラの叔母ドゥルシラはずっと独身で、祖母とともにロンドンで暮らしていた。知的な社交の集いをひらくことで令名が高い。ニコラの母には、馬狂いの妹アデレード、すなわちバックミンスター夫人と同じく、この妹のことも理解できなかった。「ドゥルシラなんかをお手本にしたらいけませんよ。子どもを育てたり、だんなさまのお世話をしたり、家庭を守ることもしたことがない人生なんて暗いでしょう」

ニコラはひそかにため息をもらす。母のお得意のせりふだ。自分だって、子どもの養育や家政に苦労したことなどないくせに。「お母さま、とにかく私は結婚するつもりはないの。結婚するとしたら、自分がそうしたいと思う相手ができたときだけ。で、その相手がエクスムア卿でないことだけは確実よ」

とはいえ、世捨て人にでもならない限り、リチャードと顔を合わせずにすむ方法はなかった。超俗的であるはずの牧師夫人でさえ伯爵の臨席を名誉であると思うような地元社交界においては、どの集まりに行ってもリチャードが必ず来ている。おまけにニコラは、伯爵の誘いは絶対に断ってはならないと母にきつく言われていた。

そんなある日、エクスムア伯爵の地所タイディングズで催された狐《きつね》狩りにニコラも参加した。狩りで顔を紅潮させ、後れ毛を振り乱して屋敷にもどってくると、馬丁たちが駆けよってきた。そのなかに、見たこともないほど端麗な面だちの若者がいた。

抜きんでて背が高く、引きしまった体格の馬丁だった。日焼けした若い馬丁の顔をふちどる髪はもじゃもじゃと黒く、いたずらっぽい目が生き生きと笑っていた。ニコラを見あげるなり、その明るい笑みが顔中に広がった。ニコラは思わず見つめ返した。幼いころ、樫《かし》の木から落っこちたときに似た感じだった。一瞬、世界が静止し、あらゆるものから自由になったような感覚とでも言ったらいいだろうか。息ができなくなっているのに、心臓だけがどくどくと音をたてている。

黒い瞳をきらきらさせて、若者はニコラに手をさしのべた。「お嬢さま、どうぞ」

ニコラは口がきけなかった。黙って鐙《あぶみ》から足をはずし、横乗り鞍《くら》をおりて若者に身をゆだねた。若い馬丁はニコラの腰に手をまわし、やすやすと地面におろした。ニコラは馬丁の肩につかまりながら、粗末なウールのシャツ越しに体温や骨格と筋肉のたくましさを感じとった。しばし、二人は密着していた。びっしり生えた黒いまつげが若者の頬に影をつくっているのも、ニコラは見逃さなかった。地面におりた次の瞬間には伯爵が近づいてきてすぐさま腕を取られ、家に連れていかれた。

伯爵が何か言っていたけれど、ニコラの耳には入らなかった。狩りのあとの遅い朝食のあいだも、人々の会話をほとんど聞いていなかった。あの若い馬丁のことしか頭になかった。名前を知りたい。けれども、そんなことをたずねたりしたら変に思われるにちがいない。仮に不自然でなく訊《き》けたとしても、若者の名を知っている人はいないだろう。雇い主であるリチャードでさえ答えられないのではないか。上流階級の人間にとっては、召使いは家具のようなもの。執事や家政婦、身のまわりの世話をする側仕《そばづか》えは知っていても、その他大勢である従僕、侍女、馬丁の名前まで記憶しているはずがない。それゆえニコラは、先ほどの若者について何も聞きだすことができなかった。

その日を境に、ニコラは母親に言われるまでもなく、タイディングズ邸で催される集まりには進んで参加するようになった。狩りの翌日、ファルコート夫人が返礼の訪問に同行するように言うと、ニコラは一言の異議もとなえずに同意した。夫人のほうがいぶかしげに娘の顔色をうかがったくらいだった。次の週にも、伯爵邸での晩餐《ばんさん》会に喜んで出席した。その席でリチャードにピクニックに誘われたが、それにも笑顔で応じた。

内心やきもきしながらできる限りタイディングズ邸に出かけたにもかかわらず、ニコラがあの若い馬丁をちらりとでも見かけることはなかった。あの人は厩舎《きゅうしゃ》でそれほど重要な役目についているのではなくて、このあいだの狩りのように人数が必要なときにだけ召集されるのかしら？　そんなふうにニコラは推測するしかなかった。

それにしても、こんなにあの若者に執着しているのはおかしいではないか。つかの間、顔を合わせただけなのに。一目見たとたんにふしぎな感覚に襲われたからといって、ニコラにとって特別な人であるとは限らない。その感覚にしろ、単なる生理的な現象で格別の意味はないのかもしれない。

あの若い馬丁にまた会えたとしても、いったい何をしたいのか？　それさえニコラには答えられなかった。はっきりしているのは、心がただならずざわめいて落ちつかないこと。だからどうしてもあの人にもう一度会いたかった。

そして、二週間後にやっとニコラの思いがかなった。それも、タイディングズ邸ではなく、ローズおばあさんの家であの若者にふたたび会うことができた。

バックミンスター邸に移ってからまもなく、ニコラが鼻風邪をひいた侍女に薬を処方したり、園丁に手指の痛みを和らげる軟膏を与えたりしたのをきっかけに、ある地元の老婦人の話を耳にするようになった。誰もがその老婦人を〝ローズおばあさん〟と呼んでいたが、親類というわけではないらしい。病気や傷の治療、出産時の痛みの緩和などで広くその名を知られている老婦人だった。迷信深い人からは魔女だと思われていた。薬草類とその効能について誰よりも詳しく、あたり一帯の人々から頼りにされている。痛風で苦しんだ先代のバックミンスター卿もローズおばあさんに薬を処方してもらったという話だった。

ニコラはすぐにでもその老婦人に会いたいと思った。侍女の一人をうまく手なずけ、林の奥の住まいに案内してもらった。まるで手のひらで包みこむように、木立が草ぶき屋根の小さな家をかこんでいる。泥壁の一面に蔦《つた》が生い茂っていて、夏には背後の木々の緑と見分けがつかなくなるほどだった。家の横にある狭い薬草園から、ほのかな香りがただよっていた。

古色蒼然《そうぜん》とした家と同じく、おばあさんもかなりの老齢に見えた。しわだらけの肌がしなびたりんごみたいに褐色になっていて、髪は雪のように白い。けれどもそんな外見に似合わない陽気なまなざしが若々しく、歯と歯のあいだにすきまがあいた笑顔は、思わずほほえみを返さずにはいられないほど温かかった。

ニコラはいっぺんでローズおばあさんが好きになった。おばあさんのほうも、ニコラに親近感をおぼえたようだった。やがてニコラはローズおばあさんの家に馬でしばしば通うようになり、薬草について前の屋敷の料理人から得た知識よりもはるかに多くのことを教わった。最初のうちは、ローズおばあさんのダートムア訛《なまり》を聞きとるのに苦労したけれど、それにもだんだん慣れていった。薬草園の手入れを手伝ったり一緒に林を歩いたりして、野生の植物の用途や危険性についてもいろいろ学んだ。おばあさんは、薬草の乾燥法や煎《せん》じ方、熱処理したり液に浸《つ》けたりすりつぶしたりする方法、どういう割合で使うかなど、こと細かく説明した。それらすべてをニコラは丹念に記録した。自分の娘はまったく関心を示さないとこぼしつつ、ローズおばあさんは喜んでニコラに秘伝の技術を伝授してくれた。

　薬草以外のことについても、おばあさんは物知りだった。ニコラは香りの高いお茶を飲みながら長居しては、おばあさんとおしゃべりしたものだった。亡くなった父や母のことから、リチャードにしつこく追いかけられていることまで、おばあさんに打ち明けた。ローズおばあさんは首を振り振り忠告した。

「あれは悪い男だて。あの男には決して近づきなさんな」

「悪い男？」ニコラは少々びっくりした。伯爵は嫌いだが、悪人だとまでは思っていなかった。「でも、悪いことをした人だとは誰も教えてくれなかったけれど」

「そりゃきっと知らないからさ」おばあさんは考え深そうな面もちでうなずく。「お大尽のお仲間にはうまく隠してるんだろうが。だけど、下働きの者はちゃんとわかってますって。あの男には思いやりってものがまるっきりないんでね」

「わかったわ。私はあの人とは結婚しないから。母がどう思おうと」

　このやりとりのあとで、ニコラはきまり悪く思いながらもローズおばあさんに、不本意にもこの二週間のあいだにしばしばタイディングズ邸に行かずにはいられなかったと告白した。あの馬丁に会いたいがためという理由を打ち明けるのは勇気がいった。上流社会の人々はもとより、ローズおばあさんも変だと思うにちがいない。貴族の婦人は馬丁とつきあったりはしないものだ。たとえニコラのように気どりのないあけっぴろげな性格の女性であっても。それにニコラ自身も、この二週間というもの胸に秘めていた想《おも》いを口外することに抵抗を感じたのだった。

お茶を飲んでいるあいだ、ローズおばあさんがしばしば窓の外に目を向けているのにニコラは気づいた。どうやら誰かが来るのを待っているらしい。そこでニコラはお茶を飲み干し、立ちあがって別れを告げた。おばあさんはにっこりして、ニコラの腕を軽くたたいた。引きとめるどころか、私が帰るのでほっとしたようだった。ニコラとしては、あまりいい気持はしなかった。けれども、すぐに考え直した。その来客は、ローズおばあさんを訪ねてくるところを人に見られたくないのかもしれない。ニコラが知っている地元の紳士階級の誰かなのではないか？　それならば納得がいく。

ニコラはローズおばあさんの家を出て歩きだしたとたんに、はっとして足をとめた。待たせておいた馬のそばに男がいる。男は馬の首筋をなでながら、低い声で話しかけていた。玄関の扉がしまる音で、男は振り向いた。両方の眉をつりあげて目を丸くしている。

ニコラも驚きのあまり棒立ちになっていた。タイディングズ邸で会ったあの若い馬丁だった。日曜日なので、よそ行きの服装をしている。黒い上着を肩にひっかけ、真っ白なシャツの襟もとから日焼けした肌がのぞいていた。日中のあまりの暑さに、袖《そで》をまくりあげている。

若者は初めて会ったときと同じ人なつっこい笑みを浮かべ、ニコラのほうに近づいてきた。「これはなんと、お嬢さまではないですか。いったいどういうわけで、そんなに身分の高い方がローズおばあさんのうちになんかいらっしゃったのか」

ニコラの真ん前に来て青年は立ちどまり、いたずらっぽい目で見おろした。まぶたに焼きついていたとおりの黒い瞳で、えくぼがくっきり頬にできている。ニコラは一瞬、呼吸がとまってしまったかと思った。

ニコラは心もち頭を後ろに引いた。内心の激しい動揺をこの人に悟られてはならない。

「あら、私、ここに来てはいけません？」

「ふつうは召使いを来させると思う……もちろん、人に知られたくない用事ならば別だけど」

あら、失礼なことをよく平気で口に出すこと。若い馬丁のふくみのある言い方に、ニコラは目をみはった。ぴしゃりと言い返そうとしたとき、若者は笑いながらさっとおじぎした。

「いや、お嬢さまみたいに清らかできれいな方にそんな用事があるはずはない」若者の明るい声音には村の訛がまじっている。「美顔クリームや秘密の惚《ほ》れ薬なんか必要ない。ダートムアの男たちの半分は、とっくにお嬢さまに夢中ですからね」

ニコラは笑わずにいられなかった。「あなたこそ、なんにも必要ないでしょう。だって、もうそんなにお口がお上手ですもの」

若者は大げさに安堵《あんど》のため息をついてみせる。黒い目が躍っていた。「よかった、お嬢さまにそう言ってもらって。だって、うちのおばあさんのお客さまを怒らせたりしたらどやされる」

「うちのおばあさん？　あなたの本当のお祖母さま？」

「ええ。実際はぼくの母の祖母です」

「そうだったの。でも、ここで一度もあなたに会ったことがなかったけれど」

「ぼくはタイディングズのお屋敷の厩舎に暮らしてます。仕事だから。でも、休みの日曜日にはおばあさんに会いに来るんです」

「そう」

会話がとぎれてしまった。この人と少しでも長く話をしていたい。ニコラは懸命に話題を探した。

「おふくろとぼくはトワインデルに住んでました」若者が唐突に話しだした。「でも去年おふくろが死んだんで、こっちにもどってきたんです。おばあさんが年をとってきたから」

ニコラも自分のことを話した。「私もこのあたりに生まれたわけじゃないのよ。叔母の屋敷、バックミンスター邸に引っ越してきたの」

「ああ、あのお屋敷」若者の顔がほころんだ。「バックミンスターの奥さまとはじっくり話をしたことがあるんです。奥さまの牝馬《ひんば》のことで」

「わかるわ」ニコラはくすくす笑った。「叔母のおしゃべりといったら、馬のことしかないんですもの。あなた、叔母の馬のお世話をちゃんとしなかったんじゃない？」

「とんでもない。奥さまの牝馬が蹴爪《けづめ》を痛めたもんで、タイディングズのほうがバックミンスターのお屋敷より近いものだから、うちの厩舎に馬を置いていかれたんです。ぼくが馬の傷におばあさんの薬を塗ってやったら、次の日にはすっかり元気になった。馬の様子を見に来たバックミンスターの奥さまはその薬について聞きたがったんです」

「そうなの」ニコラはあたりを見まわした。ここでいつまでも馬丁と立ち話をしてはいられない。わかっていても、まだ別れたくないというのが本音だった。「私、もう行かなくては」

「あ、はい。そうですね」若者の顔をちらりとよぎったのは落胆の色ではなかったか？

ニコラは馬のほうに歩きだした。足どりが重い。若者も一緒についてくる。

「あの……ここにはしょっちゅういらっしゃるんですか？」若者はさりげない口調で訊いた。

ニコラは若者の顔を見た。まなざしは真剣だった。「ええ。私は薬草とその使い方に興味があるの。ローズおばあさんがご親切にいろいろ教えてくださるものだから、よくここに来て勉強したりお薬を買ったりするのよ。おばあさんのお庭の片隅を使わせてもらって、私も薬草を栽培してるの」

若者は目を丸くしてニコラを見おろしている。「お嬢さまが自分で薬草を育ててるんですか？」

「ええ、そうよ。乾燥させたり、すりつぶしたり、調合するのも自分でやるわ。あなたは私のことを、おつむが弱くてなんにもできない娘だとでも思ってるの？　でも私は、洋服や髪型のことしか考えていないわけじゃないのよ」

若者は日焼けした顔を赤らめた。「わかってます。お嬢さまがなんにもできないばかな人だなんて思ってません。だけど、ちょっと変わってるかな」

「ちょっと変わってると思われるのは仕方ないわ。だって、そのとおりですもの」

若者はにこっとする。「やっぱり。ぼくみたいな馬丁と道ばたでおしゃべりするお嬢さまはめったにいないと思うんです」

「ええ。母にはいつも嘆かれてるの。私はどうしようもない平等主義者だって」

二人は馬のそばに来た。ニコラは若者のほうに向いて言った。「では、ごきげんよう。私……またお会いできて嬉《うれ》しかったわ」

「ありがとうございます」一息置いて若者は急いでつけ加える。「ぼくは毎週日曜日に祖母に会いに来るんです」

「そうなの？」ニコラは胸がどきどきしだすのを感じた。来週も会いたいとほのめかしているのではないか？「私は……」急にのどがつまった。咳払《せきばら》いしなければ、声が出てこなかった。「でしたら、またここでお会いできるかもしれませんわね」

そっと見あげると、若者はにこっとした。ニコラはほっとする。

「ええ。じゃあ、馬にお乗せしましょう」

若者はいつものように脚を持ちあげる手助けをするのではなく、いきなりニコラの腰の両わきに手をあてて鞍にまたがらせた。ニコラは息をのむ。若い馬丁はさっと後ろへさがって、ニコラを見あげた。服の上から若者の手がふれたところがずきずきする。ふるえる手でニコラは手綱を取った。

「あの……あなたのお名前をお聞きしてないわ」

「ギルといいます、お嬢さま。ギル・マーティンです」

「お嬢さまなんて言わないで」貴族の令嬢に対する召使いの呼びかけとしてはふつうなのだが、ニコラは好まなかった。

「わかりました」ギルはたずねた。「でしたら、なんと言えばいいですか？」

「私の名前はニコラ・ファルコート」

ほほえみはしたものの、それまでのいたずらっぽさとは異なる熱情のこもった色がギルのまなざしをよぎった。ニコラはどきんとする。「では、ニコラ」

次の日曜日にニコラがローズおばあさんの家に行くと、ギルはすでに来ていた。扉をあけてくれたおばあさんはびっくりしたふうで、曾孫《ひまご》のほうをちらっと振り返った。いつもはニコラと対等な口のきき方をしているのに、馬丁である曾孫と同席させていいものか迷っているように見えた。

ギルは椅子から立ちあがり、ニコラの顔をじっと見つめた。ニコラも見つめ返したが、ぽっと熱くなって、思わず顔を赤らめていた。

テーブルに着いたニコラに、ローズおばあさんがお茶をいれてくれた。三人はお茶を飲みながら、ぎこちなくおしゃべりした。けれども帰り道では、ニコラとギルはあれこれなんでも話しあった。手綱を手に馬を引いて歩くニコラのかたわらに並んで、ギルも途中まで送ってきた。ローズおばあさんと薬草の話から、ニコラの父親、タイディングズ邸で二日前に生まれた子馬の話題にいたるまで、話すことはいくらでもあった。ニコラは今まで誰にも――妹のデボラにさえ――話したことがない内なる思いを、いつしかギルには打ち明けていた。タイディングズ邸に向かう曲がり角まで来ても、二人はすぐには別れがたかった。

「今度の金曜日、うちのだんなさまのお屋敷に来るんでしょう?」ギルはニコラにあてた視線をつとそらした。「舞踏会に」

「え?」ギルの漆黒の髪に陽光が当たるのが目にとまり、ニコラはふとそこに指をさし入れたい衝動にかられた。そちらに気を取られたあまり、相手が言っていることをのみこむのに間があいた。「あ、ええ」

ニコラはかすかに眉をひそめる。ギルと再会できた今、もはやタイディングズ邸に行く必要はなくなった。といって、母にそれを告白するわけにもいかないので招待に応じるしかなかった。

ギルは足もとの石に目を落としている。「みんなの話だと、だんなさまはあなたに気があるとか」

「エクスムア卿のこと？」

「お屋敷ではみんなそう言ってる」

ニコラはため息をついた。「そのようね」

「で、あなたは？」ギルは急に顔をあげ、ニコラの目をじっとのぞきこんだ。「どんな気持なんですか？」

「伯爵に、という意味？」ニコラは驚いて訊き返す。「どんな気持もこんな気持もないわ。でも、どうして？」

「あなたも同じ気持だと言ってる人もいるから」

「まさか。違うわ」

ギルは表情をゆるめた。「だったら……いいけど」

「なんですって？」

「いいんです。ぼくは行かなきゃ。誰か通りかかるかもしれない」

ギルの視線はニコラの口もとに注がれていた。一瞬、キスされるのではないかとニコラは思った。

だがギルはさっと向きを変え、タイディングズ邸に向かって歩きだす。途中で一度振り返り、片手をあげてニコラに挨拶《あいさつ》した。見送っているニコラの胸の内は乱れていた。ギルは私に口づけしたかったのだろうか？　私もそうしてほしかったのかしら？　ギルが金曜日の舞踏会の話をしたとき、ニコラの心ははずんだ。ギルに手を取られてワルツを踊る光景が目に浮かぶ。すぐさま、なんてばかなことを考えてるのと、自分を叱《しか》った。ギルに会えたとしても、それは舞踏室ではなくて、屋敷の車寄せで馬車をおりたときくらいではないか。今日こんなに親しく話をしたあとで、そんな会い方はもうしたくない。リチャードや母、そのほかの客たちの前で、しもべという立場のギルと顔を合わせるのはいや。

ニコラは馬を近くの柵《さく》に連れていった。柵に設けられた低い踏み段にあがって馬にまたがり、物思いにふけりながら家に向かった。こんなふうに心乱されたのは生まれて初めてだった。ギルに口づけしてもらいたかったのが本心だと思う。少なくとも自分自身には嘘《うそ》はつけない。ギルの唇を味わいたかった。ギルがエクスムア伯爵の舞踏会に出席する地元の青年たちの一人であったら、どんなによかったか。華麗なワルツの調べに乗ってギルの腕に身をゆだね、ダンスフロアを自由自在に踊りまわれたら……。ニコラは心の底からそう思った。

けれどもニコラは愚かな娘ではない。召使いたちや村の住民とどんなに親しくしていても、自分と馬丁とのあいだには越えられない障壁があることを承知していた。ニコラの知りあいの庶民のほうが貴族仲間よりも人間として優れている場合もあるのがわかっていても、階級の差は埋めようがない。二人に前途はなく、実際のところ、現在もなきに等しいのだった。今日のような午後がたまにあるくらいで、それ以上の何を望めようか。二人とも想いをとげられずに悲嘆に暮れるだけだ。

ニコラは涙をこらえた。早くもギルとなかば恋に落ちていた。このまま向こうみずに突きすすんでいったら大変なことになる。

家に帰りつくころには、心にきめていた。次の日曜には、どんなに行きたくてもローズおばあさんのところには行かないことにしよう。ギルとの仲が進行しないようにするのがいちばんだ。

ニコラの決意は固かった。金曜日の舞踏会にも行かずにすむように、ありとあらゆる口実を考えた。だが何を言っても、母はニコラの欠席を許可しようとはしない。重病にでもならない限り、家に残ることはできなさそうだった。一歳下のデボラはまだ大人のパーティには参加できないのに、姉の代わりに行くと申しでた。即座に〝だめ〟と母親に断られたものだから、デボラはすねて部屋にこもってしまった。

結局、母の言うとおりにしないわけにはいかなかった。ギルの姿を見かけることはまずないだろう。まして顔を合わせる機会があるとは考えられない。にもかかわらず、知らず知らずドレスも髪も念入りにととのえていた。馬車が伯爵邸に到着すると、従僕がやってきて扉をあけた。ニコラはすばやくあたりを見まわしたが、馬丁の姿はどこにもない。かすかな失望をおぼえずにはいられなかった。

でも、それでよかったんだわ。会わないほうが二人とも傷つかずにすむ。そう自分に言いきかせた。

タイディングズ邸での舞踏会そのものは、いつもの田舎の催しと変わりなかった。地元の名士たちや、バックミンスター夫人とバッキー、ファルコート夫人とニコラに加えて、伯爵の知りあいの二、三の貴族がロンドンから招かれていた。例によってバックミンスター夫人は、さっそく同好の士と馬の血統の話に熱中している。ニコラは礼儀として、舞踏会の幕あけのカドリールを村の大地主と踊った。大地主が話し上手ではないし、カドリールの曲はえんえんと続くしで、ニコラは内心うんざりしていた。しかも、最初のワルツはリチャードと踊るしかなかった。パーティの主催者である伯爵の申しこみを断るわけにはいかない。母が嬉しそうな顔をしている。ニコラに対する伯爵の関心の高さを示すものであり、まぎれもない名誉なのだ。

踊りを申しこまれた相手の名を記す予定表がたちまちいっぱいになった。けれどもニコラは舞踏会を楽しむどころか、ひどく退屈していた。ロンドンから来た紳士は皆、自信たっぷりで恩着せがましく、地元の青年たちはいつにも増してぎこちなく舌もうまくまわらないようだった。家でデボラと子どもっぽいゲームでもして遊んだり、小説を読んだりしていたほうがずっとよかったのにと悔やむ。宴がたけなわになるにつれ、窓があいているにもかかわらず室内は人いきれでむんむんしだした。暑苦しさを口実に、ニコラはそっとテラスに出た。

母に気づかれなければいいがと思いつつ、屋敷の横の庭園に向かう。テラスから姿が見えないように、すばやく生け垣の角を曲がった。建物が視界から消えても、舞踏室の音楽は聞こえてくる。ニコラは鼻歌をうたいながら、月光に照らされた小径《こみち》を歩いた。

四つ角で右に曲がったとき、背後から男の声が聞こえた。「お嬢さま、そっちじゃなくて、こっち」

どきっとして、ニコラは振り向いた。四つ角を左に曲がった道の真ん中にギルが立っている。

「ギル」ニコラは喜びを隠せなかった。「会えるとは思ってなかったわ」ゆっくりギルに近づいた。

「そんな、がっかりするなあ。ぼくを捜しに来てくれたんだとばかり思ってたのに」

「あなたがここにいるなんて、知らなかったんですもの」ギルを捜す気持がなかったとは言えない。けれどもニコラは自分の本心に気がつかないふりをした。

「ぼくがあなたに会わずにいられるとは、思ってなかったくせに」

「でも、会えるとは思わなかったの」

ギルの前に来て、ニコラは立ちどまった。ギルの顔に月の光が当たっている。長いまつげが頬に陰影をつくっていた。白い歯を見せてギルがほほえんだ。舞踏会に来ているどの男性もギルの美貌《びぼう》にかなわない。今宵《こよい》のギルは漆黒の髪をきちんとなでつけ、盛装している。黒い瞳がきらりと光り、ニコラの動悸《どうき》はますます速くなった。

「こんなところにいてはいけないわ。誰かが来るかもしれないでしょう」ニコラはギルの目を見つめ、うわずった声で言った。

「ここなら、だいじょうぶ」

舞踏室で奏でるワルツが聞こえてくる。ギルはうやうやしくおじぎをした。「お嬢さま、踊っていただけますか?」

ニコラは思わず小さな笑い声をたてていた。滑稽《こっけい》だけど、すてき。ひざを折って丁寧なおじぎを返す。「喜んで」

ニコラはさしだされた手を取り、ギルの腕にかかえられた。ワルツは貴族の踊りだ。たいていの庶民はジグ舞曲やカントリーダンスで満足している。ギルがどこでワルツの踊り方を覚えたのかはわからないが、足の動きは正確だった。いくらか不慣れなところはあるにしても、どんなワルツの達人と踊るよりも楽しかった。笑いながら音楽に合わせて花壇や茂みをひらりとかわし、芝生の上を流れるように舞った。

ワルツの次のカントリーダンスも続けて踊った。終わったときは、二人とも近くの石のベンチに倒れこむように腰をおろした。息をはずませ、笑い転げる。

「あなたとは会わないほうがいいって、祖母に言われたんだ」

ニコラは驚いてギルの顔を見た。「ローズおばあさんが？　どうして？　私のことを気に入ってくれてると思ったのに」

「もちろん、気に入ってるよ。頭がよくて思いやりがあって勉強好きの、すばらしいお嬢さんだって、とってもほめてた」

「だったら、なぜ？　よくわからないわ……」

「あなたとぼくとは釣りあわないから。危ないことだって。階級をはみだして何かを……誰かを欲しがっても、決して思いどおりにならないと」

「でも、思いどおりにならないとは限らないじゃない」

ギルの目の奥がぱっと燃えあがる。火花がはじけたようなまなざしだった。ニコラのあごに指をかけ、あお向かせた。息がとまるかと、ニコラは思った。身をかわすべきだ。頭ではわかっていても、体が言うことを聞かない。ギルの顔が近づいてきて、唇がかさなった。はじめは軽く、そしてしだいに深く激しくなっていく。ギルは両手でニコラの肩を抱くというよりも押さえていた。抱きついたのは、ニコラのほうだった。指でギルの上着をつかみ、背伸びするように体をよせた。口づけの歓《よろこ》びに我を忘れていた。

そんなニコラをギルはぐっと引きよせ、あらためて唇を求める。二人は月夜の庭園でひしと抱きあった。たがいの体の熱いうずきが伝わってくる。どちらの鼓動か聞き分けられないほど二人の心臓は高鳴っていた。時が永遠にとまったかのような瞬間だった。

ようやくギルは顔をあげ、燃える瞳でニコラの目をじっと見つめる。ニコラは悟った。世間のしきたりはもはや問題ではない。身分の差とか家族の思惑、社交界の反応などはどうでもいいことだ。世界中を探しても、自分にはこの人しかいない。それこそがいちばん大事なのだ。

「あなたが好き。愛してるの」ニコラはささやいた。

3

一八一一年

涙でニコラの目がかすんだ。暖炉の炎がぼやけて、赤い布が揺れているように見える。あのように愛することは、もう二度とないだろう。

ニコラは乱暴なしぐさで涙をぬぐい、上体を起こした。今になって、昔の悲しい記憶にこんなにも苦しめられるとは。大切な人を喪《うしな》ったときのあの心の痛みがまざまざとよみがえってきて、身を切られる思いだった。まるでギルが死んだのは十年前ではなく、つい昨日のことであるかのように。

現在の暮らしに、ニコラは取りたてて不満を感じていない。結婚して子どもを育てたり、伴侶《はんりょ》とともに年をとっていったりすることは、自分の将来には起こらないものと割りきっていた。まだ二十七歳ではあるけれど、そのような人生は終わってしまったのだ。今は、自分の気が向くことだけをしている。援助の手をさしのべることによって、ロンドン東部の貧民街に住む婦人たちが少しでも希望をいだくことができればと思っていた。風変わりな叔母のサロンで機知に富んだ談論に興じ、舞踏会やオペラに出かけ、ときには紳士たちと罪のない恋愛遊戯を楽しむことさえある。

いちおう充実した生活と言えるのではないか。親のきめた相手と愛のない夫婦生活を送り、おしゃれや人の噂《うわさ》をするしか能がない貴族の女性たちがいる。妹のデボラにしても、リチャードみたいな男とみじめな結婚をしたあげくにまた流産するのではないかとおびえている。そういう人たちに比べれば、私の生活のほうがずっといいと思う。

ニコラは立ちあがり、服の乱れを直した。いつまでめそめそしていても、どうなるものではない。衣装だんすの引き出しから、小間使いがしまっておいてくれた寝間着を取りだした。寝間着をベッドに置き、ドレスのボタンをはずしはじめる。

悲恋の追憶や自己憐憫《れんびん》にふけるのはもうやめなくては。この土地にもどってきたので、こんな気持になったにちがいない。とはいえ、十年のあいだギルのことは片時も忘れたことがなかった。みずから命を絶ったり気が狂ったりせずに、よくもあの悲痛と絶望の深淵《しんえん》から抜けだすことができたものだと思う。天から与えられた運命を生きるしかないと悟るようになっていた。あれから足を踏み入れることのなかったタイディングズを再訪したからといって、むやみに悲嘆に溺《おぼ》れてはならない。

そう心にきめ、ニコラは寝間着に着替えた。ぬいだドレスを椅子にきちんと置き、ランプの灯を消してベッドに横になった。しっかり目をつぶったにもかかわらず、なかなか眠くならない。ようやく眠りに落ちたときには、頬に涙の跡がついていた。

「なんて気持のよい朝なんでしょうね」デボラは紅茶のカップをテーブルに置き、上機嫌であたりを見まわした。「お姉さまの言うとおり、お庭でお茶をいただくことにしてよかったわ」

姉妹は、どっしりした建物と外壁に三方をかこまれたこぢんまりした庭園で、午前のお茶を飲んでいた。穏やかな冬の朝で、風にさらされない奥まった庭は暖かかった。午後になると日陰になってしまうが、午前中はさんさんと陽光が降り注いでいる。石のベンチが二つと小さな噴水があり、青々とした植えこみが目にまばゆい。

ニコラは妹に笑みを返した。今朝のデボラはゆうべよりもずっと元気そうに見える。自分と違って、よく眠れたのではないか。いつもに比べて血色がよいのも、外の空気にふれたためだろう。庭に連れだしたかいがあった。「そうね。ここは気持いいわ。あなたが元気なので嬉《うれ》しいこと」

「私のほうこそ、とっても嬉しい。お姉さまが来てくださったおかげよ」デボラは身を乗りだした。「さ、ロンドンの最新のニュースを全部聞かせて。お母さまの手紙には、〝あの不器量なペネロピ・カースルレイがバッキーを捕まえた〟って書いてあったけど。本当なの？　それと、〝ランベス卿《きょう》が女詐欺師みたいな人と結婚する〟というのも本当？」

ニコラは顔をしかめた。「まったくもう、お母さまらしい書き方だわ」

十年前にギルに死なれてから、ニコラはこの土地を離れた。傷心の身にとってギルと愛しあったところに住みつづけるのが耐えられず、ロンドンの叔母の家に身をよせた。リチャードの求婚をはねつけたことに腹を立てた母は、ニコラが家を出ても反対しなかった。だがデボラが伯爵と結婚してからは、自分もロンドンの家に移ってニコラと一緒に暮らすと言い張った。そうしないと世間体が悪いという。あちこち具合が悪いと年中こぼしている母は、訴えを聞いて同情してくれる相手が欲しいだけなのではないかとニコラは疑っていた。進歩的な叔母との生活が気に入っていたので、はじめは渋っていた。けれども例によって母に泣きつかれては折れるしかなく、ファルコート家のロンドンの住まいで同居することになった。

家事の処理は娘にまかせっきりにして、ファルコート夫人はのんびりとイギリス全土にいる知人たちと手紙をやりとりしていた。また、家には同じ年代の女友達がしょっちゅう訪ねてきた。したがってほとんど外出しなくても居ながらにして、ロンドンのみならず、イギリス中の上流社会の噂話をすべて承知していた。

ニコラは妹に言った。「本当のところはね、バッキーがやっとペネロピのすばらしさに気がついたということよ。マリアンヌと私とで、ちょっと手助けはしたけれど」

「マリアンヌ？　ああ、バッキーのおうちのパーティにいらしてたあの赤毛の美人ね」

　三カ月ほど前に、ニコラは何組かの客とともにバッキーの家にしばらく滞在していた。招待された客のなかに、リチャード・エクスムア伯爵の遠戚《えんせき》であるペネロピ・カースルレイ、ランベス卿、マリアンヌ・コタ－ウッドという名前のきれいな女性もいた。そのころ、バッキーはマリアンヌに夢中だった。一週間にわたった滞在のあいだにひらかれた舞踏会にはデボラも出席して、招待客と顔を合わせていた。もっとも体調のせいで早く帰ったため、パーティの終わり近くに突然くりひろげられた大活劇は見ていない。

　ニコラは妹の表情をうかがった。あの騒ぎについて、リチャードはどのくらい妻に話したのかしら？　デボラはおそらく全部は知らないのではないか。自分にとって都合の悪いことをリチャードが言うはずはない。

「そうそう、その赤毛の美人がマリアンヌよ」

「ランベス卿が結婚するのは、あの人？」

「ええ。でも、お母さまが言うような女詐欺師ではないのよ」

「どういう人なの？　教えて。会うのは初めてだったし、お名前も聞いたことがないわ」

「あなただけじゃなく、マリアンヌを知っている人なんていなかったと思う。バッキーがぞっこん惚《ほ》れてしまうまでは」妹の上気した顔や目の輝きを見て、ニコラは噂話の効用にあらためて感心した。「バッキーがみんなを田舎の屋敷に招待するほんの一、二週間前に、私は初めてマリアンヌに会ったの。そもそもバッキーがああいう催しをひらいたのは、マリアンヌのためなのよ。とにかくバッキーは、ペネロピと一緒に出かけたバターズリー夫人のパーティでマリアンヌに出会い、一目惚れしちゃったの。その翌週にお母さまと私が予定していた夜会にマリアンヌを呼んでほしいと、バッキーに頼みこまれてね。もちろん、お招きしたわよ。その〝ミセス・コターウッド〟なるご婦人がどんな方なのか、私も興味津々だったから。何しろバッキーの話題といったら、ミセス・コターウッドのことばかりだったんですもの。で、会ったとたんにマリアンヌが好きになったわ。ただ、あまりにもバッキーがのぼせちゃってるものだから、ちょっと心配だったけど」

ニコラは話を続ける。

「正直言って私も、最初はいかがわしい人じゃないかと少し疑ってたの。ペネロピがバッキーをとっても愛しているのを知っていたし。バッキーもいつかは目が覚めて、すぐそばにかけがえのない女性がいるのに気がついてくれればいいと思いつづけていたこともあって。だから、ミセス・コターウッドに好意は持っていなかったの。ところがいざ会ってみると、好きにならずにいられなかったわ。ペネロピも同じだった。マリアンヌはバッキーにまったく気がなくて、むしろペネロピのために、バッキーの気が変わるように画策したくらいなの」ニコラの頬に思いだし笑いが浮かんだ。「あなたにもマリアンヌのお芝居を見せたかったわ。バッキーの前では、こんなに自己中心的で思いやりのない女はめったにいないんじゃないかというくらい、わざとわがまま勝手にふるまったの。そして、そういうときには必ずペネロピがバッキーのそばにいて、安らぎを得られるように仕向けたのよ。そのうちだんだんバッキーの熱も冷めていったの。で、ランベス卿とマリアンヌが結ばれるようになったというわけ」

「バッキーとペネロピはいつ結婚式をあげるの？」

「もうじきよ。一、二カ月のうちには、この村の教会で式をあげるでしょう。二人が結婚すると、バックミンスター家とモントフォード家は姻戚関係になるというわけね」エクスムア伯爵はモントフォード家に属し、バックミンスター卿の家はこの地域に根ざした貴族一門である。

「そういうことね。ペネロピのお母さまはモントフォード家の人ですもの」デボラがうなずく。「レディ・アーシュラもそのお母さまもリチャードの親戚だということを、つい忘れてしまうんだけど。だって、あの方たちにお目にかかる機会ってぜんぜんないでしょう？」

　それにはニコラは返事をしなかった。ペネロピの祖母にあたる先代のエクスムア伯爵夫人が、亡夫の爵位を継承したリチャードを好いていないことは周知の事実だ。伯爵夫人がときどき冬を過ごす屋敷も同じ地域にあるが、リチャードとの行き来はいっさいないにちがいない。

「伯爵夫人は結婚式の支度で、大張りきりなのよ」ニコラはさりげなく話題をずらした。「抜かりなく準備が進んでいるかどうか確認するために、伯爵夫人はペネロピ、マリアンヌと一緒に来週か再来週にこちらにいらっしゃるらしいわ。デボラ、あなたもぜひマリアンヌに会えるといいわね」

「でも、レディ・アーシュラがペネロピの結婚式の準備をほかの人にまかせるなんて考えられない」あの高圧的なペネロピの母親が、とデボラは言いたげだった。「伯爵夫人はマリアンヌの結婚式もご自分で取りしきられるの？」

「レディ・アーシュラが取りしきると、ペネロピの望むような結婚式はできないことがわかっているから、伯爵夫人は式の費用のすべてをご自分が払うとおっしゃったんですって。その代わりいっさい口出ししないようにと申し渡されたようよ。レディ・アーシュラって、すごくけちでしょう。だから、お金を出すと言われて黙ったのよ、きっと。マリアンヌの結婚については、事実は小説よりも奇なりと言うけれど、こんなすばらしいことってあるかしらと思ってるの。リチャードはあなたに何か話さなかった？」

「リチャードが？　どうして？　男の人は結婚式なんかにあまり関心ないんじゃない？」

「それはそうにしても、リチャードはマリアンヌには大いに関心があると思うわ。マリアンヌはね、エクスムア伯爵夫人の孫娘だということがわかったのよ。つまり、マリアンヌもリチャードの親戚だというわけ」

「えっ！」デボラはぽかんと口をあけて、姉を見つめる。「まさか、冗談でしょう？」

「いいえ、冗談なんかじゃないわ。二十年以上も行方がわからなかったチルトン卿のお子さんたちの一人だったの。だから、社交界で誰も知らなかったのも当然よ」

「チルトン卿？　伯爵夫人の息子さんでしょう？　でも、ずっと前に息子さん一家は亡くなったんじゃなかった？　だから、リチャードが爵位を継いだのよ。でなかったら、先代伯爵が亡くなったときにチルトン卿がエクスムア伯爵になってらしたはずだわ」

「みんなそう信じてきたの」ニコラは肩をすくめた。「ところが実は、お子さんたちはパリを脱出していたことがわかったの。亡くなったのは、チルトン卿ご夫妻だけだったようよ」

「ほんと？　お子さんたちが生きていたなんて、確かにすばらしいことだわ！　それにしても、なぜ今まで伯爵夫人はわからなかったのかしら？　いったい何があったの？」

ニコラはためらった。リチャードについて伯爵夫人が疑っていることをデボラに話すわけにはいかない。それに、心身ともに弱っている妹に、リチャードが実は根っからの悪人であるとは言えなかった。

「そのへんの詳しいいきさつは、私もよく知らないの」ニコラはごまかした。「なんでも、チルトン夫人のお友達のアメリカ人の女性に子どもたちは助けられたんですって」

「そうだったの。それで、その女の人が子どもたちをアメリカに連れていったのね？」

「末っ子だけは。ほかの二人のうちのジョンという名前の男の子は、旅の途中で熱病にかかって亡くなったという話。もう一人の女の子、マリアンヌは孤児院に入れられてしまったの」

ジョンとマリアンヌの苛酷《かこく》な運命はリチャードによってもたらされたものと、伯爵夫人とペネロピは信じている。そのことはニコラも承知していた。チルトン卿夫人の友人が子どもたちをパリからロンドンまで連れてきて、伯爵夫人の家に同居していたウィラという親戚の女性に渡した。その当時、息子一家が殺された悲しみで夫人は床に伏せっていて、子どもたちが連れてこられたことすら知らなかった。それらの出来事は、先代の伯爵が亡くなった直後に起きたことだという。ウィラは死ぬまぎわに、二人の子どもをリチャードにあずけたと告白した。正統な跡継ぎであるチルトン卿と息子のジョンが両方ともこの世を去ったとされたために、遠縁のリチャードが爵位と地所を相続した。リチャードに恋していたウィラはその事情を知っていたので、伯爵夫人には無断でジョンを渡したのだった。リチャードはひそかに二人の子をどこかに隠した。ジョンが引き渡された先は明らかにされていないが、ウィラによればジョンはまもなく病死したという。女の子のほうは、リチャードの手下の男によって孤児院にほうりこまれた。

「まあ、なんてひどいことを！」黙って聞いていたデボラは思わず声をあげる。「その女の子は自分が誰であるかも、ずっと知らなかったの？」

ニコラはうなずいた。「ええ。こういう真相がやっとわかったのは、今年の五月ごろのことですもの。アメリカに連れていかれた末っ子がイギリスにやってきて、たまたま伯爵夫人に会ったの。そうしたらチルトン卿夫人にあまりによく似ているので、死んだとされた孫娘にちがいないと伯爵夫人は思ったんですって。やがてその女性が本当に、アレクサンドラというチルトン卿夫妻の末娘であることがわかったの。孫の一人と晴れて再会を果たした伯爵夫人は、もう一人の孫娘も捜しだしたというわけ。それがマリアンヌだったの」

「へえ、すごい！　小説のなかの出来事みたいじゃない」

「小説よりもっとすごいわよ。アレクサンドラがソープ卿と恋に落ちて結婚するという、ロマンティックな結末まであるんですもの。マリアンヌのほうは、バッキーがひらいた催しのあいだに、伯爵夫人に雇われた警吏に見つけだされたの」

「それは、あのひどい男が射殺されたときのこと？　リチャードから聞いたわ。その男がお客をピストルで脅したので、その女の人を救うためにリチャードは撃つしかなかったそうね」

「そう。脅されていたのはマリアンヌなの。リチャードに撃たれた男は……マリアンヌが孤児院に入れられたことと関係があるらしいわ」

「悪党なのね！　リチャードが撃ち殺してよかったんだわ。話を聞いただけで、身の毛がよだちそう――リチャードが私を早く家に帰してくれたことに感謝しなくちゃ」

「そうね」ニコラは口まで出かかった言葉をのみこみ、軽く相づちを打つにとどめた。リチャードが救おうとしたのはマリアンヌではなくて、自分自身なのではないか。「だけどそのときも、なぜあの男がマリアンヌを殺そうとしたのか、誰にもわからなかったわ。理由も動機もまったく見当のつけようがなかったのよ。その翌日にロンドンから警吏がやってきて、マリアンヌの身元を明かしたの」

デボラは目を丸くした。「そういうことだったの！　どうしてリチャードは話してくれなかったのかしら？　男の人って、なんでときどき頭がまわらなくなっちゃうんでしょうね。つまらないことを大げさに言いたてるかと思えば、重要なことはすぽっと抜け落ちてしまうんだから」

かまわずニコラは続けた。「あんなに幸せそうな伯爵夫人を見るのは初めてだわ。マリアンヌと再会したときは、伯爵夫人もアレクサンドラも有頂天でいらした。マリアンヌにとっても夢のようだったでしょう」

「でしょうね。すばらしいお話！　しかも、二組の結婚式でめでたしめでたしになるなんて……」デボラは小さなため息をもらした。「伯爵夫人のお宅でお目にかかるのが待ちきれないくらい。私、めったに人に会わないものだから」

「あなた、もっと外に出なくてはだめよ。田舎に引きこもってないで、たまにはリチャードと一緒にロンドンにいらっしゃい」

デボラは姉を見た。悲しげな顔で何やら言おうとしたとき、背後から男の声が聞こえた。

「ぼくもデボラにいつもそう勧めてるんだけどね。亭主の言うことよりは、お姉さんの話のほうが耳に入るかもしれない」

姉妹は振り返った。笑みを浮かべたリチャードが、こちらに向かって歩いてくる。地味な身なりのずんぐりした男を従えていた。一度も笑ったことがないのではないかと疑いたくなるような、無愛想な男だった。

「リチャード！」デボラが笑顔で答えた。「あなたがいらしたなんて、気がつかなかったわ」

「こんにちは、リチャード」ニコラは冷ややかに挨拶《あいさつ》した。リチャードの顔を見るたびに、ギルの死を思いださずにはいられない。事故だと言い張っているが、リチャードのせいにきまっている。リチャードのした悪事の数々をペネロピから聞いた今、前よりもいっそう邪悪な男だと確信していた。

「デボラ、ニコラ、新たに捜査を依頼した警吏のジョージ・ストーン氏を紹介しようと思ってここに来たんだ。ミスター・ストーン、私の妻、エクスムア夫人と、妻の姉のミス・ファルコートです」

「奥さま、お嬢さま、はじめまして」ジョージ・ストーンは形ばかりのおじぎをしてみせる。背は低いが、頑丈な体つきだ。分厚い胸や腕で上着がはちきれそうだった。

リチャードが言った。「ニコラ、ゆうべの一件について、このミスター・ストーンの質問に答えてあげてほしい。追いはぎを捕まえるために、わかっていることはなんでも話してくれたまえ」

「残念ながら、お話しできることはあまりないと思いますけれど」ニコラはまずは穏やかに答える。追いはぎに味方する気はないが、かといって、このストーンという男も好きになれない。リチャードにいたっては、大嫌いだ。そのリチャードの鼻をへし折った追いはぎを捕まえようとしているストーンの手助けをするのは気が進まなかった。

ストーンは表情を変えない。「しかし賊を見たんですから、何か話せることはあるでしょう」

ニコラは心もち眉をつりあげ、わざと貴族ぶったまなざしを男に向けてみせる。警吏の分際で何を言うか。目にもの言わせて、そっけなく切って捨てた。「暗かったですし、覆面をしてましたから。何かお役に立つことが言えるとは思いません」

「身長は？」

「相手は馬に乗っていたんですよ、ミスター・ストーン。身長などわかるわけがないでしょう」

「御者の話だと、その男は馬からおりて、お嬢さまの真ん前に立っていたときもあったようですよ。お嬢さまはそいつの横っ面を平手打ちされたとか」

「それはそのとおりですわ。無礼な態度は我慢ならないんです」ニコラは意味ありげな視線をジョージ・ストーンにあてた。

「なるほど。しかしですね、私が言いたいのは、そのとき男の背丈の見当がついたんではないかということなんです」

ニコラはわざとらしくため息をついた。「中くらいの背丈だったと思います。体格も」

「馬丁が言うには、大男だったそうです」

「馬丁にはそう見えたかもしれませんね。ジェイミーはどちらかといえば、背が低いほうですから」ストーンも小男だと言わんばかりに、ニコラは相手の頭のてっぺんにさっと目を走らせた。

「そのようですね」これ以上はありえないと思うほど、ストーンは無表情になっていく。

「何か特徴はありませんでしたか？　服装でもふるまいでも。あるいは、歩き方でも」

「紳士階級の話し方をしていました」これはすでに世間に知れ渡っている事実だ。「ふるまいとか歩き方については……申し訳ありませんが、何も思いだせません。恐ろしくて、細かいところまではとうてい気がつきませんでした」

「わかりました、お嬢さま。ありがとうございます」ストーンはニコラにいちおう頭をさげてみせ、リチャードに話しかけた。「では、さらに調査いたします」

ストーンの後ろ姿を見送ってから、リチャードはニコラのほうに向き直った。「我らが姉上はあまり協力的じゃなかったようですな」

「協力的じゃない？　何をおっしゃってるの。ミスター・ストーンは無礼だから、好きとは言えないわ。でも、知っていることはすべてお話ししました。追いはぎ団は首領も家来もみんな黒装束だったのよ。覆面で顔を隠していて、馬も、なんの特徴もない黒い馬ばかり。闇《やみ》と見分けがつかないように、最大の注意を払ってそうしていたんだと思うわ。それに、さっきも言ったように、私はおびえていたから」

「ニコラがおびえていた？　何かを怖がる人だとは、とうてい思えない」

「あら、いやだ、私だって怖がることがあるわ。デボラに訊《き》いてごらんなさい。ねずみが大嫌いで恐れおののく、と教えてくれるでしょう」ニコラは間を置いて、つけ加えた。「とりわけ、二本脚のねずみが」

ニコラは鋭い視線でリチャードの顔を見すえた。リチャードは薄笑いを浮かべる。「なるほど。ところで、お二方、なかに入りませんか？　そろそろ昼食の時間だと思う。食事のあとで、一緒に出かけてもいいな。今日はぼくもわりに暇なんだ」

ニコラはすかさず言った。「私は村に行く予定がありますので、ご一緒できないわ」午後いっぱい義弟につきあうなんてまっぴら。

「また農民連中に会いに行くのかな。そういうお務め、疲れませんかね？」

「お務めなんかじゃありません。村の人たちに会うのが楽しみなだけよ。ここに移ってきたときから、みんなとっても親切にしてくれたのが忘れられないの」

「そりゃあ、親切にするしかないでしょう。なんせバックミンスターのいとこだから」

「私が貴族だから儀礼的に親切にしてくれるわけじゃないわ。あの人たちは私を心から温かく迎え入れ、気に入ってくれているのよ。無理にそうしているのでも、へつらおうとしているのでもないわ」

「下の階級の人間となぜそんなに気が合うのか、ぼくには理解しがたい。それはともかく、村に出かける前にぼくらと食事をともにはしてくれるんでしょうね？」

「もちろん」ニコラは、にいっと笑ってみせた。

リチャードもつくり笑いを返す。「それは、かたじけないことで。じゃ、デボラ、なかに入ろう」妻に腕をさしだした。

デボラは夫の腕に手をかけ、家に向かった。内心ため息をつきながら、ニコラもあとに続く。リチャードと一つ屋根の下で暮らすのが容易ではないことは、はじめから予想していたことだ。ひたすら妹のためと覚悟してきたものの、思ったよりさらに面倒なことになりそうだ。

リチャードをなるべく無視し、その代わりに笑みを絶やさないように努力して、ニコラは昼食をなんとか切りぬけた。食事のあとで二階の寝室に行き、需要の多い塗り薬や強壮剤をはじめとした常備薬一式を入れた鞄《かばん》を取りだした。数カ月前にバッキーのパーティのためにここに滞在していたあいだに村を訪ねると、みんなが口々に薬が欲しいと頼んだ。ローズおばあさんが亡くなってからというもの、村人たちは怪我《けが》や病気を治してくれる人を失ってしまったのだ。そこでローズおばあさんの弟子であるニコラがすっかり頼りにされたというわけだ。だから今回は、手持ちの薬をたっぷり用意してきた。

ニコラは馬の背に鞄をくくりつけ、馬丁のお供を断固として断り、一人でタイディングズの屋敷を出て裏道に向かった。いくらか道が険しいとはいえ、少なくとも一キロ半ほどは短縮できる。それに、馬に乗っているときはいつでも必ずくつろげるのだ。言うまでもなくロンドンでは、上流の人たちが馬や馬車で行き来するので有名なハイドパークのロットン・ロウを朝のうちに走りぬけるくらいしかできない。だが今日のように田舎に来れば、思うぞんぶん馬を駆ることができて嬉しかった。

深呼吸して新鮮な空気を吸いこむ。都会とは大違いだ。表面的にしろリチャードと調子を合わせなければならない神経の疲れが、しだいに和らいでいくのを感じる。それにしてもこれからの数カ月、うまくやっていけるだろうか？　リチャードと顔を合わせるたびに、蛇が目の前を横切ったような嫌悪感に襲われる。といって、ロンドンに帰るわけにもいかない。痛々しくなるほど哀願されたあげくに来てみたのだが、今朝のデボラはあんなにも元気そうになった。そんな妹を見捨てて去ることはできない。妹をロンドンに連れて帰りたいのが、ニコラの本心だった。けれどたとえリチャードが許したとしても、流産をくり返したデボラを二日間もがたがた揺れる馬車に乗せるのは無謀だ。

　田舎道を気持よく馬を走らせ、低い石垣を楽々と越えているうちに、ニコラのそんな悩みもしだいに薄らいでいった。そのころには人馬一体という心境になり、垣根をひらりと飛び越え、冬の木漏れ日がまだら模様を描く道に出ていた。ニコラは馬をとめ、右のほうに目を向けた。左の道を行けば、村に早く着ける。右の道は、ホワイト・レディ滝が流れ落ちるライドフォード峡谷の頂に通じていた。滝のある場所からも、別の道を通って村に行ける。一時間ほどよけいにかかる道のりではあるが、遠まわりする時間の余裕がないわけではない。といって、行く理由があるわけでもないけれど……。

　ニコラは右に曲がり、馬を速歩《はやあし》で走らせた。やはり、ホワイト・レディ滝をもう一度見ておかなければならない。村を訪問することにしたときから、胸の奥にその思いがあったのだろう。ゆうべの回想がきっかけになったのだ。もう一度あの滝を見なければ心が休まらない。

　もはや、まわりの風景は目に入らなかった。今のニコラにとっては、ダートムアの小高い岩山もハイドパークの芝生とさして変わりない。すべての神経がこれから行くところに集中していた。

　やがてニコラはライド川のほとりに出た。川沿いに進むと、川幅の狭いライド川が急にライドフォード峡谷に流れこむ地点がある。胸がどきどきしだした。馬の速度を落とす。ギルが亡くなり、ダートムアを離れる直前に訪れて以来、ここには一度も来ていない。この場所を目にするのが怖かった。数カ月前にバッキーが招待した客たちと一緒にライドフォード峡谷まで遠乗りに来たときでさえ、滝を見あげただけで耐えがたい悲しみに襲われた。これから滝のてっぺんまで行く勇気があるだろうか？　あそこは、美しくも悲痛な思い出に満ち満ちたところなのだ。であっても、思いきって行かなければならない。

滝の音が聞こえてきた。はじめはかすかだが、だんだん大きくなっていく。そしてやっと目の前に、あの牧歌的な場所があらわれた。たった数週間しか続かなかった夢のような愛の日々、人目を忍んでギルと会ったのがここだった。岩がごろごろしていて、水際には緑が生い茂り、滝から霧が立ちのぼって虹《にじ》色に揺らいでいる。

ニコラは馬をとめて地面におり、手綱を引いてさらに一、二メートル歩いた。滝のへり近くで立ちどまり、しぶきが頬をなでるにまかせる。ニコラはあたりをゆっくり見まわした。胸がいっぱいになった。

タイディングズ邸での舞踏会のあと、ニコラとギルはここでしばしば会った。二人は滝から少し離れた木陰にすわって口づけを交わし、将来のことを語りあった。ニコラが十八になって自由に結婚できるようになったら、アメリカに移住するつもりだった。アメリカでは身分や家柄に関係なく、人それぞれの実力によって生きられるという。ギルはニコラに指輪を贈った。飾りがなくて大きい男性用の指輪だった。たった一つの遺産だと、ギルは話していた。母が死ぬ前に父親のものだと言ってその指輪をギルに渡したが、それ以上は語ろうとしなかったという。ニコラはそれを鎖に通して、ペンダントのように服の下につけた。二人の婚約指輪だった。

あのころの光景が目に浮かび、思わずまぶたをとじた。恋しさがこみあげ、切なくてたまらない。ニコラは地面に腰をおろして、ギルの胸に後ろ向きによりかかっていた。ギルは後ろからニコラを抱きかかえていた。記憶が生々しくよみがえり、刺すような痛みをおぼえた。

「ああ、ギル！」ニコラはむせび泣く。泣き声は滝のとどろきにかき消された。

生きていると、あれほど激しく感じたことはない。ギルの熱い口づけや抱擁によって、ニコラの感覚は生まれて初めて目覚めた。そのような感覚が存在するとは夢にも思っていなかった。若い二人は木の下に横になり、熱烈に唇を求め、肌にふれあった。けれどもギルは、愛撫《あいぶ》の果てに抑えきれないほどの欲情にかられても、必ず身を離したものだった。ニコラを辱めたくない。どんなにつらくても結婚するまで我慢しようと、ギルは言うのだった。

純潔を守らなくてもかまわない。このまま続けたい。ニコラはせがみ、唇や体をギルに押しつけた。あの最後の日、ニコラはドレスのボタンをはずして胸をはだけた。ギルの息づかいが荒くなり、まなざしは熱をおびていた。

「私が欲しくないの？」ニコラはささやいた。

「何を言ってるんだ。欲しいにきまってるじゃないか」ギルはかすれ声で答え、胸のふくらみに手をかぶせて親指で乳首をさすった。「死んでもいいと思うくらい、あなたが欲しい」

ギルの黒い瞳は燃えるように輝いている。手をすべらせて、ニコラの胸もとをまさぐった。「一目でもあなたに会えれば……ぼくの指輪があなたの肌で温かくなっているのを感じれば……あなたはぼくのもの、ぼくはあなたのものだとわかるし……」

「だったら、私を抱いて」ニコラはギルの手を取り、目をきらきらさせて迫った。「私を愛して。あなたをじかに感じたいの。そして――」

「だめだ！　ちゃんと結婚してないうちから、あなたに子どもを産ませるわけにはいかない。ぼくのおふくろがそうだったんだ。あなたをそんな恥ずかしい目に遭わせることはできない。子どももかわいそうだ」

ギルはかがんで、ニコラの桃色の乳首にそっと口づけした。「さ、もう胸を隠してよ。でないと、ぼくは気が狂いそうだ」

「隠さなかったら？」ニコラはひじをついて胸をそらし、挑むような目つきで言った。

「それなら無理にでもぼくが隠させるしかないよ。でしょう？」ギルは手を伸ばした。

そのとき突然、怒号がひびき渡った。滝の水音を上まわるような音量だった。ニコラとギルは同時にぱっと振り向いた。ほんの一メートルしか離れていないところに、リチャードがものすごい形相で立っていた。

ギルはあわてて立とうとする。だが完全に立ちあがらないうちにリチャードのげんこつをあごに食らい、後ろにひっくり返った。リチャードはニコラのほうを向き、あらわな胸もとに目を釘《くぎ》付けにした。「なんだ、それは？　指輪か？」

「ええ。ギルにもらったの」ニコラは立ちあがりながら、ドレスの前身頃《みごろ》をかきあわせて胸を隠す。「私はギルと結婚します」

「結婚だと？　馬丁と結婚か？」いきなりリチャードは手を伸ばして指輪をつかみ、細い鎖を引きちぎった。指輪を高くかかげて見すえたあげく、ぼそっとつぶやく。「ちくしょう……」

ニコラは声をあげた。「返して！　それは私のものよ。失礼じゃありませんか！」

うなり声とともに、リチャードは指輪を滝に向かってほうり投げた。「あいつと結婚なんかさせるもんか！」

すぐさまニコラは指輪のあとを追いかけた。が、滝のへりで立ちどまるしかなかった。

背後では、ギルが起きあがってリチャードに飛びかかっていった。二人とも地面に転がった。ニコラは呆然《ぼうぜん》と滝を見おろす。絶壁をなだれ落ちる水は音をたてて下の峡谷にくだけ散り、さらに先へ勢いよく流れていく。ギルの指輪はどこかへいってしまった。二度と見つけることはできないだろう。リチャードを非難しようとして振り返ると、男たちが声も出さずに取っ組みあいをしていた。

子どものころにニコラは男のけんかを見たことがある。中庭で二人の馬丁がにらみあっていて、一人がもう一方をなぐり倒した。家庭教師が急いでニコラを家のなかに連れて入った。だが目の前の格闘はその比ではない。獣のようなうなり声をもらしつつ地面を転げまわり、組んずほぐれつ、壮烈になぐりあっている。

「やめて！　ギル！　リチャード！」ニコラの声が二人の耳に届くはずもなかった。

二人は滝のふちすれすれまで近づいていて、舞いあがる水しぶきに包まれたように見える。〝危ない！〟と叫びながら、ニコラはそちらに走りだした。そのとき、滝のすぐそばの崖《がけ》のへりが崩れかけた。男たちの足が宙ぶらりんになるのが見え、ニコラは悲鳴をあげて立ちすくむ。危険に気がついたギルもリチャードも、安全な場所にはっていこうとした。だがギルの足の下の地面がなおも崩れつづけ、土や石がざあっと流れ落ちていく。ギルは何かにつかまろうとして懸命に手を伸ばすが、足のほうからずるずると後ろへ落ちていった。

「ギル！」

ニコラの叫び声で、しっかりした地面までもどってきていたリチャードが振り向いた。

崖っぷちからギルの体がずり落ちていく。滝のしぶきが雲のように立ちこめている。リチャードは崖のへりまではっていって、下をのぞいた。

「つかまって！　助けあげてやるから」リチャードは片方の腕をギルに伸ばした。

ニコラは必死で祈った。リチャードの背中の筋肉が盛りあがっている。肩が動くのが見えた。次の瞬間、短い叫びとともにリチャードの背中から力が抜けた。腕はまだ垂れたままだった。

ニコラは立っていられなくなって、その場にしゃがみこんだ。口がきけなかった。リチャードが崖っぷちからゆっくりはいもどってきて体を起こし、ニコラのほうを向いた。

「残念だ。手を放してしまったんだよ。引っぱりあげようとしたが、彼は持ちこたえられなくて手を放してしまった。落ちていった」

4

ニコラは滝から顔をそむけた。涙があふれた。あの日のことは、十年たっても忘れられるはずがない。ただ呆然《ぼうぜん》と崖《がけ》のふちを見つめていたときの、あの吐き気のするような脱力感を今でもはっきり憶《おぼ》えている。衝撃のあまり、しばらくは声も出せなかった。深い悲しみに打ちのめされる一方で、信じられないという思いも強かった。ギルが死んだなんて、まさか！

ふと気がついて、ニコラはぱっと立ちあがった。足はふらついていたが、胸のなかは希望で満たされていた。「ギルは死んでなんかいないわよ！ 怪我《けが》はしてるかもしれないけれど、きっと滝つぼにいるわ」

「ありえない。岩だらけだから無事でいられるはずがないよ」

「でも、水があるじゃない！ まっすぐ水中に落ちたことも考えられるわ」

「いや、行っちゃだめだ。見るに堪えないありさまだと思う」

だがニコラはリチャードにはかまわず、走っていって自分の馬の背によじのぼった。ついていくと言い張るリチャードとともに馬でいったん峡谷の入口までくだり、それからふたたびホワイト・レディ滝まで川沿いをのぼった。滝の近くは絶壁なので、崖の下におりるにはそれしか方法がなかった。しかもたいそう時間がかかり、ギルが落ちたあたりにやっとたどりついたときは夕方になっていた。切りたった岩壁が滝つぼのまわりに暗い影を投げかけている。

周辺一帯の岩にはいのぼったりしてくまなく捜したが、どこにもギルを見つけることができなかった。長年にわたる浸食によって深くうがたれた滝つぼにも、ギルの体は見えない。

「ニコラ……うちまで送っていくよ。これ以上、捜してもむだなのはわかっただろう？　滝つぼの底に沈んだか、川に流されたか。いずれにしろ、あの子はとっくに死んでるよ。墜落死じゃなくても、溺《おぼ》れたにちがいない。さあ、行こう……」

「死んでなんかいないわ！」ニコラは気色ばんでくり返した。「死んでないわ！　私にはわかるの！　死んでたら、そう感じるはずだもの。きっと生きてるわ！　水中に落ちて川に流されたのよ。川下に流されただけ」

来たときよりもさらに時間をかけて二人は引き返した。川幅の狭いライド川や岸も目を皿のようにして見たが、人の影も形もなかった。峡谷の入口にもどったときは、ほぼ日が暮れていた。バックミンスター邸まで送ってきたリチャードが言った。「こんなことになって残念だった。そりゃ怒ってはいたけれど、まさか死んでしまうとは思ってもいなかった」

ニコラは力なくうなずくだけだった。

「ぼくは助けようとしたんだよ。それは見てたよね。だけど二人とも手が濡《ぬ》れていて、すべってしまったんだ」ニコラが黙ったままなので、リチャードは話を続けた。「判事を呼んで、いきさつを説明するつもりだ。心配しないでくれたまえ。あなたの名誉に傷がつかないようにするから。馬丁の男の子と一緒だったことは世間に知られてはならない」

ニコラは声を荒らげて言い返した。「私の名誉なんかどうでもいいんです！　それに、ギルは死んでなんかいないわ！　わかってるの」

「そうだね」

リチャードが声をひそめて、ファルコート夫人に話をしていた。ニコラは寝る前に、医師が処方したという苦い薬を母にのまされた。今夜は眠ることなどできるはずがない。そうであっても、寝室で一人になりたかった。ところが横になったとたんに、眠りに落ちていた。そして翌日、目が覚めたときは昼に近かった。まだ頭がぼうっとしている。リチャードが、私に阿片《あへん》チンキのたぐいをのませるように母に言ったにちがいない。

ニコラはまた峡谷に馬を走らせ、昼の光のもとで端から端まで捜した。けれどもやはり、ギルの姿はどこにもなかった。もしかしたらギルが無事だという知らせが来ているかもしれない。そう思って、家に帰った。だが、ニコラへの伝言は何もなかった。その夜は母の薬をのむのを断ったので、眠れない一夜を過ごすことになった。崖からギルが落ちたときの一部始終を思いだし、ギルがまだ生きていると思う理由を何度も自分に言いきかせる。ギルは若くて体が丈夫だし、固い岩ではなくて水のなかに落ちたのだ。滝つぼは深いので、底にぶつかったとは思えない。泳ぎも上手だと、ギルから聞いたことがある。だから、生きているにちがいない。なんとか助かったはずだ。

けれども、何日待ってもギルが無事だという知らせは来なかった。やはり死んでしまったのではないか？　日がたつにつれ、その恐ろしい考えがニコラの心に重くのしかかってきた。もし生きていたら、ギルはなんらかの手段で連絡してくるにちがいない。連絡が遅れている理由も、あれこれこじつけて考えた。熱を出して寝こんでいるとか、どこかで意識を失っているとか、あるいは、腕を骨折して字が書けないのかもしれない。だが、はかない望みもしだいに消えていった。

来る日も来る日も、ニコラは待ちつづけた。知らせはついに来なかった。ギルは本当に死んだのだと思うしかなかった。憂いに沈み、食べることも眠ることもできず、何日かはベッドから起きることもできなかった。

判事がやってきて、いくつか質問をした。リチャードが手を伸ばして引きあげようとしたが、ギルは手を放して落ちてしまったというのは事実ですか？　そう優しく訊《き》かれて、はい、とニコラは答えた。事故だったのかという問いにも、はい、と返事した。どうやら判事は、ニコラとリチャードが一緒に馬で出かけ、ギルは馬の世話をするためについていったと思っているらしい。そうではありませんと言いかけて、ニコラは口をつぐんだ。もはや、どうでもいいことだ。何もかもどうでもいいことなのだ。

二週間ほどたったとき、叔母がニコラをロンドンに連れていくためにバックミンスター邸にやってきた。はじめのうちニコラは村を離れたくなかった。ひょっとしてギルから連絡があるかもしれない。いまだに一縷《いちる》の望みを捨てきれなかったのだ。だが叔母は、ニコラを連れていく決意を断固として変えなかった。しまいにニコラも、ここにとどまれば苦しいだけだと悟った。この村のどこを見てもギルを想《おも》い、二人の短い恋の追憶から逃れられないだろう。

ロンドンへ出発する前に、ニコラはギルに最後の別れを告げるつもりでホワイト・レディ滝へ行った。滝のそばに長いことたたずんで、緑の峡谷を見渡した。それから、水しぶきを立てて峡谷に流れ落ちている滝をゆっくり眺めた。去りがたい思いで滝から視線をそらしたとき、きらりと光るものが目の端に入った。なんだろう？　もう一度、足もとをよく見た。崖のへりから二十センチほど下に、いばらの茂みが生えている。その茂みのなかに、金色に光るものがあった。胸がどきどきしだす。ニコラは崖のふちにひざをついて、目を近づけた。ギルがくれた指輪だ！　リチャードがニコラの襟もとから引きちぎってほうり投げたとき、指輪は滝に落ちないでこのいばらにひっかかったのだ。大切なギルの指輪が、こんなところで何日も私が来るのを待っていたとは！

すんでのことで、指輪が永遠に返ってこないところだった。それを思うと、気分が悪くなりかけた。ニコラは地面に腹ばいになって、崖のへりから茂みに手を伸ばした。指輪をしっかりつかみ、体を引きずって後ろへさがった。ギルが遺《のこ》したものはこれしかない。少なくともこの指輪だけは、肌身離さずいつまでも持っていよう。

指輪をポケットにしまい、鬱々《うつうつ》とした気分がいくらか軽くなって家に帰った。その翌日、ニコラは叔母とともにロンドンへ行った。


ニコラは向きを変え、滝から離れた。手がひとりでにポケットのなかの指輪にふれていた。あれ以来、指輪を長い鎖に通して服の下につけるのが習慣になった。今日のようなドレスの場合は人目につくので、ポケットに入れている。最初のうちは、お守のようなものだった。いちばんつらかったころ、この指輪に慰められ力づけられてなんとか切りぬけることができた。長いあいだいつも身につけていたので、今では体の一部みたいになり、つけていることすらほとんど意識しないくらいだった。

ニコラは馬を岩のそばに引いていき、足を岩にかけてまたがった。田野を横切り、村の南側に通じる田舎道に出た。村に入るとまず、牧師夫人を訪ねた。気だてのよい温和な牧師夫人からは情報が得られないことがわかっているので、訪問を早く切りあげることにした。

帰ろうとするニコラを、家の横手の通用口から出てきた家政婦が捕まえた。料理係が風邪をひき、皿洗いの女中はひどい霜焼けで困っているという話だった。ニコラは通用口にまわって料理係と皿洗いの女中に、柳はっかや接骨木《にわとこ》からつくった風邪薬とアルニカ軟膏《なんこう》をそれぞれ渡した。

家政婦はにこにこして言った。「ファルコートのお嬢さまはほんとにお優しいんだから。うちの姉のエムが、前回お嬢さまがいらしたときに足のかゆいのを治してくださったと話してたもんで、料理係にさっそく教えてやったんですよ」

「エム？　だったら、あなたはミセス・ポットソンの妹さんなの？」

家政婦は満面に笑みを浮かべる。「ええ、ええ、そのとおりです。よくおわかりで」

「お姉さんはお元気？」

「まあ達者にしてます。ときどき調子が悪くなるのは、働きすぎなんですよ。なんべんもなんべんも姉に言ってるんですがね。娘のサリーにもっと働かせろって。姉はサリーに甘くて、娘の言いなりなんだから。私が何を言っても、聞きやしません」

ニコラはほほえんだ。あの気が強いミセス・ポットソンが誰かの言いなりになるとは考えられない。大男のくせにおとなしいだんなさんをはじめとして、家族全員がミセス・ポットソンの意のままに動かされているとしか思えないが。

牧師館の次に訪問したのは旅籠《はたご》だった。旅籠の主人はジャスパー・ヒントンといい、やせて小柄な男だ。妻のリディアは大柄で背が高い。その他すべてにおいて、この夫婦は似ていなかった。ジャスパーは無口で、人間よりも数字が好きなようだ。一方リディアは、おしゃべりが大好きな社交家だ。旅籠に隣接した居酒屋に行けば、地元の噂《うわさ》や住民たちの消息がひとりでに耳に入るものだ。そのうえ、人間や人間のすることに飽くなき好奇心を燃やしているリディアの存在があるので、旅籠は情報の中心地とも言える。

もとより旅籠は、旅のあとののどの渇きをいやしたり休憩するところでもある。ここにもニコラの薬を必要とする世話係や使用人がいることだろう。

前庭に入っていくなり、ニコラは世話係の頭《かしら》に大声で迎えられた。ニコラの手助けをするために近寄った若者を、頭はぐいと押しのけた。「なんとなんと、ミス・ファルコート！　タイディングズにおいでだとは聞きましたが、信じられなかったんです。あそこにいらしたことはいっぺんもないし、夏にバックミンスターのお屋敷にお見えになったばかりだし」

「ええ。でも、妹に会いに来たの」

「それはそれは。おい、ジェム、お嬢さまの馬を連れていけ。ブラシをかけてやるんだよ。いいかね、ちゃんとやったかどうか、あとで見に行くからな」頭はさっき押しのけた若者に命じ、ニコラとともに旅籠の玄関に向かった。「妹さんはいかがですか？　いい奥さまだが、めったにお目にかからないもんで」

「そうね、デボラはあまり外出しないから」デボラは召使いに対して威張った態度はとらないけれど、ニコラのように村の住人と親しくしたりもしない。「マルコム、その後、目はどうなの？」

　年配の頭は見るからに嬉《うれ》しそうだった。「あれまあ、そんなことまで憶えていてくださるとは。いかにもお嬢さまらしいですて。いただいた薬のおかげで、目はだいじょうぶです。魔法みたいに効きやした」

「それはよかったわ」

「ローズばあさんが死んじまってからは、お嬢さましかおらんですよ」

「私はローズおばあさんみたいにはとうていなれないわ」

世話係の頭はうなずいている。「ローズばあさんはすごかった。林のなかのどの植物の名前も知っていて、使い方も全部わかってるんだから。なんでもばあさんは、おふくろさんから習ったとか。で、そのおふくろさんはそのまたおふくろさんからって具合に、代々受け継いできたんだそうですよ」

　二人は玄関に着いた。そこまでが世話係の職場なので、頭はニコラに陽気な声で挨拶《あいさつ》をしてから前庭にもどった。居合わせた不運な部下をどやしつけている頭の声が聞こえる。

ニコラは思わず微笑して、玄関に入った。廊下の奥からリディア・ヒントンがエプロンで手をふきながら、笑顔で出てくる。

「まあまあ、ミス・ファルコート！　今日はなんといいことがある日でしょう！　こんなにすぐお目にかかれるとは思っておりませんでした。お嬢さまがいらしたとスーザンが言いに来たんですが、信じられませんでした。さ、さ、特別室にお入りくださいませ」

ミセス・ヒントンは、何事にも正しい順序があると信じている。だから、ニコラとともに台所にすわっておしゃべりするなんて、考えもしない。貴族の令嬢は特別室に通すものなのだ。そして、飲み物や食べ物を持ってくるまでは、自分も一緒に腰をおろすなどとんでもないこと。たとえ腰をおろしたとしても、それはニコラにぜひにと勧められてからでなければいけない。というわけで、ミセス・ヒントンはいつものようにまずニコラがマントをぬぐ手助けをし、それからお茶とお菓子を運んでくる。そのときたとえニコラが〝どうぞ〟とうながしても、最初は椅子にすわるのを遠慮する。暗黙の取りきめのようなものだが、さらにニコラが勧めたあとでようやくリディアは向かい側の椅子に腰をおろすのだった。

お茶を飲みながらのおしゃべりについても、守るべき手順がある。まずは、ご主人と子どもたち、旅籠で働く人たちは元気ですかとたずねる。次にリディアが伝えたいと思う地元の話に移り、面白そうに耳を傾けなければならない。ニコラが聞きたくてうずうずしている話題を持ちだすのは、そのあとだ。ようやく話の切れ目に、リディアが椅子に背をもたせかけてお茶に口をつけた。

ニコラはカップを置き、何げないふうを装って訊いた。「ミセス・ヒントン、例の追いはぎはどうなったの？」

「追いはぎですって？」リディアは訊き返した。ニコラは内心どきっとする。

「ええ。追いはぎよ。ゆうべ、私の馬車が襲われたの」

「ええっ、まさか！」ミセス・ヒントンは音をたててカップを置き、驚いた顔をしている。

「それはいけません。ミス・ファルコートにそんなことをするなんて。だって、話が違うじゃありませんか、エクス――」急に口をつぐみ、言葉をにごした。「お嬢さまみたいな方の馬車を停《と》めるとは、とんでもないこと」

ニコラはかすかにほほえんだ。「私がエクスムア卿《きょう》に告げ口をするのではないかという心配ならば、その必要はないのよ。彼と私は仲がいいわけじゃないんですから」

「ええ。タイディングズには何年もいらしてないですものね。でも、血は水よりも濃しと言いますから――」

「エクスムアと私とは、血がつながってやしないわ！」ニコラの青色の瞳が光った。「妹が愚かにもあの人と結婚したからといって、私とはなんの関係もないのよ。ミセス・ヒントン、私が誰かの気持を傷つけたいと思うような人間ではないのはご存じよね。以前、ハリーが散弾銃で太ももを撃たれたとき、どうしてそんなことになったのかと私が訊いたりした？　本当は密猟していたにきまってるわ。お父さんが弾を取りだしたあと、ばい菌が入って大変だったでしょう。それで薬をつけて手当てしてあげたけれど、私はバックミンスター卿にも猟場管理人にも誰にも一言も言わなかったわ。バッキーは私ととても仲のいいとこなのよ。それでもしゃべらなかったくらいだから、まして軽蔑《けいべつ》しているエクスムアに告げ口なんかするものですか」

リディアは赤くなった。「申し訳ありません。お嬢さまが告げ口なさるはずがないのはわかっております。ただ、妹さんがタイディングズのお屋敷の奥さままでですし……」

「わかってるわ」ニコラはリディアにほほえみかけた。貴族階級の人間を信用していないのは、本能のようなものだろう。たとえどんなに庶民とうまくやっていたとしても、重大な事柄になれば同じ階級の側につきがちなものだ。「でもね、私は追いはぎに物を奪われたけれど、警吏にはその男の詳しい特徴なんか言わなかったのよ」

「警吏ですって！」リディアはうわずった声を出した。

「ええ。追いはぎ団を捕まえるために、伯爵は警察裁判所の警吏を雇ったの。ストーンという名前の警吏で、今朝その人と話をしたわ。なんだか感じの悪い人で、好きになれなかったの」

リディアは首を振った。「〝紳士〟はもっと用心すべきだったのに。いつか伯爵に追われるようになるんじゃないかと思ってました。逆らったら怖い方ですから」

「それはそのとおりよ。でも、なんだかあなたは……その男をご存じみたいね。会ったことがあるの？」

リディアは姿勢を変えた。落ちつきなく見える。「いえ、知ってるってわけでもないんですが——つまり、このへんじゃ、知れ渡ってますもの」

「どういうこと？」

「好かれてるってことです。人助けをしてるんですよ。困ってる人間のため」

「困ってる人にお金をあげてるという意味？」

「そうです。お嬢さまはアーネスト・マッケンをご存じでしょう？　錫《すず》の鉱山で働いて奥さんと五人の子どもを養ってたんですけど、ここんところ病気で仕事に行けなくなりました。伯爵には首を切られ、住んでいた家の家賃も払えないので追いだされそうになったんです。そんなある晩、戸口でどさっという音がしたんでジェニーが出てみたら、お金が入ってる袋が置いてあったんですって。六カ月分の家賃が払えて、食べ物や着るものも買えるくらいのお金が入っていたんだそうです」

「お金を置いていったのは、追いはぎの首領だというの？　なぜわかったのかしら？」

「それ以外に考えられませんもの。そんなお金持ちは、エクスムア伯爵か地主のだんな、バックミンスター卿ぐらいでしょう。そんな方たちが夜中に馬に乗って、お金の袋を置いていったりするはずがありません」

「それはそうね」

「ほかにもあったんです。人によって金額は違いますけど。だんなさんが死んだんで、フェイス・バーキットも伯爵に追いだされそうになりました。そんなとき、やっぱり戸口にお金を置いていかれて。置いていった男をフェイスは見たそうです。黒ずくめの格好で、覆面してたとか」

「だったら、ロビン・フッドみたいな義賊というわけ？」

リディアはこっくりした。「このへんじゃ、みんなそう思ってますよ。強きをくじき、弱きを助ける、といったところでしょうか。狙《ねら》われるのは、伯爵だけですし。それでも、気の毒がる人なんかいやしません」

「そうでしょうね。エクスムアが小作人や使用人に親切だとは考えられないですもの」エクスムア伯爵の爵位を継いだと同時にリチャードは、錫の鉱山ばかりでなく、近隣の広大な土地や農場など村の多くを相続した。

リディアは顔をしかめる。「先代の伯爵は悪い領主さまじゃありませんでした。先々代も同じだったそうです。ところが今の伯爵になってからは……まったくもうひどいもんです。もうかっていないという理由で、鉱山の賃金は切りさげられてしまうし。先代のときはもうかっていたんでしょうに、おかしいでしょう？　おまけに、鉱夫たちが住んでいる家の家賃を値上げしたんですよ。農家にしても、不作の年は大変です。でも鉱山のほうはひどいのなんの、賃金をさげて家賃をあげるんだから。ばち当たりですよ」

「本当にそうだわ」こういう不公平にニコラは憤りを感じずにいられないのだ。ロンドン東部の貧民街での慈善事業をはじめたのも、やむにやまれぬ正義感からだった。この種の話題について、パーティでは必ず大勢を相手にして論争になる。貴族社会では、ニコラは急進的なインテリ女だと見なされていた。「エクスムアが追いはぎにやられても同情されないのは当然よ。妹の話だと、襲われるのは主に鉱山の荷馬車なんですってね」

「ええ。ときには、通りがかりの馬車がやられることもありますけど。地元の人にはほとんど被害がありません。お医者の先生が新しい馬車で病人の家に診察に行く途中、追いはぎに行く手をさえぎられたことがありました。でも先生だとわかると、びた一文盗《と》らずに馬車を通したそうです」

「まるで聖者みたいね」

「いえ、そんなことはないと思いますよ。聖者みたいな人間なんて、めったにいるもんじゃありません。ただ、伯爵だけを狙っているのは確かです」

「理由は何かしら?」

「理由？　あんなことをやってれば、当たり前じゃないですか」

「もちろんそれはわかるけど、泥棒はふつうそんなに相手を選ばないものじゃない？　伯爵に何か個人的な恨みでもあるのかしら。その首領はこのへんの人なの？」

「いいえ、半年ぐらい前に、こっちに移ってきたんですよ。最初は〝紳士〟とその手下だけだったけど、その後、追いはぎ団に入った者が何人かいるそうです」

「地元の人たち？」

ニコラの表情を探るように、リディアは黙ってうなずく。

「それは大変。その人たちがどうなるかが心配だわ。必ず捕まえるって、伯爵は息巻いてるのよ。有能だとかいう警吏も来たことだし……」

「あまり心配なさらなくてもいいと思いますよ。〝紳士〟はそう簡単に捕まったりしないでしょう。隠れ家は誰も知らないんですって。地元の連中はどこかで追いはぎ団と落ちあうそうですが、どこに住んでるかはわからないとか。なんでも四人いて、隠れ家のありかは決して言わないそうです」

「どんな……どんな感じの人なの？」ニコラはカップに目を落とし、何げないふうを装った。

「どんな感じと言われても……何しろ、私は一度しか見てないんで」リディアは声をひそめて話しだした。「ある晩遅く、男がやってきて、うちのジャスパーにしか話をしないと言ったんです。ジャスパーがおりていったんで、私は何事だろうと思い、そっと階段の暗い踊り場で聞き耳を立ててました。そこなら、下から見えないので。その男がジャスパーに言うには、外にいる誰かのためにウィスキーを一杯欲しいと。雨風の強い夜だったんで、なかのほうが楽だから入って飲んだらどうかとジャスパーが言ったんですよ。そしたら、それはできないと男が言うものだから、ジャスパーはウィスキーをグラスに注《つ》ぎました。そのとき外の石段でブーツと拍車の音がしたと思ったら、なんと男が入ってきたんですよ。いや、まあ、びっくりしたのなんのって、もう少しでひっくり返りそうになりました！」

リディア・ヒントンは片手を胸にあて、目を丸くし、口をあんぐりあけてみせる。

「戸口がふさがるほどの大男でした。うちのジャスパーはもちろん、先に来た男よりもずっとずっと背が高くて、頭のてっぺんから足のつま先まで黒ずくめだったんです。顔の上半分は黒い布で覆面してました。見たとたんに追いはぎの首領だとわかったんで怖くなり、ジャスパーのことが心配でたまりませんでした。だって、いくらいい評判を聞いてはいても、本当のところはわかりませんものね？　なのにその人は上品な声でジャスパーに言ったんです。〝ありがとう、ご主人。こんな嵐《あらし》の夜に外まで酒を運んでもらうのは悪いからね〟ジャスパーからグラスを受けとってウィスキーをぐっとあおり、金貨を置いたんですよ！　私は階段から転げ落ちそうになりました。それからジャスパーに丁寧に挨拶して向きを変え、私のほうは見もしなかったのに、〝では、おやすみ、ミセス・ヒントン〟って言ったんですよ。信じられませんでした！　ほんのちょっと入ってきただけで、私が階段の暗がりにいるのがわかってたんですよ。ジャスパーも先に来た男も、まったく気がつかなかったというのに」

「だったら、顔は見てないのね？　誰か見た人はいるのかしら？」

「私は見てません。村の女の子はハンサムな人だと言うんですが、どうせ乙女心で想像してるだけだと思いますよ。顔を見たどころか、覆面してる姿も見たことがないにきまってます。どこの出身か知ってる者もいないし、とにかく何一つわかってないんです」

ミセス・ヒントンが何も知らないなら、ほかに知っている人がいるはずはない。「あだ名のとおり、本当に紳士なのかしら？　話し方は確かにそうだけど」

「ですが、お嬢さま、あの手は紳士の手じゃありません。手袋をぬいでウィスキーを飲むとき、手が見えたんです。大きくて、傷跡やたこがある手でした。小さいときから働いている人の手です。手袋をしないで馬に乗る紳士方の手でもあんなじゃありませんよ」

「だったら、どうやって紳士階級の話し方を身につけたのかしらね」

リディア・ヒントンはかぶりを振った。「わかりません。とにかく謎《なぞ》だらけですよ。自分のことを人に知られたくないので、わざとそうしてるのかもしれません」

「そうね。居所も素性も知られていなければいないほど、密告される恐れも少なくなるわけだから」

「密告する人間なんかいやしませんよ。このへんでは、英雄と思われてるんですもの」

「エクスムアが懸賞金を出しても？　お金欲しさにしゃべる人はどこにでもいるものよ。

そのうちリチャードは懸賞金を出すことに踏みきると思うの。何がなんでも捕まえようとしてるんだから。追いはぎの首領のやり方を自分に対する侮辱だと取ってるのよ」

「ま、あの〝紳士〟はなかなか捕まらないと思いますよ。それに、密告なんかしたら、みんな黙っちゃいないでしょう」

「だといいけれど。地元から追いはぎ団に加わった人たちが捕まらないように、私は祈ってるわ。捕まったら、絞首刑でしょうから」

「ええ」つかの間、表情をくもらせはしたものの、リディアのいつもの笑顔がすぐにもどってきた。「でも、だいじょうぶ、捕まりはしませんって。頭がいいし、用心深いですから」

謎の追いはぎについてのミセス・ヒントンの情報は出つくしたようなので、ニコラは話題を変えた。やがてミセス・ヒントンは椅子から立ちあがり、お嬢さまをお引きとめして申し訳ありませんとわびた。

「ですが、もしもまだお時間がおありでしたら」ニコラの返事がわかっていながら、リディアは型どおり頼んだ。「うちの女の子たちのなかに〝月のもの〟で痛がるのがいましてね。ローズおばあさんに薬をもらってたようなんですが、何がいいのかご存じですか？」

「知ってますとも。少し持ってきているから、あげられるわ。馬に積んだ私の鞄《かばん》を誰かに取ってきてもらえるかしら？」

「もちろん、すぐ取りに行かせます。こんな厚かましいことをお願いしてすみません。ローズおばあさんは、お嬢さまのことをどんなに誇りにしてたことか」

「ありがとう、ミセス・ヒントン。それを聞くと、私も嬉しいわ」

その日の午後いっぱい、ニコラは旅籠の特別室で奉公人たちの訴えに耳を傾け、薬を与えたり助言したりした。ニコラが来ていることを知って、村の人々もやってきた。持ちあわせていない薬については、翌日届けさせると約束した。病気の家族の代わりに来た人たちもいて、ニコラはその人たちの自宅まで一緒に行って患者の症状をじかに見たり、訴えを聞いたりした。

トム・ジェファーズの家を出たときには、すでに日が暮れかけていた。ベッドに横たわったトムの母親の衰弱した様子を一目見るなり、ニコラは自分にできることはもはや何もないと悟った。痛みを少しでも和らげるためののみ薬を与えるだけで精いっぱいだった。

馬をとめてきた旅籠にもどるために、ニコラは表通りを歩いていた。すると、横道をこちらに向かって小走りでやってくる男が目にとまった。私を呼びに来たにちがいない。

「お嬢さま！　お嬢さま！」男は息せき切っている。「待ってください！　お願いです」

ニコラは立ちどまった。「あら、フランク」以前にバックミンスター邸で働いていた召使いの夫だ。五年前に結婚して、四人の子どもがいる。「皆さん、お元気？」

「それがよくなくて。すみません、ミス・ファルコート。お嬢さまがいらしてると聞いたもんですから。実は、うちの赤ん坊が病気なんです。息がとっても苦しそうで。ルーシーが寝ずに看病してるんですが、悪くなるばかりなんです。来ていただけませんか？　お嬢さまがいらしてると聞いて、ルーシーが喜んだんです。お嬢さまならきっと治してくださるって。お願いできますか？」

「もちろん、行くわ」内心の懸念はそぶりにも出さずに、ニコラは笑みを返した。ルーシーがそんなにも信頼してくれるのはありがたいけれど、自分の腕にそれほどの自信はなかった。子どもの病気は甘く見てはいけない。大人なら持ちこたえられる熱でも、子どもにとっては命取りになる危険もあるのだ。

ニコラはフランクのあとから狭い家に入った。通された部屋は天井が低く、明かりといえば、ろうがしたたり落ちる獣脂ろうそくと暖炉の火しかない。暖炉の前に、女が腰かけていた。毛布にくるんだ二歳くらいの赤ん坊を抱いている。赤ん坊を揺すりながら、小声で調子はずれの子守り歌をうたっていた。ニコラが入っていくと、女はぱっと立ちあがる。その顔に笑みが広がっていき、みるみる涙が頬を伝いはじめた。「まあ、ニコラお嬢さま！　ほんとにありがとうございます！」ルーシーは男の赤ん坊をニコラにさしだした。

「お嬢さま、この子を助けてやってください。どうか死なせないでくださいね」

「できるだけのことはするわ。赤ちゃん、どうしたの？」たずねるまでもなく、一目で熱が高いことがわかる。ニコラは赤ん坊を抱いた。のどの奥からほえるような激しい咳《せき》をしている。

「ルーシー、赤ちゃんの病気は偽膜性咽頭《いんとう》炎らしいわ。のどがふさがって呼吸困難にならないようにしなくてはならないの。まず、お湯を沸かしてちょうだい」

ルーシーはただちにお湯を沸かしにかかる。父親のフランクには小さな毛布を持ってくるように言い、ニコラは赤ん坊に優しくささやきかけながらいったりきたりしていた。そのあいだも、赤ん坊は咳をしつづけている。ルーシーに指図して、湯気を立てているお湯を深鉢に入れてテーブルに置かせた。その上を毛布でテントみたいにおおい、そこに赤ん坊の頭が入るように抱きかかえた。湯気の立った空気を吸いこむにつれ、赤ん坊の咳はしだいに治まっていった。

ルーシーがまた泣きだした。エプロンの端で涙をふきふき言った。「ああ、よかった。お嬢さまならきっと助けてくださると思ってました」

ニコラは微笑を返す。「咳の発作が起きたらこうしてね。湯気でのどがひらいて、呼吸が楽になるの。今夜は赤ちゃんの足に温かい湿布をして。野生のプラムの樹皮でつくったお茶の袋をあげるから、一日に五、六回飲ませてちょうだい」

ルーシーは何度もこっくりしては、はい、お嬢さま、はい、わかりました、お嬢さま、と、おまじないのようにくり返していた。咳がとまった赤ん坊を、ルーシーはいとおしげにベッドに寝かせた。ニコラは温かい湿布のつくり方をルーシーに教え、乾燥させたプラムの樹皮を少し袋に入れて渡した。

「もっと必要だったら、届けさせるわ。持ってきた分はみんなにあげてしまったのよ。でもタイディングズにもどればつくり置きがあるから、遠慮なく言ってね。それと、また咳をしだしたら、さっきみたいに湯気を吸って息ができるようにするのよ」

「はい、そうします。必ず、します。ありがとうございます、お嬢さま」ルーシーはニコラの手をしっかりにぎった。ニコラが手を引っこめなければ、キスをしていただろう。

「何かあったら、呼んでちょうだいね。約束して」

「はい、必ず。約束します」

ルーシーとフランクから何度も何度も感謝の言葉を聞いてからやっと、ニコラは家を出た。フランクが、遅くなったので危ないから旅籠まで送ると言って聞かなかった。

旅籠の世話係も、ニコラが一人でタイディングズに帰るのを心配した。お供しますという世話係の申し出を断り、ニコラは馬で帰路についた。この村の住民に危害を加えられることはありえないと思っている。迷信深い農民は、幽霊が乗った馬車だの牙《きば》をむいた犬の化け物だのがあらわれるから恐ろしがって、夜は決して外に出ないという。そういう言い伝えは怖くない。それなら、例の追いはぎは？　なぜか、背筋がひやっとする。だが、一人で馬を駆る女などにかかずらったりはしないだろう。冷えこんできたけれど、マントがあるからだいじょうぶ。

自分を納得させて、ニコラは村を出た。三日月の薄明かりのもと、馬が進むにまかせる。空に雲はなく、星がきらめいていた。ベルベットのような夜空を眺めながら、今日の出来事を思い返す。疲れてはいるが、満足していた。人を助けることができると、いつも心が満たされる。とりわけ、子どもの命が危なかったときは。ルーシーの赤ちゃんは、時間はかかるかもしれないが、回復に向かうだろう。

前方の道ばたに木立が見えた。暗い木陰から不意に、馬に乗った男があらわれる。ニコラは息をのんだ。心臓がどきどきしだす。反射的にニコラは手綱を引いて馬をとめた。

馬上の男はゆっくり近づいてくる。ニコラは目をこらした。口がからからだった。黒ずくめのいでたちで、帽子の下の顔も尋常ではなく黒っぽい。あの追いはぎだ。私の考え違いだった。卑怯《ひきょう》にも一人旅の女まで獲物にするのか。手綱をにぎりしめ、思案した。回れ右して村に逃げ帰ろうか？　しかし、この男の前では臆病《おくびょう》者の真似《まね》はしたくない。それに、男の馬は強そうだ。逃げても、たちまち追いつかれるだろう。だったらむしろ、正面から毅然《きぜん》と立ち向かったほうがいい。それが、ニコラのいつもの流儀だった。

無意識に胸をそらして、男を待った。一メートルほど手前で男は馬をとめ、帽子を取って頭をさげた。口もとに笑みが浮かんでいる。「こんな時間に夜道をお一人でお出かけとは。少々危なくはありませんか、お嬢さま？」

5

ニコラはあくまで平静を装った。「私は子どものころから、暗いのは怖くないんです」

「たとえそうでも、お嬢さまをお宅までお送りします。せっかくあなたが世のため人のためにお出ましになったのに、その身に災いが振りかかったりしてはいけませんから」

「このあたりで私に災いをもたらす人物といえば、あなたしかおられませんでしょう。そのご当人に送っていただいても無意味ではありませんか？」

「ぼくがあなたに災いをもたらす人物？　それはまたがっかりするなあ。そんなひどいやつだと思われてるとは」

「無理やり馬車を停《と》め、銃を突きつけて強盗することを、ほかに何か言いようがありますの？」

「しかしぼくはあなたになんの危害も加えなかった。それは認めてくださるでしょう？」

ニコラは黒衣の男を厳しい目で見やった。「私に乱暴したじゃありませんか」

「乱暴した！」男は笑った。「お嬢さま、ささやかなキスをしたからといって、乱暴とは大げさな。それに、あなたからはいやというほど仕返しされたじゃありませんか。平手打ちで」

「何をおっしゃいます。痛くもかゆくもなかったくせに」

「とんでもない。部下たちの面前で強烈なパンチを食らったおかげで、ぼくの自尊心はずたずたです」

「それで今晩、ここで待ち伏せしてらしたのですか？　私に仕返しして、ご自分の自尊心を慰めるために？」

「あなたは大変疑い深い方だ。あなたを傷つけるためではなく、無事に帰宅なさるようにお送りしたいと、はっきり申しあげたではありませんか」

「ああ、そうでした。疑うほうがおかしいですわね」

ニコラはそれとなく男を観察した。黒ずくめの覆面姿は、どこから見ても悪と危険の権化という感じだ。なのに私の動悸《どうき》が速くなる理由は必ずしも恐怖だけではなさそう――何やらふしぎな高ぶりが体中をおののかせている。うずくようなその感覚が不快ではないのに気づくと、内心うろたえるのだった。このたぐいの男にそういう感じ方をするのは変だ。背の高さや肩幅の広さ、かすれた低い声におびえこそすれ、体の奥が奇妙に熱っぽくなるのはどういうわけだろうか。

ニコラの心理を見抜いたかのように、追いはぎの首領はゆったりと揶揄《やゆ》めいた微笑を浮かべた。

「あなたのお名前は？」ニコラは思いついたことを唐突に口にした。話題はなんでもいい。とにかく、この生理的な反応から気をそらしたかった。

「ぼくがまともに答えるとでも思っておられるのですか？」

「だって、〝無名のお方〟なんて呼びかけるのは滑稽《こっけい》でしょう。お顔にはお名前があったほうがいいわ……いえ、お顔の見分けがつかないからなおさら」

男は苦笑いした。「なるほど。賢いお嬢さまだ」

「賢くない女がお好みのようね」

「とんでもない。賢くないご婦人はまっぴら。正直言って、あなたはぼくの好みに合うんですよ。頭の回転が速くて、気性の激しいことも。限界に挑戦する生き方が好きなんですが、あなたにもそういうところがありますね」

「まさか。限界に挑戦するなんて、あまり快適だと思いませんわ」

「そうでした、そうでした。あなたは臆病《おくびょう》だと言っていいくらい、体制順応型でしたね。夜の田舎道を一人で馬を走らせるくらいですから」

男の皮肉にニコラは応酬した。「ゆうべ御者と馬丁付きの馬車に乗っていても、なんの役にも立ちませんでしたでしょう。ならば、一人のほうがましですわ。それに、このあたりの人は私を襲ったりしません。もちろん、目の前にいらっしゃる方は別として」

「ゆうべ追いはぎにやられたという恐ろしい体験をした翌日、とりわけ暗くなってからは、たいていのご婦人は家から外に出ようとはしないんじゃないですかね」

「たいていの追いはぎは一人旅の女などに手を出さないものと思ってました。しかも、街道でもないのに……もっとも、このへんに街道と呼べるものがあるかどうかはともかく。私がいぶかしく思いますのは、あなたのような一流の盗賊がなぜダートムアの荒野などをうろうろしておられるのかということです。ロンドン周辺のほうがずっと実入りがあるでしょうに。例えば、ブラックヒースとか」

「いや、この世界で有名なディック・ターピンの時代は終わったんですよ。ブラックヒースムアはもう我々にとって稼ぎの多い地域じゃないんです」

「それにしても……ダートムアとは。週に何台くらいの馬車を襲うんですか？」

「我々の商売について心配してくださるとは感激です。しかし、ご案じくださるな。なんとかやってますから」

ニコラは顔をしかめる。「あなたはあくまでも、私の言うことを誤解なさいますのね。私はあなたのご商売について心配などしておりません。どうしてこんなへんぴな土地を選ばれたのか、疑問に感じただけですわ」

「機会は減るかもしれないが、そのぶん捕まる恐れも少なくなるわけです。それに、鉱山があるので、現金や物資が定期的に流れてくる」

「エクスムア伯爵に対して何か個人的な恨みがあるのではないかと、誰でも思いたくなりますよね」

「ぼくがですか？　とんでもない。あんなに感じのよいエクスムア伯爵をなんで恨んだりできますか。鉱夫にも小作人にも、あれほど寛容で親切な伯爵ですよ」

「狙《ねら》いやすいからでしょうね。強欲な高利貸しみたいな人が追いはぎにやられても、誰も同情しませんもの。そうであっても、盗みは盗み。犯罪以外の何物でもないんです。相手が悪人であろうが聖人であろうが、捕まったらあなたは縛り首にされるわ。まして地元の人も一緒に絞首刑にされたら、あなたはもはや英雄ではなくなるでしょう」

「しかしそれは、我々が捕まることを前提にした話でしょう。ぼくはそうならないつもりだ」

「捕まるつもりでいる犯罪者はめったにいないでしょう。それでも捕まるのよ。あなたもいずれそうなります」

「どうしてそんなふうに断言できる？」

「あなたこそ、どうしてそんなに自信がおありなの？　あなたはリチャードの鼻をあかして喜んでるわ。伯爵がこのまま黙っているとでもお思い？　リチャードには権力もお金もあるんですから、当然あなたを捕まえに来るでしょう」

「大いに、けっこう。歓迎しますよ」

「何をおっしゃってるの。リチャードが自分であなたを追ってくるはずがないじゃない。汚れ仕事は人にやらせるんです。お金がいくらかかっても、人を雇ってあなたたちを追いつめさせるのよ。現に、もう雇いました。あなたにお金は奪われつづけるわ、ゆうべは自家用の馬車を襲われるわで、侮辱されたと激怒してました。あなたが絞首台にぶらさがるまでは、リチャードは満足しないでしょう。すでにロンドン警察裁判所の警吏に、あなたを逮捕するように依頼したのよ」

「なるほど、そうか」

「ええ。今朝、その警吏に会ったの。ストーンという名前の人。やり手みたいでした」

「そう。いよいよ面白くなってきたぞ。ロンドンから来た警吏だろうとなんだろうと、負けるものか」

「おわかりにならない？　リチャードは絶対にあきらめないわ。もしかしてあなたはストーンの追跡をかわしたり、逆に殺したりして逃げおおせるかもしれない。でも、それでおしまいというわけにはいかないのよ。もしもストーンがあなたの逮捕に失敗しても、リチャードはまた別の人を雇うわ。懸賞金も出すでしょう。このへんの人たちがどんなにあなたに敬意を払っていても、誰かがお金のために裏切らないとは限らないわ。荷馬車には武装した護衛をつけるでしょうし」

「護衛はもうついてるよ」男の口もとで歯が白く光った。「それでも、こっちは金庫を手に入れた」

「ならば、護衛をもっと増やすにきまってるわ。平気で人殺しができるような人間を雇うでしょう。リチャード・モントフォードは、自分の財産を守るためならどんなことでもするような男なんです」

「わかっている。あなたも、彼の大切な財産の一つなんでしょうから」

「私が？」ニコラは男をぐっとにらんだ。「よくもそんなことを！　私は誰の財産でもありません」

「そうかな？　あなたのご主人はそうは思わないでしょう」

「いいえ、そんなことはありません。そういう考え方をする人は私の夫にはならないわ」

「あなたが結婚なさるような男性が、はたしてそれほど進歩的な考え方をするのでしょうかね」

「私が結婚するような男性ですって？　私がどんな男性と結婚するか、どうしておわかりになるんですか？　私のことについて、何もご存じないのに」

「あなたがエクスムア伯爵の奥方のお姉さんだということは知っています。バックミンスター卿《きょう》は、あなたのいとこでしょう。あなたは根っからの貴族で、美貌《びぼう》の貴婦人だ。となれば当然、結婚相手も釣りあう人でなければならない。ぼくは最初、あなたがエクスムア夫人だと思っていました」

「私がリチャードと結婚ですって？　ありえません。妹の夫です」

「部下がそう言ってました。だけど、あなたも同様に、いやそれ以上に、有利な結婚をなさったんでしょう？　公爵とか？　ぼくはあなたに、〝奥さま〟ではなくて〝閣下夫人〟という敬称を使うべきだったんじゃないですか？」

「いいえ、どちらでもありません。私は、ミス・ファルコートと呼ばれております」

追いはぎの首領は驚いた顔をしている。「あなたは結婚してらっしゃない？」

「ええ。そんなにびっくりなさることでもないでしょう。結婚しない女もおりますわ」

「あなたのように美しい貴婦人にしては珍しいことだ。貴族の令嬢の人生の目標といったら、少しでもよい縁組を得て結婚することなんじゃありませんか？　生まれながらの好条件に加えて、さらに高い身分にのぼりつめるというふうに」

「あなたの言い方だと、結婚はまるで商取引みたい」

「実際そうなんじゃないかな？」冷ややかな口調だった。「貴族の女性は娼婦《しょうふ》とさして変わらない。商品をいちばん高く買ってくれる相手に売る。違いがあるとしたら、買い手は硬貨の代わりに結婚指輪で支払う点だけだ」

ニコラはまたこの男を平手打ちしたくてたまらなくなったが、手綱をにぎりしめてこらえた。「あなたはおばかさんだわ。そうお考えになるのは、あなたの自由です。でも私がこんなところに引きとめられて、あなたのご高説を拝聴する必要はないわ。失礼します」

馬を蹴《け》って走りだそうとしたニコラの二の腕を、男ががっちりつかんだ。「ミス・ファルコート、ぼくはばかじゃない。かつてばかだったことはあるが、今は違う。女がどういう動機で夫を選ぶか、わかったんだ。愛でも、欲情でもない。それがなんだか、ぼくは知っている」

「あなたは何もわかってないのよ。わかっていると思ってるだけ。どうやらあなたを失望させた女性がいたらしいけれど、すべての女がそうだときめつけるのはおばかさんのやることよ」

「すべての女だとは言ってない。貴族の女について話しているんです。下々には、心が広くて温かい女がいっぱいいる。だが、貴族の女の心は冷たくて、石のように固い」

「それなら、貴族の女の心は、あなたの心臓と似ているというわけね」ニコラはやり返す。

意外にも、男は笑い声をあげた。「まいった、お嬢――いや、ミス・ファルコート」ニコラの腕を放す。二人の馬はふたたび歩を進めた。

「あなたって、本当に腹の立つ方ね」

「当たり。そう言われてる」

「ところで、貴族の女をそんなにも軽蔑《けいべつ》してるのに、なぜ私と馬を並べていらっしゃるのかしらね」

「いったん彼女たちの正体がわかれば、ともに楽しむこともできるのでは……」男は意味ありげにニコラの体の曲線を眺めまわしたあげくに、言葉を継いだ。「心や頭を乱すことなく、楽しみを共有できると思う」

「典型的な男の考え方ね、身分の上下に関係なく。女はそうはいかないわ」

追いはぎの首領はまた笑った。けれども、前ほど無邪気な笑い方ではなかった。「女が我々にそう思いこませているだけだ」

「あら、女がどう感じ、どんなふうに思うか、女である私よりもよくご存じのようね」

「ぼくのほうが正直だから」

「あなたの傲慢《ごうまん》さには驚くばかり」

「本当のことを言うのは傲慢ではない。心が動かなければ欲望も感じないと、女は思いたがっている。結婚は富や身分のためではなく、愛するがゆえというふりをしているように。その実、彼女たちは計算しつくしたうえで結婚するし、愛の炎に身を焼かれずとも欲情で燃えあがることができるんだ」

「でしたら、私は異常なのかしら。あなたがおっしゃるのとは違いますもの」

「そんなかわいい口で白々しい嘘《うそ》をつく」

「失礼な！　変な想像――」

「変な想像じゃない。事実を言ってるだけです。ありのままに話しているのではないことを、自分でもわかってるでしょう。あなたはぼくに愛情を感じてる？」

ニコラは眉をつりあげた。「いいえ、ぜんぜん」

「それなのにゆうべ、ぼくのキスに熱っぽく応《こた》えた」

「そんな、まさか」ニコラ自身の耳にも、きっぱりした否定には聞こえなかった。

「ほらね、あなたもぼくもわかっているんだ」男はニコラの馬の馬具に手をかけ、二頭の馬をとめた。ニコラのほうに身を乗りだす。不気味な覆面からのぞいた目がきらりと光った。「ぼくがキスすると、あなたもキスし返した。ぼくを愛してもいないのに。それどころか、知りあいでもないのに。名前さえ知らない男のキスに、あなたの唇は燃えた」

「男性の妄想って、まったくきりがないのね」ニコラは動揺を隠して言い返した。「あなたの頬をひっぱたいたのをお忘れになった？　それでも、熱っぽく応えたことになるのかしら。怒りに燃えたからだと思うけれど」

男はニコラの手首をつかみ、目をじっと見つめた。「その怒りというのは、ぼくに対してか？　それとも、あなた自身への怒りのほうが強い？」

「あなたは推測でものを言いすぎるわ」手首にふれられ、ニコラはふるえを抑えきれない。

「ぼくの推測は、あなたが感じている範囲を超えてはいないよ」男はさらに顔を近づける。

「そんなことないでしょう」ニコラは目をそらせない。手も振りほどきたいと思っているのに、それができなかった。まなざしを平静に保つだけで精いっぱいだった。

「だったら、ぼくにキスしなさい。で、何も感じないと言えばいい。欲求もないと。愛していなければ体は応えないかどうか、証明してほしい」

「あなたにキスなんかしたくないわ」我ながら嘘をついていると、ニコラは思った。手が冷たいのに、体の内側から熱くなっている。覆面の下から見える男の唇のことしか考えられなくなっていた。厚い下唇がいかにも肉感的だ。ゆうべの口づけを思い起こさずにいられない。心の奥底では、もう一度この唇にふれたがっているのが自分でもわかっている。

男が見通したような笑みを浮かべたと思うと、唇がかさなっていた。ゆうべと同じだった。ベルベットのような感触の熱い唇。ニコラは歓《よろこ》びに打ちふるえた。体がぶるっとおののくのを抑えることもできない。男は満足の声を低くもらす。片方の腕で鞍《くら》からニコラの体をかかえあげ、自分の馬に移した。口づけをしつづけながら、ニコラを抱きしめる。されるがままにニコラは男の胸によりかかりつつも、みずからの反応にとまどっていた。

ゆうべはたまたまああなっただけだと、自分に言いきかせていた。夜、あんなところで不意打ちされたので、理性がかき乱されただけかもしれない。そう思いこもうとしていたのに、ニコラは今、それがいかに思い違いであったかを悟らされた。この口づけはまさに炎だった。焼きつくし、なおも燃えさかる。唇がかさなっているところだけではなく、体の奥深くもとろけそうなのだ。言いようのないほどすばらしく、その魔力は怖いくらいだった。自分が別人になったような気がする。といって、いつもの自分にもどりたいとは思わなかった。

ニコラは男の首に手を巻きつけた。なぶるような軽やかさが消え、口づけは濃厚になっていった。男はニコラの口をひらかせ、舌をさし入れる。同時に、片手でニコラの頭を支えた。男の唇と舌でむさぼられても、ニコラは避けようとはしなかった。むしろ、口づけのなんとも言えない甘やかさをもっと味わいたかった。進んで唇を押しあて、舌をからめる。男の吐息を耳にすると、いっそう官能がそそられるのだった。

男はもう一方の手をニコラのマントの合わせ目にすべりこませ、胸のふくらみを探しあてた。ドレスの上から親指で乳首のまわりをなぞる。思わずニコラはため息をもらした。張りのある乳房をもんだりなでたりするにつれ、男の呼吸は荒くなっていく。ニコラはあえぎつつ、男のシャツをにぎりしめた。下腹が熱くうごめいている。

男の手が胸を離れると、やめないでというようにニコラは小さくかぶりを振った。すると男はドレスの襟もとから手をさしこみ、柔らかい肌にじかにかぶせる。乳首を指ではさまれるのを感じたニコラは、ぴくっと身をふるわせてうめいた。ドレスの布にはばまれながらまさぐられるのが、かえって刺激的だった。硬くなった乳首がつんとあお向く。

男は唇を離し、光を放つ目でニコラの顔をのぞきこんだ。男の腕に背をもたせかけて頭を後ろに垂れたまま、ニコラはうっとりと愛撫《あいぶ》に身をゆだねている。ドレスの前身頃《みごろ》を裂いてしまいたいのを、男はやっと自制した。そのかいあって、ニコラは進んでドレスのボタンをはずしはじめた。

自分が何をしているのか、考えもしなかった。いかに大胆で、みだらなふるまいをしているか——そのときは頭がはたらかなかった。体内を駆けめぐる情炎にひたすら心奪われ、ただ欲しくて欲しくてたまらなかった。

ドレスの前がはだけると、男は手をすっぽり柔肌の丘にかぶせ、盛りあがった頂のまわりをいったりきたりさせた。人さし指と親指で、こりっと硬くなった乳首をつまむ。ニコラが切なげにうめいた。なおも優しくなでさすりながら、男の手がシュミーズをずりおろした。白い乳房があらわになる。まわりの闇《やみ》のように漆黒のまなざしがニコラを見つめた。

「あなたにはわからないだろう。ぼくがどんなに……」かすれた声で言いかけて、男は口をつぐむ。かがんで、桃色の乳首に唇をあてた。ニコラは鋭く息を吸いこみ、男の豊かな髪をまさぐる。もはや口をきくことも考えることもできなかった。蕾《つぼみ》のような乳首を男がくわえ、舌でもてあそぶ。

男の唇の動きに合わせて、ニコラはもものあいだが燃えるのを感じた。指を男の頭皮に突きたてた。何が自分を駆りたてているのかわからぬまま、経験したこともない炎に身をまかせるしかなかった。

「お願い……」

男が顔をあげた。「今あなたが感じているのは性的な欲求じゃないか？　あなたは欲情にもだえている。そうじゃないとは言えないだろう？　それでも、ぼくを愛しているわけではない」

突然、ニコラは我に返った。むきだしの肌が冷たい夜気にさらされて寒い。気がつくとまだ、男が胸のふくらみに手をかぶせている。しかも、赤の他人の男が。恥ずかしさがこみあげ、顔が真っ赤になった。男の腕からぱっと身を起こし、あわてて衣服の前をかきあわせる。男のたくましい胸板を押しのけて、馬から飛びおりた。おとなしく草を食《は》んでいた自分の馬に向かい、ふるえる指でボタンをはめた。きまり悪さと同時に、怒りが突きあげてくる。どうしてこんなにも愚かなことをしてしまったのか？　いともやすやすと男の思うつぼにはまってしまうとは。私はいったいどうなってしまったのだろう？

自分が自分でないような気がする。この男の前に出ると、別の人間みたいにふるまってしまうのだ。ふしだらな女だと思われてもなんの反論もできないではないか！　この男と自分自身のどちらがより憎いのか、正直なところわからなくなった。

ニコラは馬の手綱をつかみ、鞍にまたがるための岩か低い石垣を目で探した。いっそう間が悪いことに、近くには何も見あたらない。男の視線を感じながらも顔をそむけたまま、馬に近づいた。男が馬からおり、ニコラについてくる。

「来ないで！」振り向きもせずに、ニコラはどなった。

「馬に乗る手助けをしてあげようと思っただけだが」

「あなたに助けていただきたくはありません」

「じゃあ、馬を引き引きタイディングズまで歩いて帰るつもりですかね？」からかうような口調がニコラの神経を逆なでする。

「いいえ、そんなつもりはないわ。踏み台になるようなところを見つければいいんですから」

「ぼくが手伝ったほうがずっと簡単なのに。賭《かけ》に負けたからといって、そんなに意地を張らなくてもいいじゃないか」

「賭なんかしてないわ！」ニコラはくるっと振り向いた。憤りで顔が青ざめている。「意地を張ってるんじゃないわ。あなたの言うとおり、あなたに怒ってるのか、それともあんな下品なことをした自分自身に対してもっと怒ってるのか、わからないんです！　あなたに触らせたと思っただけで、吐き気がするわ」

「相手がお仲間の紳士ではなくて、ぼくだからいけないわけだ」

「私にあんなことをした紳士はいません！　一人もいないわ！」ギルの優しい口づけがふと頭に浮かんだ。ギルは服の上からだけでなく、肌にじかにふれたこともある。でも、ギルの場合とはぜんぜん違う。ギルとは愛しあっていた。こんな不潔な行為とは比べようがないほど美しかった。「いつも男にああいうことを許しているとでも思ってるのだったら大間違い。私は絶対に……」

悔し涙がこぼれそうになり、ニコラは口をつぐんでこらえた。この男の前で泣くものか。

深呼吸してから、苦い思いを吐きだした。「私はばかだったわ。男の言いなりになる愚かな女みたいにふるまうなんて。でも、今後は絶対にこんなことはいたしません。とりわけ、あなたとは」

追いはぎの首領は腕組みをして、ニコラに目をあてた。「本当に？」

「もちろん、本当です！　あなたにふれられることを思っただけで身の毛がよだつわ。あなたは最低！　〝紳士〟と呼ばれているそうだけど、冗談じゃないわ。あなたは紳士なんかではない。いくら気どっていても、ただの泥棒にすぎないのよ。村の人たちは、あなたのことをロビン・フッドみたいな義賊だと思いこんでるようね。でも、私はだまされないわ。まわりのみんなを利用して欲しいものを手に入れている追いはぎ。それがあなたの実像よ。あなたがご親切にも、かわいそうな未亡人が冬を越せるようにお金をあげたり、病気で働けない気の毒な男の人を助けたりしたことは知ってるわ。でもそれは、あなたがみんなに慕われたくてやってることでしょう。高潔な動機からではなくて、いざというときに村人たちがあなたの役に立ってほしいからなのよ。追いはぎ団に加わる人さえいるそうね。地元の人たちのことなんか、本当はどうでもいいんでしょう。あなたにとって大事なのは自分のことだけ。村の人があなたと一緒に捕まったとしても、なんとも思わないんでしょう？　あなたをかばうために嘘をついたり法にそむいていても、平気なんでしょうね？」

「そんなことをしてくれと、ぼくは誰にも頼んでいない！」

「頼まなくても、そうしてくれるのが、あなたもわかってるのよ。なぜかというと、あなたは民衆の味方だとみんなに信じこませてしまったから。実際は、お金が欲しいくせに、働いて稼ごうとはしない怠け者だというだけなのに。まじめに働くよりも、他人から盗んだほうが楽ですものね。まして、個人的に恨みがある人のものを奪えば楽しみが倍になるわ。それもこれもすべて、あなた自身のため。ほかの人のことなんか、なんとも思ってないのよ」

追いはぎの首領の表情はこわばっていた。

「その方面では、ぼくはとうていあなたにかなわない。あなたがこの村で人助けをしているのは、ひとえに自分を偉く見せたいためじゃないか。あなたは村のみんなに尊敬され、ほめたたえられるのが大好きなんだ。あなたこそ、庶民の友達だと信じこませて喜んでいる。実際は、ほかの貴族たちと同じく世の中の寄生虫にすぎないんだ。だから厳しい現実の問題になると、庶民のために自分の世界から飛びだすなんてことはしない。上流のお仲間じゃない我々のことなんかどうでもいいんだ」

「よくも、そんなことが言えるものね！　私のことを何も知らないくせに。私が何を考えたり感じたりして、なぜいろいろなことをしてるのか、あなたはまったくわかってないでしょう！」

「ぼくとあなたはおたがいに同じくらいわかってるんだよ」

追いはぎの首領は近づき、いきなりニコラの腰に手をまわした。男の怒りの激しさに、ニコラは息をのむ。次の瞬間には、どさっと鞍に乗せられていた。ニコラがおびえているのを見抜いたのか、男は口のはたをゆがめた。

「ところで」冷笑まじりに男は言った。「ぼくの名前はジャック・ムーアです。身をまかせそうになった男は誰だろうと、あなたがあとでいぶかるかもしれないので、念のため」

頬に血がのぼったのを感じながら、ニコラは馬に拍車をかけた。ジャック・ムーアと名のった追いはぎの首領をあとにして、馬は弾丸のように走りだした。

タイディングズに向かう途中、ニコラは悔しくてならなかった。ギルがくれた指輪をポケットから取りだして首にさげた。タイディングズの館《やかた》はこうこうと明かりがともり、厩舎《きゅうしゃ》のある庭で馬丁が立ち働いていた。リチャードが馬にまたがって、馬丁をどなりつけている。警吏のストーンも馬に乗っていた。馬丁頭がニコラに気づいて、安堵《あんど》の声をあげた。

「ミス・ファルコート！　だんなさま、ニコラお嬢さまがお帰りになりました」

リチャードが振り向く。ニコラを目にすると、眉間《みけん》のしわがますます深くなった。「ニコラ、いったいどうしたんだ？　何時だと思ってるのか？　今、あなたのために捜索隊を出そうとしていたところなんだよ」

「ええ、わかっています。ごめんなさい」リチャードには絶対に頭をさげたくなかったが、この際、神妙に謝るしかない。「遅くなることを連絡させるべきだったわ。思いつかなかったの。一人で行動するのに慣れきっているものだから」

「ロンドンでもこんな調子なら、あなたの母上は心配でしょっちゅうやきもきしておられることだろう」

「母はもうあきらめてるわよ」ニコラは軽くかわした。「ともかく、ご迷惑をおかけして本当に申し訳ありませんでした」

苦虫をかみつぶしたような顔でリチャードが言った。「デボラが気も狂わんばかりに心配してるよ。早く家に入って、無事なことを知らせてやってください。あなたはあの追いはぎ野郎に誘拐されたにちがいないと、デボラは言っていた」

追いはぎの話が出たとたんに、ニコラは顔が赤くなるのを感じた。あたりが暗くてよかった。「まさか。危ないことなんか何もなかったのよ」

「いや、いつでも危ないことが起こりうると考えるべきだ。今後は一人で出歩くのはやめてほしい。特に、暗くなってからは。ゆうべ、あんな目に遭ったばかりじゃないか」

「一人で歩いてる女を、追いはぎがわざわざ狙ったりはしないと思ったの。それに、ゆうべ私の貴重品を奪っているので、また強盗しようとしても意味がないでしょう」ニコラは馬の背に体をはわせて、地面におりた。リチャードに監督される筋合いなどないのに、弁解めいたことを言わなければならないのは腹が立つ。けれども、滞在している家の主人に居場所も知らせずに帰宅が遅くなったことは、軽率かつ無礼であるのは事実だ。

「盗難より悪い事態になることもありますよ、ミス・ファルコート」ストーンが口をはさんだ。

「それはそうですけど。あの追いはぎが女性を襲ったという話は聞いていませんし」

「ああいう悪党は何するかわかりはしませんよ」

「次に外出するときは、馬丁を連れていったほうがいい」リチャードが命令口調で言った。

ニコラはむっとする。「ちょっと遅れただけだわ。そんなに大騒ぎするほどのこともないと思いますけど。それでは私は失礼して、妹を安心させてやりにまいります」

迷惑なことに、リチャードが馬をおりてついてきた。仕方なくニコラはリチャードと一緒に家に入り、妹がいる客間へ行った。

ニコラが入っていくと、ハンカチをにぎりしめていたデボラはぱっと立った。「お姉さま、心配したわよ！　よかったわ、無事で。ねえ、リチャード？」

「ああ。捜しに行こうとしたところに、お姉さんが帰ってきたんだ」

「ごめんなさいね、心配かけて」ニコラはリチャードにはかまわず、妹に説明した。「村に病気の赤ちゃんがいてね。帰りかけていた私を、お父さんが走って呼びに来たのよ。行ってあげないわけにはいかないでしょう」

「それにしても、ニコラ」リチャードがよけいな口を出す。「どうしてそんなに村の連中の面倒をみなきゃならないのか？　あなたの家の地所でもないのに」

ニコラは冷ややかな視線をリチャードに向けた。「うちの地所じゃなくても、困っている人がいれば助けるのは当然だわ。小作人や鉱山で働く人たちにあなたがもっと思いやりのある待遇をしていれば、例の〝紳士〟が英雄みたいに思われたりしないでしょうに」

リチャードは顔色を変えた。「へえ、それをどこで聞いてきたんだ？」

まずいことを言った。いらだっていたものだから、口をすべらせてしまった。ニコラは肩をすくめる。「どこだか憶《おぼ》えてないわ。村中で噂《うわさ》してるんですもの。ゆうべ私が被害に遭ったのを知っていて、みんながその話をしたがっていたわ」

「ふうん、村の連中はあの追いはぎ野郎を尊敬してるだと？」

「いいえ、それはないでしょう。誰が泥棒を尊敬するものですか。私が聞いたのは、ロビン・フッドみたいに思ってる人たちがいるというだけよ」

「そう思ってるのはどこの誰なんだ？」

「そんなこと知りやしないわ。誰それがそう思ってると、いちいち私に言うはずがないでしょう。みんな、デボラが私の妹だとわかってるんですもの」

「しかしあなたはそのみんなの〝お友達〟だから、あなたに打ち明ける者も大勢いるんじゃないか？」

リチャードが信じるかどうかは別として、知らないの一点ばりで押し通すしかない。

「私がしてあげていることに、あの人たちが感謝してるのは事実よ。それでも、階級の違う私には決して秘密を打ち明けないものなの」

「へえ、意外だな。あなたは下層の連中となんでも話しあえる仲なんだとばかり思っていた」

その昔ギルと恋仲だったことを、リチャードはあてこすっているにちがいない。一瞬、息ができなくなるほどの苦痛が胸をえぐった。ニコラは涙ぐみ、マントの下のギルの指輪がさがっているあたりに無意識に手をあてる。

ニコラの手のしぐさを、リチャードは疑わしげに目で追った。ニコラは顔をそむけ、くぐもった声で言った。「悪いけど、私、疲れているので失礼するわ」

「そうね、さぞ疲れたでしょう」心配そうに立ちあがりついてこようとした妹をニコラは手で制し、一人で廊下に出た。

リチャードがニコラの後ろ姿を見送ってから、妻のほうを向いた。「あのしぐさ、見たか?」

「え?」デボラはけげんな顔で夫を見た。

リチャードは胸もとに手をやって、ニコラのしぐさを真似《まね》してみせる。「このしぐさ」

「ああ、それ。姉がそういうしぐさをしたのは見たことがあるわ。ずっと以前に指輪を首にさげていたのよ」

「いつ？」

デボラは、またけげんそうに夫を見やった。「いつだったかしら。何年も前、私たちが結婚する前よ。お守のようなものだと思う。あの、なんとかというおばあさんからもらったのかもしれないわ。姉はあのおばあさんをしょっちゅう訪ねて、薬草について習っていたから。飾りのない地味な古い指輪なの。大切にするようなものとは思えなかったけれど」

「その指輪をニコラがつけていたのを最後に見たのはいつだった？」

「え？　急に、いつと言われても。どうしてそんなこと、お訊《き》きになるの？」

「あ、いや……ちょっと気になることがあって。そのうち、わけを話すよ」

夫の秘密めいた言い方に慣れているデボラは、ただ肩をすくめた。「ええと、最後に見たのは……私たちの結婚式のときだった気がするの。そうそう、確かにつけていたわ。でもお姉さまは襟ぐりが深いドレスを着ていたものだから、はずして花束に隠していたのを思いだしたわ」

「我々の結婚式か。だとすると、あのあとで……」

「何のあとですって？」

「あの夏のあとだ。厩舎の若いのがホワイト・レディ滝に落ちて死んだことがあっただろう？」

「ああ、あのひどい事故」

「うむ……ま、大したことじゃない。きみはもう寝たほうがいいよ」

デボラは夫にほほえみかけた。二人きりでこんなに話をしたのは久しぶりではないか。

「そうね、そろそろ寝る時間だわ」いくらか明るい気持になり、夫の腕に手をかけて客間を出た。


今夜、私はギルを裏切ってしまった！　ニコラはベッドのわきの椅子にぐったりと腰をおろした。自責の念にさいなまれる。恥ずかしくてたまらない。どうしてあんな男にキスされるがままになっていたのか？　しかも、自分も進んで応えていたとは。

ギルに死なれてからの十年間、ニコラは二度とふたたび男を愛さなかった。罪のない戯れのキスをたまに許したことはあっても、ギルと分かちあったあの熱いときめきを感じた相手は一人もいない。女にとって愛と欲情とは切り離せないものだと、ジャック・ムーアに言ったのは嘘でも偽りでもない。なぜなら、ニコラの経験がそれしかないからだ。ギルを心から愛していた。ギルにキスされるたびに体が求めた。ギル以外には、愛したことも欲したこともない。それなのに、今夜は……！

ジャックとのあいだであったような経験は生まれて初めてだ。ほとんど知らない男だし、好きでもなんでもないのに、口づけされるだけで地表が割れて吸いこまれそうな感覚になる。我を忘れるほど情欲に溺《おぼ》れてしまうのは、どういうわけなのだろうか？

自分でもわからなかった。十年たっても、まだニコラはギルを愛している。昨夜この部屋で、ギルを想《おも》って泣いたばかりだった。それなのに今夜は、あのいやらしい男の抱擁に熱烈に応えるとは。ギルという恋人を喪《うしな》ってから、心も体も死んだも同然だったのに。

この二日間、ギルのことばかり考えていたから？　ギルの抱擁や口づけが恋しいあまり、ほかの男に無防備になってしまったのだろうか？　ギルを思いだすがゆえに、キスを受け入れてしまった？

いえ、そんなことはありえない。あのジャックという追いはぎの首領とギルとは、似ているところが一つもない。そんな男にキスされたからといって、ギルを思いだすはずはないではないか。ギルは温和で思いやりがあり、キスも甘やかだった。反対にジャックは無礼で薄情な男だ。まるで懲らしめてでもいるように、荒々しいキスをする。こちらの感情を思いやりもせず、自分のしたいようにするだけ。心優しいギルとは大違いだ。ギルは下層階級の人たちの話し方をして、粗末な馬丁の身なりをしていた。にもかかわらず、本質的な意味で紳士だった。正直、誠実、親切、心の気高さ、それらの特性をギルはそなえていた。一方、追いはぎのジャックの口調は貴族的だが、冷笑的で人情味がない。体格もギルとはまるで違う。背丈がずっと高く、ギルのような細身ではなく頑丈な体つきだ。覆面のすきまからのぞく黒い目は冷たくて、ギルのまなざしにあったような温かみのかけらもない。

どう考えても、ジャックによってギルへの情熱を呼び覚まされたためだとは言えない。抑えようのない不可解な肉欲のとりこになったとしか、説明のしようがなかった。

罪の意識から逃れられぬまま、ニコラは心にきめた。二度とあんなことにならないようにしなければならない。うまくいけば、あの追いはぎとは顔を合わさずにすむだろう。もしも会ったとしても、今度は気をつけよう。厳しく自制して、官能に身をまかせないこと。ジャックの独特な笑い方や自信ありげな目の輝きを思い浮かべ、あの手には決して乗るまいと誓った。

6

どうして目を覚ましたのか、ニコラはわからなかった。かすかな靴音か、扉がかちりとあく音か——何かが眠りの世界に忍び入ってきて、突然、ぱっちり目覚めた。変な気配がする。心臓がどきどきしだした。目をあけると、室内に男がいた。

背の高い男は覆面をしていて、黒ずくめだった。鏡台にかがみこむようにして、上に散らばったもののなかから何か捜しているらしい。

「何をしてるんですか！」ニコラは声をあげた。

怪しい男はぎょっとして振り向き、戸口に向かって走りだした。ニコラはベッドから飛びだして賊を追った。身の危険よりも怒りが先に立った。夜中に寝室に忍びこんできて、私物をひっかきまわすなんて許せない。

「待ちなさい！」ニコラは叫び、賊の袖《そで》をつかんだ。「とまりなさい！」

賊は腕を振りほどきざま、ニコラをなぐりつけた。男の手の甲が頬に当たり、ニコラは床にしりもちをついた。賊は扉をあけて廊下に逃げだした。顔面を打たれたニコラは、くらっとしていっとき動けなかった。それでもなんとか立ちあがり、大声をあげながら怪しい男を追いかけた。「助けて！　誰か捕まえて！」

廊下にも階段にも人の姿はなかった。ニコラは階段の降り口に駆けよって、下の暗がりをのぞいた。背後で扉があく音が二度聞こえた。振り返ると、デボラが自分の寝室の戸口に立っている。その奥の部屋から、上等な紋織りのガウンを着たリチャードが出てきた。

「お姉さま？　どうしたの？　さっき悲鳴をあげた？」

「ええ、私……なんとなく目が覚めたら、私の部屋に男がいたの」

デボラはおびえた声をあげる。

「なんだって！」リチャードが急いで近づいてきた。「この家に忍びこむことなんかできないはずだ。夢でも見たんじゃないか？　本当に誰かいたのか？」

まるで私が寝ぼけたような言い方をするとは。ニコラは言い返そうとして気がついた。リチャードがそれとなく妻のほうに目くばせしている。

ニコラは妹を見た。デボラの顔は真っ青だった。ニコラは出かかった言葉をのみこみ、どうにか言いつくろった。「あ……ああ、もしかして夢だったかも……いかにも本当みたいだったんだけど、眠ってたのかもしれないわ」

デボラの顔にみるみる安堵《あんど》の色が広がった。ニコラはほっとする。「それなら、よかった。私、すごく怖くなってしまって」デボラはため息をついた。

「ごめんなさい、怖がらせて。さ、もうベッドにもどってちょうだい。足が冷えてしまうわ。風邪をひいたら事だから」

「そうね」デボラは自分のはだしの足に目を落とした。「でも、悪夢にうなされたお姉さまをほうっておくわけにはいかないわ」

リチャードが言った。「だいじょうぶだ、デボラ。ニコラが落ちつくまで、ぼくが話でもしてるから」

「そうよ、デボラ、寝てちょうだい。私はだいじょうぶだから」ニコラは妹に笑顔をつくってみせる。

「だったら、寝るわね」デボラは姉を気づかうようなそぶりをしながら、寝室にもどった。

デボラの部屋の扉がしまってから、リチャードはニコラのほうを向いた。「調子を合わせてくれて、ありがとう。デボラがおびえて体にさわるといけないと思ったんだ。それで、いったいどういうことだったんです？　その賊に何かされたのか？　乱暴とか」

「いいえ。あ、顔をぶたれはしたけれど。私が悲鳴をあげて捕まえようとしたとき」

「ぶたれた？　痛む？」

「いいえ、でもあざができるかもしれないわ」ニコラは頬に手をやった。

「悪党め。きっとあの追いはぎ野郎だ」

「私も最初はそう思ったの。でも、そうじゃないような気がするわ」

「どうして？　それ以外には考えられないじゃないか。このへんにやたら泥棒がはびこってるわけじゃなし」

「それはそうだけど。ただ、なんとなくあの追いはぎではないと感じるんです。どこか違うわ」

村からの帰り道で追いはぎの首領に会ったことは、リチャードに話すわけにいかない。そんなことを話そうものなら、またくどくど説教されるだろうし、外出するときは必ず馬丁を連れていくように言われるにきまっている。もしも追いはぎの首領が忍びこんだとしたら、ニコラを振り払って逃げるより、むしろ部屋に居すわるのではないか。ジャック・ムーアには、ぞくっとそそられるような危険のにおいがただよっている。だが、何者かが部屋にひそんでいるのを知ったときの、総毛立つような感じとは違う。

「どんなふうに違うのか？　前には追いはぎ野郎の特徴なんかわからないと言ってたのに」リチャードはじりじりした声を出した。

「はっきりとは言えないけど。なんというか、身のこなしみたいなもの。それに、もし賊があの〝紳士〟だとしたら、馬車を待ち伏せしたときに私の装身具を全部奪っていったでしょう。それなのに、わざわざ召使いが何人もいる家に忍びこんで、私の化粧品なんかをひっかきまわしたりする？」

「ぼくにいやがらせするためだ！　あの野郎のやりそうなことだよ。とにかく、今後はこんなことがないようにするから安心してください。これから家のまわりや庭を見まわらせて、夜には敷地内を巡回させることにしよう。明日の朝、ストーンに賊の話をしてもらいたい。人相や体つきについて、それまでに何か思いだすかもしれないでしょう」

「さあ、どうかしら。暗闇《くらやみ》で、覆面をしてましたから。さっきも言ったように、あの追いはぎだとは思えないわ」

「あいつにきまってるでしょう」ずるそうな目つきでリチャードは言った。「ニコラ、あなたにはぼくの手助けをする気持はないんじゃないか？　滝での不運な出来事があってから、ぼくを――」

「不運な出来事ですって！」ニコラは気色ばんだ。「あなたは私の恋人を殺しておいて、それを〝不運な出来事〟と言うわけ？」

「事故だったんだ。あなたも見ていただろう。もみあったあげくに、崖《がけ》から落ちただけだ。あんなことになって残念だと思っている。しかしだからといって、ぼくは一生あなたに謝りつづけなければならないのか？」

「私に謝ってくださいとは言ってません。実際に何があったのかは、神のみぞ知るですから。だけどああいうことがあったあとでは、あなたに好意を持てるはずがないじゃありませんか」

「それはもうわかっている。だけど、妹とこれから生まれてくる子どものことは気にかけてくれるだろう。デボラは追いはぎ野郎を怖がっている。健康状態が微妙なときだけに、ちょっとしたことがきっかけになってまたややこしい事態になりかねない」

「あなたはつまり、追いはぎにおびえただけで、妹はまた流産するかもしれないと言いたいわけ？　あのね、リチャード、いくらなんでもそれは大げさすぎやしない？」

リチャードは眉をひそめる。「言いたくはないが、ロンドンの堕落した女たちを援助する仕事とやらのせいか、あなたの言葉づかいは品が悪くなったんじゃないか？　妻の前ではそういう露骨な言い方はやめてほしい」

「言われなくても、できる限り人生の厳しい現実からデボラを守るつもりだわ。だけど、あなたのことまで守る必要はないでしょう。妹の赤ちゃんたちが生まれてくることができなかった原因がなんであれ、追いはぎの首領とはなんの関係もないわ。あなたは鼻をあかされるようなことばかりされて、自尊心が傷ついているだけでしょう」

リチャードは苦々しげに言った。「なるほど、あなたもあの男を英雄扱いしてるのか。あいつはしがない泥棒にすぎない。今夜の一件がいい例だ。なのにあなたは頭が混乱していて、かたくなに考えを変えようとしない」

「英雄扱いなんかしてないわ」ニコラはこぶしをにぎりしめる。「それと、私の頭はちっとも混乱していません。いずれにしても、今夜の賊は追いはぎの首領ではないわ。私は眠いので、もう寝ます。敷地内を見まわりさせるとか、さっきおっしゃってましたね」

「ああ、もちろん。では、おやすみ」リチャードはぎこちなくニコラに頭をさげてみせ、階段をおりていった。

ニコラは寝室にもどった。実は眠くなどなかったが、とにかくリチャードから離れたかった。まずランプをつけて、鏡台を調べた。自分の持ち物でなくなっているものは何もなかった。ただし、部屋の鍵《かぎ》が見あたらない。すべての引き出しや大型の衣装だんすの上まで見たにもかかわらず、鍵は見つからなかった。

あんなことがあったあとで、扉の鍵をかけられないまま寝る気にはなれなかった。室内を見まわすと、背のまっすぐな椅子が目にとまった。その小さな椅子を扉の前に持っていき、つっかい棒のように取っ手の下にあてた。それだけで扉があかなくなるとも思えなかったけれど、椅子が倒れれば大きな音をたてて目を覚ますだろう。

ニコラは寝間着の上にガウンをまとい、室内ばきをはいた。さっきはあわてていて、はだしのままガウンもはおらずに飛びだしていた。それから窓辺に行ってカーテンをあけ、外の闇に目をあてた。

リチャードは追いはぎの仕業だと思いたがっている。そうじゃないとニコラが言っても、聞き入れないだろう。だが、あの怪しい男はジャックではない。といって、ほかに疑わしい者がいそうもないのも事実だった。

強盗や追いはぎがひしめいている都会と違って、このあたりは静かな田舎だ。ジャックのような追いはぎが出没するのは珍しいし、泥棒が家に盗みに入ることもほとんど考えられない。

仮に泥棒だとしても、若い女の寝室に忍びこむのは愚の骨頂だ。金持ちの家であっても、未婚の娘が高価な宝石を所持していることはめったにない。ニコラにしても、カメオを一つ二つと真珠のネックレス、黒曜石や真珠やオパールをはめたイヤリングを二、三持っているくらいだ。それらはすでに追いはぎ団に盗《と》られてしまった。ニコラが大切にしている装身具といえば、ギルの指輪しかない。それは今も、肌にじかにつけている。もしもこの指輪が盗まれたらこのうえもなく悲しいけれど、かといって、世間の基準からすれば貴重品とは言えない。本職の泥棒なら、金銀の食器がしまってある階下の部屋か、家宝を保管している金庫に直行するだろう。もしも貴重な宝石類を出しっぱなしにしてあったとしても、それらがありそうな部屋は夫人の寝室だ。妹に思いがいたると、ニコラはぞっとした。

泥棒に限らず、侵入者が追いはぎのジャックだったとしたら、なおさらこの推理があてはまる。なぜならば、ニコラの装身具は自分たちがすでに奪っているので、もう残っていないことを知っているからだ。

盗みのために侵入したのではないとすると、目的は何か？　もしかして、暴行するため？　ロンドンの貧民街でそういうことがしばしば起きているのを知っているので、その可能性もないとは言えない。しかしそれが目的ならば、なぜ賊は鏡台の前で何かを捜していたのか？　まっすぐベッドに来て、襲いかかるところだろうに。それに、目を覚まして叫んだニコラを静かにさせようとしないで逃げだしたのはなぜ？　そういう男の心理に詳しいわけではないけれど、あの行動は腑《ふ》に落ちない気がする。

暴行や窃盗が目的ではないとしたら、いったいなんのため？　わざわざ忍びこんできたからには、何か理由があるはずだ。いくら考えても、見当がつかなかった。

侵入の理由はわからないとしても、別の角度から考えてみてはどうか。あの怪しい男は何者だろう？　覆面と長身が目に入った瞬間はジャックだと思ったが、あとになってから思い違いだったことがわかる。では犯人が家のなかにいる人間だとしたら？　外から忍びこむよりもずっと簡単に寝室に入れるわけだ。従僕のなかにも、あのくらいの背丈の男はいる。言うまでもなく、従僕が主人の家でそんなことをするのはあまりにも無謀だ。だが欲に目がくらんだとしたら……？　ここでも同じ疑問がつきまとう。金欲しさならば銀器や宝石を狙《ねら》うにちがいないし、その場合も日中こっそり盗んだほうがずっとやりやすいだろう。ニコラが目当てだとしても、それならばなぜ鏡台の前にいたのか？

ひょっとして、ミスター・ストーン？　あの感じの悪い男なら、やりそうな気もする。ストーンはこの家ではなくて村の旅籠《はたご》に泊まっているが、侵入しやすいようにあらかじめ戸か窓に細工をしておいたのかもしれない。だが、ストーンは背が低い男だ。リチャードはどうだろう？　悪党役にぴったりではないか。長身だし、部屋がほんの二、三メートルしか離れていないから、たやすく入れる。あとで廊下に出てきたけれど、自分の部屋に駆けこんで覆面を取り、ガウンをはおるくらいの時間は十分にあったはずだ。ニコラは顔をぶたれて床にしりもちをつき、少ししてからやっと立ちあがったのだ。何くわぬ顔でリチャードが廊下に出てくるまで、どのくらい時間がたっていたのだろうか?

思いだそうとしたが、どうしても思いだせなかった。ニコラはため息をついて、椅子に腰をおろす。賊がリチャードだったとしても、依然として謎《なぞ》は解けない。侵入した理由がわからないからだ。リチャードが自分の家で貴重品を捜すはずがない。以前にニコラに邪心をいだいていたとはいえ、いくらリチャードでも妻の姉に乱暴するようなばかな真似《まね》はしないだろう。あの事件以来、ニコラに対して敵意を示しこそすれ、キスや抱擁を迫ったことは一度もない。だとすると、なんらかの理由でニコラの持ち物を調べたかったのだろうか? 例えば、追いはぎの首領についてニコラがもっと知っているのではないかと疑い、その証拠を探ろうとしたのでは? だがそうだとしても、よりによってニコラが寝ているところに忍びこんでくるよりも、村に行っているあいだに捜し物をしたほうがずっと簡単なはずだ。

どれもこれもありえないことばかりなので、実は夢を見ただけではないかと思いたくなるくらいだった。とはいえ、頬がいまだにずきずきすることからして、夢であるわけがない。侵入者にぶたれたところが、明日はあざになるにちがいない。

その点だけでも、賊は追いはぎの首領ではないことの証明になる。なぜならば、ジャックだったら決して私をぶったりはしないと思うから。こちらが先にひっぱたいても、なぐり返そうとはしなかった。それにひきかえ、今夜の侵入者は紳士的じゃないし、卑怯《ひきょう》でもある。

そんなことを思いながら、ニコラはつい微苦笑していた。追いはぎのジャックもあながち紳士的とは言えないではないか。背もたれが高い椅子に頭をもたせかけて、今夜のジャックの不埒《ふらち》なやり方を思い起こす。もう会うことはないとは思うが、万が一再会したら、二度とあんなことにならないように注意しなくてはならない。それにしてもあの人は、どうして追いはぎなどになったのかしら？　本当に上流階級の出なのか、それとも身分の低いならず者か、あるいはその中間なのか？

それより何より、数あるイギリスの男たちのなかで、なぜあの人だけが私の理性を狂わせてしまうのだろうか？

騒ぎのあった翌朝、ニコラは少し寝過ごしてしまった。椅子をどけて扉をあけると、召使いが来たらしく、紅茶ポットとトーストの皿をのせたお盆が置いてあった。まだ温かかった紅茶を一杯飲んでから服に着替えて、階下の食堂に妹を捜しに行った。デボラはいなかった。あらためて紅茶を飲み、バターやおいしい苺《いちご》ジャムをつけたトーストを食べた。

奥さまは今朝はご気分が優れないのでまだ横になっていらっしゃいますと、召使いの一人が教えてくれた。軽い朝食をすませてから、ニコラは妹の寝室へ行ってみた。扉をそっとあけ、顔をのぞかせる。デボラは大型の黒っぽいベッドに横向きに寝ていた。大きな目の下に、炭のしみのようなくまができている。ニコラを見ると、弱々しくほほえんだ。

「お姉さま……今日はあんまり具合がよくなくて」

「おなかの〝ぢっちゃなだんなさま〟がお元気なしるしですよ」ベッドの向こう側の椅子から、年配の女性が立ちあがった。

妹を気分悪くさせておいて元気だと言うなら、おなかの赤ちゃんは父親そっくりじゃないの。女性のずけずけした物言いに、ニコラは皮肉を返したかったが我慢する。濃い灰色の髪をひっつめにした老婦人は、白い襟と袖口を糊《のり》でぱりっとさせたねずみ色の服を着ていた。目も冬空のような薄墨色なので、全体が一色に見える。老齢にもかかわらず——というよりは、年齢に楯《たて》突いているかのように——長身の背筋をいやに突っ張らせている。それに、この人はめったに笑うことがないのではないか。不気味なほど顔つきが厳しい。

「あ、お姉さま、ごめんなさい。グレゴリーさんは初めてだったわね」デボラが急いで紹介した。「こちらは、伯爵が子どものときに世話をしてくださった乳母のグレゴリーさん。私の具合がよくないときに来てくださるの。グレゴリーさん、私の姉のニコラ・ファルコートです」

「私が仕事をやめたとき、だんなさまはご親切にも地所のなかに住めるようにはからってくださいました。お世継ぎのためになることでしたらなんでもいたします」乳母はもったいぶった口調で答えた。

ニコラは思った。具合が悪いときにこんなきつそうな婦人に付き添ってもらったら、ますます悪くなってしまうだろう。実際、デボラはびくびくしているように見える。ニコラはさらっと言った。

「はじめまして、グレゴリーさん。妹の看護をしてくださって、ありがとうございます。でも、私が妹のそばにいるつもりですので。デボラ、本でも読んであげましょうか?」

デボラの表情は明るくなった。「あら、嬉《うれ》しいわ」そう言いながらも、気づかわしげに老婦人を見やる。「かまわないかしら、グレゴリーさん?」

すかさずニコラが口をはさんだ。「グレゴリーさんもお休みになりたいでしょう。わざわざいらしてくださったけれど、お宅のほうがずっとくつろげるにきまってますもの」そして、負けず劣らず容赦ないまなざしを老婦人に向ける。

グレゴリー乳母としては、いやでも譲るしかなかった。いきなり編み物の袋を取りあげ、デボラにぞんざいな挨拶《あいさつ》をしただけでどすどすと部屋を出ていった。扉がしまるのを見届けてから、デボラがため息をついた。

「怒ったんじゃなければいいけど。私がどうしてもあの人と仲良くなれないものだから、リチャードが気を悪くしてるのよ」

「こうして昔の乳母に会ってみると、リチャードがどうしてあいう大人になったのかが納得できる気がするわ」

「お姉さまったら、そんなこと言っちゃだめ」姉の辛辣《しんらつ》な感想に、デボラは思わず笑いだした。少し元気になったように見える。「でも、本当に厳しい人でしょう？」

「ほんとに。私たちの乳母とは大違いね」

「もちろんよ！」姉妹が小さいときに面倒をみてくれた乳母は、ほっぺの赤いまるまると太った女性だった。「大好きだったわ。いつもにこにこしていて。私たちによく歌をうたってくれたわね。あの熱々のココアを憶《おぼ》えてる？　あれ、今でも飲みたいな」

「ココアが？　じゃ、召使いを呼んでココアを持ってこさせましょう。うちの乳母のココアほどおいしくないかもしれないけれど、きっと元気が出るわよ」

「そうね。ごめんなさい、元気がなくて。自分でも情けないと思うけど。ほかの女の人たちはみんなちゃんと乗りきってるのに」

「そんなこと気にしなくていいのよ。ほかの人はどうだっていいの。私が心配してるのはあなただけ。私のかわいい妹なんだから、いくらでも甘えてちょうだい」

ニコラはベルを鳴らして召使いを呼んだ。やってきた召使いに、熱いココアとトーストを持ってくるように指示した。

「ねえ、デボラ。今思いついたんだけど、あなたの付き添いとして私たちの乳母に来てもらったらどうかしら？」

晴れやかな笑みがデボラの顔に広がったと思うと、たちまち消えてしまう。「そんなことできないわ。グレゴリーさんが気を悪くするし、リチャードもいやがるでしょうし」

「私が話してみるわ。リチャードだって夫なんですもの。あなたの気分がよくなるような人に付き添ってもらうほうがいいと思うでしょう。あなたの具合だけじゃなくて赤ちゃんのことも考えれば、それがいちばんいいのよ。私たちの昔の乳母についていてもらいたいとちゃんと言わなければ、リチャードもわからないじゃない。あなたがグレゴリーさんに満足してると思ってるのかもしれないわ」

「でも、やっぱり……」

「悩むことないわ。リチャードを怒らせたりしないから。それに、グレゴリーさんにわけを話して断るのはあなたではなくて、リチャードなんですもの。あなたは心配する必要ないのよ。私たちの乳母に来てもらえば、きっとあなたも元気になるわ」

「そりゃ、私も嬉しいけど……」それでもデボラは迷っているふうだった。

「リチャードがだめと言っても、もともとじゃない。話すだけ話してみればいいわ。さあ、何か読んであげましょう。ココアが来たら、軽く食べて、そのあとお昼寝しましょう」

「そうね」デボラは素直に姉に従った。

召使いがココアとトーストを運んできた。ニコラに言われるままデボラは起きあがって、ココアを飲み、トーストもほとんど残さずに食べた。

やがて眠りに落ちた妹の付き添いを召使いに頼み、ニコラは部屋にもどって外出のための乗馬服に着替えた。まずバックミンスター邸を訪ねた。近くに滞在しているのだから叔母に挨拶するのは礼儀だが、訪問の目的はそれだけではなかった。ニコラの話を聞いて、気のいいバックミンスター夫人は一も二もなく協力を約束してくれた。

そのあと村に立ちより、病気の赤ちゃんの様子を見に行った。昨夜よりはずっとよくなっていて、両親も安心したようだった。タイディングズにもどる途中、ときどきあたりを見まわした。追いはぎの首領がどこからともなくあらわれるのではないか？　別にそのために出かけてきたのではないと思いながらも、ジャックが姿を見せないので、なんとなくがっかりした。

午後の残りは、デボラに本を読んできかせて過ごした。二人の夕食も寝室に運ばせ、デボラをおだてたりすかしたりして鶏《とり》料理とパンを少し食べさせた。その夜は早く床についた。昨夜と同じく、扉の取っ手の下に椅子を置いて侵入しにくくしたにもかかわらず、なかなか寝つけなかった。気がつくと、追いはぎの首領のことを考えているのだった。

翌日の午後にはデボラのつわりも治まり、身なりをととのえて階下の居間におりてきた。バックミンスター夫人が牧師夫人をともなって、タイディングズに訪ねてきた。婦人たちに敬意を表するために、リチャードも書斎から出てきた。

ニコラはひそかにほほえむ。今のところ、計画どおりにいっているようだ。婦人たちは妊婦の体調について、上流階級のしきたりに従い婉曲《えんきょく》にたずねた。続いてバックミンスター夫人が何げなく切りだす。「ねえ、デボラ、いいことを思いついたわ。ラーチモントからあなたたちの昔の乳母に来てもらったらどうかしら。あの人についていてもらえば、きっとよくなるわよ」

わきからリチャードが言った。「いや、デボラの看護はぼくの昔の乳母がやっていますよ。しっかりした人ですから」

「そりゃそうでしょうけれど、グレゴリーさんも年ですからねえ。交替してもらえば、ほっとするんじゃないかしら。それに、なんといっても自分の乳母のほうが気心が知れていていいでしょう。そうじゃないこと、デボラ？」

デボラは夫の顔色をうかがう。「グレゴリーさんは本当にしっかりしてる方なの」

「あら、デボラ、そんなに無理しなくていいのよ」バックミンスター夫人は笑い飛ばした。「誰だって自分の乳母がいいにきまってるじゃない。殿方にはこういう気持がわからないのかもしれないわ。うちの主人は、そういう期間に、なんでも私のしたいようにさせてくれたものだわ。エクスムア卿《きょう》も賛成してくださるでしょう？」

「ええ、もちろん。デボラがそうしたいと言うなら……」リチャードはバックミンスター夫人に硬い微笑で応《こた》える。

夫人は大きくうなずいた。「よかったわ。これできまりね。うちに帰ったら、さっそく手配しましょう。あの人、名前はなんといったかしら?」

「オーエンズです。グラディス・オーエンズ」ニコラは内心ほっとして、昔の乳母の名前を叔母に教えた。牧師夫人も同席しているところでバックミンスター夫人に言われたら、リチャードも断ることはできない。これ以外の方法では、こうすんなりはいくまい。

振り向くと、リチャードが薄笑いを浮かべて自分を見ているのに気づいた。叔母と牧師夫人が帰ったあとで、リチャードはニコラに言った。「親愛なる姉上、昔の乳母にデボラの世話をさせるために、何もあんな策略をめぐらせなくてもいいのに」

「策略? いったいなんのこと?」ニコラはとぼけた。

「やれやれ、そんなにぼくをばか扱いしないでくれよ。バックミンスター夫人がデボラのために昔の乳母を呼ぶことなんか考えつくはずはない。もちろん、そのオーエンズという乳母がよほどの馬の乗り手でもない限り。これはあなたの小細工にきまってるさ」

「リチャード、あなたがおいやなら、叔母にはやめてもらうけど——」デボラが言いかける。

「いや、やめる必要はない。子どものときの乳母が来て元気になるなら、ぜひ呼びなさい。グレゴリー乳母が嫌いだとは知らなかったものだから——」

「嫌いだなんて言ってないわ」デボラは弁解めいた言い方をする。「ただ、小さいころから知ってるから慣れているというだけで……」

「もちろん。よくわかるよ。はじめからそうすればよかったんだ。しかし、秘密にしておくのはよくない」リチャードはニコラのほうを向いた。「それにしても、ニコラ、いつまでもぼくを悪役にするのは、いいかげんにやめてもらえませんかね」

「悪役ですって！」デボラがびっくりして否定する。「まさかそんなことは思ってないわ、リチャード――」

リチャードはじりじりしてさえぎった。「いや、きみがそう思っていないのはわかっている。ぼくを悪役に仕立てているのは、きみのお姉さんだ」

「違うわ、リチャード」ニコラは冷たく言い返した。「私はあなたをどんな役にも仕立ててはおりません。今のあなたが、ありのままのあなた。私が何もしなくても、あなたはあなたよ」

リチャードがこわばった微笑とともに口をひらきかけたとき、執事が部屋に入ってきた。

「だんなさま、ミスター・ストーンがお見えになりました。書斎にお通ししてあります」執事が告げる。

リチャードはうなずき、ニコラとデボラに軽く頭をさげた。「ぼくは用事があるので失礼する」

夫が出ていくなり、デボラは姉のほうを向いた。「リチャードは私のこと怒ってないわよね？」

「もちろん怒ってないわよ。私のことを、いらぬおせっかい焼いてと思ってるでしょうけど。でも、私は平気」

「なら、いいけれど。グラディスが来てくれれば嬉しいわ。気分もよくなると思うの」

「そうでしょうね」一息置いて、ニコラはさりげなく訊《き》いた。「ミスター・ストーンはここにしょっちゅう来るの？」

デボラは顔をしかめる。「そうなの。ゆうべも来たのよ。リチャードが言うには、厨房《ちゅうぼう》の裏のあいている部屋にミスター・ストーンを寝泊まりさせるかもしれないって。私はいやなの。だって、あの人、嫌いなんですもの」

「私も嫌い。あの人の仕事、うまくいくと思う？　追いはぎを捕まえることだけど」

「さあ、どうかしら。腕利きの警吏なんですって。冷酷そうに見えるでしょ。でも、そのほうがああいう仕事には向いてるのかもしれないわ。荷馬車の護衛を増やすようにミスター・ストーンに言われて、リチャードはさらに人を雇ったようよ」

「本当に？　武装した護衛でしょう？」

「そう」

「怪我《けが》人が出ないといいけど」血だらけになって馬から転げ落ちるジャックの姿が目に浮

かんだ。ニコラは両手をにぎりしめる。「村民のなかにも、追いはぎ団に入った人たちがいるんじゃないかしら」

「あのストーンって人もそう考えていて、リチャードに話しているのを聞いたの。お金をやれば、首領を裏切る者が出てくるんじゃないかと言ってたわ。護衛を増やしても効果がなかったら、その方法を試すことにリチャードはきめたみたい」

どうやら妹は、リチャードとストーンのやりとりを立ち聞きしたようだ。デボラは夫の部屋の扉に耳をくっつけて聞いていたのではないか。案の定、デボラがつけ加えた。「話の全部はわからなかったけれど、今夜、荷物の輸送があって武装した護衛がつくらしいの。何もなければいいけど……」

武装した護衛が今夜の輸送に同行するという話が、ニコラの頭から離れなくなってしまった。ジャックのことは考えまいとしても、つい想像が悪いほう悪いほうへといってしまう。

その晩、夕食のあとでリチャードはまた書斎にこもった。客間にすわっていたニコラとデボラの耳に、リチャードが書斎で声を荒らげているのが聞こえてきた。話の内容まではわからなかったが、腹を立てているのは確かだった。数分後に書斎の扉があき、ミスター・ストーンが廊下に出てきた。その背後で、扉が大きな音をたててしまった。ニコラは笑みをもらしそうになって、口もとをきっと結ぶ。リチャードが激怒している様子からすると、追いはぎジャックは殺されも捕まりもしなかったにちがいない。

「あら、まあ」デボラが困ったふうにつぶやく。「私たち……寝たほうがよさそうね」

「そうそう、そうしましょう」すっかり心が軽くなったニコラは妹に相づちを打った。

二人は二階へあがった。ニコラは妹の寝室の先の部屋に入り、例によって椅子を扉の取っ手の下にすえつけた。それから鏡台の前にすわり、髪をほどいた。考えごとをしながら機械的にピンを抜きとり、豊かな金髪が肩になだれ落ちるにまかせる。今夜、何があったのだろう？　護衛を増員したにもかかわらず、ジャックは強盗をやってのけたのだろうか？　リチャードのあの怒声から察するに、ジャックは射殺されなかったようだ。だからといって、死傷者が一人も出なかったとは限らない。村の人にしても護衛にしても、無事だといいが。

ニコラは鏡台から銀のブラシを取りあげ、ゆっくり髪をとかしはじめる。うつむいて手だけ動かしているうちに、ふとかすかな物音が聞こえたような気がした。ぱっと顔をあげると、鏡に男の姿が映っている。あっと思ったときには口をふさがれ、椅子から立たされて後ろに引きよせられていた。

7

一瞬、ニコラは立ちすくんでいた。すぐに、振りほどこうとしてもがく。背後の男はすばやくニコラの両腕を押さえつけて、動かせないようにした。ニコラはかかとで思いきり蹴《け》った。効きめがあったのか、うなり声が聞こえた。

耳たぶにすべすべした柔らかいものがふれ、小声でささやかれた。「こら、やめろ！　暴力をふるうつもりはない。家中に聞こえるような悲鳴をあげてほしくないだけなんだ」

このかすれた低い声は……ニコラは顔をあげて、鏡に映っている男を見た。かがんでニコラの耳もとにささやいている男は、顔の上半分に覆面をしている。黒いサテンのスカーフのような布を顔と頭に巻きつけ、海賊のように後ろで結んでいた。情熱的な黒い目と顔の下半分しか見えない。声と姿で、男が誰かわかった。

「ジャック！」ニコラは抵抗をやめた。「いったい何しに来たってわけ？」

「おやおや……貴婦人としたことが、なんたる言葉づかい」おかしそうにニコラをからかった。

「やめてったら。あなたに振りまわされるのはもうこりごり。おとといの夜、ここに忍びこんできたのも、あなただったの？　またやってくるなんて、ずいぶん大胆ね」

「ここに忍びこんだ？　男があなたの部屋に入ってきたというのか？」ジャックは腕に力をこめた。

「ちょっと、そんなにきつくしたら息ができないじゃない。おとといの夜中に目が覚めたら、ここに男がいたの……覆面をして」

「なんてことだ！」ジャックはニコラを自分のほうに向かせた。「何があった？　乱暴されたのか？」

「いいえ。私が大きな声を出して捕まえようとしたら、逃げていったわ」

「あなたに追い払われるような腰抜けなら、ぼくであるはずがないじゃないか」男はにっと笑った。

　ニコラはむっとして言い返す。「あとであなたじゃないと思ったわ。あなたみたいに威張ってなかったから」

「そいつに何されたんだ？　もしかして――」

「何もされなかったわ。私の鏡台をひっかきまわしただけで」

「鏡台？」ジャックは鏡台に目をやった。「なんで？」

「そんなこと、わからないわ。目が覚めたら男がいたので、どなりつけたら逃げだしたのよ」

「覆面していたと言ったね？　となると、ぼくに罪をなすりつけようとしたやつの仕業か。例えば、あなたのお偉い義弟《おとうと》さんとか」

「私の部屋に侵入したのはあなただと見せかけるのが唯一の目的だったというの？　でも、もしそうなら、なぜ鏡台の前にいたのかしら？　なんのためにそんなことをしたの？」

「何かを盗むためか、あなたに危害を加えるためか――いずれにしても、ぼくを犯人に仕立てあげようとしたんだろう」

「わざわざそんなことをしなくても、こうしてあなたは自分から進んで忍びこんできたのにね」

ジャックはきっとなった。「あなたに危害を加えるためではない」

「どうやってそれがわかるの？」

「きみはばかじゃないと思うから、ぼくがそんなことをする……」ジャックは急に口をつぐみ、ため息を吐いた。「まったくもう！　いまいましい人だな。実は、あなたに助けてほしいことがあって来たんだ」

ニコラは眉をつりあげる。「あなたの流儀って、本当に変わってるのね。人にものを頼むときは礼儀正しくするのがふつうじゃないのかしら」

「あなたの助けを必要としているのは、ぼくではない。もしぼく自身だったら、来なかっただろう。ぼくの部下の一人が……今晩、怪我《けが》したんだ」

「まあ！　村の人？」

「いや、地元の人間じゃなくて、ぼくの友達だ。胸を撃たれて、状態がよくないんだ」

ニコラは愕然《がくぜん》とした。「弾が胸に残ってるの？」ジャックがうなずく。「だったら、お医者さまに診てもらわなきゃいけないわ。私はできない……経験がないの。お薬を調合してるだけですもの」

「医者に頼むわけにはいかない。死刑宣告も同然だ。あなたならできるよ。処置を見たことがあるだろう」

「えっ！」ニコラは驚いた。「どうしてそんなことを――」

「ローズおばあさんに教わったという話じゃないか。おばあさんは医者よりも切ったり縫ったりが上手な治療の名人だったと、みんな言ってた」

「ええ。私も、おばあさんが傷の手当てをしたのを見たわ。手伝ったこともあるけれど……」

ニコラは思いだして眉をひそめた。ローズおばあさんが密猟者の腕から猟場管理人のマスケット銃の弾丸を取りのぞくのを見たことがある。胸がむかむかしながらも、おばあさんの助手を務めた。ローズおばあさんは干し草用熊手《くまで》の刃のかけらを取りのぞいたこともあって、その処置の仕方をニコラに詳しく教えてくれた。ニコラ自身、ロンドン東部の慈善活動に行ったとき、男の胸から折れたナイフの切っ先を引きぬいた経験がある。

ニコラはかぶりを振った。「それとこれとは違うわ。胸を撃たれた人の傷口を探って弾を取りだすなんて。死んでしまったらどうするの？」

「しかし医者に診せたら、必ず死ぬ運命なんだ。あなたなら少なくとも、弾を取りだしたあとの熱で死ぬことは防げるだろう。村の連中の話だと、傷口が化膿《かのう》して熱が出たときの治療をあなたはできるそうだね」ジャックは一息置いて、つけ加えた。「怪我人が泥棒だから死なせてもいいとは思ってないだろう？」

ニコラは憤然とした。「もちろん、そんなこと思ってやしないわ！　そういうことじゃないの。できるかどうか確信がなくて――」

「あなたが助けてくれなければ、怪我人が死ぬことだけは確かだ」ジャックはじっとニコラの目を見すえた。「それでもいいのか？」

「わかりました。行きます。でも、どうやって……」ニコラは廊下に面した扉に視線を走らせる。「どうやってここを出るの？　だいいち、どうやって入ってきたの？」

扉の前の椅子を見やって、ジャックは言った。「ぼくが来たときは、あの装置はなかった。その前から部屋のなかにいたからね。窓から入ったんだ」

「窓から！　地面に垂直じゃない！」

「あちこちに出っぱったりへこんだりしたところがあるから、なんとかよじのぼれる。しかし、あなたにそんな真似《まね》をさせるわけにはいかない。これを用意してきたよ」ジャックは窓ぎわに行って、椅子の陰から巻いたロープを取りだした。「ロープを使っておりるんだ」

ニコラは眉をつりあげる。「あなたは栗鼠《りす》みたいに敏捷《びんしょう》かもしれないけれど、私はこんな格好で壁を伝いおりるなんてまさか……ロープを使ってもできっこないわ」

ジャックは微笑した。「あなたは何もしなくてもいい。だいじょうぶだから、薬を持ってきて。急がなきゃならない」

ニコラは黙ってうなずき、薬品や治療道具一式を入れてある鞄《かばん》を出した。不要なものは取りだし、西洋夏雪草やコンフリー油などの煎《せん》じ薬に加えて、ピンセットと包帯をたっぷり鞄に入れた。その鞄をジャックは肩にかけ、ロープの端を窓ぎわにあるベッドの頑丈な柱にゆわえつけた。もう一方の端は自分の腰に巻いて縛った。ロープの両方の結び目を引っぱって強度を確かめてから、窓をあけて下をのぞく。人がいないのを確認し、ロープを手に窓の敷居に腰かけて一方の脚を外に出した。片方の腕をニコラのほうに伸ばす。

「さあ、ぼくの首にできるだけしっかりつかまってくれ」

「え？」ニコラはとまどいを見せる。

ジャックはじれったそうに言った。「何も誘惑しようというんじゃない。あなたをかかえて、壁を伝いおりるというだけのことだよ」

ニコラは仕方なくマントをはおり、窓ぎわに行った。ためらいがちにジャックの首に両の腕を巻きつけ、その腕を手でにぎりしめる。体温が伝わってくる近さだ。馬や革、そして男のにおいがする。

ジャックは胸にニコラをしっかりかかえこみ、両手でロープをにぎった。足をてこにして、あっという間に窓の外に出る。空中にぶらさがったニコラはジャックにしがみついた。胸がどきどきするのは恐怖からか、全身がジャックに密着しているせいか、定かではない。ただジャックの胸に顔をうずめ、しっかり抱きついているしかなかった。ジャックは壁に足をつけ、両手でロープをたぐりつつ、ゆっくりおりていく。

地上からどのくらいの高さか、ニコラは考えまいとした。それればかりではない。ジャックの体のたくましさも、顔に当たるすべすべした覆面の感触も、腕の強さも、必死で意識しないように努めなければならなかった。

ようやく、ジャックの足がどすんと地面についた。ジャックはつかの間、腕に力をこめてからニコラを地面におろし、後ろへさがって腰のロープをほどいた。窓からぶらさがったままのロープにはかまわず、あたりに注意を払いながらニコラの手を取って壁伝いに建物の裏手にまわる。裏に出たところで周囲を見て人影のないことを確かめ、ニコラに合図して走りだした。ニコラの手を放さず、木や茂みの陰に隠れるようにして庭を横切る。屋敷から見えないところに行きつくまでは、速度をゆるめなかった。

さらに小走りで進み、ジャックが馬をつないでおいた場所に着いた。木につながれておとなしく待っている馬を見て、ニコラは訊《き》いた。

「私の馬は？」

「ぼくと一緒にこれに乗っていく。厩舎《きゅうしゃ》から馬を連れだすのは危ないから」

「別の馬で行ったほうがずっと速いのに」ジャックとの二人乗りを想像してニコラは言った。

「時間がないんだ。我々がもどるまで怪我人の命がもつかどうかもわからない。さ、この馬に乗ってくれるか？　それとも、こっちが乗せるしかないのか？」

ニコラは顔をしかめ、黙ってジャックがさしだした両の手のひらに足をかけて馬の背にのぼった。ジャックはニコラの後ろにまたがる。ニコラはジャックの脚のあいだにはさまったような格好になり、思わず赤面していた。ジャックが黒い布を出して、ニコラの顔に巻きつけようとする。ニコラは身を引いた。

「いや！　何をなさるの？」

「目隠ししてもらう」

「どうして？　いやよ！」

「道を覚えられないように。我々の隠れ家に伯爵を案内されては困るんだ」

「そんなことしないわ」

「万一にそなえてこうするしかない。もし目隠ししないというなら、あなたは隠れ家から帰れないことになる」

眼光鋭くジャックに見すえられ、ニコラは同意するしかなかった。

顔に黒い布を巻かれ、ニコラの視界は闇《やみ》になった。布の肌触りはひんやりとして柔らかい。ニコラは目をつぶった。不安をおぼえると同時に、ふしぎなときめきを感じた。視覚がきかなくなった代わりに、突然、ほかの感覚が鋭敏になったような気がする。目隠しの布は絹のようにすべすべしていて、頬をなでる微風も思いのほか心地よい。男っぽいにおいや体温、ニコラの両わきをかこむようにして手綱に伸ばした腕、背中から腰にかけてぴったりくっついた上半身や脚、まるでジャックに愛撫《あいぶ》されているような感じだった。

ニコラの胸も腹部もけだるく火照っている。じかにふれてほしいといつの間にか思っている自分が恥ずかしくなった。ジャックに気づかれなければいいが。

闇で見通しがきかないうえ、二人分の重さがかかっているので、あまり速くは進めなかった。力んだ腕や大きく上下している胸の鼓動から、ジャックの焦りが伝わってくる。そのぴりぴりした緊張感が逆にニコラを刺激した。

夜のしじまをすかして、いろいろな音が聞こえてくる。梟《ふくろう》の声。藪《やぶ》のざわめきにおびえて逃げる動物の気配。馬具がたてる金属的な音。土を蹴るひづめの低いひびき。馬の動きにつれて、ニコラはますますジャックに密着していく。感覚をかきたてられ、困惑しながらも考えずにいられなかった。ジャックも同じように感じているだろうか？　無意識でいられるはずはないだろう。

近ごろの自分はどうしたのか。こんなみだらなところがあるとは夢にも思っていなかった。快感に酔って自制がきかなくなることなどなかったのに。今も意志が弱いと自分を責めつつも、ジャックの体のたくましさに乱されている。気持を引きしめるために姿勢を変えてみた。それが裏目に出て、臀部《でんぶ》をジャックの体にこすりつける結果になってしまった。するとと後ろからも、つつくような動作が返ってくる。またしてもニコラは恥ずかしくて赤くなった。私がわざとしたと思われたかしら？　誘惑するために？　といって変に言い訳したりしたら、もっときまりが悪くなるだけだ。

ジャックとのあいだになるべく距離をあけようと努めるが、無理な姿勢は長続きするはずがない。しばらくするとまた、ジャックの脚のあいだにすっぽりはまりこむ形になってしまうのだった。いつになったら隠れ家に着くのだろう？　馬に揺られながらこんな状態をいつまでも続けていたら、官能の高まりを抑えきれなくなってしまうのではないか。やがて、馬の足どりが遅くなった。一歩一歩気をつけながら進んでいるふうだった。姿勢を変えるときに、ジャックの腕が離れることがあった。湿った土や枯れた草木のにおいがする。樹間を通りぬけて森の奥に入っていくところなのではないか？　ニコラの勘は当たったらしく、ときどき木々の小枝や葉っぱが頬や肩をかすめる。その柔らかい感触や森林の豊かなにおい、闇の深さが生理的な興奮をいやがうえにも高めるのだった。一度、ジャックの手が腰からももへとすべるのを感じた。髪に軽くふれるものがあり、荒い息づかいが耳もとで聞こえたような気もする。

「やれやれ！　すぐそこだよ」ジャックがほっとしたのは明らかだった。

馬がとまった。先にジャックがおりてニコラの腰に手をまわし、地面におろした。目隠しされているニコラはちょっとよろめいた。すぐさまジャックがニコラを支え、自分の胸に抱きよせる。規則正しい鼓動がニコラの耳に伝わってきた。それからジャックはニコラの肩をつかんで向きを変えさせ、馬のまわりをまわって階段を二段のぼった。扉があく音がして、ニコラは家のなかに導かれた。背後で扉がしまる。

目隠しのへりからうっすら明かりが見える。ジャックが結び目をほどき、目隠しの布を取った。急に明るくなって、ニコラはまぶしそうに目をぱちくりさせた。とはいっても、短くなった太いろうそくが一本ともっているだけだ。そこは狭い玄関だった。ジャックは、小さなテーブルに置いてある細長いろうそくを一本取って火をつけ、ろうそく立てに立てた。「さあ、こっちだ」

ニコラは言われたとおりにするしかなかった。ジャックに腕を取られ、階段をのぼる。

二階はもっと暗かった。ジャックが持っているろうそくのほかには、廊下の奥にある部屋の扉の下からもれている細い光だけだった。ジャックの足どりは速くなる。奥の部屋の扉をそっとあけ、ジャックはニコラを連れてなかに入った。

室内はほの暗く、なんともすさまじい光景だった。一つしかない窓を分厚いカーテンがふさいでいるので、一歩踏み入れただけで息苦しくなりそうだ。燃えさかる薪や、汗と血、ウィスキーなどのにおいが入りまじってむっとする。狭いベッドに男が寝ていた。顔面蒼《そう》白《はく》で目をとじ、息苦しそうに胸を大きく上下させている。上掛けはわきへ押しやられ、黒いシャツがはだけて胸がむきだしだった。胸の片側から肩にかけて巻かれた包帯に多量の血がにじんでいる。汗で顔も髪も濡《ぬ》れていた。ベッドのかたわらの椅子に男がすわっている。ひざにひじをついて髪に手の指をさしこみ、顔を伏せていた。椅子とベッドのあいだにある小さな角テーブルにウィスキーの瓶と、弱い光を放つ灯油ランプが置いてある。ベッドの反対側には、若い女が両手をにぎりしめて立っていた。おびえて目を大きく見ひらき、涙を流していた。

「ああ、どうしよう、どうしよう」女は陰気な声でくり返している。足音で振り向いた。「ジャック！　ああ、よかった、もどってきて！」

若い女はすすりあげながら走りよって、ジャックの胸にすがりつこうとする。まといつく女の腕をジャックが振りほどくのを、不快な思いでニコラは見ていた。「どんな具合なんだ、ダーク？」

椅子の男が頭をあげた。顔がげっそりしている。「よくねえです。息ができないみたいで」

呼吸が苦しくなるのは危ないしるしだと、ニコラは知っている。弾丸が肺をつらぬいて血がたまると、命を助けるすべがないかもしれない。けれどもジャックの尋常でなく不安げな表情を目にするなり、ニコラは急いで言った。「こんなに空気の通りが悪い部屋では、息が苦しくなるのは当たり前です。まず戸をあけてください。窓も少しはあけられないかしら？　それと、暖炉の薪をあんなにがんがん燃やさなくてもいいでしょう。部屋中に煙が立ちこめてよくないわ」

ジャックの顔がほころんだ。「歯に衣《きぬ》着せずにものを言うお方だな、ミス・ファルコート。この男はダークといいます。ぼくがあなたを迎えに行っているあいだ、怪我人のそばについていた。こっちはダイアン。彼女はぼくの部下の女友達で、家のことをやってくれている」

ダイアンはジャックばかり見つめている。部下の男や家事よりもジャックにひとかたならず気があるのではないかと、ニコラは思った。いずれにしても、怪我人にはとうてい役に立ちそうにない。

ジャックが二人にニコラを紹介した。「こちらはミス・ファルコート。ペリーの手当てに来てもらった。ミス・ファルコートが指示するとおりにしてくれ」

とろんとした目つきで、ダークがニコラに軽く頭をさげた。ダイアンは不機嫌そうにニコラを見た。

「ダーク、暖炉の火を落とせ。ダイアン、カーテンを引いて、窓をあけてくれ」

「でも、明かりを見られたらどうするの？　それに、夜の外気は病人に悪いって言うじゃない」

「この方は病人じゃなくて、怪我をしてるんです。汗をかいたり、いやなにおいのする空気を吸ったりしたら、もっと悪くなります。怪我人が楽になるようにしてあげるべきでしょう」

「ダイアン、言われたとおりにするんだ。よろい戸をしめたままにすれば、明かりはあまりもれずに空気を入れることができる」ジャックが命令した。「それに、木があるから見えにくいだろう。とにかくペリーを助けることが先だ」

ジャックはニコラのほうに向き直った。「ほかに何をすればいい？」

「傷口を洗わなくてはならないの。それにはできるだけきれいな水がいるんです。ローズおばあさんは蒸留水を使ってました。でもここには蒸留水をつくる器具がないし……私が持ってきた蒸留水を使いますけど、一本しかないので、それだけでは足りないんです。お湯を沸騰させて、冷ましてください。そうすれば、ある程度は不純物が沈殿します。それと、明かりがもっと必要だわ。この暗さでは、傷口に埋まっている弾はおろか、怪我人もよく見えないんですもの」

ジャックはうなずき、ランプの灯を明るくした。そのわきに自分のろうそくを置き、別のランプを取りに行った。ニコラはベッドに近づいて、怪我人を見おろした。不器用な巻き方の包帯にしみでた血は茶褐色で乾きかけている。鮮血でないところを見ると、少なくとも出血はとまったらしい。傷口を調べるために包帯をほどいたら、また出血する恐れがある。手もとがもっと明るくなるまで待つことにした。

怪我人は、ダークやダイアンと同じく覆面をしていない。ペリーと呼ばれた男の顔をニコラは観察した。鼻筋の通った顔だちはととのっているほうで、赤みがかった金髪だ。三十代の終わりか、四十を過ぎたばかりか。ペリーが目をあけた。

「おや、天使かと思った。だったらぼくは天国に来たのかなあ」しゃがれた声が弱々しい。

ニコラはほほえんだ。「そんな口がきけるなら、まだ天国にも地獄にも行けそうにないですわ。私はニコラ・ファルコートと申します。あなたの怪我の手当てにまいりました」

「ああ……ニコラ・ファルコート……」怪我人の目がぼんやりしてきた。ウィスキーの強烈なにおいがニコラの鼻をつく。

両手にランプをさげて、ジャックがもどってきた。「怪我した人は酔ってるの？」ニコラはダークに非難のまなこを向けて、ジャックをなじった。「こちらは明らかにそうね。そういう人に怪我人はまかせられないわ。私を迎えに来る前に、みんなで飲んでいたんですか？」

「いや、ペリーには痛みどめ代わりにウィスキーを少し飲ませた。手当てをする前にも飲ませるつもりだ。だけど、このアルコールのにおいのほとんどは傷口から来てるんだよ。ぼくがウィスキーを振りかけたんだ。傷口をきれいにするためにそうしているのを以前見たことがあるから」

「こういうことについては、あなたのほうが私より経験があるようね。弾を取りだすのは、あなたにやっていただいたほうがいいかもしれないわ」

「必要とあらば、ぼくがやるよ」

「それなら、まず包帯を取らなければならないので、お酒を飲ませてもらいましょうか。くっついて痛がるといけないから」

ジャックは片手にウィスキーの瓶を持ち、もう一方の手で怪我人の頭を持ちあげた。

「さ、飲んで。少しは楽だよ」

「でも、吐くほどは飲ませないでね」ニコラが注意する。「飲みすぎると、ご本人も私たちも苦労するわ」

ジャックは怪我人にウィスキーを二口飲ませてから、そっと頭を枕《まくら》におろした。ひらいた窓のそばにダイアンが立っている。ニコラは若い女を見やり、視線をジャックに移した。ジャックはニコラの意を察し、ダイアンに指図した。

「ダイアン、台所へ行って、ミス・ファルコートが使う湯を沸かしてくれ。ダーク、おまえも下に行け。代わりに誰かよこしてくれ……ウィスキーをあおってなかったやつを」

「はい」ダークはしょげた顔をしている。「すいません。そんなつもりじゃなかったんだが……苦しそうに息してるのをただ見てるのがつれえもんで、つい……」

「わかってる。しかし今は、手も目もしっかり動くやつでないと困る。ソーンダーズをよこしてくれ」

ダークはうなずき、ダイアンを引ったてるようにして下へおりていった。怪我人は目をつぶっている。呼吸はまだつらそうではあるものの、ニコラが懸念していた肺のごぼごぼした音は聞こえない。

ニコラは蒸留水を鞄から取りだし、固まった血を湿らせてはがしやすくするために、包帯の上から少しかけた。それからゆっくり包帯をはがしていく。痛むたびに、怪我人が鋭く息を吸いこむ。赤くただれた傷口があらわれたときは、ニコラも息をのんだ。血が新たにあふれでる。

ニコラは持ってきたガーゼを蒸留水で濡らし、傷口のまわりにこびりついた血を丁寧にぬぐった。次に、傷口に流れていくように、怪我人の胸に蒸留水を垂らした。この処置が痛いのはわかっている。だが、傷口から異物を完全に洗い流さなければならない。ここが肝心だと、ローズおばあさんがいつも強調していた。少しでも異物が残っていると、炎症を起こして化膿する。

傷口からは、黒い布の小さな切れ端や火薬の粒が流れだした。布はたぶんシャツの生地だろう。薄赤く染まった水に異物がなくなるまで、ニコラは傷口を洗いつづけた。

「ランプを傷口にできるだけ近づけてくださる？」ジャックが言われたとおりにする。ニコラはかがみこんで、傷口を調べた。「弾が見えないわ。ピンセットで探らなくてはならないと思うの」

胃がむかむかしだして、ニコラはぐっとつばをのみこんだ。ジャックも心もち青ざめてはいるものの、ニコラにうなずき返す。「ソーンダーズと一緒に押さえてるよ」

ソーンダーズが入ってきた。ニコラは鞄からピンセットを取りだし、恐怖感も吐き気もあえて無視して腹をきめた。傷口を探られるのがどれほどの激痛をもたらすか、よく承知している。手際が悪ければ悪いほど、痛みは増すだろう。この際、手がふるえたり、不安や疑念が頭をかすめたりしてもいけない。

ソーンダーズが怪我人の脚にまたがり、ランプをできるだけ傷口に近づける。ジャックはベッドの頭のほうにまわり、怪我人におおいかぶさって両腕をしっかり押さえた。そうやって怪我人が動けないようにしてから、ニコラはピンセットで傷に埋まった弾を探った。

怪我人はうなり声をあげて身をよじりだした。ジャックとソーンダーズが力をこめて押さえつける。ニコラはピンセットでまさぐりつづけた。怪我人が目をむいて気絶した。そのあとは作業がしやすくなった。

顔や首筋に冷や汗がしたたり落ちるのがわかる。傷口から血が流れだした。ようやくピンセットの先が金属に当たった。ニコラは歯を食いしばってピンセットを操り、弾をはさんだ。放さないように細心の注意を払いながら、ゆっくりピンセットを持ちあげる。

やっとの思いで傷口から取りだした弾は形がゆがんでいた。ニコラはすすり泣きのような声をもらして、ピンセットとひしゃげた鉛の弾をベッドに落とした。不意に周囲がまわりだし、顔を手にうずめてすわりこんでしまう。

「よくやった」ジャックの声が耳もとで低くひびいた。肩に腕がまわり、抱きよせられる。ジャックの体温に接して、初めて寒いのに気がついた。ニコラはふるえだした。ジャックは急いで上着をぬぎ、ニコラに着せかける。そして、上着の上からニコラの腕をさすった。

「危険な作業をしたときの極度の緊張のせいだ」ジャックがソーンダーズに合図した。部下はぱっと立って、ウィスキーをグラスに注《つ》いだ。ジャックがグラスを受けとり、ニコラの口に持っていく。「さあ、これを飲んで。落ちつくよ」

「飲むわけにいかないわ。まだしなければならないことがあるんですもの」ニコラは怪我人のほうにおぼろな目を向ける。

「とにかくこれを飲んだほうがいいよ」

ニコラは素直に琥珀《こはく》色の液体を一口すすった。口からのど、胃袋へと火のかたまりが落ちていくような感じがする。ニコラはあえいだ。

「こんなの飲むなんて、頭がどうかしてない？」ニコラは声をしぼりだした。

ジャックはくっくっと笑った。「うん、少しおかしいかもしれない。もう一口飲んでみて」

今度はそれほどひどい味だとは思わなかった。気がつくと、ふるえがとまっていた。体の芯《しん》から来る寒けも消えていた。同時に、ジャックにいつの間にか密着しているのを意識しないわけにはいかなかった。しかも、こうして肩を抱かれ慰められていると、このうえなく心地よく感じる。

ニコラはがばっと立ちあがった。私ったら、何を考えてるの？「ありがとう。もうだいじょうぶ」

ニコラは怪我人のかたわらにもどり、もう一度、傷口を洗った。止血のために包帯をあて、ジャックに頼んだ。「ここをしっかり押さえていてね」鞄から小さなガラス瓶と容器を取りだす。「血がとまったかしら？」

ジャックはうなずき、血に染まった包帯をニコラに示す。「それは、何？」

「マリーゴールドやマーシュをまぜてつくった膏薬《こうやく》よ」ニコラは膏薬を傷口に塗った。

「化膿を防ぐ効能があるの。こっちのガラス瓶のコンフリー油は傷が治るのを促進するのよ」

薬をつけてから傷口を縫いあわせ、折りたたんだ清潔なガーゼをあてた。二人の男たちが怪我人の上体を持ちあげているあいだに、ニコラは長い包帯を怪我人の胸に巻いた。手当てを終えてから上掛けをきちんとかけ、しばらく見おろしていた。

「今のところ、私にできることはこれだけなの。たぶん熱が出ると思うわ。たいていの場合、そうだから。夏雪草の粉末を置いていくから熱湯で溶いてのませてあげて。熱と痛みを和らげるの。少なくとも一日に一回は包帯を取りかえてください。きれいなのをさしあげますから。包帯を替えるときに、マリーゴールドの膏薬とコンフリー油を塗ってね」

ニコラは怪我人に視線をもどして、ため息をついた。

「危機を脱するには、しばらくは時間がかかるでしょう。まだ高熱と感染の危険が大いにあるの。熱でうわごとを言ったり体を動かしたりしたら、傷口がまたひらかないように押さえつけなければならないかもしれないわ。夜昼ぶっとおしの付き添いが必要です」ダイアンが看護していたらしいが、彼女には無理なのではないかと思った。「この方を大事に思うならば、誰かしっかりした人がお世話をするようにしてください」

ジャックが言った。「もちろん、大事に思っている。だから、あなたにいてもらうことにする」

8

一瞬、ニコラはまじまじとジャックを見つめた。「なんですって？　なんとおっしゃったの？」

ジャックは部下のソーンダーズに視線を向け、身ぶりで扉を示した。ソーンダーズが黙って出ていったあと、ニコラのほうに向き直った。「だから、あなたに残ってもらわなければならないと言ったんだよ。ペリーの看護のために」

「まさか、本気じゃないでしょう」ジャックが返事をしないので、ニコラは続けた。「私はここに残るわけにはいかないわ。そんなこと無理よ」

「無理ってことはないだろう。簡単じゃないか。そこに使ってない部屋があるし。鍵《かぎ》もかかるんだよ――ぼくに何か下心でもあるんじゃないかと疑ってるとしたら。あなたとぼくが交替でペリーを見ればいい。包帯を替えたり、必要な薬をのませたりするのは、あなたにやってもらえればと思う」

「やっぱり、あなたは頭がおかしいわ。私はここにはいられません」

「どうして？　貴婦人としての名誉に傷がつくから？」ジャックは皮肉っぽく訊《き》いた。

「人の命より自分の名誉のほうが大事なのかな？」

「もちろん、そんなことはありません。自分の名誉なんて脳裏に浮かびもしなかったわ。でも私だって、いきなりいなくなっちゃうわけにはいかないでしょう。妹夫婦の家に滞在中だということをお忘れになった？　明日の朝になって私がいなくても、誰も気がつかないとでも思ってらっしゃるの？　夜のあいだに消えてしまったら、いったい何があったのか、どこにいるのかと、みんな心配するでしょう。妹は体調がよくないのよ。心配のあまり、もっと悪くなっちゃうかもしれないわ。私が行方不明になったら、リチャードが真っ先に疑うのはあなたよ。あなたを絞首台に送りたくてうずうずしているところに、誘拐の罪まで加わったら、リチャードは大喜びよ」

「だろうね。しかし、やむをえない。ペリーをきちんと看護してもらうことのほうが重要だから」

「このお友達をそんなにも大事に思ってらっしゃるなら、あんな危険な目に遭わさないようにすべきだったじゃない。エクスムアはあなたを憎んでいるのよ。私が拉致《らち》されたことを知ったら、今までとは比べものにならないくらい激怒して血まなこであなたを捕まえようとするでしょう」

「そりゃそうだ。あなたを取りもどすためなら、どんなことでもするだろうよ」ジャックは吐き捨てるように言った。

いやみたっぷりの言い方が癇《かん》にさわった。「それ、どういう意味？」

「きまってるじゃないか。あなたは、伯爵に〝寵愛《ちょうあい》〟されているからさ。ま、男なら誰しもだろうけれど」

「あなたって、侮辱の達人なのね。エクスムアと私について何を言いたいのか知らないけど、まったく事実に反するのは確かよ。とはいえ、私はリチャードの妻の姉ですからね。彼の家から私が拉致されたってことは、顔につばを吐きかけられたも同然なの。私を見つけだすためには、どんな手段もいとわないでしょう。それと村の人たちも、私が誘拐されたとなれば、あなたについていつまでも口をつぐんではいないと思うわ。あなたがいくら軽蔑《けいべつ》しても、私を友達だと思ってくれている村の人たちはけっこういるのよ」

「村の連中はしゃべりたければ、しゃべればいいさ。ただし、我々の居所を知っている者はいない。この家がどこにあるかをかぎつけられないように、細心の注意を払ってきた。村の人間がここに来たことは一度もない。ここは、そう簡単には捜しあてられないよ」

ニコラは腕組みして、ジャックをじっと見る。「あなたは向こう見ずな人ではあるけれど、ばかだとは思ってなかったわ。相手がここみたいな林をしらみつぶしに捜すとは思ってないの？　この隠れ家の存在を誰かが思いださないとも限らないとは思わないの？　この家を建てた人がいるでしょうし、以前に住んでいた人もいるでしょう。あなたはうまく隠れおおせたと思ってるのでしょうけれど、あなたの住みかの見当がついている人が村に一人か二人はいると思うわ。二、三日はかかるかもしれないけれど、いずれ突きとめられるでしょう。エクスムアと私のいとこがきっと懸賞金を出すから、骨折ってでも捜そうとするにちがいないわ」

黙ってニコラの顔を見返したあげくに、ジャックは言った。「だとしたら、妹さん夫婦に手紙を書いたらどうだろう。友達を訪ねるために急に家を出なければならなかったと」

「真夜中に？」

「友達が病気で、大急ぎで来てほしいと頼まれたとか」

「だったら、寝室の扉には椅子でつっかい棒をしておいて、窓から出るなんてことをした理由はどう説明すればいいの？」ニコラはかぶりを振る。「仮に扉にあんな細工をしてなくても、誰も信じやしないわ。出ていくときに、召使いの誰かにわけを話していくのが自然でしょう。だいいち、友達の伝言を伝えに来た使いの人は誰かを起こさなければ家に入れないじゃない」

「そこはなんとかなると思う。ぼくがあなたの部屋にもどって、椅子をどけておき、突然呼びだされたように見せかけてくる。それと、召使いの一人が使いの者をなかに入れたと証言するように、はからうこともできる」

ニコラはびっくりした。「伯爵の召使いのなかに、あなたの回し者がいるの？」

「回し者じゃないが、つてがないわけではない。エクスムアは使用人に人気がないからね。気前もよくないし」

「あなた、本気なのね。私にここであなたのお友達のお世話をさせるためには、どんなことでもするつもり？」

追いはぎジャックは肩をすくめる。「ペリーは長年の友達なんだ。いや、それだけじゃない。決して裏切らないやつもいるということを、身をもって示してくれた」

「それにしても、そんなことは無理よ。ごまかしきれないわ」ニコラはため息をついて、ベッドに寝ている男に目をあてた。やがて口をひらく。「わかりました。この人の看護を引き受けるとしても、こうしたらどう？　まず私をタイディングズに連れもどしてください。私は妹に……二、三日よそへ行くという話をするの。例えば、叔母のところとか。それなら疑われないわ。デボラは私と離れるのをいやがるかもしれないけれど、あの体では一緒に行くわけにもいかないでしょう」

「困っている友達を助けに行くというのは説得力があると思うけど」

「そうね、何かでっちあげればいいわ。あ、そうだ、これがいいわ。妹の付き添いをしてもらうために、私たちの昔の乳母を迎えに行くことにすればいいのよ。アデレード叔母さまが手紙を書いてくださることになっているのだけど、私が行くことにきめたと言えばデボラも納得するわ。乳母のところではなく、ここに来ればいいのよ。でも、待って……」

ニコラは眉をひそめる。「このあいだの夜にあなたに待ち伏せされたせいで、エクスムアが馬車で護衛と一緒に行くように言い張ると思うの。それはまずいでしょう」

「だったら、最初にぼくが言ったとおりにしよう」

「まあ、そんなに焦らないで。じゃ、これならどう？　まず、アデレード叔母さまの家に行くと言うの。伯爵の馬車で送ってもらえばいいんだわ。で、バックミンスター邸からは叔母さまの馬を借りて一人で乗っていけるじゃない。乳母を迎えに行くためだと言えば、叔母さまは喜んで馬を貸してくださるし、私がいないのをとがめられてもうまくごまかしてくださるわ。デボラには、リチャードが言うとおり馬車で御者や護衛と一緒に行くのがいやだから、叔母のところから馬で行くと打ち明けるの。デボラは私の性格を知ってるから、リチャードには黙っていてくれるわ。乳母が来てくれると思ってデボラは喜ぶし、バックミンスターまでは馬車で行くのだから、リチャードも文句は言わないでしょうし。のんきなアデレード叔母さまはなんにも気がつかない。これで万事うまくいくわ。あなたが、乳母を迎えに行くという役目をちゃんと果たしてくださりさえすれば」

「ただ、問題が一つ残っている」

「なんなの、問題って？」

「あなたが計画どおりに実行するという保証はあるだろうか？　今夜あなたを家に連れていったとして、あなたが明日必ずここに馬でもどってくるとは限らない。もしぼくがここへの道順を教えたら、あなたは伯爵にしゃべってしまうかもしれない」

ニコラは冷ややかな目をジャックに向けた。「そんなに心配なら、どこかで落ちあって私に目隠しをしたうえで連れてきてくれてもいいわ。バックミンスターから村までの道筋で、私を待っていてくだされはいいじゃない」

「あそこは人目につきすぎる。バックミンスターからホワイト・レディ滝に向かう道で待っているよ。わかる？」

「ええ、わかります。どこで落ちあうの？」

「道から数メートル入ったところに、二メートル以上もある大きな岩がある。三つの岩が積みかさなったように見える奇岩で、三本の樫《かし》の木立からすぐのところだ」

「その岩は知ってるわ」ニコラは言葉少なく答えた。ギルと滝で逢《あ》い引きしたあと、その岩のある地点でいつも別れたものだった。「明日の午後、そこへ行くわ。アデレード叔母さまのところによってからだから、三時過ぎになると思うの。私が本当に約束を守るかどうかという点については……どんなふうに説明すれば、あなたは納得するの？ 一つ言えるとしたら、現に私はこうしてあなたのお友達を助けるためにここに来たということしかないわ」

「いやだと言っても、無理やり連れてこられるのがわかっていたからだろう」

「私が大きな声を出したり抵抗したりすれば、そう簡単に連れだすわけにはいかなかったでしょう」

「手足を縛って、さるぐつわをはめればいい。だけどそんな格好で馬に乗せられたらつらいことを、あなたは見越してたからじゃないか」

「そんなこと、考えてもいなかったわ。でもあなたは、私のことを悪く解釈しようとしかなさらないのだから……そうね、確かに無理やり私をここに連れてくることはできるわ。だけど、私が自分の特技を生かして適切な手当てをすることまでは強制できないでしょう。すっかり取り乱して、弾を取りだせなかったという結末にすることだってできるわ。必要な投薬をしなかったり、わざと違う薬を与えたりしたらどうなると思う？　正しい治療をしているかどうか、あなたにわかるかしら？　命を救うのではなくて死にいたらしめるような薬を使うことも、その気になればできるのよ。今からでもそれは可能だわ。だから、私をただ信じるしかない場合だってあるのよ。今度のこともそう。とにかく明日の午後、さっききめた場所で会いましょう」

追いはぎジャックは、ニコラをじっと見すえたあげくに言った。「どうやらぼくには選択の余地はなさそうだ。あなたの説明によれば、あなたをここに引きとめておけば、我々はますます危険に陥る羽目になる。それだけじゃなく、あなたが涼しい顔でほのめかしたように、ペリーはよくなるどころか、仕返しのために殺されるかもしれない」

「そうは言ってないわ！」

「そう言ってるのと同じじゃないか」

ジャックの覆面を引きはがして表情を見ることができたら。ニコラはじりじりした。

「あなたみたいに疑い深い人って会ったことがないわ！」

「ぼくには、それなりの理由があるからね。女の不実な性質を思い知らされたのは、昨日や今日の話じゃない」

「なるほど、女のせいになさるのね。それがいちばん簡単ですもの。罪深きは女。でもね、あなたが人を疑うのは性格なのよ。ご自分が隠しごとだらけだから、ほかの人たちのことも疑わしく見えるのでしょう。あなたは覆面で顔を隠し、住んでいるところも本名も秘密にしている。あなたの正体は誰にもわからないようにしているじゃありませんか」

「そのほうが安全だから」

「でも、そういう生き方って寂しくないかしら――誰のことも信用できないなんて」

「もう慣れた」

「慣れた？　私にはそうは思えないわ。怨念《おんねん》で心がかたくなになってしまったのよ」

「ずいぶん独断的な言い方をするんだね。ぼくのことを何も知らないのに」

「見ればわかるわ。あなたの全身から恨みがにじみでてるの。目が見えず、耳も聞こえないのでない限り、気がつくと思うわよ」

「お説、ありがたく拝聴しました、ミス・ファルコート。しかし――」追いはぎジャックが皮肉っぽく言いかけたところで、怪我人《けが》のうめき声にさえぎられた。

二人ともはっとして、ベッドのほうを振り返った。ペリーは頭を動かしながら、またうめいた。二人が息をこらして見守っていると、それきり身動きもうめきもしなくなった。

ニコラはベッドに近づいて、ペリーのひたいに手をあててみる。

「まだ熱は出ていないわ」おそらくこれから熱が高くなるだろう。

「もう出かけたほうがいい。明日にそなえてあなたは少し眠らなくては。ぼくが留守にするあいだ、ソーンダーズに病人の付き添いをさせよう」

ニコラが扉に向かって歩きかけると、ジャックに手首をつかまれた。ニコラはジャックの顔を見る。

「計画を実行しようとしなかったら……またあなたの部屋に忍びこむから覚悟していてくれよ」

ニコラはぞくっとした。恐怖感よりも、手首にじかにふれられたせいだった。「脅せば私があなたのお望みどおりにするとでも思っていらっしゃるなら、残念ながら大間違いですわ。自分でこうすると言った以上、私は必ずそのとおりにします。なぜそうするかといえば、あなたが怖いからではなく、怪我をした人のことが心配だからです」

言い終えるとニコラは、まっすぐジャックの目を見つめた。やがてジャックは手首を放して後ろへさがり、ニコラのあとから階段をおりた。

台所から出てきたソーンダーズに、ジャックは病人を見ているように指示した。「動くとまた傷口がひらくから、よく注意してくれ。それと、ダイアンに世話をさせるのだけはやめろ。あいつは役立たずだ。帰ってきたら交代する」

ソーンダーズはうなずき、ニコラをちらりと見てからさっと階段をのぼっていった。ジャックはポケットから黒い布を出して、折りたたんでいる。ニコラは眉をひそめはしたものの、目隠しされるがままになっていた。ジャックが間近に来ただけで脈が速くなるのが、我ながらうとましい。この腹立たしい男に目隠しされることのどこが刺激的だというのか？

要するに、目隠しされるのが不快だという意味だ。屈辱的で気分が落ちつかないからだと、自分に言いきかせる。そのくせ、ここに来たときに感じた、柔らかい絹地の肌触りを思い起こさずにはいられない。ひんやりした夜気。革や馬のにおい。ジャックの腕のたくましさや低い声音。脚のあいだにすわるという微妙な姿勢。規則的な馬の動きに合わせて背後から伝わってくる男の気配。それらがよみがえってきて、早くもニコラの体が反応している。ジャックとともに馬に乗っていくのを、心の奥では楽しみにしているのではないか。

きまり悪さや感覚の高まりが入りまじり、ニコラは顔を赤らめていた。女はいともたやすく感情や欲望に溺《おぼ》れて誘惑に弱く、すぐ男の言いなりになる。そんな女には絶対なりたくないのに、今の私はどうなっているのだろう。目隠しをするときにジャックの指が頬にふれると、たちまち胸の先端がふくらみ、太もものあたりが火照りだす。ジャックは感づいているだろうか？　もしも気がついたら、得意になるにちがいない。

ジャックはニコラの腕を取って玄関に誘導し、耳もとでささやいた。「段になってるから注意して」ジャックに腕を支えられ、ニコラはつま先で探るようにして玄関の外に出た。

「あと二段おりるよ。そうそう。馬の綱をほどくから、ここで待っていて」

立っているニコラの耳に、馬にささやきかけるジャックの声と、それに応《こた》える低いいななきが聞こえた。馬が身動きして首を振る気配がする。来たときと違って、タイディングズへの帰路は冷静さを失ってはいけない。体も心も乱されないように、しっかりしていよう。来るときの私は本当にどうかしていた。まるで別人になったようだった。ニコラは冷たい人間ではない。愛する人たちを大切にする温かい心の持ち主ではあるが、異性に対しては淡白だと思われている。

ジャックがニコラを馬上に乗せた。その後ろにまたがり、ニコラを胸に包みこむようにして手綱をにぎった。来たときと同様に腰をジャックの太ももではさまれた姿勢になると、固い決意があえなく消えてしまう。自制がまったくきかなくなるのはどういうわけだろう？　いつもの自分はどこへいってしまったのか？　好きでもない男に、なぜ体が勝手に反応するのか？

闇《やみ》のなかを馬はゆっくり進んだ。ときどき枝や木の葉が顔をかすめる。やはり林を通りぬけているにちがいない。馬の動きによってニコラの腰が接触すると、低い声がジャックの口からもれた。ジャックの体も熱くなっていくのを感じる。

これではまずい。気をそらすために何か言わなくては。ニコラは焦った。「あのう、熱をさげるための夏雪草の煎《せん》じ薬を置いてきたかしら？」

「うん、薬類一式を置いてきたよ」ジャックの息が髪や耳たぶにかかる。快感がニコラの体をつらぬいた。

「あ、そうだったわね」またもどってくるのだから、置いてくるのは当然だ。けれども意図してしたことではなく忘れただけで、しかもそれさえ憶《おぼ》えていない。ジャック・ムーアと一緒にいると、感覚のみならず頭もおかしくなってしまうのだろうか。

ジャックが鞍《くら》の上で姿勢を変え、ニコラをさらに引きよせた。密着の度合いに、ニコラはあっと声をあげそうになる。両側にまわした腕にも力がこめられ、うなじにジャックの顔が埋もれるのがわかった。ジャックが何かつぶやいたが、髪にさえぎられてよく聞こえない。ニコラは名前を呼ばれたような気がした。下腹がうずく。

ジャックはニコラの髪をかき分け、うなじに唇をあてた。やめてと言わなくてはならない。首を動かしてかわすべきだ。けれども、ニコラは身動きできなかった。とろけそうにけだるく、力が入らない。蝶《ちょう》の羽がふれたように軽やかな口づけだったが、炎にあぶられた感じがする。ひとりでに体がジャックにしなだれかかっていた。その動作にいっそうそそられたジャックは、ニコラのマントの下に手をすべらせ、ドレス越しに腰から胸へとさする。

すぐさま胸のふくらみが反応し、ニコラは貴婦人らしからぬ声を出しそうになってぐっとこらえた。目隠しをしているのが逆に官能をくすぐる。ふれられても口づけされても見えないので、そのたびに新鮮な驚きをおぼえるのだった。次にどこを触られるのかしらと、ニコラの肌がジャックの手や唇を今か今かと待ちかまえている。どぎまぎしながらも、快かった。

ジャックの手が胸から離れると、一瞬、ニコラはがっかりした。だが、すぐさま歓《よろこ》びに取って代わる。ジャックは手をニコラの腹部に伸ばした。みぞおちから下腹、ももへと大胆にまさぐられると、ニコラの息づかいは速くなり、だんだんあえぎ声に近くなる。全身が溶けてしまいそうに火照り、もものあいだがずきずきと脈打ちだした。うずきを抑えるために両脚をしっかり合わせようとする一方で、ジャックに向かってひらきたくもあった。

そんなことを考えている自分が恥ずかしくなり、ニコラは思わず頬を染めた。逆らいもせずに愛撫《あいぶ》されるがままになっている私を、なんてみだらな女だとジャックは思っているにちがいない。わかっていても、やめてとは言えなかった。欲しい。満たされたい。まるごとすべてを感じたい。内なる渇望がほかのどんな感情よりもまさっていた。

ジャックが手を腹部から上のほうに移したとき、乳房の横をかすめた。それだけでニコラはぶるっとおののく。乳房を触ってほしい。手を伸ばしてジャックを引きよせたい衝動をこらえるために、こぶしを強くにぎりしめなければならなかった。ジャックの口づけは首筋をいったりきたりしてから、鎖骨のあたりに落ちつく。

ニコラは我慢しきれなくなり、胸のふくらみに手をあてて頼もうとした。ちょうどそのとき、ジャックが下からすくいあげるように手のひらを乳房にかぶせた。快い戦慄《せんりつ》が走りぬけ、ニコラは体をふるわせる。

ニコラの首筋から口づけを離さずに、ジャックは服の上から乳房を優しくつかみ、人さし指で乳首をさすった。ニコラはうめかずにはいられなかった。ジャックは柔らかいふくらみを五本の指でにぎりしめたり、硬くなった乳首のまわりをなぞったり、親指と人さし指ではさんでもてあそんだりした。さらに襟もとから手をさしこんでじかに触ろうとしたが、服地にはばまれてうまくいかない。

じれったそうな声をもらして、ジャックは前身頃《みごろ》の小さなボタンをはずしはじめる。焦っているので、ボタンが二個ほどちぎれ飛んだ。ようやく手をすべりこませ、薄いシュミーズをずりさげる。冷たい外気に当たって、乳首がつんととがった。ニコラは臀部《でんぶ》に、ジャックの反応のしるしが息づいているのを感じる。ジャックは白い乳房に手をあて、下のほうから持ちあげるようにして重みを楽しんだ。ジャックが指を動かすにつれ、ニコラの欲求は高まっていく。

ジャックはニコラのうなじを軽くかんだり、温かい唇と舌を首筋のそこここにはわせている。そのあいだも手は休まずに、胸のふくらみを離れない。ニコラは向きを変えたくてたまらなかった。ジャックのほうを向いて腰に脚をからめ、熱いうずきを押しつけたい。

ジャックの手は下へ移動した。ボタンをさらにはずしてシュミーズの下に指先をさし入れ、腹部にふれる。ニコラは鋭く息を吸いこんだ。これほど強烈に感じたのは初めてで、ギルと一緒のときでも経験したことはなかった。股が熱くふくれあがり、あふれだしそうに濡《ぬ》れている。こんなあられもない姿をジャックに見られるのは屈辱だった。自覚しているのに、あらがえなかった。抗議の一言も発せなかった。もっともっと感じたい。ジャックは下ばきに指をもぐりこませ、体毛をかき分けてなめらかなひだを探りあてる。ニコラは激しくおののき、もだえ、うめき声をもらした。こんな感覚の嵐《あらし》があるとは、夢にも思わなかった。ジャックの体も燃えるように熱い。荒い息づかいでニコラのうなじに顔を押しつけ、名をつぶやきつづける。

「今夜、ここで抱かせてほしい。木陰の草のしとねで」ジャックは唇をはわせ、耳もとでささやいた。唇がニコラの目隠しにふれると、じれったそうに布をはぎとった。乱れた髪を後ろへなでつけ、耳たぶに口をつける。「あなたを愛したい。あなたのなかに入って、一つになりたい。ずっと夢見ていたんだ……」

ジャックの声も言葉も、唇や手による愛撫と同じように、ニコラの欲求をいやがうえにもかきたてた。ジャックと交わるありさまをまざまざと思い浮かべる。けれども同時に、ギルと過ごした至福の光景がまぶたに鮮やかによみがえってきた。木の根元や岩の陰に横たわって、ギルと愛の言葉をささやきあったり口づけや抱擁を交わした記憶に胸をえぐられる。あのころも熱烈ではあったが、最後までいくことはなかった。ギルとの愛のときは優しくたゆたい、今のように情欲の奔流に押し流されはしなかった。

罪の意識に、ニコラは身を切られるようだった。私はギルを裏切っている。ギルとの思い出をけがしている。この男とのあいだには、肉欲以外には何もないというのに。もしもジャックと寝たら、ギルに不貞をはたらいたことになる。夫ある身で不倫に走った女のように。

「いや！」ニコラはジャックから身をもぎ離し、胸もとをかきあわせた。「だめ、できないの」急いでボタンをはめ、身じまいを正した。

つかの間、ジャックは身じろぎもしなかった。ニコラには後ろを向く勇気がない。すぐにジャックは背筋を伸ばし、手綱を取り直した。できるだけニコラにふれないように腕をこわばらせている。馬に拍車をかけ、無言で進んだ。

怒りがジャックの全身から伝わってくる。ニコラはぎこちなく弁明した。「ごめんなさい。いけないことだと思うの」

「それはそうだ」声音は裏腹に軽い。「貴婦人は農民とふざけはしても、体を許しはしない。けがらわしいってわけだ」

「そんなことじゃないの！」ニコラは声をあげた。

「ほう。すると、あなたは道徳観の高い方だとおっしゃりたいんですかね」みだらなふるまいをしておいて、よくそんなことが言えるものだ。ジャックの口調はあからさまな冷笑をふくんでいた。

「ええ、私の道徳観でもあり、私の貞節にかかわることです。知りもしない男の人とそのへんで寝る習慣はないものですから」

「ついさっきぼくにしなだれかかって、甘い声をもらしていた人の発言だとは信じられないな」

ニコラは真っ赤になった。そのうえ不本意にも、涙までこみあげてきた。

「それとも、あれは単なるお芝居だったんですかね、貞節なお嬢さま？　やぼな男をからかって、まんまとその気にさせるのを楽しんでただけかな？」

「よして！　私がはじめたことじゃないわ。あなたでしょう、先に――」

「しかし、あなたも進んで協力した。違いますか？」

「それは認めるわ。でも幸いなことに、正気を取りもどしたのよ！」

「そうかな？　身分を思いだしただけじゃないですか？」

「身分じゃなくて、自分がどういう人間か思いだしたんです——そのへんの自堕落な女じゃないということを」

「確かにあなたは、そのへんの庶民の女ではない。だが、あなたの体には居酒屋の給仕女と同じ愛欲の炎がひそんでいる。ぼくはいつでもその炎を燃えあがらせることができるんだ」

「お願いですから、うぬぼれるのもいいかげんになさってください。今晩はつい気を許してしまいましたけど、あなたのいいかもになんかされませんから」

「さあて、どうかな？　賭《かけ》でもしようか」ジャックは癇にさわる笑い方をした。

情欲の炎は完全に消え、猛然と怒りがこみあげてきた。「貞節に賭《か》けるなんてとんでもない」ニコラは首をねじ曲げてジャックをにらむ。ところがいくらにらんでも、覆面した顔の下半分から嘲笑《ちょうしょう》が返ってくるだけで、憤りはいっそうつのった。

「あなたって、見さげ果てた人。明日、私がもどらなくても、ばちが当たったと思えばいいわ」

「しかし、あなたは約束した……」

「ええ、約束しました。だから、あなたのお友達のために、できる限りのことはします。でもあなたと同じ屋根の下にいるくらいなら、蛇と暮らしたほうがずっとましだと申しあげておくわ！　私のご機嫌を取れば降参すると思ってるのだったら大間違い。私は絶対にあなたと寝るつもりはありません。それと、あの家にもどってからも、あなたの顔はできるだけ見たくないわ」

「ぼくも顔を合わせたくないよ、思わせぶりに男をじらす女とは……いや、もっと悪い、貞淑ぶったじらし女とは」

「けっこうです。おたがいに避けるようにしましょう」

「よし、わかった。できるだけそうする」

「私も」ニコラは前に向き直り、背中を板のように硬くしてジャックから離れているように努めた。

　残りの道中は、二人とも口をきかずに通した。

9

翌朝遅く、ニコラは目を覚ました。睡眠不足でまぶたが腫《は》れていた。ベッドにもぐりこんだときよりも、さらに疲れが増したような気がする。二人がタイディングズの屋敷にもどってきたのは、明け方近くだった。ジャックは敏捷《びんしょう》な身のこなしで楽々とニコラの寝室にのぼっていった。見まいと思っても、ニコラは目が離せなかった。ジャックが部屋に入って扉の前から椅子をどけ、ニコラは厨房《ちゅうぼう》の戸口からそっと家に入り、裏階段を使って二階へあがった。いつリチャードが部屋から出てきはしないかとびくびくした。深夜にマントを着た姿でこっそり廊下を歩いていたら怪しまれるにきまっている。

寝室に足を踏み入れるなり、ほっと安堵《あんど》のため息をもらした。だがジャックがさよならも言わずに出ていったことがわかると、とたんに気分が沈みこむのはふしぎだった。ふだんのニコラに似合わず衣服を床にぬぎ捨てたままで寝間着に着替え、ベッドに倒れこんだ。

枕《まくら》に頭をつけたかと思うと、廊下から召使いが呼びかける声で目を覚ました。ニコラは起きあがってあくびをし、時計を見ると十時になるところだった。ベッドから抜けだして、召使いに入浴の支度をさせた。もっと眠っていたかったけれど、することがいっぱいあるのでぐずぐずしているわけにはいかない。バックミンスター邸へ向かう途中の馬車で少し眠れるのではないか。

風呂に入って身支度をととのえ、紅茶とトーストを口に入れたあとはだいぶ元気になった。計画を進めるために、まず妹の部屋に行った。昔の乳母を迎えに行くというニコラの案に、デボラはすぐ賛成した。アデレード叔母さまのことだから、馬にかまけて乳母にはまだ手紙すら書いてないのではないか、と。

「そうそう、きっとね」デボラは相づちを打った。追いはぎの一件があって以来、リチャードは護衛を同行させると言って聞かないだろう。だから叔母の手伝いをするという口実でバックミンスター邸まで馬車で送らせ、そのあとはリチャードに内緒で馬で一人で行きたい。自立心の強い姉の気性を知っているデボラは、それも了承した。

リチャードはデボラよりも手ごわかった。もう妹をほったらかしにするのかと冗談っぽくとがめながら、リチャードは猜疑《さいぎ》心のこもった目でニコラの表情を探っていた。

わきからデボラが取りなした。「私のことならだいじょうぶ。アデレード叔母さまは今ごろバッキーの結婚式の準備で大騒ぎしてらっしゃるでしょうから、お姉さまが手伝いに行けば喜ぶわ」

家庭的なことが苦手なバックミンスター夫人の性格を知っているので、リチャードも肩をすくめただけで異議はとなえなかった。そして姉妹が、結婚式のためにしなければならない用事をあれこれ数えあげはじめた。リチャードはしだいに眠そうな目つきになり、ニコラのために馬車の用意をさせるとだけ言って話を打ちきった。

ニコラは部屋にもどり、召使いの手を借りずに自分で鞄《かばん》に荷物をつめた。召使いが見たら、薬や包帯などの量に驚いていぶかしく思うにちがいない。医療品をつめると鞄のなかにあまり余裕がなくなったのと、怪しまれるのを恐れて、衣類は二、三泊程度の旅行に必要なものだけを持っていくことにする。それにバックミンスター邸から追いはぎの隠れ家までは、荷物を馬の背に乗せて運ばなければならないのだ。

昼過ぎに、ニコラは叔母の屋敷へ行く馬車に乗りこんだ。心もち寂しげな笑顔で、妹が手を振りながら見送ってくれた。でこぼこ道でがたがた揺られたにもかかわらず、道中のほとんどを眠って過ごした。おかげでバックミンスター邸に着いたときは、気分がすっきりしていた。

御者がニコラの荷物を玄関の外に置いたのを見て、執事は内心驚いたにちがいない。けれども執事はそぶりにも出さず、家族がよく集まる居間にニコラを案内した。数分後に、叔母が入ってきた。つんつるてんの古い服を着こみ、はき古したブーツをはいている。ブーツには泥やわらがこびりついていた。バックミンスター夫人が厩舎《きゅうしゃ》にいたのは一目瞭《りょう》然《ぜん》だった。乗馬服ではないので、馬に乗っていたわけではないらしい。

「ニコラ！」叔母は男っぽい足どりでつかつかと近寄り、嬉《うれ》しそうにニコラを抱擁した。いったん後ろへさがり、きまり悪げに確かめる。「あなたが来るって、約束してたかしら？」

「いいえ、アデレード叔母さま。急にきめたことなの」

「それならよかった。私が忘れてたのかと思ったものだから。ちょっと早いけど、午後のお茶にしましょう。おなかがぺこぺこよ。明け方から厩舎にいて、カースンの手助けをしてたの。かわいがってる牝馬《ひんば》が子を産むところでね。難産で大変なの」

　ニコラはほほえんだ。上流社会では、ぶっきらぼうな叔母の話し方に眉をひそめる人が少なくないだろう。だがニコラの耳には、小気味よく聞こえる。バックミンスター夫人は、馬の専門家以外の他人に何を言われても気にしない。本人は社交界のしきたりを守っているつもりらしいが、その実、何がしきたりなのか気づいていないきらいがある。この叔母にしても、知的で因習を打破しようとする傾向があるドゥルシラ叔母にしても、母の姉妹であることが信じられないと、しばしば思う。ニコラの母ときたら、社交界一辺倒のおよそ退屈な人物なのだ。

　ニコラは叔母をねぎらった。「それは大変ね。叔母さま、ご心配でしょう」

「ええ。手荒な処置をするしかないだろうとカースンは言ってるけど、容易じゃないわ。痛みがひどいし」バックミンスター夫人はため息をついた。

「そんなところにお邪魔してしまって、叔母さま、ごめんなさい。長居はいたしません。私たちの昔の乳母にお手紙を書いてくださったかどうか、それをうかがいに来たの」

一瞬ぽかんとしていたバックミンスター夫人は、やがて思いだしたようだった。「ああ、乳母に来てもらう件ね。あの話をしたのはいつだったかしら？　ええと……たしかまだ手紙を書いてない気がするわ。ごめんなさい」

「いいえ、だいじょうぶです。実は、私が乳母のところに行って、デボラのために来てくれるように頼もうかと思ったの」

「そう、それがいいわ。でも……」叔母は困ったような顔をする。「私に一緒に行ってほしいと思ってるの？」

「まさか。子馬が生まれようとしてる大事なときに、叔母さまを連れだすなんて夢にも考えてません。私一人で十分です。でも、叔母さまの馬を一頭お借りできるかしら？」

「もちろんよ」これこそ、バックミンスター夫人の得意の分野。どの馬が姪《めい》の目的にいちばんかなうか、こと細かくしゃべりだした。

ニコラは、一も二もなく叔母の助言に従った。「ただ、問題はエクスムアなんです。私が乳母を迎えに行くことを知ったら、リチャードは必ず武装した護衛と馬車で出かけるように言うにきまってるの。私が追いはぎにやられてから、偏執的になってるから。でも、もう襲われないと思います。馬車に閉じこめられて行くより、馬を走らせたほうがずっと気持いいわ」

　我が意を得たりとばかりに、バックミンスター夫人は大きくうなずいた。「だけど、お供くらいは連れていかなきゃ。一人っきりで遠路はるばる行くのは、ちょっとまずいんじゃないかしらね」かなり控えめな忠告だった。

「もちろん、村の人に一緒に行ってもらうわ。旅籠《はたご》の馬の係の人に」ニコラはさらっと嘘《うそ》をついた。

「そう。あの人なら馬のあしらいが上手だわ」

「もしもエクスムアがここに来て、私が彼に断らずに馬で乳母を迎えに行ったことを知ったら――」

「ふん！」バックミンスター夫人は蔑《さげす》みの色をあらわにした。隣人として求められる程度の敬意は払っているものの、叔母はリチャードに好意を持っていない。石垣を飛び越えられなかった馬を、リチャードが怒りの形相もすさまじく鞭《むち》で打っているのを目撃して以来のことだ。

〝なんてばかなことをしてるんだろう！　自分の体勢が悪いから、馬がしりごみしただけじゃない。あの人の腕じゃ、どんな馬でもだめになっちゃうわ〟そのときの叔母の批評だ。

　バックミンスター夫人は言った。「どこへ行こうと、あなたの勝手じゃありませんか。だいじょうぶ、エクスムアなんか心配しなさんな。ずうずうしくあなたのことを調べにやってきたりしたら、外出中だとハギンズに言わせて追い払ってあげるから」

「そうしていただければ、ありがたいです」ニコラは叔母をだましていることに良心の呵《か》責《しゃく》を感じはしたものの、人の命がかかっているのだからと自分を納得させた。

一時間後にニコラは、叔母がきめてくれた牝馬に乗ってジャックと落ちあう場所に向かった。そこには三つの岩が積みかさなっているように見える珍しい形の巨岩があり、目印として間違えようがない。ニコラとギルは、日曜日の午後に、その岩のあるところで何度も待ちあわせた。どんな理由があるにせよ、そこでギル以外の人に会うと思うと胸が痛む。昨夜、ジャックの熱烈な抱擁に応《こた》えてギルを裏切ってしまった。今日は今日で、大切な思い出の場所でジャックと会うことにした。それもまた、ギルに対する小さな背信行為のように思われるのだった。

昨夜の自分は本当にどうかしていた。あれほど抑制のきかない激情を感じたのは、ジャック・ムーアが初めてだ。身も心も捧《ささ》げたいと願った男はただ一人、ギルしかいない。ギルとは愛しあっていたので、性的に惹《ひ》かれただけではなかった。ギルを失ってから、どんな男にも気持が動かなかった。それなのに、顔も見たことがないジャックにこれほど自制心を乱されるのはなぜなのか？

理由は自分でもわからない。だがいずれにしても、今後はあんなことにならないように自戒しなくては。私はあんなだらしない女ではないはずだ。ずっと昔に死んでしまったけれど、生涯にただ一人愛したギルを裏切ることはできない。それに、好きでもないジャックの言いなりになって得意がらせるなんてもってのほか。ジャックにはよそよそしくして、どうしても必要なとき以外は口をきかないことにしよう。怪我《けが》人の看護と治療に専念すること。実際、それしか隠れ家にもどる理由はないのだから。ジャック・ムーアの存在とはなんの関係もない。むしろジャックがいるために、もどりたくないと思っているくらいなのだ。

巨岩に近づくにつれ、期待がふくらんでいくような感じがして、ニコラはなんとも落ちつかなかった。これもジャック・ムーアとは関係がないと思いこもうとした。特技を生かして病気や死と闘おうとする自分自身に勇みたっているだけなのだ。

道ばたに枝を広げている三本の樫《かし》の木の下を通りすぎると、上り坂の前方に巨岩が姿をあらわした。人が待っている気配はない。だが巨岩のすぐそばまで進んだところで馬のいななきが聞こえ、まもなく岩を踏む足音もした。巨岩の後ろの斜面をおりてくる男の姿がニコラの目に入る。いったん視界から消えたと思うと、巨岩の陰から馬を引いた男があらわれた。肩幅の広い長身は黒一色で包まれ、例によって顔の半分は覆面でおおわれている。ぞくっとするほど男っぽくて、謎《なぞ》めいた空気をただよわせていた。思わず知らず、動悸《どうき》が速くなる。

ニコラは馬をとめ、自分に対する腹立たしさのあまり、とがった声を出していた。「その覆面、どこへ行っても取ることができないんですか？　よほど気味の悪い容貌《ようぼう》なのかしらね？」

ジャックは白い歯を見せてにやりと笑い、さっと馬にまたがった。「まさにそのとおり、ミス・ファルコート。あんまりひどい顔なんで、子どもが泣きだすといけないんでね。あなたが警察に人相を知らせる場合も考えておかなくちゃならないし」

「あなたを警察に突きだすつもりなら、ここに連れてくればいいだけじゃありませんか。そんなこともあるとは思わなかった？」

「もちろん、思った。だから前もってこのへん一帯を偵察し、武装した男たちがひそんでいないかどうか確かめたんだ。この場所を選んだ理由も同じだ。ここは道よりも高くなっている。あそこからだと……」ジャックは、数メートル離れた小高い岩の群れを指した。「かなり遠くまで見渡せる。万が一、あなたの後ろからこっそりついてくるやつがいてもね」

「あなたみたいな人間にはなりたくないわ。誰一人信じていなくて、いつも人を疑ってばかり」

ジャックは肩をすくめた。「殺されたり、牢屋《ろうや》にぶちこまれたりするよりはましだ」

「それしか生きる道がないみたいな言い方をなさるのね。強盗以外にも、何かできることはあったんじゃない」

「うん、たぶん。しかし、強盗ほど手に汗にぎる面白さはないだろう」

「あなたって、どうしようもない人」

「ま、そんなところだ」ジャックは向きを変え、岩の向こう側の丘へ馬を進めた。ニコラも続く。

「あら？　今日は目隠ししなくていいの？」ジャックをひやかしていると、感覚のざわめきから意識をそらすことができるのにニコラは気づいた。

「今さらなんのために？　ゆうべはほとんど目隠しなしで帰ったじゃないか」

ニコラは赤くなった。ジャックが耳たぶにキスしながら目隠しをはぎとったのを思い起こす。

ジャックは横目でニコラを見た。「少なくとも森の入口までの道は覚えたんじゃないか？　そうだろう？」

ニコラはびっくりした。私が方向感覚に優れていて、道をすぐ覚えるたちなのをどうして察したのだろう？　女は方角や道にうといものだと、たいていの男はきめこんでいるのに。

「ブラックフェルの森から出てきたんだと思うの――北のはずれから。でも、森のなかまでは……」ニコラは言葉をにごした。わからないものとジャックには思わせておいたほうがいい。実際は、森の入口から奥へ百メートルくらい入ったところまでは、一人でもなんとか行けそうだった。

「やっぱりそうか。じゃ、森に着いたら、また目隠ししてもらおう。そのほうが安全だ」

「ええ」目隠しされたくはないが、今日は昨夜よりはましだろう。ジャックと二人で一頭の馬に乗っていかずにすむのだから。とはいえ、自分の目で見ることもできずに他人にまかせるしかない状況はいやだった。今日は昼間でもあることだし、なんとかして隠れ家への道を突きとめようと思っている。

「ペリーの具合はどう？」

「早朝しばらく目が覚めていたけど、そのあとまた眠っている。ぼくが家を出るときは、ちょっと熱があったようだ。二時間ほど前のことだ。あなたに言われたとおり、薬をのませた」

「解熱剤？」

ジャックはうなずく。「ぼくの留守中に悪くならないようにと思ったんだ。部下に言いつけてはきたが」

「信用できないの？」

「いや、信用はしているさ。ペリーにとって害になるようなことはするはずがない。ただ、看護役に向いているとも言えないからね。あなたがそばについていてくれれば、ぼくはずっと安心できるんだ」

「びっくりしたわ。あなたの目に映る私は、邪悪な階級に属している軽薄でおつむが空っぽの娘だと思っていたから。おまけに、意志が弱くて、だらしない女だと」

ジャックは無表情なまなざしを返した。「あなたはソーンダーズとまったく逆で、信用はしていないが、病人を治す腕は確かだとわかっているから」

「ほめたと思ったら、ただちにけなすのがお得意なようだわ」

「病人を治す腕が確かだと言ったんだよ。けなしてやしない」

「人間としてろくでなしだと思われても、気にしないようにすることができされすれば
ね」

「あなたがろくでなしだとは思っていないよ。村の連中はみんなあなたを尊敬している」

「だけど、あなたは信用していない」

「さっきあなたが言ったように、ぼくは疑い深い男だから」

「あなたを傷つけた女の人って、貴族なんじゃないの？」とっさに口に出た問いだった。

ジャックはさっとニコラのほうを向いた。「なんでそんなこと言うんだ？　ぼくは一度も――」

「はっきりおっしゃらなくてもわかるわ。今まで聞いたことから察して、そう思っただけ。女性にひどく傷つけられた経験があるからこそ、女はみんな嘘つきで不実だときめつけるようになってしまったんでしょう？　それと――」反論しかけたジャックをさえぎり、ニ

コラは言いきった。「貴族階級も、あなたの軽蔑《けいべつ》の対象のようね。だから、貴族の女性ではないかと言ったの。推理は簡単よ」

「だが、必ずしも当たっているとは限らない」

「私の推理、当たってなかった？」

しばらく黙っていたあげくに、ジャックは口をひらいた。「いや、当たっていた。ぼくを裏切ったのは、身分の高い人だった」

「どんなふうに裏切ったの？」この男の人生観に影響を与えた裏切りとはなんだったのか？　ニコラは知りたかった。

ジャックのまなざしは冷ややかだった。「そんなに好奇心を丸出しにすると、いつかややこしいことになるよ」

「あら、とっくにややこしいことになってるわ。何度も」ニコラは軽く受け流し、つけ加えた。「どんな人たちについても言えることだけど、貴族の女といっても、みんな似たようなものだとは限らないのよ。同じ型にはめてしまうのは、ちょっと不公平じゃないかしら？」

「そうかな？」ジャックはニコラの顔から視線を離さない。いつものからかうような目つきが真剣になっている。「あなたはどうなんだ？　あなたを愛した男を裏切ったことはない？」

否定の言葉が出かかったところで、ニコラはためらってしまう。昨夜のこの男に対するふるまいはギルを裏切ったようなものだと、反省したばかりではないか。思わず赤くなり、顔をそむけた。

おかしくもなさそうに、ジャックは笑った。「ほらね。あなたも裏切ったんだ」

「でも……それは違うと思うけど……」ニコラは死んでしまった恋人をいまだに愛しているのに、ジャックの愛撫《あいぶ》を許してしまった。しかしそのことと、ジャックが経験したにちがいない女の不実とは違うのではないか。「私は不実だったことはないの……」

「男を裏切るやり方はいろいろある。よくあるのはほかの男と寝ることだが、それだけが裏切り行為ではない。男を敵に売るのも、同じくらいひどいと思わないか？」

ニコラは驚いて眉をつりあげる。「それ、あなたがされたことなの？」何やら痛ましげな感情のかけらがジャックの目をよぎった。何があったのかは知らないが、いまだにジャックの傷はいえていないのではないか。

「うん、そうだ。いっときは楽しかった。だけど、そのうちぼくが……邪魔になったんだろう」

どういう経緯だったのか、ニコラにはしだいに見えてきた。ジャックはかつて、どこかの貴族の女性といい仲になった。たぶん、ずっと年上のぱっとしない貴族の夫がいる人ではないか。その女性は、追いはぎ団の首領との火遊びのスリルを楽しみたかっただけなのかもしれない。やがて熱が冷めてしまう。それなのに、男はしつこく迫る。やむなく女は追いはぎのありかを当局に通報した。

「かわいそう」ジャックはその女を愛してしまったのだろう。そしていまだにその傷を生々しく引きずっている。「でも、すべての女がそんなふうだとは思わないで」

「同じような立場にいたら、あなたもそうするだろう」ジャックの声音はこわばっていた。

「そんなこと、決してしないわ！」ニコラはむきになって言い返した。

「嘘つき」白けた口調だった。ジャックは暗い目つきで馬に拍車を入れ、前に突きすすんだ。

ニコラはなおも真情を聞いてもらいたいという気もしたが、思いとどまった。何を言っても、むだだ。ジャックは聞く耳を持たないだろう。私はあなたを裏切った女とは違いますといくら力説したところで、なんのあかしにもならない。それに、そんなことをして何になるの？　ジャック・ムーアも私も、おたがいのことをなんとも思っていないのに。二人は恋人同士でもなく、たまたまおかしな状況に追いこまれただけなのだ。ニコラは話しかけるのはやめて、ただジャックのあとを追った。

しばらく無言で馬を走らせてから、ジャックはホワイト・レディ滝へ通じる道を離れた。その後は人があまり足を踏み入れない地域に入り、牧草地や川を横切っていく。しだいに木々の数が増え、ブラックフェルの森にさしかかった。

ジャックは馬をとめ、ニコラのほうに振り向いた。「ここらへんで目隠しをしてもらおう」

「はい、どうぞ」ニコラは、森の入口までの道と、どちらの方角に向かっているかは把握していた。これから目隠しをしても、よく注意すれば、だいたいの道順は推しはかれると思う。といって、隠れ家のありかを記憶するためではなかった。あの家には二度と行くつもりはないいし、誰かに教えるつもりもない。けれどもただ、自分がどこに行こうとしているのかもわからずに人の裁量にまかせなければならないのが、たまらなくいやだったからだ。

ジャックはニコラの顔に目隠しの布を巻き、後頭部で縛った。二人が別々の馬に乗っているので、あまりしっかりとは結べなかった。ニコラがひそかに馬をつついて、じっとしていられないように仕向けたせいもある。ジャックの先導でニコラは馬を進めながら、すきを見て目隠しの布をほんの少しずりあげた。視線を落とすと、馬の両側の地面が見える。限られた範囲しか見えないが、布をもっとずらしたら、ジャックに気づかれてしまうだろう。これくらいで十分だと思った。目隠しで視界が真っ暗になると、方向感覚が完全に失われてしまう。たとえ少しでもその感覚は残しておきたかった。

どちらの道を行くのか。どこで曲がるのか。一つの区間の距離はどれくらいか。そういったことに注意を集中していると、時間がたつのが早い。小川を渡るときには目印になるものを探すために、大胆にも布を押しあげて片目を出し、あたりをちらっと見まわした。幸いジャックは前を向いたままで、気づいた様子はない。その地点までは、方角を変えたのは二、三回しかなかった。だが川の向こう岸からは、めまぐるしいほど曲がりくねった道になり、さすがのニコラも頭が混乱しそうだった。ようやく隠れ家に着いてジャックに助けおろされたときには、家の所在を特定できるかどうか自信がなかった。

ジャックは地面におろしたニコラの腰からすぐには手を離さず、胸に抱きよせてかがみこみ、耳もとに唇をよせてささやいた。「あなたが何をしてたか、ぼくが気がつかないとでも思ってるんじゃないだろうね？」

ニコラは赤くなった。こっそり目隠しをずらして道順の目印を探していたところを見られていたとは！　なんて間抜けなことをしてしまったのだろう。

「なんのことかしら？　私が何をしてたというの？」とぼけてみせはしたものの、演技はぎこちなかった。

ジャックは答えずに、ただ笑っていた。ニコラの腕を取り、家に導く。ニコラは腕を振り払いたかったけれど、そんなことをしてもむだなことはわかっている。

「あなたみたいに疑い深い人はこの世にいないと思うわ」

またしてもジャックは、ニコラの髪に息がかかるほど体を近づける。ニコラの背筋をふるえが走った。「お嬢さま、ぼくにはちゃんとわかってるんだ……」わざと間を置いて、続けた。「あなたのような人物のことを」

「私のような人物ですって！　それ、どういう人物のこと？」

「いつもとことんかぎまわって、自分で主導権をにぎらずにはいられない人。あ、二段のぼって」ジャックはニコラの腕に手を添え、玄関に通じる階段をあがった。

「何をおっしゃってるんだか！」内心では、図星を指されたのが悔しかった。どうして私の性格を見抜いたのか。「それに、あなたのほうが私よりもうわてだと思いこんでるのはなぜ？」

「ほらね、主導権をにぎりたがる。正直言って、ぼくがあなたよりもうわてかどうかはわからない。だが、そのほうが勝負は面白くなる。そうだろう？」

「私は勝負なんかしてないわ」

「そう？」ジャックは玄関の扉をあけてニコラをなかに入れ、目隠しの結び目をほどいた。

「だったら、何をしてる？」

「さあ」屋内の明かりがまぶしくて、目をぱちくりさせる。ニコラはジャックを見あげ、この覆面に隠された表情を見たいと、また思った。

階段をおりてくる足音がして、男があらわれた。ジャックの顔を見ると、ほっとしたように言った。「おかえりなさい。よかった、もどってきなすって」ニコラにちらりと目を向け、視線をジャックにもどす。「ペリーがよくねえんです」

たんだ?」

「ちくしょう」ジャックは急いで階段をのぼった。ニコラもあとに続く。「で、何があったんだ?」

「何があったってわけじゃねえが、熱が出ちまったらしくて、ぶつぶつしゃべりだしたんです」

「うわごと?」ニコラが訊《き》いた。

男はジャックにけげんな目を向ける。

「おかしなことを言ってるのかという意味だ」

「何かぶつぶつ言ってて、よくわからねえんです。それと、あっち向いたりこっち向いたりじっとしてなくて」

ジャックは扉をあけ、少しさがってニコラのために道をあけた。ニコラはまっすぐベッドのそばに行って、病人の様子を見た。昨夜は顔面蒼白《そうはく》で身動きもしなかったペリーが、今は赤らんだ顔で頭の向きをあちこち変えたり、落ちつきなく腕や足を動かしている。枕もとにニコラが立つと、ペリーはため息をついて腕を目にかぶせ、意味不明な言葉をつぶやいた。

ベッドのかたわらにやってきたジャックは、心配そうにニコラの顔を見やった。血色がいいように見えるのは回復のきざしではなく、発熱のしるしであるのはジャックにもわかっている。

ニコラはベッドにかがみこんで、ペリーのひたいに手をあてた。恐れていたとおり、かなりの熱だ。

「解熱剤をもっとのませなくては。最後にあげたのはいつ？」ニコラは、付き添っていた男にたずねた。

「おれは何もやってねえです」

「最後にのませたのは、ぼくが家を出る前だが」ジャックは男に言った。「おまえはもう行っていいよ、クウィレン」

ベッドの反対側にある小さなテーブルに、薬一式を入れた鞄が置いてある。ニコラはそのなかから粉薬を取りだし、水で溶いてベッドに向き直った。

「手伝ってくださる？　ペリーの上体を起こして、なんとか薬をのませましょう」

指示されたとおり、ジャックはペリーの肩の下に腕をさし入れて上体を起こした。ペリーは目をあけてぼんやりあたりを見まわし、ニコラに視線をとめた。

「誰？」眉をよせてペリーがつぶやく。

「ニコラです。あなたの看護に来たのよ。これをのめば、具合がよくなるから」ニコラはペリーの口にカップをつけた。二口のんだだけでペリーは顔をしかめ、横を向いてしまう。

「だめ。のまなきゃだめよ」ニコラはペリーの頭をしっかり持ってもとにもどし、薬を口に注いだ。力なく逆らうそぶりを見せはしたものの、ペリーは数口のみこんだ。そしてまた、顔をそむける。

「ペリー、ちゃんとのむんだ！」ジャックがペリーのあごをつかんで、強制的にのませた。

どうにか解熱剤をのませ終わると、ジャックにペリーを支えさせたまま、ニコラは包帯をほどいた。ジャックがペリーの上体をベッドにおろし、ニコラは傷口からガーゼをそっとはがした。くっついていたガーゼがはがれるときに、ペリーは痛がって舌を鳴らした。燭台《しょくだい》を近づけて、ニコラは傷口を調べる。赤く腫れた傷がまだ生々しい。ニコラは傷に効く膏薬《こうやく》を塗った。

「あんた、おれを殺す気か？」ペリーがうめいた。

「いいえ。助けてあげるつもりよ」

「相棒、めそめそするなって」ジャックが軽口をたたいた。「彼女がいなかったら、今ごろおまえは死んでただろう」

「こんなに痛いんじゃ、死んだほうがましってことよ」肩で息をしながらペリーは冗談っぽく返し、ニコラをじっと見あげた。「あなたはもしかして、ジャックの女？」

あわててジャックがたしなめる。「ペリー、変なことを言うんじゃない」ニコラに目を向けて話しかけた。「あなたの言うとおり、熱で意識がぼうっとしているらしい」

「私には、意識がはっきりしているように見受けられますけれど」ニコラはジャックに切り返し、ペリーにはきっぱり答えた。「いいえ、私はジャックの女ではありません。誰の女でもなく、私は私です」

「おっしゃるとおりです」ペリーは弱々しくほほえんだ。それから声をひそめて、ジャックにささやく。「品がいい人だね」

「光栄ですわ」ニコラは皮肉まじりにつけ加えた。「とにかくあなたには早くよくなっていただきたいので、横になっておやすみください。今のあなたにとっては、眠るのが最良の治療法ですから」

ペリーは黙ってうなずく。早くもまぶたがとじかけていた。ジャックが訊いた。「どう、経過は？」

「はっきりしたことはまだ言えないわ。傷は炎症を起こしているけれど、化膿《かのう》はしてないようよ。熱もそれほど高くないし。感染症にならなければいいけど。でもまだそんなに時間がたっていないから、しばらく様子を見るしかないわ」ニコラはベッドのかたわらの椅子に腰をおろした。

壁ぎわから椅子を持ってきて、ジャックもベッドの反対側にすわった。ニコラは言った。

「二人ともここについている必要はないと思うの。私は看護するために来たのだけれど、あなたはいろいろご用がおありでしょう。略奪品を山分けするとか、馬車を待ち伏せして人の物を盗むとか……」

「やれやれ、なんという毒舌家になったものだ」

「なった？　ミスター・ムーア、私は昔からそうですわ」

「優しくて親切なお嬢さまというもっぱらの評判とは、なんとなくそぐわないなあ」

「あら、変ね……私もあなたについての美しいお話をいろいろ聞かされておりますのよ」

ニコラの返事に、ジャックは意外にも口もとをほころばせる。

「おたがいに虚像と実像は違うということかしら」ニコラの口調から辛辣《しんらつ》さが薄れていた。

「かもしれない」

ニコラはベッド越しにジャックの顔を見た。あいかわらず上半分は謎めいた黒い布でおおわれている。なぜいつまでも顔を隠しているのだろう？　いらだたしく思わずにはいられなかった。今となっては、私に顔を見られても大した問題ではないはずなのに。いくらジャックが腹立たしくても、私が警察に通報しないことはわかっているだろう。通報しない主な理由は、リチャードを憎んでいること。それに、追いはぎ団が捕まれば村の人たちが困るにちがいない。それだけは避けたかった。

それとも、顔に傷跡か何かがあって、それを隠しているのだろうか。ニコラだけではなく、誰に対しても顔を見せないのかしら？　旅籠のリディアの話だと、ジャックは謎に包まれた男だという。醜悪な容貌を人に見られたくないからだという推測も成りたちはするが、顔の下半分を見れば醜いとは考えられない。きれいにととのえられた口ひげとあごひげにおおわれてはいても、しっかりしたあごの輪郭は見てとれる。肉厚の唇も形がよくて魅力的だ。

　その唇や口ひげの感触を思いだして、ニコラは肌が火照るのを感じた。こんなことを考えていてはいけない。何か話題を探さなくては。

「あなたについて聞かせていただきたいわ」

「ぼくは追いはぎだ」

「まさか、それでおしまいじゃないでしょう。どこのご出身だとか、今まで何をしてらしたとか。ご家族だっていらっしゃるでしょうし」

「ああ。いるよ。いや、いた。しかし、もういない。そんなこと話してもなんにもならないだろう」

「暇つぶしになるわ。私はお友達の枕もとについていなければならないし、あなたも断固としてここにいるつもりらしいから、退屈しのぎにお話ぐらいしてもいいんじゃない」

「ぼくの話なんか実につまらないものだ。あなたの退屈しのぎになるとは思えないよ」

「聞いてみなければわからないわ」

　ジャックは肩をすくめた。「家族は少なくて、みんな死んでしまった。何年か前に家を出たあとは、海軍にいた」

「海軍に？　ほんと？　水兵さんのようには見えないけれど」

「志願して入ったわけじゃない。水兵を強制的に徴用する口入れ屋に無理やりぶちこまれたんだ。気がついたときは軍艦の船底にいて、頭が割れるように痛かった。ペリーとはそこで知りあったんだ」

「ひどい！」ニコラは思わず声をあげた。「そういう話は聞いたことがあるけれど、実際にそんな経験をした人に会うのは初めて――」

「生きて帰って話ができる人間は少ししかいないからさ。ペリーやほかの何人かと一緒に脱走したんだ」

「ほかの何人かって、追いはぎ団の人たち？」

ジャックはうなずいた。

「そうだったの。で、そのときのお仲間たちと追いはぎ専門の窃盗団を結成したというわけね？」

「しばらくしてからだ。最初はほかの仕事をしようとした。しかし、ぼくにはしたいことがあってね。ほかの連中もぼくについてきたんだ。結局、ペリーをひどい目に遭わせてしまった」

「あなただって同じ状況にいるでしょう。捕まったら、絞首刑になるわ」

「わかっている。そろそろ足を洗うべきかもしれない」

「とっくにそうすべきだったんじゃない？」

「だろうね」ジャックはため息をついて窓ぎわまで歩いていき、壁によりかかって外を見ている。「やりたいと思ったことをやりとげることができたようだし」

「やりたいと思ったことって、なんなの？」

ニコラを一瞥《いちべつ》した視線は鋭かった。「エクスムア伯爵を破滅させること」

ニコラは両方の眉をつりあげた。「追いはぎに略奪されたくらいじゃ、破滅させたことにならないでしょう」

「わかっている」ジャックの口もとがゆがんだ。「あいつは蜂《はち》に刺されたくらいにしか感じていないだろう。本当は、剣で切り刻んでやりたいくらいだったんだが。ぼくが味わった苦痛と同じ苦しみを味わわせてやりたいのにそれができないんだ。なぜかというと、あいつには愛する人間がいないからだ。自分しか愛せない男なんだ」

ニコラは訊かずにいられなかった。「エクスムアに何をされて、そんなふうに憎むようになったの？」

「あの男はぼくの愛を殺した」

「え？　あなたの恋人を殺したの？　でも、あなたは前に――」

「いや、彼女を殺したわけじゃない。ぼくと彼女の愛を殺したんだ」ジャックは、覆面のすきまからたとえようもなく暗いまなざしをニコラに向けた。「彼女がぼくを裏切ったのは、あの男の仕業だ。彼女を利用してぼくを排除し、ぼくの心をずたずたに切り裂いた」

「ああ、ジャック……」ジャックの絶望の深さに、ニコラは返す言葉もなかった。

「あいつのせいで、ぼくは感情も記憶も何もかも失ってしまった」

「なんて切ないこと」いたたまれぬ思いで、ニコラは立ちあがった。

ジャックはつと顔をそむける。「いや、なんでもない。あなたの言うとおり、二人でペリーについている必要もないだろう。二、三時間したら交代するよ」

ジャックは出ていった。ニコラは声もかけられずに、その後ろ姿をただ見つめていた。

10

ニコラは立ちあがって、病人を見おろした。顔の赤みが増してきたような気がする。はじめは静かに眠っていたのに、三時間以上たった今、熱があがってきたようだ。また身動きばかりしている。ひたいに手をあててみると、汗で濡《ぬ》れていて、さっきより確実に熱くなっている。

ベッドのわきの台に置いた洗面器の水で布をしぼり、ペリーの顔をふいた。もう一度、布を水にひたしてしぼり、折りたたんでひたいにのせた。この二、三時間のあいだに、何度もひたいを冷やす布を取り替えた。いくらか楽にはなるにしても、これはその場しのぎの処置にすぎない。それよりも、解熱剤をのませる必要がある。

粉薬を水に溶かしてペリーにのませるのは、一人では無理だろう。ジャックを起こして手伝ってもらうべきなのだが、ためらっているうちに三十分もたってしまった。

この部屋を出ていったときのジャックは明らかに機嫌が悪かった。だが、ニコラが躊《ちゅう》躇《ちょ》していたのはそのためではない。腹を立てている男を怖がるようなたちでもなかった。

それよりもジャックの悲痛な告白を聞いてからというもの、同情心が先に立ってどう対応してよいのかわからなくなってしまったのだ。これまでは、官能をかきたてられることはあっても、いわば敵対関係にあったわけだ。ところが今晩、ジャックの荒涼とした内面をかいま見て深い共感をおぼえてしまった。悲しみをかかえて生きる者同士の親近感と言ったらいいだろうか。あの斜にかまえた態度の陰には、ニコラ自身と同じような底知れぬ悲哀と絶望が隠されていたのだ。ジャックもまた、一人の邪悪な男に人生をめちゃめちゃにされた。しかも、ニコラの人生を踏みにじったのも同じ男なのだ。ジャックの苦しみは痛いほどわかる。

ジャックに対する気持が変わった今、どのように接したらいいのかとまどってしまう。これからは折りあいをつけてやっていけるのだろうか？　それとも、またいつもの人を小ばかにしたような調子であしらわれるだけなのか？　あるいは、個人的な打ち明け話をしてしまったことをジャックは後悔して、いっそうよそよそしくふるまうかもしれない。

いずれにしても、病人の熱が高くなるのをこのままほうっておくわけにはいかない。この際こだわりは抜きにして、ジャックを呼びに行こう。ニコラは廊下に出た。外はすっかり暗くなっていた。

「ミスター・ムーア？」壁に取りつけた燭台《しょくだい》のほの明かりを頼りに、ニコラは階段の降り口へ行って下をのぞいた。暗くてよく見えない。降り口の先に扉のひらいている部屋があり、揺らめく明かりがもれていた。「ジャック？」

　その部屋の入口に立ちどまって室内を見ると、ジャックが上半身はだかで洗面台の前に立っていた。こちらに背を向けて顔を洗っている。日焼けした筋肉質の背中にニコラの目は吸いよせられた。引きしまった腰から幅広の肩にかけて逆三角形をなしている。濡れて光った黒い髪がうなじでうねっていた。あの背中に触りたい。不意にニコラは衝動にかられた。そう思っただけで体が火照りだす。自分が情けなかった。むきだしの背中を目にしてたちまちそそられるほどの意気地なしなのか？

　そのとき、ジャックの背中に白い細い線が縦横に何本もついているのに気がついた。傷跡ではないか？　そう、あれは鞭《むち》で打たれた跡にちがいない。海軍であんな仕打ちを受けたのではないだろうか。その痛ましさに、ニコラは思わず息をのんでいた。

　気配を感じたらしく、ジャックがタオルで顔をふきながら振り返った。ニコラを見るなり舌打ちして後ろ向きになり、洗面台のわきから覆面を取って顔に巻きつけた。

　椅子の背にかけてあったシャツをはおってから、ジャックはニコラのほうを向いた。

「男の部屋にこっそり忍びよるとは、いったいどういう了見なんだ？」

「忍びよってなんかいないわ。名前を呼んだのよ。二回も」

「ペリーがどうかしたのか？」シャツのボタンをかけもせずに、ジャックはすぐさま大またで近づいてきた。「悪くなった？」

「ちょっとね。そんなに危ない状態ではないと思うけれど、また解熱剤をのませたほうがいいわ。手伝ってくださる？」ジャックのシャツがはだけて、筋肉の盛りあがったたくましい胸が見える。ニコラは目をそらした。

「うん、もちろん」言うが早いか、ジャックはペリーの部屋に向かった。

小走りでニコラが続く。ジャックはベッドに近寄った。ニコラは粉薬を水で溶いた。

「いいほうに向かってないんだね？」

「悪化してるわけでもないわ。まだ一日しかたってないんですもの。それに、だいぶ出血したでしょう」

「うん、ここに帰ってくるまで時間がかかったし、出血をとめることができなかったんだ」

薬のカップを手に、ニコラがベッドのそばに来た。「起こしてあげて」

ニコラが病人の口に薬を注ぎこんだ。のどが渇いているせいか、ペリーは薬をごくごくのんでいた。だが半分以上のんだところで、苦そうに顔をそむけてしまう。またジャックとニコラの二人がかりで、残りを強制的にのませた。ジャックはペリーを寝かせてから、ニコラに言った。

「疲れた顔をしてるよ。ちょっと横になって休んだらどうだ？　ペリーはぼくが見てるから」

「でも、私は看病のために来たのよ」

「あと二、三日は、しっかり看病してもらわなきゃならない。そのためにも休んだほうがいい。何かあったら、起こすよ」

ニコラは病人を見やった。おそらくこれからいくらもしないうちに、症状が悪くなるだろう。今のうちに、少しでも休息をとっておいたほうがいいかもしれない。ゆうべはあまり寝てないし、疲れもたまっている。「そうね、ちょっと休もうかしら」

「隣の部屋を使ってくれ。誰も入ってこないよ」

ニコラは隣室へ行った。小さいが、室内もベッドも清潔だった。頭痛のきざしを感じていたので、ヘアピンを抜いて髪をほどいた。靴をぬぎ、服のまま毛布の下にもぐりこんだとたんに眠りについた。


ニコラはベッドに寝ていた。この家でもタイディングズでもなく、自分のベッドであることがわかっていた。かたわらに男がいて、ニコラの体をなでている。男のほうに向いてみると、ギルだった。ニコラはほほえむ。頭のほうに両腕を伸ばし、うっとりとギルの優しい愛撫《あいぶ》に身をゆだねた。ギルの手は節くれだっていて、温かい。その手にくまなくさすられ、このうえもない歓《よろこ》びにひたっていた。胸のふくらみがいっそう盛りあがり、太ももの合わせめが熱くうずきだす。たまらなくなって身をよじり、小さくうめいた。口づけがはじまり、耳もとで名前をささやかれる……。

「ニコラ……ニコラ……起きて。ニコラ」

ニコラは甘い眠りから無理に覚めさせられた。夢の余韻で体がまだ火照っている。頭もぼうっとしていた。ベッドのわきに男が立っていて、見おろしている。ギル！　つかの間、心が浮きたち、ニコラは男に腕をさしのべた。

けれども寝ぼけまなこに男の覆面が映り、たちまち自分がどこにいるかを思いだした。ニコラはあわてて腕をおろし、真っ赤になった。起きあがって毛布をわきに押しやろうとしたが、からまっていて抜けだせない。

ジャックが手を伸ばして毛布をはぎとった。ニコラはますますうろたえ、急いでベッドをおりて靴をはいた。

「どうしたの？」うわべだけでも事務的な態度をとれば、ジャックもそのように応対してくれるだろう。だが、ニコラの頭はめまぐるしくはたらいていた。ジャックに何を見られたのかしら？　夢は細部にいたるまではっきり憶《おぼ》えている。実際にうめき声をもらしたのを、聞かれてしまってはいないか？　ジャックはどのくらい前からベッドのわきに立っていたのか？　どんな夢を見ていたのか、見破られてはいないだろうか？

扉の鍵《かぎ》をかけておかなかったとは、なんというばかなことをしてしまったのだろう。タイディングズでは、侵入防止のために毎晩あんなに注意して寝ているというのに。追いはぎたちのいる家で、鍵をかけることすら忘れてしまうなんて！　疲れきっていたせいだ。だけど、それにしても……盗賊の隠れ家でこんな無防備な真似《まね》をする人はいないにちがいない。

ジャックが説明した。声音も表情も変わらない。「ペリーの熱が高くなった。うわごとを言いながらのたうちまわっている。傷口がひらくといけないと思って、押さえつけるしかなかった」

髪をまとめる手間も惜しんで、ニコラはペリーの部屋へ行った。肩まである柔らかい金髪をなびかせ、ベッドに近づく。ペリーは起きあがろうとして、ののしっていた。

「あいつに指図されてたまるか！」熱に浮かされた目つきになっている。育ちのよさを示す特徴ある話し方がふだんよりさらにきわだっていた。

「もちろんよ」ニコラは相づちを打ち、ペリーの腕を取って優しく押し返した。「でもね、今は寝てなくてはだめなの」

「寝てなんかいたくない。話を……話をしなきゃ……」声がだんだん小さくなる。ため息とともにペリーは背中をベッドにつけ、目をつぶった。「あいつに言って――」

「ええ、言っておきます。あとであなたがじかにお話しなされればいいわ」

「無礼なやつだ」

ニコラはペリーの髪をかきあげてなだめつつ、ひたいに手をあてて確かめた。高熱が出ている。冷たい水で手ぬぐいをしぼった。

「ありがたい、ネッタ」ペリーがつぶやく。

「ええ」ニコラは手ぬぐいをペリーの顔にあてた。「ほら、いい気持でしょう？　少し眠ったほうがいいわ」

ペリーはうなずき、何やら口のなかで言っている。やがて規則正しい寝息が聞こえてきた。ニコラはベッド越しにジャックに目を向けた。

「なんのことかしら？」

「ぼくにもよくわからない。ネッタというのはお姉さんか妹さんの名前だと思う。家族のことはあまり話したがらないんだ。放蕩《ほうとう》して、父親に勘当されたらしい。きっと少年時代の夢でも見てるんだよ。かなり危ないのか？」

「なんとも言えないわ。熱が高くて、もうろうとしてるのよ。とにかく熱をさげて、傷口がひらかないようにしなくては。できることといったら、それぐらいしかないの」ニコラは手ぬぐいで汗をかいたペリーの顔や首をふいた。それを水ですすぎ、またしぼってはふくという動作をくり返した。

「外の樽《たる》から水をくんでくる。そのほうが冷たいだろう」ジャックが洗面器を持って出ていった。数分後に、水差しと空の洗面器を手にもどってくる。

ニコラは冷たい水で手ぬぐいをしぼり、一枚をペリーのひたいにのせ、もう一枚は首にあてた。何度かこれをくり返したあとで、病人があばれないようにジャックに見張りを頼み、台所へおりていって夏雪草の薬草湯をつくった。ポットとカップを持ってもどってくると、ジャックがベッドにかがみこんで病人を押さえていた。

「起きると言って聞かないんだ。それをのませるには、応援がいるな」ジャックは扉をあけて、ソーンダーズを呼んだ。ソーンダーズはすぐ上がってきた。

三人がかりでやっと病人に薬草湯をのませた。ペリーは怒って、三人に毒づいた。顔を赤らめてしまうようなたぐいの言葉を浴びせられたが、ニコラはロンドン東部の女性たちとのつきあいで慣れていた。しばらくすると薬草湯が効きはじめて、ペリーはうつらうつらしだした。シーツが汗でびっしょりになるほどの熱ではあるものの、少なくとも幻覚を見たり、わけのわからないことをわめいたりはしなくなった。

三人は夜通し、病人の部屋を離れなかった。ジャックの部下は床に寝て、必要なときだけ起きてきた。ジャックとニコラはペリーのかたわらに付き添って、手ぬぐいで冷やしたり、あばれそうになるとなだめたりしつづけた。

体力と神経を消耗する長い夜だった。ニコラは寝食を忘れて看病に専念した。何を頼まれても、ジャックは黙ってきぱきとニコラを手伝った。友達を案ずるあまり、いつもの皮肉もいやみも影をひそめていた。二人で力を合わせてペリーの包帯を取り替え、熱冷ましや薬草湯をのませて、手ぬぐいで冷やした。高熱に苦しむペリーは扱いやすい病人ではなく、腕力があって辛抱強くなければ介抱役は勤まらなかった。

ときどきジャックがこちらをじっと見つめているのに気づき、ニコラはたまりかねてなじった。「いつまでそんな目で私を見るおつもり？」

「そんな目って、どんな？」

「冷たく吟味しているような目よ。なんだか気味が悪いわ」

「気味悪くさせるつもりなんかない。考えてただけで……意外だったんだ。面くらったというか」

「面くらった？　どういう意味なの？」ペリーの顔を冷たい手ぬぐいでふきながら、ジャックに視線を向けた。

「あなたが実にひたむきで、よく働くから」

「ひたむきじゃないと思ってらした？」手ぬぐいを洗面器にひたしているニコラの口もとに微笑が浮かんだ。「それだけでも、私の性格などご存じないことがわかるわ」

「頑固だということは、すぐわかった。自分の流儀で思いどおりにするのに慣れていることも。だけど、こういう勤勉さとか、人のために尽くすこととかは……驚いたよ」

「今になってあなたが驚いていることに、私はびっくりするわ。だって私のことを軽薄で頑固で自己中心的な怠け者だと思ってたのなら、なぜお友達の介抱をしてくれと頼んだ――いいえ、命令したのかしら。私の頭にピストルを突きつけて、怪我《けが》の手当てをしろと脅すつもりだったの？」

「いや、あなたが薬草を使う治療の名人だということを知ってたから。それに、あなたなしではペリーがよくなる見こみがないと思ったし」

「お気をつけあそばせ。そんなにおだてられると、うぬぼれてしまうわ」さすがに疲れを見せてニコラはため息をつき、ベッドのかたわらに腰をおろした。

「ぼくの思い違いだった。想像していたよりもずっとあなたの力は大きかったよ。ありがとう」ジャックはぎこちなく礼を言った。

誇り高いジャックは、かなり無理をして自分の誤りを認め、感謝の言葉を口に出したのではないか。ニコラはそんな気がした。考えてみれば、ジャックが驚くのも当然かもしれない。ニコラのような身分の女が献身的に追いはぎ風情の介抱をすることは、ふつうはありえないだろう。見ず知らずも同然の女なのだし。思い直して、ニコラはほほえみを返した。

「どういたしまして」

ジャックがさらに何か言いたげなそぶりをしたとき、ペリーがうめいて横に転がりかけた。ニコラとジャックはぱっと立ってペリーを優しく、けれどもしっかり押さえ、あお向けにもどした。

「シーツがびしょびしょだわ」病人の汗と冷やした手ぬぐいでシーツがすっかり濡れてい

る。「風邪をひいたらまずいから、取り替えなくては」

ジャックがニコラに訊《き》いた。「ペリーをどかして、シーツを替える？　ソーンダーズと二人でやればできると思う」

「いえ、どかさなくてもなんとかなるわ。あなたが手伝ってくだされば、ベッドに寝かせたままでもできるでしょう。きれいな寝具があるかしら？」

「もちろん」寝具がどこにしまってあるかは知らない様子だったが、まもなくジャックは新しいシーツや毛布をかかえてもどってきた。

ニコラは手早くベッドの片側からシーツをはがし、ジャックの力を借りて病人をシーツごともう一方の側に引きよせた。次にベッドのあいているほうの半分に、きれいなシーツをきちんと敷きこむ。それからできるだけ病人に負担がかからないように気をつけながら、二人で静かにペリーをきれいなシーツの上に押しもどした。そして、濡れたシーツをはがして残り半分をととのえる。毛布も取り替えたが、ペリーがすぐにはいでしまった。

「またあなたを怒らせるのを覚悟で言わせてもらうけど、ベッドのととのえ方、うまいものだね。びっくりした」

ニコラは笑った。「正直言って、二、三年前まではこんなことできなかったの。でも、ロンドン東部の私の家では、お金だけではなく労力も提供しなくてはならないのよ」

「ロンドン東部のあなたの家？」ジャックはけげんな顔をした。「そんなところに住んだことはないだろうに！」

「あ、いえ、私が住んでるわけじゃないわ。恵まれない女の人たち数人がそこで暮らしてるの。それと、できるだけ多くの人たちのために毎日のお食事を用意しているの」

「恵まれないって、どんな人たち？　どうしてそういうことを？」

「ほかに行くところのない女の人たちよ。最初は、妊娠していて住む家のない人たちに限ろうとは思ってたんだけど……怒った父親に追いだされた娘さんや、おなかが大きくなったものだから首になった旅籠《はたご》の女中さんや居酒屋の給仕さん。それだけじゃなく、不注意だったり、いかがわしい堕胎医に行くのが怖かったりして、行き場のなくなってしまった売春婦たちもいるの」

ジャックはたまげて、ニコラをまじまじと見つめた。「淫売《いんばい》屋や居酒屋の女だって？　そんな下層の連中のために、あなたが家を提供したというのか？」

「ええ。とても十分とは言えないけれど」ニコラは立っていって、冷水でしぼった手ぬぐいでペリーの顔をふいた。

「あなたがそういう女たちのことを知っているのも、そんな話をするのも、ただただ驚いた。まして、世話を――」

「だから、私は社交界では村八分にされているようなものなの」ニコラは苦にするふうでもなく説明しだした。「パーティでもこんな話をしては、ご婦人方の眉をひそめさせているのよ。でも、それとなくほのめかしてなんになるの？　私にはやることがいっぱいあって、そんなまわりくどいことをしてる時間も気力もないの。なかには、私の率直な言い方に共感してくださる方たちもいるけれど。単刀直入に話せないのは骨が折れるものなのよ。でもね、私に口をきいてくださらない人たちでも、私の事業を助けるためのお金は出してくださるの」資金集めの苦労を語りながら、ニコラは思いだし笑いをする。「だんなさまがうるさいので人前では私に口をきかないのに、こっそり寄付してくださる方もいるからおかしいでしょう」

　ニコラはすすいだ手ぬぐいをたたんで、ペリーのひたいにのせた。

「ロンドンの家をはじめてからまもなく、手を広げなくてはならないことがわかったの。妊婦のほかにも、援助が必要な女の人は大勢いるのよ。例えば、夫や父親、売春の元締めの男などに虐待されている女性たち。その人たちを拒むことなんかできなかった。とりわけ、子持ちの場合は。だけどとうとう家が満杯になってしまって、いちばん困っている人以外は断るしかなくなってしまったの。それで二番目の家を買って、今、住めるような状態に直しているところ。もちろん、助けてくれる人はいるのよ。親友のペネロピも、手伝えるときは来てくれるの。もっとも、やかましいお母さまにはそのことを内緒にしてるんだけど。聖スウィズン教会の副牧師さまは教会の活動として、信者の婦人をよこしてくださるの。私が引き受けた女性たちのなかに、あなたのおっしゃる〝淫売屋〟の人がいて、彼女がすごく有能だということがわかったの。それこそあっと驚くほど効率よく、家計の切り盛りをやってくれるのよ。もちろん、私は友達や知りあいのみんなからお金を巻きあげてるわけだけど」

ニコラは茶目っけたっぷりのまなざしをジャックに送る。

「たぶん、あなたも不正利得の一部を寄付してくださる気がおありじゃないかしら？」

「たぶんね」ジャックは感嘆して首を振った。「白状するけど、度肝を抜かれたよ、ニコラ」

ニコラと呼ばれたのは初めてだった。いつも揶揄《やゆ》するように〝ミス・ファルコート〟としか言わなかったのに。ジャックの口からは、ごく自然に打ちとけた感じで名前が出てきた。なぜかニコラは心を乱された。ジャックには悟られたくないので、視線を病人に向けつづけていた。

「なぜ驚くの？　私には人情なんかないと思ってたから？　それとも、そんな事業をする才覚がないと？」

「いや、そうじゃなくて、ぼくが思いこんでいたような人じゃないから」

「どんな人だと思いこんでたの？　どうして私について先入観をいだいたのかしら」

ジャックはためらってから答えた。「あなたについて、村の連中からいろいろ聞いていたから。〝ご親切で慈悲深いミス・ファルコート〟は聖女か、さもなければ、よくいる偽善的な婦人の一人かと思っていた。ただでさえ贅沢《ぜいたく》な暮らしをしてる彼女たちは、ときたま村にやってきて恩着せがましく農民にちょっとばかりの施しをする。農民からは卑屈な感謝の言葉と小作料がたんまりもどってくるというわけだ。それであなたに会ってみると、もちろん聖女じゃないことはすぐわかった。となると、残るは、例の〝高貴なご婦人〟だけ」

「自分のできる範囲で人助けをしようとしているふつうの人間だとは、思ってもみなかったんですか？　ミスター・ムーア、あなたって方は思いこみと偏見のかたまりなのね」

思いがけなく、ジャックはにっと笑った。「そういう辛辣《しんらつ》な言い方も意外だった。しかし、まんざら楽しくないこともないが」

「いやだ！」病人が叫んだ。ジャックとニコラはびくっとして振り向いた。ペリーは汗が吹きでた真っ赤な顔に目をぎらぎら光らせている。ひたいから手ぬぐいを取ってくしゃくしゃに丸める。「いまいましい！」大声でどなってほうり投げた。

その声で、床に寝ていたソーンダーズががばっと起きあがった。「なんだ！」

「なんでもないよ、ソーンダーズ。ペリーがちょっと大きな声を出しただけだ」軽い口調ではあるものの、ジャックの顔にはたちまち憂色が浮かんだ。

ニコラも言いようのない不安をおぼえる。ペリーの意識が混濁してきたようだ。熱も急激にあがってきたらしい。ニコラは立って、病人の脈を測ろうとした。だがペリーはニコラの手を払いのけ、逆に腕をぎゅっとつかんだ。「何をしようってんだ？　ほうっておいてくれ」

ジャックがさっとそばに来て、ニコラの腕からペリーの指を離した。「やめろ、ペリー。彼女は看病に来てくれたんだよ。我々も同じだ」

ペリーはジャックに向かってきた。だがげんこつを突きだしても、ジャックのたくましい胸はびくともしない。顔をそむけ、力なくののしりの言葉を連発しながら、ペリーは目をとじてしまった。

「だいじょうぶ？」ジャックはニコラの腕を取って、ペリーがつかんだ跡を調べた。

「私はだいじょうぶ」ジャックがただちにかばってくれたことに胸を躍らせている自分が、ニコラは情けなくなった。そのうえ、腕にふれたジャックの手の感触に快いわななきまでおぼえている。ニコラは腕を引きぬき、病人に向き直った。「容態が急に悪くなったみたい」

「どうすればいいんだろう？」

「私には、これまでしてきた手当て以外には何もできないの」ニコラはジャックに憂い顔を向ける。「こんなとき、ローズおばあさんがいてくださったらと心から思うわ。私はまだまだ未熟なので――」

「だったら、これまでやったことをやるしかない。ソーンダーズ、もっと冷たい水を運んできてくれ」ジャックは真剣なまなざしでニコラに言った。「よし、がんばろう」

夜を徹して三人はペリーとともに熱と闘った。これはひょっとして命取りになるかもしれない。ニコラは内心恐れおののいていた。今、使っている薬剤と手当てで、感染症の悪化や高熱に歯どめをかけることができるだろうか？　ペリーの体力も持ちこたえられるだろうか？

いっときも休まずに、病人のひたいと首の後ろを冷やし、胸や顔を冷たい布でふきつづけた。ジャックとソーンダーズがペリーの上体を支え、ニコラは薬湯や解熱剤、水を無理にでものませた。

ベッドにかがみこむ姿勢を続けたせいでニコラの背中が痛みだし、夕食抜きの空腹と疲労で頭痛もはじまっていた。いつ終わるとも知れぬ労役だった。けれどもニコラは力を振りしぼって粘りに粘った。

疲れで頭がにぶくなりかけながら機械的に働きつづけたあまり、病人の状態が微妙に変わっているのにすぐには気づかなかった。いつの間にかペリーの熱が引いてきたではないか。

ニコラは動作の途中で手をとめ、病人をよく見た。ペリーは静かに寝入っており、胸が規則的に上下している。「ジャック！」

洗面器の水を取り替えていたジャックは、ニコラの声に振り向いた。

「見て！」ニコラは声をひそめて、ペリーを指さした。「熱がさがったようよ」

「本当か？」ジャックがベッドのそばに来て、病人をのぞきこんだ。苦しげな息づかいや落ちつきのなさが治まり、顔色も赤みが薄れている。ジャックはペリーの手首をにぎってみて、ニコラのほうに振り返る。「あなたの言うとおりだ。熱がさがっている」

「峠を越したのよ！　もうだいじょうぶだと思うわ」ニコラの目に涙が浮かんだ。

ジャックは笑った。「ソーンダーズ、みんなに言ってこい。ペリーがよくなりそうだって」

「はい！」ソーンダーズは扉へ急いだ。

ジャックは喜びの歓声をあげていきなりニコラをかかえあげ、抱きしめたままぐるぐるまわった。「やったぞ！　あなたはペリーの命の恩人だ！」

目がまわりそうになってニコラはジャックにしがみつき、一緒になって笑った。ジャックはニコラを床におろし、喜びのあまりキスをしていた。すぐ二人は離れ、後ろにさがる。心の底からほっとして、自然に出てきたジャックの行動だった。けれども見つめあっているうちに二人は、それまで抑えられていた別の感覚がいやおうなしに目覚めるのをおぼえずにはいられなかった。

階段から、足音や、はずんだ人声が聞こえてきた。ニコラは急いで向きを変え、ジャックから離れた。扉がひらき、三人の男とダイアンが入ってきた。ジャックは笑って、まだ全快パーティは無理だよと言いながらも、四人がペリーのベッドを取りかこむのを機嫌よく見ていた。

数分後にジャックは部下たちを追いだし、またニコラと二人きりになった。ニコラは、みんなが入ってくる前のあの瞬間の官能の高ぶりを思い起こした。あれは病人が危機を脱したことに興奮したのと、疲労で警戒心が薄れていたせいだときめつける。あの場限りのことだ。ジャックのほうは見ずに、いつもの椅子にすわった。病人の脈を取ってみる。脈拍は正常にもどり、熱もだいぶさがっていた。ペリーの顔に目を向けたまま、ニコラはベッドのふちで腕を枕《まくら》にして頭をのせた。

気がついたときには、窓から日がさしこんでいた。びっくりして目をぱちぱちさせ、ここはどこかとあたりを見まわす。ペリーの顔を見て、たちまち思いだした。ベッドのかたわらで、いつの間にか眠りこんでしまったのだ。朝になっていた。気がとがめて、ペリーの腕に触ってみる。もはや熱くない。ペリーは静かな寝息をたてて熟睡している。快方に向かっているしるしだ。

ニコラはこわばった体を起こした。頭をのせていた腕がしびれて痛い。おかしな角度に首が曲がっていたために、首から背中にかけてこっている。ゆっくり立ちあがって、首をまわしたり、あちこち動かした。

ベッドの反対側に、ジャックがまだすわっていた。椅子の高い背にもたれ、すっかり緊張がほぐれた無防備な様子で眠っている。外から鳥のさえずりが聞こえた。男の声と、扉がしまる音がする。

　病人の容態がよくなったので、ジャックの部下に付き添いをまかせてもだいじょうぶかもしれない。二、三時間はペリーをほったらかしにして、ニコラもジャックもぐっすり眠っていたくらいだ。誰かに交代してもらって、少し眠ろうか。柔らかいベッドに手足を伸ばして寝たら、どんなに楽だろう。

　ニコラは、もう一度、ジャックを見やった。ジャックもベッドに寝たほうがいいわ。起こしてあげようかしら。目と鼻より下しか見えないにもかかわらず、日中の光で見るジャックの顔だちは昨日よりもいっそう端麗に見える。輪郭がくっきりして彫りが深い。ニコラの視線は、ひげにかこまれた唇やあごの無精ひげにとまる。髪と同じく、ひげも漆黒だった。鼻筋の通った鼻と高い頬骨の半分は黒い布におおわれている。いつも思うことだが、どうして顔を隠しているのか？　ジャックが眠っているあいだに、こっそり布をずらして顔を見ることができるかもしれない。

　そんなことをしたら、個人の自由の侵害になる。良心のとがめを感じつつも好奇心には勝てず、ニコラは忍び足でベッドのすそをまわった。どきどきしながらジャックに近づき、かがんでそっと覆面のへりに手を伸ばした。

　突然、ジャックの目があいた。同時に、ニコラは手首をがっしとつかまれる。「やめろ」

ジャックの声音は厳しく、布のすきまからのぞく目は光を放っていた。ニコラは小さく叫んだ。卑怯《ひきょう》な行いの現場を押さえられ、恥ずかしさで真っ赤になる。身を起こそうとしたが、ジャックが手首を放さない。つかの間、二人はそのままの姿勢で向かいあっていた。次の瞬間には、蛇が獲物に襲いかかるような敏捷《びんしょう》さでジャックはニコラをひざにかかえこみ、唇を奪った。

ジャックがどのような態度に出るか、ニコラは想像もしていなかった。唇をむさぼられたとたんに、ニコラの体中が燃えあがった。ジャックも欲情にわしづかみにされているのがわかる。逆らうのはおろか、何も考えることができなくなっていた。ニコラはジャックにひしと抱きついた。

息がつまるまで、二人は熱烈な口づけを続けた。ジャックは立って、ニコラを抱いたまま扉に急ぐ。ニコラはペリーのベッドのほうに手をひらつかせ、小さな声でささやいた。

「待って。そういうわけには――」

ジャックはキスでいったんニコラの口をふさぎ、足で扉をあけて廊下に出た。歩きながら、階下に呼びかけた。「ソーンダーズ！　ペリーを頼む！」

そしてジャックは自分の部屋に入り、扉をしめてニコラを床におろした。あらためてニコラを抱きよせ、唇を求める。荒々しいほどのキスのかたわら、ニコラの体をなでまわし、ベッドに近づいた。この二日間、かろうじてせきとめられていた欲情の奔流がいっきょにあふれだした。ふるえる手でニコラはジャックのシャツをにぎりしめる。「ニコラ」ジャックはニコラの胸のふくらみをまさぐりながら、耳もとに口をよせてささやいた。「ずいぶん待たされた。いとしいニッキー」

ニッキーと呼ばれて、ニコラは心臓を刺しつらぬかれたような気がした。かつてギルが使っていた愛称だ。ニコラはジャックを押しのけた。「いや！　だめ！」横を向いて、顔を手でおおう。「だめ、できないの」

「今さら、なんだ！」ジャックはニコラの手首をつかみ、自分のほうに向かせようとした。「いったいどういうつもりか？　ぼくを求めてるのはわかってるんだ。ぼくをじらして、ひざまずかせでもしたいのか？」

「そんなことじゃないの！」ニコラは泣きだした。「ごめんなさい。本当に、ごめんなさい。私はそういうつもりじゃ……こんなことにならないようにしようと決心してたんだけど。自分でもよくわからないの」涙がいっぱいにたまった目で、ジャックを見つめる。「でも、あなたとはできないの。裏切ることになるから、どうしてもだめなの」

「裏切ることになるだと！」ジャックは目をらんらんと光らせ、ニコラの腕に指を食いこませてどなった。「どういう意味なんだ？　結婚してないと言ったはずだ」

「してないわ、一度も！」

「だったら、なぜ――」

「恋人がいたんです！　今でも、その人を愛してるの」

「誰なんだ？」ジャックの声音は冷ややかになっている。「あなたに愛されているのは、どこの誰だ？」

「若い人よ。ずっと前に亡くなったの」涙があふれだし、頬を伝った。ニコラは切々としたまなざしでジャックを見あげた。「なぜ私がこんなふうにあなたを強く求めてしまうのか、自分でもわからないの。でも、それだけではだめなのよ。今までそうしてきたように、昔の恋人を決して裏切りたくないの」

ジャックはニコラの腕を放し、蔑《さげす》みのにじみでた口調で言った。「そんな話、ぼくが信じると思うのか？　昔の恋人を裏切ってないだと？　ずっと前に死んだ男を一度も裏切ってないだと？」

「ええ、一度も裏切ってないわ！」ニコラは肩をそびやかし、ジャックをにらみつけた。「なぜ信じないんですか？　本当の話なのに。私はギルを愛してました。その後、私が愛した男は一人もいません」

「ギル」ジャックはつぶやく。石のように無表情だった。「その後、愛した男は一人もいない？」

「ええ、もちろんよ。ギルは、私にとってかけがえのない人だったんですもの」ニコラは泣き声をこらえきれなかった。

「感動の物語だね」

「物語なんかじゃないわ！」ニコラは憤然とした。「あなたはなぜそんな失礼な――」

ジャックは後頭部に手をやって、覆面の結び目をほどいた。黒い布がはずれ、初めて顔があらわになる。ジャックはニコラをまっすぐ見すえた。

ニコラは目を大きくひらいて、ジャックをまじまじと見つめ返した。急に呼吸がとまりそうになって耳鳴りがしだしたと思うと、意識を失って倒れていた。

11

「ニコラ?」

名前を呼ばれているのが聞こえて、ニコラはゆっくり目をあけた。かたわらに男がひざをついている。上からのぞきこんでいる顔はよく見慣れているようでもあり、まるで別人のようにも見えた。ギルの顔ではあるけれど、もっと年をとっていて目のまわりにしわが刻まれ、あごがひげでおおわれている。頬の小さな傷跡は以前にはなかったものだ。

「ギル!」喜びがこみあげてきた。ニコラは起きあがり、ジャックの首に腕を巻きつけた。

「ああ、ギル、あなただったとは! 無事でいてくださったのね!」

ニコラは泣きだした。悲しいのではなく、思いもかけない出来事に神経が高ぶったためだった。何度も何度もギルの名を呼び、あいまには顔中にキスを浴びせた。そして、唇に心ゆくまで口づけする。ジャックはギルだったのだ。会ったときから言いようのない引力を感じた理由が今になって納得できる。頭では考え及びもしなかったことを、心と体が感知していたということかもしれない。ニコラはジャックにしがみつき、むせび泣いた。

「信じられない！　今の今まで知らなかったなんて！」ニコラはそり返り、ジャックの肩に手をかけて顔を見あげる。「でも……前より背が高くなったのね！　大きくもなってるし。それと、あなたの声も、いえ、声というより、話し方が違うわ。上流の言葉つきというか」

「身長が十センチ近く伸びたんだ。あのころは、二十歳になったばかりの若者だったから。体重も年をとるにつれ増えた。当然だよ」

「それにしても、どうして私に知らせてくださらなかったの？」ギルが生きていたと知って、ただただ天にものぼる心地だった。だがいっときの興奮が治まると、疑念をおぼえずにはいられない。なぜギルは覆面で顔を見られないようにして、故意に身元を隠していたのだろう？「どうして私に秘密にしてらしたの？　なぜ覆面をしてたの？」訊《き》きたいことは山ほどある。「それより何より、今までどこにいらしたの？　居所も知らせてくださらなかったのはなぜ？　だって、もう十年になるのよ、ジャック！　いえ、ギル。名前も変わってしまったなんて！」

「今はみんなにジャックと呼ばれている。もう慣れた。十年前に、自分の名前を捨てたんだ」

「でも、どうして？　なぜ手紙もくださらなかったの？　無事だということをいっぺんも知らせてくださらなかったなんて、何か理由でもあったのかしら。私がどんなに心配したかわからない？　考えもしなかったの？」

十年間の沈黙が何を意味するかに思いがいたると、ニコラは不意に冷え冷えとした疎外感に襲われた。

「あなたは私を愛していなかったのね」

「愛していなかった！」ジャックはむっとして立ちあがった。「よくもまあ、この期に及んでぼくのせいにしようとするとは！　ぼくはもう、恋に目がくらんであなたの意のままになるようなばかな男じゃない。ぼくが無事でまだ生きてることを、なぜ知らせなかったかだと？　そんなことをあなたが知りたがると、誰が思うものか。それとも、エクスムアに教えるためか？」

「エクスムアですって？　私がエクスムアなんかに教えるはずがないでしょう」ニコラは途方に暮れて問いただした。「どうしてあなたはそんな変なことをおっしゃるの？　いったい何があったの？」

「あなたに会ったのが運の尽きだった！　裏切られるのは一度でたくさん！　ぼくはそんなに鈍い男じゃないつもりだ」

「裏切られるって、それ、いったいどういうこと？　いったいなんの話？　私が裏切ったとでも……」はっとして、ニコラは口をつぐむ。ジャックが女性に裏切られたと言っていたことを思いだしたからだ。「あなたが前に話してらしたこと……あれ、本当なの？　あなたを拉致《らち》させて海軍にぶちこんだのは、エクスムアなの？」

「もちろん、そうだ。エクスムアがどうやってぼくを追い払ったか、あなたが知らないはずはないだろう。もっとも、厄介払いさえできれば詳しい段取りなんか、あなたにとってはどうでもいいことだったのかもしれない」

驚きのあまり、ニコラはしばし言葉を失った。「で、あなたが女性に幻滅した原因になった女の人というのは、私なの？　あなたを敵に売った人とは、つまり私？」

ジャックは奇妙な顔つきでニコラを見た。「そうにきまってるじゃないか。なんで自分のことだとあなたが思わないのか、ちょっとびっくりした」

「自分のことって、どういう意味？　私はあなたを裏切ったことなんかないわ」

「ニコラ、今さら嘘《うそ》をついて何になるんだ。言い逃れしようったってむだだよ。あなたはリチャードにぼくの居所を教えて、二度とあなたの邪魔をしないよう追い払ってくれと頼んだじゃないか」

「ええっ？」ニコラは立ちあがり、くらくらする頭を両手で押さえた。「あなた、気でもおかしくなったんじゃない？　この私があなたをリチャードに売るなんて！　そんなことできるはずがないじゃない。あなたがどこにいるかも知らなかったのに。無事に生きていることすら知らなかったのよ！　あなたが崖《がけ》から落ちてから、さんざん捜しまわったの。でも、どうしても見つけることができなかった。あなたからはついになんの連絡もなかったわ。亡くなったと思うしかなかったの」

「あなたにはちゃんと手紙を出した。ぼくはおかしくなってなんかいない。自分がしたことも、あなたのしたことも、はっきり憶《おぼ》えている。崖から落ちたあと、川で木の根っこにつかまってあっぷあっぷしてたところを農夫に助けられたんだ。農夫の家にいることを手紙に書いて出した。あなたが来てくれると信じていたから。あなたと一緒に国を出ようと思っていた。そんなところにあらわれたのが、ぼくの〝大切な愛する人〟ではなく、エクスムア伯爵本人だったのさ。驚いたのなんの、想像できないだろうね。あなたに頼まれて来たと、エクスムアは言った。あなたは自分が愚かだったと気がついた――馬丁風情なんかとつきあったりして。要するに、ぼくが邪魔になったというわけだ。それであなたはぼくの居所をエクスムアに教え、〝問題解決〟を頼んだ」

「エクスムアの言うことなんかを、あなたは信じたの？」ニコラの胸に怒りが突きあげてきた。「あなたとなぐりあいしてた男だというのに。崖からあなたがすべり落ちるにまかせた男よ」

「ふん、すべり落ちるにまかせた？　押したんだよ」

「もっと悪いじゃない！　あなたを殺そうとまでした男の言うことを信じたというわけ？私に確かめようとは考えもしなかったの？」

「確かめる必要なんかない！」ジャックは怒りに燃えた目で言い返した。「あなたが言ったのでなければ、エクスムアがぼくの居所を知るわけがないだろう。知っていたのは、あなただけだったんだ。それと、助けてくれた農夫の一家と。彼らはあなたやぼくの知りあいでもなんでもないし、ましてエクスムアのことなんか知ってるわけがないから、わざわざご注進に行くとは考えられない」

「ほかにも知ってる人がいたはずでしょう。私あての手紙を誰かにあずけたなら、その人があなたを裏切ったのかもしれないわ」

「嘘をつくのもいいかげんにしてくれないか。ごまかそうたって、そうはいかない。ぼくは農夫の息子に手紙を届けてもらった。さっきも言ったように、彼が手紙をエクスムアに見せに行く理由はないだろう。ぼくは崖から落ちたと、エクスムアの屋敷の連中は思いこんでいたはずだ。厩舎《きゅうしゃ》の仲間にも知らせないほうがいいと思って、誰にも知らせなかったんだ」

「だったら、リチャードがなんらかの方法で手紙を横取りしたとしか考えられないわ。私は受けとっていないんですもの」

「農夫の息子は確かに届けたと言っていた」

「私にじゃないでしょう?」

「いや、あなたにじゃない。あなたあての手紙を別の手紙のなかに隠して、ローズおばあさんのところに届けさせたんだ。ローズおばあさんからは、必ずあなたに手紙を届けるという返事が来た」ジャックは苦々しげにニコラを見た。「ローズおばあさんがあなたを裏切ったと思うか？」

ニコラは口もきけずに、ジャックを見つめていた。足もとから地面が崩れていくような感じがした。ジャックの頭がおかしくなったのか。それとも、おかしいのは自分のほうなのか。

「もちろん、思わないわ」ふるえる声で答えた。ギルはローズおばあさんの孫だ。おばあさんはギルのことを命よりも大切に思っていたくらいだから、敵に居場所を教えることなどありえない。

急にひざから力が抜けそうになって、ニコラはベッドに腰をおろした。ほんの数分のあいだに人生がひっくり返ってしまい、思考力も感覚も麻痺《まひ》してしまったような気がする。

「でも、何か行き違いがあったとしか考えられないけど。私は本当に手紙を受けとっていないのよ。エクスムアがあなたを殺そうとしたことを、ローズおばあさんは知らなかったんじゃない？　それで、あなたがいるかと思ってリチャードはおばあさんのところに訊きに行ったとするわね。事情を知らないおばあさんは、あなたのことを話してしまったとか――」

「やめてくれ、ニコラ！」ジャックは語気荒くさえぎった。「もちろん、エクスムアに崖から突き落とされたと、おばあさんに書いたよ。だから事情はわかっていたんだ。ふだんからあの男は悪人だと言ってたし。どうしていつまでもそうやってしらばっくれるのか？　あなたもぼくも、エクスムアをよこしたのはあなただと知ってるのに。もう認めたらどうなんだ？」

ニコラは平静を失うまいと懸命に努めた。「いいえ、何度も言いますけれど、私は何も知らないの。リチャードがどうしてあなたの居場所を知ったのかもふくめて。私は手紙を受けとっていない。それだけは事実よ。なぜあなたは信じようとしてくださらないの？」

「どうして信じられるだろうか。十年前にあなたに手ひどく裏切られた。今になってあなたを信じようとするのは、よほどのばかでもない限りできやしない」

「あなたの話は堂々めぐりよ」ニコラはぱっと立って腕をわきにつけ、こぶしをにぎりしめた。「私はあなたを裏切ったことはないと言うと、それは嘘だとおっしゃる。その根拠は、私に裏切られたとあなたが思っていることしかないじゃありませんか」

「ばかばかしい！」

「ええ、そのとおりよ」泣きじゃくりそうになるのを、ニコラは必死でこらえた。「何年たってもあなたを愛しつづけてきたなんてばかみたいね。あなた以外の人は愛せないとわかっているから、ほかの誰にも心をひらこうともしないできたのに。でもあなたは、どんなことがあっても私を信じられるほどは愛してなかったのね。ローズおばあさんを愛し、信頼していたようには。おばあさんがあなたを裏切ることはありえないと思っていながら、なぜ私のことも同じように信じてはくださらなかったの？」

ジャックは虚をつかれたような表情でニコラを見返す。

ニコラは顔をそむけ、しゃがれた声で言った。「出ていって。あなたと顔を合わせているのが耐えられないから」


目が覚めたときには、ほとんど眠れなかったような気分だった。窓からさしこんでくる日ざしの角度からして、数時間は眠ったはずなのだが。ゆっくり起きあがり、顔にかかった髪をかきあげる。自分の部屋にもどってから眠る前に長いこと泣きつづけたせいで、頭は痛むし目が腫《は》れあがっている。心も惨憺《さんたん》たるありさまだった。喜びの絶頂から奈落《ならく》の底へ突き落とされた衝撃のあまり、感じることもできなくなってしまったようだった。あんなにもギルに憎まれつづけていたとは。ひたすら悲しかった。

ニコラは小さな鏡台の前に行った。泣きはらした顔を洗い、髪をとかして一束にまとめ、うなじで巻いてとめた。泣きながらベッドに倒れ伏して寝てしまったので、前日の服はくしゃくしゃになっていた。持ってきた衣類に着替えると、少しは気分がよくなった。鏡をのぞいて、これならなんとか人前に出られるだろうと思う。

廊下には誰もいなかった。階下から女の歌声と皿ががちゃがちゃする音が聞こえる。深呼吸して、ニコラは病人の部屋へ向かった。ジャックと会うのではないかと、心臓がどきどきした。会ったらどうしよう？　だが、病人の具合を確かめなくてはならない。

　病人の部屋の扉をあけてなかに入る。ペリーは眠っていた。枕《まくら》で頭を少し持ちあげてあった。ベッドのかたわらにジャックがすわっている。あごと口のまわりのひげを剃《そ》り落としていた。以前のギルに近くなっている。ニコラは足をとめた。鼓動が激しくなる。

　感じることもできなくなったなどと、なぜ思ったのだろう？　相反するさまざまな感情が渦を巻き、今にも破裂しそうで胸が苦しかった。いつまでもジャックを見つめていたい。顔だちの一つ一つを子細に見て、黒い眉や頬骨などの切ないほど懐かしい特徴と、昔はなかった頬の弓形の傷跡や目じりのしわを比べてみたかった。抱きつきたいと思う一方で、平手打ちしてやりたい衝動もおぼえる。怒りにふるえ、動転し、傷つきながらも、ギルを激しく求め、愛していた。ニコラの住む世界のすべてが粉々に壊れ、まぜこぜになって、あたり一面に散乱してしまった。

　ニコラが入ってきたのを見て、ジャックは椅子から立ちあがった。目はニコラの表情を探っている。二人はただ見つめあっていた。やがてニコラは咳払《せきばら》いして、ベッドに近づいた。

「なぜ起こしてくださらなかったの？」言いたいことをのみこんで、ニコラはそれだけを口に出した。

「眠っていたから、起こしたくなかった。ペリーはだいじょうぶだったし。ずっとここについていた。困ったことがあったら、呼びに行ってたよ」

「でしたら、さぞお疲れでしょう」まるで他人に言っているような口ぶりだった。ニコラはベッドの反対側のすそ近くに立った。「私が交代しますから、あなたもお眠りになってください」

ジャックはためらってから言った。「わかった。ありがとう。何かあったら、起こしてくれないか。熱もあまりないようだし、あばれることもなくなった。少し前に、薬草湯をのませた。目が覚めていて、あまり支えてなくてもちゃんとのんだ。まだ弱ってはいるが、頭ははっきりしている」

「よかったわ。やっぱり峠を越せたようね」

「だといいが」一息置いて、ジャックは呼びかける。「ニコラ……」

ニコラは顔をあげ、くもりのないまなざしでジャックの目を見た。無礼な他人をしりぞけるときのように、心もち冷ややかに眉を軽くつりあげた。「はい？」

ジャックは何か言いかけて口をつぐみ、かぶりを振った。「いや、なんでもない」

ジャックが部屋を出て扉をしめたあと、ニコラは椅子にぐったりすわり、ほっとため息をもらした。

「彼はやっとあなたに話したのか」声に力がないが、言葉ははっきりしていた。ニコラはびくっとして、ベッドに視線を走らせた。ペリーが目をあけて、ニコラを見ている。やつれた顔つきではあるものの、空色の目が好奇心をおびて光っている。

「え？　あ、ええ、話は聞いたわ」

「もう話すべきだと思っていた」

「そうね」ニコラは立ってペリーのほうにかがみ、ひたいに手をあてた。「だいぶよくなってるようね」

「あなたのおかげだ」

「せっかくここまで回復したのだから、体の治癒力が高まるように今は休むことに専念していただきたいの」

「だけど、あなたたちがどうなったのかを聞きたいんだ」とはいえ、眠気でペリーは目をあけていられないようだった。

「あとで全部お話しするわ。あなたを疲れさせたくないの」

「約束してくれる？」

ニコラは微笑した。「ええ、約束するわ。まず、お休みになって」

ペリーはうなずき、目をつぶった。ニコラはまた椅子に腰かけた。ペリーはどのくらいジャックと自分のことを知っているのだろう？　ジャックの色眼鏡を通した話を聞かされているにちがいない。恥ずかしいし、腹立たしくもあった。

低いノックの音が聞こえ、扉があいてダイアンが静かに入ってきた。ダイアンが手にし

ているお盆からおいしそうなにおいがただよってくる。突然、ひどくおなかがすいている
のに気づいた。昨日の今ごろから何も食べていないのだから当然だ。
「ジャックから言われて、食べるものを持ってきたんです。シチューしかないけど」ダイ
アンは先夜と同じく、無愛想だった。
「おいしそうなにおい。嬉《うれ》しいわ」ニコラは立って、お盆を受けとった。「ありがとう」
ダイアンは肩をすくめただけだった。なんでこの人は私に敵対的なのか？　たぶんジャ
ックが病人の看護をダイアンにまかせられずに、私を連れてきたので気を悪くしているの
だろう。あるいは、仲間のみの隠れ家によその女が入りこんできたことを怒っているだけ
なのかもしれない――とりわけ、ジャックが連れてきた女だから。ジャックに憎からず思
われていると、ダイアンは勝手にきめこんでいるにちがいない。
それとも、ダイアンの独り合点でないとしたら？
そこまで考えたところで強烈な嫉妬《しっと》の念が突きあげ、ニコラは我ながらびっくりした。
盗賊の隠れ家に女が一人しかいないとなれば、首領の愛人であると思うのがふつうかもし
れない。部下の女友達だとジャックは説明していたけれど、ただそう言っただけなのだろ
う。ニコラが昔の恋人に貞節を守りつづけたからといって、ジャックも同じだとは限らな
い。ジャックは男盛りだし、何しろ十年もたっている。そのあいだずっとジャックが禁欲
を通したと思うほうがおかしい。まして、ニコラは裏切り者として憎まれていたのだ。

いつものニコラに似合わずかなりつっけんどんにダイアンをさがらせ、椅子にもどってお盆をひざにのせた。とはいえ、空腹には勝てなかった。がつがつとシチューに口をつける。ほかの面はともかく、ダイアンは料理が上手だった。バターを添えた粗末な黒パンさえも天下の美味に思われた。

食べながら、またしてもジャックのことを考える。リチャードに復讐《ふくしゅう》するためにもどってきたのは明らかだ。でも私をそんなに憎んでいるなら、どうして口づけや抱擁を求めるのか？　友達の看病のために私をここに連れてきたのはうなずけるとしても、村からの帰りに待ち伏せしていたのはどう説明したらいいのだろう？　どれほど嫌悪していても、私を抱きたがるのはなぜ？

もしかしたら、たやすく私を征服できることを証明したくてキスをしかけてくるのかもしれない。ほら、ニコラはすぐさま熱烈に反応するじゃないか。そうジャックは得意がっているのではないか。愛撫《あいぶ》は単なる仕返しの手段にすぎないのではないかと思うと、ニコラの心は沈んだ。

さらに悩ましいのは、自分自身の気持が定かではないことだった。これまでずっとギル以外の男を愛することはおろか、関心すら持てなかった。今朝初めてジャックの顔を見て、ギルが生きていたことを知ったときのこのうえもない喜悦を思いだす。同時に、そのあとの絶望感と苦痛も胸に焼きついている。そんなにもギルの私への愛は脆《もろ》いものだったのか。

あのような背信行為ができる女だと思われていたとは。そういうギルを愛することができるだろうか？　ジャック・ムーアは、かつて私が愛した男とはまるで違う人間になってしまったのではないか？

午後いっぱい、ニコラは鬱々《うつうつ》とした物思いにふけっていた。ペリーが目覚めてのどの渇きを訴えたときは、内心ほっとした。不毛な考えごとをしているくらいなら、何かすることがあったほうがいい。ペリーが水を飲む手助けをしながら、ジャックを呼ばずに一人でなんとかできたのがありがたかった。ジャックにはできるだけ会わないほうがいい。

ニコラは階下の台所からシチューを少しよそってきて、ペリーに食べさせた。病人を支えてシチューの汁をすすらせるのは、かなりの力と辛抱のいる仕事だった。ペリーも体力を消耗してしまい、数分後にはまた寝入ってしまった。

小一時間したところでペリーが目を覚ましたときは、血色も少しもどり、目つきもはっきりしてきた。ニコラはかさねた枕を背もたれにして、今度はどうにかペリーをよりかからせることができた。おかげで、元気のつくシチューの汁をスプーンで病人の口に運ぶのも楽になった。

食事を終えてまた寝かしつけようとすると、ペリーは言った。「いや、もうちょっと起きていたいんだけど」

「いいわよ。無理しないようにしさえすれば」

「無理したくてもできないと思う。なんだか子猫みたいにか弱くなっちまったみたいだ」

「じきに体力を取りもどせるでしょう。焦らないほうがいいわ。休むことが最善の方法よ」

「あなたが弾を取りだしてくれたんだってね。ジャックから聞いた」

ニコラは顔をしかめる。「そうなの。腕がよくないものだから、さぞ痛かったでしょう。ごめんなさい」

「痛かったかどうかも憶えていないんだ。瀕死《ひんし》の重傷のおかげだろう」

「まあ、そう言えないこともないけれど。起きている元気があるうちに、包帯を替えましょう」ニコラは、ベッドの横の小さなテーブルから新しい包帯や薬を持ってくる。

「ねえ、話を聞かせてくれよ。あなたとジャックのこと。ジャックは顔を見せたということしか話してくれなかった。水くさいやつだ」

ニコラは思わずほほえんだ。「詮索《せんさく》するのは礼儀に反するのよ」

「おふくろがしきりにそう言ってきかせようとした。だけどうまい具合におれは、おふくろの説教を聞き流してたんだ。詮索でもしなければ、いろんなことがわからないじゃないか」

「いろんなというほどのことはないけれど。覆面を取ったので、ジャックが誰だかわかったの。十年間も彼が亡くなったものと思いこんでいたのに、実は生きていたと知ったわ。

それから、私は嘘つきで、裏切り者で、不誠実で、要するに悪女だと彼に思われていたみたい」

「なるほど」

ニコラは包帯や薬をベッドに置いた。「でも、あなたはジャックから聞いたことしかご存じないでしょう。ジャックも本当にあったことを知らないのだから、あなたも知りようがないということ」

「そうか」ペリーは医薬品をいくぶん警戒のまなこで見やったが、それについては何も言わなかった。「しかし、事実はなんだったかについて、ジャックはだいたいのところはつかんでいると思っていたが」

「それは、ジャックの側から見た事実だけなのよ。ジャックが助けてくれた人の息子さんと自分のお祖母《ばあ》さんに、私あての手紙を託したという事実。その後リチャードがいきなりあらわれ、私についてあれこれでたらめを言ったあげく、人を使って彼を海軍にぶちこんだという事実。リチャードならやりそうなことだから、それは本当だと私も思ってるわ。でも、私の側の事実については、ジャックはまったく知らなかったわけ。それなのにジャックは、自分を殺そうとまでした男の言うことを信じることにしてしまったのよ」

ニコラは話しながらペリーの包帯をほどきはじめた。感情にかられるにつれて、ニコラの手の動きが速くなったり、力が入ったりする。ついにペリーが苦痛のうめきをもらした。

はっとしてニコラは患部を見る。

「あ、ごめんなさい。痛くするつもりなんかなかったのよ。ジャックの話をしてると、つい冷静でいられなくなって」

ガーゼをはがして傷口をよく観察し、薬を塗って新しいガーゼをあてる。「まだ赤むけになっているけれど、化膿《かのう》はしてないわ。傷は順調に治りつつあると思います、ミスター……」

「ペリーと呼んでください。堅苦しいのはだんだん苦手になってきた。で、そのリチャードという男がジャックに言ったことはでたらめだというんだね？　あなたが手紙をリチャードに見せたのではないと――」

「もちろん、そんなことしてないわ。それより何より、私は手紙を受けとっていないの。もし受けとっていたら、リチャードなんかに渡すはずはないわ。だって、私が憎んでいる男なのよ！　私は、リチャードがギルを――ジャックを殺したと思ったの」ニコラは包帯を巻き、医療品をテーブルにもどした。

ペリーは眉間《みけん》にしわをよせる。「しかし、ジャックも理由なしにリチャードを信じたわけではない。お祖母さんから手紙をあなたに届けるという返事が来たので、あなたは受けとったものと思っていた。だから、リチャードが言ったことを信じてしまうのも、もっともだと――」

「ええ、もっともといえばもっともよ。私を愛していても信頼してもいない人だったら、そう思っても仕方ないでしょう。でも私を愛していて、本当の意味で私を理解してる人ならば、そんなことありえないと考えるはずよ。そういうわけで、私の人生の支えになっていたものが崩れ去ってしまったの。ギルは死んだと思っていたのに、実は生きていた。私が彼を愛したようにギルも私を愛していたと信じていたのに、そうではなかったの。たとえ死ぬまで独りでいても、かけがえのない大切な人と愛しあった記憶があると思っていた。なのに、現実は違っていたのよ。私を愛してても信頼してもいなかった人にすべてを捧《ささ》げ、十年にわたって守りつづけてきた愛の記憶は幻想でしかなかったとわかったの」ニコラの目に涙が光っていた。

「それは違う！」ペリーは声を張りあげて否定し、気づかわしげにニコラに手を伸ばした。「そんなふうに思うべきじゃない。ジャックはあなたを愛していた。心底愛していたのを、おれは知っている。ジャックがどんな気持であなたのことを話していたかも知っている。ジャックは打ちのめされていた」

ニコラはペリーの手を取って、軽くたたいた。「興奮なさらないで。体にさわるから。もう、この話はやめましょう。あなたは安静にしていなくてはならないのよ」

「ちくしょう、根気が続かない！」ペリーは枕に背をつけた。顔色が青ざめ、ひたいに汗がにじみでている。

「当たり前よ。弾を取りだしてから、まだ二日しかたっていないんですもの。お願い、ジャックのことは考えないで、また少し眠ってね」

ペリーはため息をついて、目をとじた。「わかった。今は眠ろう。だけどあとで……」

「ええ、あとでね」しだいに呼吸が浅くなってペリーが眠ったのを、ニコラは見届けた。

ここから早く去らなくてはと、ニコラは強く思った。今すぐにでもタイディングズに馬でまっすぐもどり、ベッドに身をひそめたい。ここにいてジャックと顔を合わせたり、話をしたりしなければならないのが怖かった。といって、まだここを離れられないのはわかっている。快方に向かいつつあるとはいえ、まだ予断を許さない病人がいるし、ジャックの部下が乳母を連れてくるまで待っていなくてはならない。

デボラのために乳母を連れに行くというのが、家を出る口実だった。乳母に断られたのではない限り、一人でタイディングズに帰るわけにはいかない。ペリーの胸から弾丸を取りのぞいた夜、ジャックは部下にニコラの手紙を持たせて乳母を迎えに行かせた。一日あればラーチモントまで行けるとは思うが、乳母を連れて馬でもどってくるのはもっと時間がかかるだろう。乳母が承諾してくれたとしても、しばらく留守にするための準備や旅行の支度をする必要もある。だから乳母が到着するのは早くて明日の夕方だろうと、ニコラは踏んでいた。となると、少なくともあと一日はこの家にいなくてはならない。せめてジャックのほうも、顔を合わせないように努力してくれるのを期待するしかなかった。

その夜遅く、この期待はくだかれた。ジャックが部屋に入ってきた。ジャックの顔を目にするなり、今朝の衝撃がよみがえる。長いあいだ死んだと思っていた恋人の顔を見たときの驚きと喜びといったら、それこそたとえようもなかった。そして今もまた、心がはずみ歓喜がこみあげてくる。だが同時に、やるかたない憤りや屈辱感をおぼえずにはいられなかった。ニコラは顔をそむけ、

室内に入ったところで、ジャックは立ちどまっている。「交代しようと思ってきた。ペリーはぼくが見てるから、休んでくれないか」

「私はだいじょうぶよ」

「ぼくもだ」ジャックはベッドの向こう側に来て、ニコラに目を向けた。

ニコラは視線を合わせないように顔を伏せ、ひざの上の自分の手を見つめる。

「あなたがペリーのそばにいてくれているあいだに、ぼくは眠った。今度はあなたが寝る番だ」

「交代してくださる必要はないのよ」

「しかし、あなたが疲れきってしまったら元も子もないじゃないか。病人にとってもよくないだろう」

「そうね。あなたのおっしゃるとおりだわ。じゃ、私は休ませていただきます」ニコラは立ちあがりざま、心ならずもジャックに目を向けていた。ジャックはニコラをじっと見て

いた。何を考えているのだろう？　私が言ったことで、今までの考えが少しは揺れ動いたかしら？　それとも、私が裏切ったりできる女だといまだに信じているのか？　でも今となっては、もうどうでもいいことなのだ。ギルは私を信頼していなかった。重要なことは、それしかない。

ニコラは扉に向かって歩きだした。ジャックがニコラの名を呼んであとを追い、ニコラの手をつかもうとした。ニコラは足をとめる。振り向くことはできなかった。十年前の、そして、ついこのあいだの口づけの記憶で、胸がいっぱいになった。ジャックは私に気持がないのに、こんなにも心乱されてしまう。屈辱だった。

「あなたに話がある」ジャックは低い声で言った。息づかいが髪をかすめる。

ニコラはぶるっとふるえた。「私は……お話ししてもむだだと思うの。あなたが私のことをどう思ってるか、はっきりしてるでしょう。ほかに何を話すことがあるというの？」

無理してジャックを見あげた。

ジャックの顔が間近に迫っていた。黒々とした瞳は昔とまったく変わっていない。生気あふれる光を放っている。覆面をしていても、この瞳にどうして気づかなかったのか？

ニコラはいやおうなく悟った。この人にキスされたら、逆らえる自分ではないと。

「我々の仲を、そう簡単に切り捨てることができるのだろうか？」

「我々の仲なんて、苦痛でしかないじゃない。これ以上苦しむのは、私には耐えられないんです。できるだけ早く、私はここを出ていきたいの」

ニコラは、ジャックをかわすようにして部屋を出た。それがどんなにつらいことだったか、ジャックには気取られなければいいがと願った。

12

ジャックは、ニコラが部屋を出ていくのを目で追った。重くて固いしこりが胸のあたりにできていた。朝からずっと心の嵐《あらし》が吹き荒れている。覆面を取ったあと、ニコラの表情の変化をじっと見ていた。ニコラは口もきけずに、ただただ驚愕《きょうがく》していた。驚くことは予想していたが、まさか気絶するとは思わなかった。目をあけて自分を見たときの輝くばかりの喜びや、昔の名前を叫んだ声、無我夢中のキスを思い起こす。ニコラが言ったことやたずねたことを、くり返し考えてみる。どれを取っても、とうてい芝居だとは思えないのだが。

だが、もしあれが演技でないとしたら、十年にもわたって信じてきたことのすべてが間違っていたということになる。そんなことがありえるだろうか？　リチャードと男どもが農家に踏みこんできて、ベッドから引きずりだされた夜のことを思いだす。気持よく眠っている最中だった。岩だらけのライド川を流されて打撲傷を負っていたにもかかわらず、心は安らいでいた。ニコラが来てくれると信じていたからだ。二人で遠いところへ行って、新しい生活をはじめよう。

　そこへリチャードらが乱入してきたのだ。薔薇《ばら》色の夢は粉みじんにくだけ散ってしまった。リチャードが憎々しげに言い放った。「なんだ、驚いたのか？　誰を待ってたんだい？　ミス・ファルコートかね？　彼女が本当におまえみたいな卑しいやつと結婚するとでも思ってたのか？　じゃれあうのはともかく、結婚なんかしてみろ。あばら屋暮らしで、がきがうじゃうじゃできちまい、はいつくばって働いてやっと粥《かゆ》にありつける。そんな生活ができるかよ、たわけめ」リチャードはせせら笑った。

「何をするんだ？」床にたたきつけられたギルは、ふらふらになって起きあがろうとした。

「どうしてここが——」

「おまえ、よくよくの間抜けだな。いったいこんなやつのどこがよかったのか、ニコラの気が知れないよ。どうしてここがわかったかだって？　ニコラに聞いたのさ。おまえの哀れな手紙を見せてくれたよ。貧しくても幸せに暮らそうだと？　ばかばかしい。さすがにニコラはおまえよりまともだ。彼女の結婚相手は同じ貴族の男にきまってるじゃないか。そういう生活を捨てて、おまえみたいなやつと一緒になるはずはないだろう。ニコラはおまえの手紙を読んで、厄介払いしなきゃならないと思ったのさ。それで、おまえをなんとかしてくれと、おれに頼みに来た。おれはまずおまえを始末して、それから彼女と結婚するつもりだ」

リチャードの言葉は、鋭い刃物のようにギルの胸を刺しつらぬいた。あの苦痛は忘れることができない。リチャードが連れてきた男どもに手足を縛られ、さるぐつわをはめられて、荷馬車にほうりこまれた。肉体的な痛みのほうがまだましだった。最初は、リチャードが言ったことは嘘《うそ》だ、ニコラが裏切るはずはないと、必死で否定しようとした。けれどもプリマスの港までの長い道のりで考えに考えたあげく、リチャードの話は本当かもしれないと思うようになった。さもなければ、リチャードが手紙を見ることは考えられない。絶対的に信頼している祖母が、手紙は必ずニコラに届けると書いてきたのだ。祖母がリチャードに手紙を渡すことなどありえない。となると、手紙を見せたのはニコラしかいないではないか。否定したいという気持は、しだいに絶望に変わっていった。

絶望は、リチャードとニコラに対する怒りと憎悪になって定着した。二人に復讐《ふくしゅう》してやる。その一念で、英国海軍での苦しい任務に耐えぬくことができたのだ。陰惨な軍艦から脱出したあとも、復讐心は燃えさかりつづけた。アメリカで成功を収めたからといって、憎しみは消えなかった。なんらかの方法で、リチャードに実質的な打撃を与えてやりたい。冷酷なリチャードが打撃だと感じる方法といえば、金を奪うことくらいだろう。それでギルはジャックと名を変え、ペリーらとともにイギリスに帰ってきたのだ。ニコラに対しては、自分でもどうしたいのかがはっきりしていなかった。とにかくもう一度会って、ニコラへの気持が完全になくなったことを確認したかった。拒絶されてよかったと思えるかどうかも確かめたかった。

ニコラはおそらく、ずっと年上のぶくぶく太った高慢ちきな貴族の妻になっているにちがいない。十年もたてば容色は衰え、数人の子持ちになっていることだろう。上流生活にどっぷり浸《つ》かったあげく、母親そっくりの浅薄で退屈な女に変わり果てているのではないか。ところが意外にも、再会したニコラはいまだに美しかった。昔ほど元気はつらつとしているとは言えず、大きなブルーの目は悲しみをたたえていた。だが前にも増して清麗な魅力にあふれ、既婚者でも典型的な貴族の女でもなかった。一目で腹の底から恋情が突きあげてきた。以来、寝ても覚めてもニコラのことが忘れられなくなってしまう。ジャックが予想もしていなかったことだ。

ニコラがリチャードの妻になっていると思ったとき、激しい嫉妬《しっと》にかられた。そして、エクスムア卿《きょう》夫人はニコラではなく妹だと聞かされて、心の底からほっとした。これも予想外の反応だった。それればかりではない。再会してからというもの、ニコラを抱きたくてたまらないのだ。復讐とはなんの関係もない純粋な欲求だ。おまけに昔と同じように、ニコラが好きになっていた。ニコラと話すのが楽しいし、彼女の活動には感心させられている。そして、今……。

憎むべき女にいやおうなく惹《ひ》かれていく。そんな自分が腹立たしく、それでいて欲望を抑えきれない。そこへもってきて、ニコラが拒絶の口実にギル――つまりジャック自身を使ったものだから、自制の糸がついに切れた。初恋の人をいまだに裏切ることができないなどと、よく平然と言えたものだ。しかも、恋人の死というお涙ちょうだいの物語まででっちあげて。死同然の運命に追いやったのは、ほかならぬニコラではないか。怒りにまかせて、発作的に覆面をはぎとったのだ。都合よく死んだことにしてしまった男の顔を見ろ。そう言ってやりたかった。

身元を明かすにしても、そんなやり方をするつもりはなかった。ニコラには大変な衝撃だったようだ。ただし、その衝撃の受け方には納得がいかない。嘘がばれたのを認めるどころか、気がとがめたふうもなく、恥ずかしがりもしなかった。逆に非難の矛先を向けてきて、こっちが間違っているような混乱した気分にさせられた。

ニコラが言っていることが真実だとは思えない。にもかかわらず、これまでに信じてきたことの経緯がもしも偽りだとしたら……？　覆面を取った顔を見たときの、ニコラのあの目がどうしても忘れられないのだ。

ニコラは眠れなかった。二時間ほど横になっていたが、ついにあきらめて、ベッドを抜けだして服を着た。外の空気を吸ってこようか。この狭い家にずっと閉じこめられているので、気分が落ちつかないのだろう。月夜で外も明るいようだ。マントをはおり、髪はおろしたままでそっと階段をおり、裏口から外へ出た。

夜の空気は冷たく、森は闇《やみ》に包まれている。遠くで梟《ふくろう》がほーほー鳴いていた。天蓋《てんがい》のように葉の茂った木々のてっぺんから、銀色がかった月光がさしこんでいる。裏口から遠くないところに、古い切り株があった。ニコラはその場にしばらくたたずんでから、切り株まで歩いていって腰をおろした。

背後で靴のかかとがこすれるような音がした。ニコラはびくっとして振り返る。一、二メートル先に、ジャックが立っていた。ポケットに手を突っこみ、月の光を浴びた顔にはくっきりと明暗ができていた。容貌《ようぼう》がまったく変わっていないようにも、すっかり違うようにも見える。その顔をニコラは飽かず見ていたかった。手を伸ばして、ふれたい。高い頬骨や眉、唇の輪郭を親指でなぞりたい。ニコラは両のこぶしをにぎりしめ、腕をしっかりわきにつけていた。

「悪かった。びっくりさせるつもりはなかったんだ」

「何をしにいらしたの？」

「ペリーの部屋の窓から見えたんで。外に出るには、ちょっと遅すぎやしないか？」

「眠れなかったの。どうかなさったの？　私が逃げるとでも思った？」

「いや、ぼくは……」ジャックは口をつぐむ。「どう思ったか、自分でもわからない。たぶん……あなたと話でもしようかと思ったんだろうな」

「よくも思ってらっしゃらない私と話をしようなんて、なぜでしょうね」ニコラは辛辣《しんらつ》に言い返した。

「あなたも気づいているだろうが」ジャックは目をそらした。「ぼくはあなたから離れていられないようだ」

「気がついているのは、あなたには私を苦しめたいというねじれた欲求があること。そのためにダートムアに帰ってらしたの？　リチャードと私を罰するために？」

「リチャードのことは罰したいと思いつづけた。しかしあなたについては、どうしたいのか自分でもはっきりわからなかった」ジャックは顔をしかめる。「いや、言い方がまずかった。ぼくがあなたと何をしたいかは、おたがいにわかっていると思う。そのことじゃなくて、あなたに復讐することまでは考えていなかったと言うべきだった」

「なぜなの？」ニコラはジャックの目をまともに見た。「あなたを殺そうとした男にあなたの居場所を教えたのは私だと思ってらっしゃるんでしょう？　私に言わせれば、そんなことをする女はエクスムアよりもっとたちが悪いわ。少なくともエクスムアは、あなたをあからさまに憎み、自分の意図を隠そうとしていない。ところが私は、卑劣な嘘つきじゃありませんか。どうしてエクスムアだけにとどまっていないで、私の生活もめちゃめちゃに壊そうとしないの？」

「それも考えたよ。あなたをひざまずかせて許しを請わせる場面を、何度も何度も思い浮かべたりもした。しかしそんなことは現実的じゃないし、それであなたの心が傷つくものでもない。それに傷つけようにも、あなたは心なんか持ちあわせていないと思った」

ニコラの目は怒りに燃えた。「そうね、おっしゃるとおりよ。私には心の持ちあわせがないわ。あなたが墜落死したと思ったとき、私の心も死んでしまったんです。少なくとも、今朝までは。で、やっと心が生き返ったと思ったら、あなたがもう一度死なせてしまったんだわ。おめでとうございます。私に仕返しするつもりはなかったとしても、見事に復讐は達成なさったわけよ」

ニコラは身をひるがえして、家へ歩きかけた。すばやくジャックがニコラの手首をつかんで引っぱりよせ、自分のほうに向かせる。

「ぼくに信じてほしいと、あなたは本気で思ってるのか？　あなたがずっとぼくを愛していたという話を。あれから一人も――」

「もういいの。あなたが信じたいことだけを信じればいいわ。この十年間、ずっとそうしてきたんでしょう。あなたが私の言うことを信じようが信じまいが、正直言ってどうでもいいのよ。あなたの愛情の質や程度がわかったから。いかに脆《もろ》いものだったか、脅迫にいかに弱かったか。あなたは私の愛に値しない人だったわ。あなたには、愛を与えたり受けとったりする能力がないのよ！」今にも泣きだしそうなニコラの声音だった。

「能力がないだと！」ジャックの黒い目が光った。乱暴にニコラを引きよせる。「能力があることを見せてやるよ」

ジャックの唇がかぶさり、はがねのような力で抱きすくめられた。ニコラは体がたちまちジャックに反応するのを感じた。若者だったギルの懐かしくも甘い接吻《せっぷん》でもあり、大人の男になったジャックの懲らしめのような荒々しいキスでもあった。ニコラは求めていた。口づけと抱擁を返し、みずからの欲情に身をゆだねてしまいたかった。

けれども自尊心なのか意志の力なのか、定めがたい内なる何かがニコラを踏みとどまらせた。私は、ジャックが思っているような誘惑に弱い女にはなりたくない。愛はなく憎しみあるのみの男にふれられて、いともたやすくなびくと思ったら大間違い。裏切っておきながら娼婦《しょうふ》のように抱かれる女だと、ジャックに得意がらせてはならない。

ニコラは身をそらした。ジャックが腕を放そうとしないので、靴のかかとで足の甲を思いきり踏みつけた。低い声をたててジャックは腕を放し、後ろへさがった。

「なんてことをする！　何がしたいんだ？」

「あなたから離れたいだけよ！　私が本当にあなたの意のままになるとでも思ってらっしゃるの？　残念ながら、そうはいかないわ。私はあなたのためにここに来てるんじゃありません。お友達のペリーを助けるためなのよ。ペリーの看病はきちんとするわ。それがすんだら、帰ります。あなた方やこの隠れ家のことは、エクスムアには絶対に教えません。私がここまでの道順をわかってないと思ってるんだったら、十年前に私が裏切ったと信じているギルよりもっとあなたは愚か者よ。今後は私にキスなんかしないでください。二度と私に手をふれないでくださいね。もしも約束を破ったら、あなた方全員が突然ひどい病気にかかりますよ。おわかりですね？」

返事も待たずに、ニコラはさっさと家にもどっていった。

ジャックはなかば唖然《あぜん》として、ニコラの後ろ姿を見ていた。それからニコラがすわっていた切り株にぐったりと腰をおろし、ひざにひじをついて頭をかかえる。長いことそうしていたあげく、やっと腰をあげて家にもどり、階段をのぼってペリーの部屋に入った。

ほの暗い部屋の奥のベッドに近づくと、ペリーが目をあけているのに気がついた。顔色がよくなっている。前に目を覚ましたときは、ジャックの手助けでシチューの汁をすするだけでなく、肉も少し口にすることができた。

「気分がよくなったみたいだね」ジャックはベッドのわきの椅子にどさりとすわった。

「きみと反対に」ペリーはずばりと言った。

ジャックは首を振る。「ペリー……もしもすべてが誤解だったとしたら……？　十年のあいだ信じていたことが事実じゃなかったとしたら……？」

なんの話をしているのかは、訊《き》かなくてもわかった。ペリーは同情のまなざしを友人に向けた。「うん、誤解だったかもしれないと思う」

ジャックはペリーをにらんだ。「はっきり言ってくれるよ」

「本当だからさ。きみ自身もそう思いはじめてるんじゃないか？」

「いや、ぼくは間違ってないと思う。誤解のはずがないじゃないか。ただ、ひっかかるのは……ぼくの顔を見たときの彼女の表情なんだ。前もってわかっていたわけじゃないから、とっさに芝居をしたとは思えない。恐怖とか不安とかはまったくなかった。裏切った相手が何年もたってから急にあらわれたら、ふつうは恐れおののくだろう。しかし彼女はすごく驚いて、それから……」

ジャックは目をとじた。〝無事でいてくださったのね！〟と叫んだときの、ニコラの輝くばかりの青い瞳を思い浮かべていた。

「とても……幸せそうだった」ジャックはつぶやくように続けた。「なのに今は、怒っているんだ。ものすごく怒っていて……」

ペリーが言った。「怒っているところを見ても聞いてもいないけれど、あのお嬢さんは裏切るような人だとは思えないんだよ。第一に、彼女がエクスムアと仲良くないことだけははっきりしている。なんでも彼女が妹夫妻の家に来たのは、結婚式以来初めてだという話だ。旅籠《はたご》のリディア・ヒントンの情報だから確かだと思うが、ミス・ファルコートはエクスムアのことを忌み嫌っていて、妹の結婚に猛反対したという。そんな男にきみの手紙を見せたり、頼みごとなんかするだろうか？」

ジャックは肩をすくめるしかなかった。

「第二に」ペリーは指を折ってみせる。「ミス・ファルコートから受ける印象では、恋人はもとより誰のことも裏切る人とは思えないんだ。村の連中の誰に訊いても、彼女の評判は最高だ。噂《うわさ》によると、彼女は撃たれた密猟者の手当てをしたらしいが、そのことをエクスムアばかりじゃなく、自分のいとこのバックミンスター卿にも一言も言わなかったそうだ。第三に、彼女はおれの命を助けにこんなところに来てくれた。しかも、エクスムアに知らせもせずに一人でもどってきた。あらかじめエクスムアに話して、きみと彼女のあとをつけさせることだってできたろうに」

「ぼくはずっと警戒を怠らなかったが」

「だろうね。だが、実際、つけてくるやつはいなかった。それというのも、彼女が秘密を守ったからだ。しかも妹や叔母さんには嘘までつき、相当な犠牲を払って、おれの具合を心配してもどってきてくれたんだよ。裏切り者の行動とは思えない」

「十年前とじゃ、状況がぜんぜん違う。ニコラも若かったし」

「ミス・ファルコートはそんなに違う性格の女だったというのか？　昔の彼女は利己的で冷たかったのかい？　彼女を愛している人間を平気で裏切るような女だったのか？　そんな女が十年後に、ロンドンの恵まれない女たちを助けるために時間と金を惜しまない、思いやりのある優しい人間に変身するものだろうか？　薬草の知識を生かして人助けをしたり、貴重品を奪われながらも追いはぎが捕まらないように人相をごまかして言ったりする女にだよ。なあ、ジャック、おれにはどうも納得がいかないんだ。彼女に会う前は、きみの話を頭から信じられた。おれは不実で冷酷な女を何人も見てきた。しかし、彼女に会った今……」

　ジャックは言い返した。「ニコラに会ってからまだ二日しかたってないのに、いやに自信がある言い方をするんだな。しかも、大半はほとんど意識もなかったくせに」

「偏見のまじらない公平な目で見ようとすれば、時間をかけなくてもわかるものだよ」

　ジャックはむっとした。「ニコラが親切で優しいことくらい、きみに言われなくてもわかっている。人助けをしているのも、縁もゆかりもない下層の連中に奉仕しているのもよく承知している。そういう女だから愛してる、いや、愛していたんじゃないか。理想や信念をしっかり持っていて、それを実行に移しさえしている。馬丁とつきあうのも平気だ。そんなニコラでも結婚となると、二の足を踏んだんだ。それでエクスムアに走ったってわけさ」

　ペリーは枕《まくら》によりかかり、ジャックの顔をじっと見てから口をひらいた。「それは違うね。ニコラ・ファルコートほどの美人なら、たとえ十七歳のころでも、結婚の申しこみをいくつも断った経験があるにちがいない。きみに対しても、気が変わったと返事を書けばすむことじゃないか。でなかったら、きみと落ちあう場所に姿を見せないこともできる。なぜわざわざエクスムアをよこさなくちゃならない？　だって……きみとキスまでしておいて、その後いきなり軍艦の船底にぶちこんだりするだろうか?」

「エクスムアが何をするか、知らなかったのかもしれない。ぼくがニコラに近づかないように、エクスムアに警告させるつもりだけだったとか。だがエクスムアはいい機会とばかり、あんなひどいことをしたんだ」

「エクスムアが何をするか、彼女は知らなかった? まさか。きみを滝に突き落としたのを見ていたミス・ファルコートがか?」

「ぼくが騒いだりしたら、彼女との関係が世間に知られてしまうと思って恐れていたんだろう。有利な結婚をする妨げになるからね」

「しかし、彼女は一度も結婚しなかった。有利な結婚をしたくて、きみを追い払っておきながら。そんなに世間を気にする彼女が、ならず者の隠れ家にたった一人でやってきた」

「おちょくるのはよせ! いったいきみはどっちの味方なんだ?」

「もちろん、きみの味方さ。そんなに自分は間違っていなかったという自信があるなら、今になってどうして疑うんだ? おれはあのお嬢さんが好きだから、二人の仲がうまくいってほしいんだ。きみが自分の誤りを認めたくないために、それがだめになるのを見てるのはいやなんだ」

「何もぼくは……」ジャックは言葉を切って、首を振った。「ぼくだって、きみと同じように考えられたらいいとは思ってるんだよ。〝そうだね、何かの行き違いがあったにちがいない〟と素直に言えたら、どんなにいいか。だからこそ、ぼくは死んだと思っていたとニコラが言ったときの目が気になったんだ。なぜなら心の底では、そうか、自分の誤解だったのかと思いたかったから。だけどニコラは、もしかしたら彼女の言うとおりなのかもしれないと男が思うように仕向けることができる女なんだ」きっとした表情に変わる。「しかし、ぼくはそんなあほうじゃない。自分を欺いてまで、ニコラを信じようとするつもりはないよ。もう二度と彼女の魅力に惑わされるものか。どうやら今のきみは、そうなってしまったようだが。また心を踏みにじられて苦しむのはもうごめんだ」

「つまり、きみは怖がってるんだ。そうだろう？」気色ばんだジャックの顔を見て、ペリーはくっくっと笑った。「いやいや、こっちに突っかからないでくれ。忘れるなよ、おれは哀れな無力の病人――」

「それだけ舌がまわって、何が無力なもんか。そういえば、怖がってるのかもしれない。きみだって、ぼくみたいな苦痛を味わえば怖いと思うんじゃないか」

「うん、たぶん。不幸にして……いや、幸いと言うべきか、おれはそんな大恋愛を経験したことがないんでね」ペリーはため息をついてみせる。「しかし、もしも十年前にあったことがきみの誤解だったとすれば、怖がる必要もなくなるわけだ」

「誤解の余地がないじゃないか。祖母からは、手紙をニコラに必ず届けるという返事が来たんだよ」

「だけど、お祖母《ばあ》さんが実際に手紙をニコラに渡したかどうかはわからないだろう」

「ぼくの祖母が嘘をついたと言いたいのか？」

「もちろん、そんなこと言ってやしないよ。お祖母さんの返事が来てからあとのことは、何があったかわからないだろう。きみは拉致《らち》されて、軍艦にぶちこまれたんだから。なんらかの理由でミス・ファルコートに手紙が届かなかったこともありうる。途中でエクスムアに横取りされたとか」

「どうやって？」

「それはわからん！」ペリーは嘆息した。「まったくもう、きみみたいに頑固なやつは見たことがないよ。事実を知っている唯一の人間はエクスムアだ。あの男に口を割らせることはできないだろうから、真相はいつまでたっても解明できないかもしれない。あとは、何を信じるかをきみがきめるしかないな」

「もし本当にニコラが手紙を受けとらなかったんだとしたら……」ジャックは窓ぎわへ歩いていき、考えこんだふうに外を見つめていた。やがて、ぼそっと言った。「ぼくは大ばか野郎で、人生の十年を棒に振ったことになる」

「そこに気がついたなら、生涯を棒に振る大ばか野郎よりはましじゃないか」

「ニコラは決してぼくを許してくれないだろう。許せはしないだろう？」

「ニコラに訊いてみなければわからない」

ジャックは暗いまなざしを友に向けた。「そう簡単に言うな。ニコラはぼくを憎んでるんだ。さっきこう言って、ぼくを脅した。二度と手をふれるな。さもないと、毒を盛るぞと」

ペリーが大笑いした。「そりゃあ、傑作だ。気に入った。ようやっと、きみの手に負えない女があらわれたな」

「笑いごとじゃない。きみも毒殺すると脅してたぞ」

さらに二日、ニコラは隠れ家にいることを余儀なくされた。病人が快方に向かうにつれ、日常の世話はきまりきった単調なくり返しになった。なんとかなだめて定期的に飲食をとらせ、薬をのませる。この種の看護は何度も経験してはいるが、今まではいつも、病人が眠っているあいだに何かすることがあった。けれどもここには、本も針仕事もスケッチブックもない。ジャックの部下やダイアンと交代して自分の部屋に行くと、さらに何もすることがなくて退屈をもてあます。小さな隠れ家のまわりを早足で何度か歩いたりもしてみた。だが霧のかかった冷えこむ日ばかりで、それもあまり楽しくなかった。

ジャックはまったく姿を見せなくなった。よかったと思うべきだが、そのためにいっそう退屈な時間が増えることになる。病人の付き添いを交代するときに、ジャックはいったんほかの人をよこし、すぐあとで自分が代わることまでしているのに気がついた。ニコラと顔を合わせないための配慮らしい。ジャックに会ったり話したりする必要がなくて楽なはずなのに、なんとなくいい気持がしなかった。ジャックは逃げていると思わずにはいられなかった。

回復期の患者の常として、ペリーもいらだちを見せるようになった。三日目には、前のように一日の四分の三は眠っていることもなくなった。かといって、起きあがって自分で食事を食べることくらいしかできない。傷は順調に治りつつあるが、かゆくてたまらないとペリーはこぼした。横になるにしても起きあがるにしても、同じ姿勢を長くは続けたがらない。それで姿勢を変えると、そのたびに負傷した胸が痛む。ニコラとトランプ遊びをしても、すぐ飽きてしまう。読む本もない。

気をまぎらすための万策が尽き、ニコラはペリーの身の上話を聞くことにした。

「おれの身の上話なんか、実につまらないよ。良家の放蕩《ほうとう》息子ってとこさ。その手の話なら、あなたもいっぱい聞いたことがあるでしょう」

「でも、追いはぎになったなんていうお話はめったに聞けないわ」

ペリーは笑った。「悪友のせいだ。おやじにはよく言われたよ。そんな仲間とつきあってると、身の破滅になるぞと」

「ジャックとは長いおつきあいのようね」

ペリーはニコラの顔をちらりと見た。「うん。何年にもなる。同じ時期に海軍に強制的に徴用されたんだ。どういう引きあわせか、ジャックにはいろいろ助けられた。ジャックがいなかったら、軍艦にぶちこまれてから何カ月もしないうちに死んでいたと思う。いいとこの坊やには水兵は少々きつすぎる」

　間を置いて、ペリーはつけ加えた。

「ジャックと海軍から逃げだして以来ずっと一緒で、まだ道を誤ったことはない」

「でも、今度はそうはいかないと思うわ」ニコラは静かに言った。「リチャードはジャックを憎んでいるのよ。ジャックがギルだということを知りもしないのに。もしそれを知ったら、いっそう徹底的にジャックを追いつめるにちがいないわ」

「だろうね。伯爵に教えるつもりか？」

「私が？　まさか。絶対に教えないわ。でも、どこかで誰かに素顔を見られないとも限らないでしょう。村の人たちだったら、ジャックの顔を見ればギルだと気がつくかもしれないわ。みんなジャックの素性を知りたがっているから。リチャードは情報提供者にお金を出すと言ってるの。いずれ見つかって……」ニコラは口をつぐむ。

「ジャックが捕まって絞首刑になっても、あなたはかまわない？」

　ニコラは身ぶるいした。「いいえ、もちろんかまわなくないわよ。誰が絞首刑になるのもいや。まして、ジャックは知ってる人ですもの。かつては……愛していたし。今はどんな気持でいるにしろ、ジャックに死んでほしくないわ」

「今、どんな気持でいる?」

「今日は、好奇心のかたまりなのね」

「いつでも好奇心のかたまりだよ。で、どんな気持?」

「よくわからないの。十年という長い年月だったでしょう。ジャックがしたことに怒っているのは確かよ。私が裏切ったと思いこんで、連絡もくれないなんて。でもね、今となってはどうでもいいわ。私に対してジャックは怒りと蔑《さげす》みしか感じていないんですもの」

「それは当たってないと思う」

ニコラは黙ってうつむき、ひざに置いた自分の両手を見つめている。

「男はときどき大ばか野郎になるんだ」

ニコラはほほえんで、ペリーに視線をもどした。「本当に。どうしてそんな鋭い洞察力を身につけるようになったの?」

「悲しい経験からかな。だけど、今、話しているのはジャックのことなんだ。何かとても欲しいものがあって、それがひどく大事であればあるほど、最悪のへまをしてしまうときがある。不安が高じるあまり間違った判断をして、あげくに逆の結果を招いてしまうんだ」

「ジャックがそうだとおっしゃりたいの? ギルが、いえ、ジャックが私を愛するあまり、裏切られたと思ってしまったということ?」

「愛は理性をくもらせることがあると言いたいね。論理的に考えれば出てこないような結論をも信じてしまうんだ。例えば、身分が低いので、ある女性に自分がふさわしくないと感じていたとしよう。その人を失うかと思うと心配でたまらず、自分なんかを愛してくれるはずがないと、悪いほうに悪いほうに考えてしまうんだ。そして実際にそういうことが起きると、ああ、やっぱり、と思って疑いもしない。なぜなら、ずっと恐れていたことが現実になったからだ。絶望に打ちひしがれながら、それを信じ、受け入れてしまう。信用ならない人間から出た情報であっても、疑念をいだこうともしなくなる。苦痛がひどすぎて頭がはたらかなくなり、恐れていたことがついに起きたという考え方しかできなくなるんだ」

ニコラは眉をよせる。「ジャックが不安になる？　私にふさわしくないと感じるですって？　いえ、ペリー……ジャックを知らない人になら、そういう説得の仕方も効果的かもしれないけれど。ジャックみたいに自信のある男の人って、めったにいないんじゃないかしら。それに、私が愛していることを知っていたのよ。おたがいに夢中だったんだから、自信をなくしたりするはずがないわ」

「二十歳の若者がどんなに自信たっぷりに見えたとしても、心の底ではいろんな不安をかかえていたにちがいない。とりわけ、女性に関しては。あなたが彼を愛していたことは、もちろん知っていただろう。夢中だったことも。だが、なんといってもあなたは上流階級の令嬢だ。彼とは住む世界が違うんだよ。貴族のお嬢さんは馬丁とは結婚しないものだ。あなたには実感できないかもしれないが、下層の庶民は上流の人間とは対等にはつきあえないことを骨身にしみて感じている。貴族ではないにしても学校長や地主の息子なら話は別だ。しかし、奉公人の階級に生まれ育った子弟は口癖のように親に言われてるはずだ。貴族には近づかないようにと。ま、エクスムアのような男には近づかないほうが身のためだろうが。とにかく、ジャックがあなたとの結婚に不安感を持ったとしてもふしぎではない。結婚を口にすることじたい、気がとがめたと思う。だってジャックには、あなたに優雅な暮らしを保証するあてはなかっただろうから。あなたの親族で、ジャックとの結婚に賛成する人は一人もいなかったんじゃないか。たとえ、かなり寛大な人であっても。でなかったら、あなたとジャックがこっそり会う必要もなかったわけだ」

ニコラは困惑して言った。「みんなが反対することは、十分に予想していたわ。でもそんなことを私が気にしないのを、彼はわかっていたのよ。何度も何度も話して、納得してたはず。二人で将来の計画も立てていたわ」

「そう、期待してたろうね。夢見ていただろう。信じたかったんだ。実際、信じもした。だけど心の奥では、そういう約束の実現がどんなに難しいものかもわかっていたんだ。だから、あなたの考えが変わったことを聞かされると、疑おうともしなかったんだ」

ニコラは考えこんだ顔をしている。「そう、あなたのおっしゃるとおりかもしれないわ。

実際に私と結婚するまでは安心できなかったのかしらね。でも、もう少し私を信頼してくれてもよかったと思うけど。エクスムアなんかの話を聞いて、私を悪女だときめこんでしまうなんて。私がそんなことをする人間じゃないと、どうして考えてくれなかったの？　仮に私が結婚について気が変わったり、たった一日で愛が冷めたりしたとしても、リチャードにジャックを売るなどという卑劣な行為を私がするとなぜ信じたのかしら。地獄みたいな軍艦にジャックをぶちこんでほしいなんて、誰が望む？　そんなことを望んだとしたら、私は極悪非道の化け物だわ！　ジャックは私のことを、ずるくて……残酷で……すれっからしで……」ニコラの目に涙があふれる。「そんな目で私を見ているとは。本当の意味で私を愛していたのではなく、大切に思ってもいなかったのね」

「嫉妬や怒りで愚かになってしまったんだよ。当時のジャックの行動の理由を訊かれても、おれには答えられない。だが初めてジャックに会った日から、彼はあなたのことばかり話していた」

「そりゃそうでしょう。全部私のせいだから！」

「それもあるかもしれない。しかし、その事件の前のことも聞いた。あなたのことを話すときのジャックの顔を、おれはずっと見てきた。命をかけてもいい。ジャックはあなたを熱愛していたよ」

ニコラの目から涙がこぼれそうになる。「今となっては、どうでもいいのよ。ジャックがどんなに私を愛していたとしても……私がどんなにジャックを愛していたとしても、その愛はずっと前に死んでしまったの。あとに残ったのは、苦い気持だけ」

「本当にそう思っているなら、あなたもジャックと同じくらい大ばかだ」

ニコラは訊いた。「こういう話をジャックともなさったの？」

「うん、まあ」

「あなたは、私たちのためにキューピッドの役を買ってでるおつもり？」

ペリーはにっと笑った。「誰かがやらなきゃならないだろう。このままほうっておいたら、あなたもジャックも泥沼からはいだせそうもないから」

ニコラはため息をついた。「キューピッドでも、どうにもならないんじゃないかと思うの」

「どうして？」

「もうもとにはもどれないという気がするの。長年にわたって恨まれたあげくに、いったい何が残るかしら？」

「愛じゃないか？」ペリーは静かに言った。「愛は貴重なものだ。あなたとジャックのような愛を、おれは経験したことはない。ジャックが死んだと思ったあとでも、あなたは十年にもわたって愛しつづけた。その愛がそう簡単に消えると思うか？」

ニコラは肩をすくめ、視線をそらした。「どう思っているのか、自分でもわからなくなってしまったの」

「いずれわかるだろう。おれはあなたを信じている」ペリーはニコラにほほえみかけた。

ニコラはペリーの話が忘れられなかった。ペリーが言ったとおりなのかしら？　ジャックが私を愛するがゆえに、あのような成りゆきになってしまったというペリーの解釈は正しいのだろうか？　人は傷つけられると、まず怒り、非難し返すものだ。ジャックが覆面を取ってこれまでのいきさつを話したとき、ニコラ自身の最初の反応もそうだった。私のことが信じられないのは本当に愛していないからだと、ジャックをなじった。そして、ジャックの愛は本物ではなかったのだときめつけた。私にだまされたと、ジャックがきめこんだのと同じように。

けれども一方では、自分をごまかしていたのかもしれないという思いもニコラにはあった。私はジャックに本当に愛されていたと、思いたかっただけなのではないか。敵の言葉を真に受けて私を恨みつづけた男への恋慕で十年もむだにした。その事実と向きあいたくなかったのではないか。

愚かなこと。ジャックのために弁明しようとしても意味がない。ジャックに熱愛されていた……あんな態度をとっていても、ジャックは今でも私を愛しているかもしれない……。そんなことを信じたら狂気の沙汰《さた》。愛は去った。過ぎた十年がもどってこないように、愛ももはや取り返しようがないのだ。ジャックは私を避けている。タイディングズへ帰ったら、ふたたびジャックに会うこともないだろう。誰にとっても、それが最善の道だ。そしていつか、いつの日にか、心の傷もうずかなくなるだろう。

13

　翌日の正午近く、ニコラはペリーとおしゃべりしていた。そこに、ジャックが入ってきた。ニコラの鼓動が速くなる。ジャックの姿を目にするときはいつもそうだった。一緒にいる時間が長ければ、年をとっていっそう美男になったギルに慣れるのだろうけれど。といって、そのためにジャックといる時間を増やしたいとは思わない。

「ジャック！」ペリーが嬉《うれ》しそうに言った。「一緒に話そうよ。今、きみとボストンで暮らしたころの話をしていたところだ」

「ボストンか。寒くて、じめじめしていて、息がつまりそうだった」ジャックはニコラに目を向けた。「あなたの乳母を迎えに行った部下が帰ってきた」

「え？　ここに来たの？」

「いや、ここじゃない。乳母がいるところへこれから案内するよ。ペリーもよくなったことだし……」ジャックは語尾をにごして、視線をはずした。

「そうね。私はもう帰らなくては。こんなに長く家をあけているのを、リチャードが怪しんでいるかもしれないわ」話しているうちに胸が冷え冷えとしてきた。「それじゃ、私は荷物をまとめてきます」

医薬品以外には大した荷物があるわけではない。ペリーの熱がぶり返したときのために解熱剤と薬草湯、傷薬を置いていくことにした。家を出る前に包帯を取り替えた。

「包帯はしょっちゅう替えてください」ニコラはペリーに言った。「ジャック以外の人にやってもらったらだめよ。じゃなかったら、気分がよければ自分でやってね。必ず手をきれいに洗ってからにしてください。ジャックにも話してあるわ。傷口にばい菌が入らないように」

ペリーは微笑を返した。「わかった。あなたがいてくれるといいんだけど。あなたと話してたほうが、うちの連中よりずっと楽しい」

「また会えるかもしれないわ。もっとちゃんとしたところで」

「あなたの家の呼び鈴を鳴らすとか?」ペリーはいたずらっぽい目つきでちゃかした。

「そうそう」ニコラは出ていこうとして、振り返った。「あなた方を捕まえようとしているリチャードのこと、忘れないでね。ジャックに話しておいてください。私の話には耳を貸さないけれど、あなたが言えば聞くでしょう。危ない目に遭わないように気をつけてね」なんとか笑顔をつくってみせる。「せっかく私が苦労して傷を治してあげたのに、その努力も水の泡になっては悔しいですもの」

ペリーは真顔になった。「わかった。気をつけるよ。おれも絞首台にぶらさがりたくはないから」

「じゃ、お大事に」ニコラは、しだいにペリーに親愛感をおぼえるようになっていた。かがんで、ペリーの頬に軽くキスした。「さようなら」

急いで階段をおりていくと、ジャックは外で待っていた。ニコラが馬に乗る手助けをしようとする。

「あら、目隠しは？」ニコラは眉をつりあげて訊《き》いた。

「ばからしくなった。その気になれば、あなたはだいたいの見当をつけてエクスムアを連れてこられるだろう。だが、せっかく助けたペリーの命を見殺しにはしたくないんじゃないかと思う。ぼくに対する感情は別にして」

「それはそうね」ジャックに信用されたからではないにしても、目隠しをされるよりはましだった。ジャックの手を足がかりにして、ニコラは鞍《くら》にまたがった。

ジャックも馬上の人となり、二人は出発した。

森を通りぬけるときは、ジャックが先導した。会話の機会があまりないのは好都合だった。ニコラは話をする気分になれなかった。冷え冷えとした胸のしこりは、時間とともに大きくなる。清流や林間の空き地などを眺めながら馬を進めるのはふだんなら楽しいはずなのに、何一つニコラの目には入らなかった。

この前と違って、森の北側から出た。どこへ行くのだろうと、ニコラはいぶかしく思う。バックミンスター邸に直行するのではなさそうだ。岩だらけの狭い小川に沿って木立や牧草地を抜け、このあたりに点在する岩山の一つに近づいた。その山すその木々にいだかれるようにして、人目につかない一軒家がひっそりと立っている。

はっとしてニコラは馬をとめ、胸がいっぱいになって声をあげた。「ローズおばあさんのおうちだわ！」

「ああ。あそこなら安全だと思った。誰も来ないから。すっかりさびれてるが、あなたの乳母はなかで待ってるよ。ぼくはここで帰る」

「そう」ニコラはジャックに顔を向けた。もう二度と会えないかもしれない。こんな危険なことはやめようとペリーが説得して、この土地を去っていくとしたら……行く先すらわからないのだ。ニコラの胸は痛んだ。「あの……ありがとう。乳母を連れてきてくださって。ペリーの包帯を替えるのを忘れずにね」

「うん、忘れない」

「だったら、私は……」

「ぼくのほうこそ感謝しなきゃならない」ジャックはぎこちなく答えて、視線をそらした。

「ぼくのためにあなたは大変な犠牲を払って、力を尽くしてくれた。並大抵ではないことをしてもらったのは、よくわかっている。あなたがいなかったら、ペリーは助からなかっただろう。あなたに会えて、あいつは幸運な男だよ」

で、あなたは？　ニコラは叫びたかった。あなたはどう思ってるの？　また私に会えて嬉しいの？　けれども、ニコラは黙っていた。そんなことを訊いても、なんにもならない。ジャックの言葉にただうなずいてみせただけで向きを変え、馬に蹴《け》りを入れた。

「ニコラ！」

鞍の上でニコラは体をよじってジャックを見た。だが、ジャックはかぶりを振った。

「なんでもない。悪かった。さよなら」

「さようなら」ニコラは別れの言葉をのどからしぼりだし、ローズおばあさんの家に向かった。

ジャックはその場に立ちつくし、小さくなっていくニコラの後ろ姿を目で追っていた。家の前でニコラが馬をおりるのも見ていた。その昔、何度も見た情景だった。のどに熱いものがこみあげ、まぶたもひりひりした。これが賢い選択だったのか？　それとも、愚かなことをしたのか？　ジャックは馬の向きを変え、走り去った。

ローズおばあさんの家に近づきながら、ニコラは必死で涙をこらえた。ジャックのほうを振り返ろうとはしなかった。心がちぎれそうなのも、認めようとはしなかった。いっとき我慢すれば、だいじょうぶ。二人の愛はもうおしまい。十年前にギルを失ったときの刺すような痛みがよみがえる。本当は、あのとき愛が終わっていたのだ。

ローズおばあさんの家は伸びすぎた草木に埋もれていた。白い壁からかやぶき屋根にかけて一面に蔦《つた》がはいのぼっている。これは昔からだが、今はよろい戸をしめた窓も蔦におおいつくされていた。玄関前の花々はすっかり枯れて、雑草が生い茂っている。家の横の薬草園も似たりよったりのありさまだった。かつては整然と植えられていた薬草の列が、はびこった雑草や薔薇《ばら》の木、花の茎にまぎれて見分けがつかなくなっている。冬枯れも加わり、荒れ果てて侘《わび》しい光景だった。

ここの手入れをしに来なくてはと、ニコラは思った。こんな荒涼としたローズおばあさんの家を見るのは胸が痛む。おばあさんはこの小さな家を愛していた。薬草に詳しい女たちが代々暮らした家について、おばあさんは誇らしげに語っていた。薬草園の歴史は、十六世紀のヘンリー八世の時代よりさらにさかのぼるという話だった。その庭がこんな状態になっているのを見たら、ローズおばあさんはさぞ悲しむだろう。おばあさんが亡くなったあとの家に気を配ってあげようとも思わなかったことに、ニコラの良心が痛んだ。おばあさんの晩年の二年間は、ニコラはロンドンに住んでいて、妹の結婚式以外にはダートムアに帰らなかった。おばあさんが他界したあとに叔母の家を訪ねたとき、馬でここに来てみた。けれどもあまりにつらくて、それ以後はついに一度も来なかった。今になってみると、自分勝手で思いやりがなかったと思う。

ニコラは馬をおりて低い塀につなぎ、門をあけた。枯れた植物のあいだを縫うようにして玄関に向かった。両側にたちあおいが並んだ細い通路が玄関に通じていたのだが、どこが道なのかわからなくなっている。

玄関に着く前に扉があき、まるまると太った背の低い女が駆けだしてきた。満面に笑みを浮かべ、大きく腕を広げてニコラを抱いた。

「ニッキー！　私のお嬢さま！　お会いできて、なんて嬉しいんでしょう！」乳母の腕のなかでニコラは、幼いときによくかいだラベンダーのにおいを懐かしく思いだした。乳母はニコラを少し離して、眺めまわした。「あいかわらず、本当におきれいだわ。お嬢さまのお手紙を読んで、私は大喜びしましたよ」

ニコラは笑みを返した。顔のしわが増えて白髪も多くなったけれど、最後に会ったときと乳母はほとんど変わっていない。

「もちろん、すぐ飛んでまいりましたわよ。私のかわいいお嬢ちゃまが難儀してらっしゃるのに、来ずにいられますか。かわいそうなお嬢ちゃま。赤ちゃんがみんなだめだったなんて悲しいですわ。でも今度こそは、私がお手伝いしてがんばっていただきましょう」

乳母の老いた牝馬《ひんば》は裏庭につないであった。馬はおとなしく繁茂した草を食《は》んでいた。鞍の後ろに乳母の荷物がくくりつけてある。自分の家からの道のりは長くてきつかったとこぼしながらも、乳母はすぐにでも出かけようと言った。「迎えに来た男の人たちの口数の少ないことといったら。なーんにもしゃべらないんですよ」足場にするための岩までニコラが乳母の馬を引いていった。

乳母のおしゃべりに、ジャックの部下たちは困惑したにちがいない。その様子を想像して、ニコラはほほえんだ。おそらく乳母の口からこぼれでた言葉の量は、彼らがこの一カ月間に耳にした総量より多かったのではないか。乳母を助けて馬に乗せてから、ニコラは自分も馬にまたがった。二人はバックミンスター邸へ向かった。道すがら、乳母はあれこれしゃべりつづけた。こぢんまりした住まいでの自分の暮らしぶり。無口な男たちにあのひとけのない家に連れてこられたこと。そしてあいまには、ニコラやデボラについての質問を浴びせた。

バックミンスター夫人はニコラと乳母を喜んで迎えた。いかにも叔母らしく、細かいことはいっさい訊こうともしなかった。「昨日、エクスムアが来たわ」いらだたしげにつけ加える。「いつまでも帰らないんで、朝の一走りにも行けなかったのよ。迷惑千万ったらありやしない」

「私のこと、なんておっしゃってくださったの？」

「あなたは村に行ったと。これが失敗でね。待っていると言いだして、それで長っちりになったのよ。村の人たちの治療をしてるだろうから、すぐにはもどらないと言ってるのに、だらだら天気の話なんかして居すわってたわ」

「申し訳ありません」

　バックミンスター夫人は肩をすくめた。「そんなことかまわないの。でも、エクスムアと話すのは気まずくてね。もともと嫌いなところにもってきて、伯爵夫人の気持を考えると……」

　リチャードを嫌っている先代のエクスムア伯爵夫人とバックミンスター夫人は友達同士だったが、バッキーと伯爵夫人の孫のペネロピが結婚するので親類にもなるわけだ。

「といって、私の姪《めい》のデボラのだんなさんだからそう邪険にもできないしね。おつきあいも楽じゃないわ」

「まったく」ニコラは笑った。「だったら、私たちは早くタイディングズに帰ったほうがよさそうね。アデレード叔母さま、本当にありがとうございました。助かったわ」

　バックミンスター夫人はニコラに抱擁を返した。「またいらっしゃい。今度は泊まっていってね。バッキーから手紙が来たのよ。もうじき帰ってくるんだって」

「ほんと?」

「ええ。ペネロピやご一家も伯爵夫人のお屋敷にいらっしゃるらしいわ。そのちょっとあとに、バッキーが来るんでしょう。結婚式まであまり時間がないんだもの」バックミンスター夫人は顔をしかめて、ため息をついた。「結婚式の支度について、アーシュラや伯爵夫人とお話ししなければならないんだわ」

「叔母さま、心配なさらなくてもだいじょうぶ。ペネロピとお祖母《ばあ》さまが何もかもやってくださるわよ」

「だといいんだけど。私はどうも花だのドレスだのの話が苦手でね」バックミンスター夫人の顔がぱっと明るくなった。「あなたに話したかしら？　私、ペネロピに結婚祝いとして、二頭立ての四輪馬車を贈ろうと思うの。ぴったりの鹿毛《かげ》を見つけたのよ」

ニコラはつられて顔をほころばせる。「喜ぶわ、きっと」

叔母に挨拶《あいさつ》して、ニコラと乳母はバックミンスター邸を辞した。タイディングズに向かう道中、馬に乗り慣れない乳母に疲れの色が見えた。けれどもデボラに会いたい一心で、乳母は泣き言一つ言わなかった。乳母は幼い姉妹を分け隔てなくかわいがりはしたものの、お気に入りといえばデボラだ。ニコラは小さいときから監督されるのを嫌い、一人で行動するほうだった。一方デボラはおとなしく、乳母を頼りにしていた。そのためデボラが乳母はおろか家庭教師もいらない年齢になってからも、専任の小間使いとして残ったくらいだ。デボラが乳母と別れたのは、結婚したときだった。

これが乳母にとっては泣きどころだったらしい。前からエクスムア伯爵が大嫌いだったと、乳母はニコラに言った。

「デビーお嬢ちゃまが結婚なさるときにお供しなかったのは、お嬢ちゃまのせいじゃないんですよ。伯爵に反対されたからだと、お嬢ちゃまが泣きそうになっておっしゃいました。

その代わり伯爵は、奥さまに立派な侍女をつけるからと言われたそうで、お嬢ちゃまは嬉しかったみたいです」乳母は眉をしかめてみせる。「でも伯爵の本音は、私についてこさせないためだったにきまってますよ。私は伯爵がいやで、結婚なさらないほうがいいと、お嬢ちゃまにも申しあげたんです。お嬢ちゃまもそろそろ気がついたんじゃないかしらね。ニコラお嬢さま、私のデビーはお幸せなんでしょうか？　まだ伯爵を愛してらっしゃるの？」

ニコラは正直に答えた。「わからないの。私も同じことを考えるんだけど。たぶん、まだ愛してると思うわ。デボラは自分では話さないから。ただ、妹は幸せだと私には言えないわ。デボラが夢に描いていたような結婚生活ではなかったと思うの」

乳母は深くうなずいた。「せめて元気な赤ちゃんが生まれれば、幸せになれるかもしれませんね」

「私もそう思ってるわ。なんとか今度は無事に生まれるといいけど」

「はい。そのために私ができることはなんでもいたすつもりです」

乳母もデボラも再会を心から喜びあった。デボラは嬉し涙を浮かべて、乳母に走りよった。「お姉さま、本当に連れてきてくださったのね！　きっと連れてきてくれると思ってたの」

母親のように乳母はデボラをかきいだいた。リチャードがあとからやってきて、妻と乳母の温かい抱擁を見ていた。

「感動の再会だな……」リチャードはつぶやき、ニコラのほうへ視線を転じた。「乳母が着いたときにあなたがバックミンスター邸にいたとは、なんたる運のよさ」

「でしょう?」ニコラは平然と答える。「彼女は今朝着いたの」

「バックミンスター夫人のお手伝いが少しはできたんですかね。どうやら、あなたが何をしてるのか、ご存じないようだったが」

ニコラは笑ってみせた。「それはそうよ。アデレード叔母さまは結婚式の準備なんか苦手なんですもの。だから、お手伝いに行ったんじゃない。少なくとも準備をはじめることはできたわ。もうすぐバッキーとペネロピたちがやってくるから、そのあとは皆さんにおまかせすればいいのよ」

「なるほど」リチャードは必ずしも納得したふうではなかったけれど、ニコラは無視することにした。叔母の屋敷に行ったことについて疑っているようだ。だが、実際の行動までは見当がついていないと思う。乳母の到着と何か関係があると思っているらしいが、こちらが何も言わなければ推測のしようがないだろう。

ニコラは微笑を返し、デボラと乳母のほうを向いた。

妹がすっかり元気になったので、ニコラも嬉しかった。妊娠や新生児に関する乳母の話はことごとく説得力があった。デボラのつわりさえ治まったように見える。朝晩の食事の支度も乳母が引き受け、吐き気を催さないような食品を的確に選び、デボラを上手になだめて食べさせた。ふさぎこんでいたデボラは乳母の巧みな誘導で、赤ちゃんのための縫い物や編み物もするようになった。それを手伝いながら、乳母は幼児のお茶目なふるまいを面白おかしく話してきかせては、デボラの気分を明るくすることに成功した。

話題といえば赤ちゃんのことばかりで、ニコラはやや飽きてきた。おまけに、裁縫がそれほど得意ではないために、すそや袖口《そでぐち》をくけるといった単調な仕事がまわってくる。デボラが頼る相手を姉から乳母に変えたので、これまでのようにつきっきりで世話を焼く必要がなくなった。

何かすることはないかと考えているうちに、名案が浮かんだ。ローズおばあさんの家をきれいにしに行こう。あんなに荒れていたのを見て悲しかった。それに、体を動かす作業のほうが楽しめるだろう。

タイディングズに乳母を連れてきてから二、三日後、ニコラは作業用手袋と園芸の道具を袋に入れてローズおばあさんの家に馬で出かけた。

今度は家の状態がわかっていたのに、まのあたりにするとやはり胸が痛んだ。ジャックは祖母の家に立ちよったことがあるのかしら。これを見たら、どう感じるだろう。ローズおばあさんが亡くなる前に、ジャックから音信はあったのだろうか？　もしかしたら、孫の身に何があったのかと心配しながら亡くなったのかもしれない。だとしたら、なおさら悲しい。

家の前に馬をつなぎ、乗馬用の上等な革の手袋をぬぎ、粗末な布手袋をはめた。まず庭からはじめる。剪定《せんてい》ばさみで灌木《かんぼく》に取りかかったものの、もっと大きい道具がいるのに気がついた。家の裏にまわると、小さな物置があった。そこから大きなはさみを持ちだし、窓をふさいでいる蔓《つる》植物を刈った。いくら体を動かす作業が好ましいといっても、ここまできつい労働には慣れていない。ただし、今日のニコラにはむしろありがたかった。物思いから気をそらすことができるからだ。この二、三日、タイディングズの屋敷では、ジャック・ムーアのことばかり考えていた。

窓をおおっていた蔓植物を刈り終わり、よろい戸をあけた。やっと光が入るようになった家のなかを見てまわった。ローズおばあさんの家具の配置は以前とまったく変わっていない。おばあさんはちょっと出かけていて、今にも帰ってきそうな変な気分に襲われる。思ったほど埃《ほこり》にまみれていなかったので、ニコラは安心した。とはいえ、家のなかもきれいにするには、やることがいっぱいある。敷物を外に持っていって低い木の枝につるし、棒でたたいた。埃が舞いあがる。腕が痛くなるまでたたいて埃を出しきり、室内にもどって家具をふいたり床にモップをかけたりした。

昼には、一日仕事だと予想して持ってきた弁当を食べ、おやつのビスケットもたいらげた。食事のあとはまた掃除にもどり、暗くなるころには家のなかはだいたいきれいになった。ロンドンの福祉の家でそれなりの肉体労働をしているとはいえ、これほど集中的に働いたことはない。くたくたに疲れはしたものの、快い満足感にひたれた。

翌日もニコラは、ローズおばあさんの家に来て働いた。薬品をつくるときにおばあさんが使っていた戸棚を見つけた。戸棚には、ビーカーや各種の瓶がいっぱいしまってあった。それらをすべて取りだして、きれいに洗った。おばあさんの小さな仕事場を、ニコラが記憶しているような状態にととのえた。祝杯代わりにお茶を沸かして休憩しよう。お湯を沸かし、おばあさんの質素なポットに紅茶の葉を入れたとき、外で物音がした。馬が落ちつきなく動いているらしい。何かあったのか？

ニコラは窓ぎわへ行って外を見た。ジャックが馬をおりて、家の裏手に引いていくところだった。ニコラはどきどきしだし、急に暑くなったかと思うと寒けをおぼえたりした。ひとりでに手が髪に行く。古いネッカチーフをかぶった頭はくしゃくしゃだし、服も着古してくたびれている。あわててニコラはおばあさんの寝室に駆けこみ、ネッカチーフとエプロンを取って髪をなでつけ、顔についた汚れをこすって落とした。

「ニコラ？」玄関からジャックの声が聞こえた。

心臓が口から飛びだしそうになるのを感じながら、ニコラは出ていこうとした。ジャックはすでに居間の入口に立っている。十年前もこんなふうに顔を合わせたことがあったのを、ニコラはふと思いだす。

「こんにちは」そのつもりではなかったのに、のどから出たニコラの声は柔らかかった。

「ここで何してる？」

ニコラは眉をつりあげた。ジャックのぶっきらぼうな一声のせいで、胸の高鳴りが消えてしまった。「私こそ、同じことをお訊きしたいわ」

「ここは、ぼくの祖母の家だ」

「私のお友達のおうちでもあったのよ。このあいだここに来たとき、こんな状態ではほうっておけないと思ったの。ローズおばあさんは悲しむでしょう。特に、お庭が荒れ果ててしまったことは」

「ここは庭じゃない」

ニコラは眉をよせた。「私がおばあさんの古いお鍋《なべ》でも盗みはしないかと心配なさってるの？　まず家のなかからきれいにしようと思っただけよ。それがなぜいけないの？」

「ぼくはただ……」ジャックは口ごもる。「あなたの馬がつないであるのを見て、びっくりしたんだ」

実のところ、ニコラの馬を見たとたんに、この家でニコラに会ったときの光景がまざまざとジャックの脳裏によみがえったのだ。あのころ、角を曲がって祖母の家の前にニコラの鹿毛がつないであるのを目にすると、たちまち心がはずんだものだった。つかの間、昔にもどったような錯覚にとらえられ、動悸《どうき》が速くなるのを感じた。

ジャックは扉をしめ、部屋のなかに入ってきた。「この家が人目につかないほうが、ぼくにとって都合がいいとは考えなかったのか？」

「だったら、蔦はそのままにしておけばいいわ。でも、雑草を私の背丈ぐらいまで伸ばし放題にしておくこともないでしょう。とりわけローズおばあさんの薬草園は。もったいないわ。だってダートムア中を探しても、こんなすばらしい薬草園はないわよ」

ジャックは肩をすくめた。だがニコラは、ジャックが気がとがめたような表情をうっすら浮かべたのを見逃さなかった。

「お庭がきれいになると何が問題なの？　あなたがここに住んでるわけでもないのに。誰もローズおばあさんのおうちを捜索しになんか来ないわよ。仮に来ても、あなたはここにいないんですもの。どうして手入れをしてはいけないの？」

「いけないとは言ってないよ。長年の習慣で神経過敏になってるのかもしれない」ジャックは室内を見まわした。「ずっとよくなった。何をしたの？」

「お掃除しただけよ。敷物をたたいたり、床にモップをかけたりとか」

ジャックは眉をつりあげた。「あなたが？」

「ええ、私が」ニコラは腰に両手をあてて、あごを突きだす。「なんでそんなことをお訊きになるの？　私だって、家のお掃除くらいできます」

「あなたが床にモップをかけるなんて、想像できないから」

「まあ、ふだんはそればかりしてるわけじゃないけど、二、三度はしたことあるわ。ロンドンの女の人たちのための家は、どう見てもぴかぴかとは言えなかったから」

「金を払って人にやらせるんじゃないのか？」

「食事や着るものにお金がかかるから、なるべく自分たちの手でやるようにしているの。生活できるようにしたあとは、そこに住む女の人たちがお掃除すればいいんですもの」

ジャックはしばらくのあいだニコラを見つめていた。口をひらこうとしたとき、突然やかんがぴーっと鳴りだした。二人ともびくっとした。ニコラが笑いだす。

「今、お茶をいれようとしてたところ。あなたもいかが？」

ジャックは、ちょっとためらってからほほえんだ。「いただこうか」

台所に入ってきたジャックは扉の枠によりかかって、ニコラがお茶をいれたりカップやスプーンを支度したりするのを眺めていた。ニコラはバスケットから小さな砂糖の袋を取りだした。ジャックものぞきこみ、白い歯を見せて笑う。

「用意がいいんだね」

「一日がかりの仕事になると思ったから」

「二人分ある？」

ニコラは顔をあげてジャックを見た。なぜかどきんとした。「それくらいはあると思うわ。どうして？」

「ぼくも手伝おうかと思ったんだ。庭のほうだが。力仕事だから、あなたにはきつすぎやしないかな」

ニコラの口もとから笑みが広がり、ブルーの瞳が輝いた。不意に途方もなく幸せな気分になり、ひざがふるえるほどだった。「まあ、ありがとう。手伝ったかいがあったと思ってもらえるように、食べ物を二人分なんとかするわ」

ジャックは微笑を返した。何か言いたいことがあるようにも見えたが、口を引き結んで横を向いてしまう。「道具はあるんだね？」

「ええ。手つかずのまま残っているみたい。跡を継ぐ人はあなただけなので、村の人たちもどうしたらいいかわからなかったのでしょう」

「ここに住みたがる人間なんか、ほとんどいないんじゃないか。みんなよく祖母のところに来てたけれど、怖がってもいたようだ。代々続く魔女の家系だと思っていたらしい。だから祖母は、あなたが訪ねてくるのを喜んでいた。あなたは勉強熱心で、祖母を、なんというか……医者のように思ってくれたのが嬉しかったようだ。魔法の薬をつくる怪しいおばあさんという目で見るのじゃなくて」

「そう思われていたとは知らなかったわ。だったら、私も村の人たちに、そんな目で見られているのかしら？」

「さあ、そのへんはわからないが。あなたの話が出るときは聞いているだけで、質問はしないようにしていた。変に思われるといけないから」

「そうなの」

「しかし、必ずしもいいやり方ではなかった。誤解する結果になったりして。最初のうち、あなたがエクスムア卿《きょう》夫人だとばかり思いこんでいた」

「そう」せっかくの和やかな雰囲気に影がさしたように、ニコラは感じた。

「この二、三日ずっと考えてたんだが……」ジャックは目を伏せて続けた。「ぼくの思い違いだったとしたら……早合点というか、軽率な判断をしてしまったとしたらと――」

「何か結論をお出しになったの？」

「いや」ジャックは正直に答え、顔をあげてニコラの目を見た。「どう考えていいのかわからない。ただ、あなたを見るたびに、なんと美しくて、優しく、思いやりがあって、よく働く誠実な人なんだろうと思う……それと、ぼくはばかだったとも！　ぼくはだめな男だった。あなたを疑ったりして」ジャックは扉の枠から離れた。「それなのに、そう思っているぼくはまたばかなことをしてるんじゃないかと気になってしまう。現実よりも自分の信じたいことを信じてしまって。あなたを信じることにすると、また底なしの穴に落っこちるんじゃないかと不安になるんだ」

「底なしの穴って、私たちの愛のことを言ってるの？」

「いや、あのあとの身を裂かれるような苦痛や喪失感、人生が終わった、自分は死んだも同然という絶望。そんな底なしの穴で何年も生きてきたんだ。エクスムアとあなたに対する憎しみだけで、死なずになんとかやってきた」ジャックはこぶしで壁をたたいた。「ちくしょう！」

「でもそのためにあなたが生きつづけてくれたのなら、私は憎まれて嬉しい」

ジャックは驚きのまなこをニコラに向けた。「あなたはぼくを軽蔑《けいべつ》すると思っていた。臆病《おくびょう》でばかなやつだと」

「いいえ、そうじゃなくて、私があなたを愛するほどには、あなたは私を愛していないと思っていたわ」

「何を言うんだ。この世でぼくが愛しているのは、あなたしかいないのに！」

「だったら、なぜ私を信じなかったの？　今も信じられないのはどうして？　私が結婚しなかったのは、相手がいなかったからだと思う？」

「もちろん、そんなことは思っていない」

「でしたら、あれ以来、私が一度も恋をしなかったのはなぜだと思うの？　もしも私があなたの考えてるような悪女だとしたら、お金や地位のために好きでもない貴族の妻になっていたかもしれないでしょう。そんな機会がなかったわけではないわ」

「そりゃあ、いくらでもあっただろう」巨大な手で胸をわしつがみにでもされたように、ジャックは息がとまりそうになるのを感じた。

「だったら、なぜ？」ニコラは追及した。ジャックが返事をしないので、手を伸ばして胸をつつく。「どうして私はほかの男の人を見つけようともしなかったと思うの？　私が独身を通してきた理由はなんなの？　処女のままで！　ねえ、ジャック、どうして？　わからない？」ニコラの指がもう一度、ジャックの胸をつついた。「あまりにあなたを愛していたから、ほかの誰も好きになれなかった。それ以外に理由があると思う？　あんなにもあなたを深く激しく愛したあとでは、どんな人にも満足できなかったからよ。わかります？　そんな私があなたを裏切るなんて。どうしてそういう考え方ができるのか、私には理解できないわ。あなたはもうこの世にいないと思ってから十年にもなるのに、私はずうっと貞節を守りつづけてきたのよ！」ニコラはこらえきれずに泣きだした。

身をひるがえして去ろうとしたニコラの腕を、ジャックがつかんだ。

「だめだ！　そんなことを言ったあとで逃げていっちゃだめ！　ぼくを見て。ぼくを見るんだ！」

ニコラが振り向いた。顔をあお向かせ、青い目を大きく見ひらいてジャックをひたと見すえる。

わけのわからない声をもらしてジャックはニコラをぐいと抱きよせ、唇をかさねた。

14

感きわまってニコラはジャックにしがみついた。ギルへの純粋な想《おも》いがこみあげると同時に、ジャックによって知った成熟した女の官能がかきたてられる。愛する人が欲しい。欲しくてたまらない。ジャックは手をニコラの背中に食いこませて、自分の体に強く強く押しつけた。二人はまるで一つに溶けあったようにひしと抱きあったまま、突きあげる激情に身をまかせていた。

情欲の奔流が渦巻き、思考力もためらいも消えていた。二人のキスはいつやむとも知れない。たがいに隅々までふれあい、懐かしさや新鮮な発見に酔いしれた。

ジャックの唇は柔らかく熱くはいまわり、口づけされたところすべてが生き返ったようにニコラは感じた。ジャックはゆっくり唇をニコラの唇から離し、頬をかすめて耳たぶにいきつく。歯のあいだに耳たぶをはさんで軽くかんだり、舌でなぶったりする。たまらずニコラは歓《よろこ》びの声をもらした。

少女のころよりもずっと大胆に、ニコラはジャックの体を愛撫《あいぶ》した。シャツの下に手をすべりこませ、固くて平らな胸や、弾力性のある腹をなでまわす。手の動きにつれて、ジャックの興奮が高まっていくのが伝わってくる。指先が乳首にふれると、ジャックは息をとめ、それからふっと吐きだした。じらすように指を遊ばせては、ニコラはジャックの吐息を楽しんだ。

名前をささやきながら、ジャックはニコラの服のボタンをはずした。上身頃《みごろ》を肩からはずし、ずりおろしたところで手をとめる。ジャックの視線は、ニコラの胸もとの長い鎖につるした指輪に吸いよせられた。ジャックはゆっくり手を伸ばして、指輪に触った。

「ぼくの指輪？　持ってたのか」

ニコラはうなずく。ジャックの顔を一瞬よぎるものがあった。感動のようにも見えた。

「あとでまた滝へ行ったの。ただあそこにすわりたくて。そうしたら光るものが目についたの。よく見たら、この指輪だったのよ。崖《がけ》のへりのすぐ下で、いばらにひっかかっていたの」

「ずっと持っていてくれたんだ……」ジャックは指輪からニコラの顔に視線を移した。声がかすれている。まなざしが燃えていた。ニコラの顔から目を離さずに両手を胸にあて、そのままシュミーズの下にずらしていき、柔らかいふくらみにかぶせた。そのあいだも、ニコラの歓喜の表情に目をあてている。そしてシュミーズをずりさげ、乳房をあらわにした。日焼けしたジャックの手の色が乳房の白さをきわだたせている。ジャックは濃い桃色の乳首を親指でそっとなで、乳首が硬くなってとがるのを見つめた。ニコラはあえいだ。胸から下腹へ電流が走り、体の奥がとろけそうになる。これまでとは比べものにならないほど体が激しく求めていた。

　この人を愛している。どんなにひどく誤解されても、とんでもない疑いをかけられても、この想いは変わらなかった。十年という長い年月を経ても変わらなかったように。これからも、この愛は変わらない。ギルは私にとってなくてはならない人。初めて会ったときからそうだった。たとえどんなことがあろうとも、かけがえのない人。今はそれしか頭になかった。いいとか悪いとか、賢明だとか愚かだとか、そんなことはどうでもいい。こうなることは、馬車を待ち伏せされてジャックに再会したときから定められていたのだ。

　ジャックはニコラを抱きあげ、寝室へ運んだ。そっとベッドにおろし、自分はかたわらにひざをついた。ニコラの首筋に口をあて、胸にかけてゆっくりたどっていく。ふくらみや丘の頂を今度は手ではなく、唇でくまなく探った。ニコラはじっとしていられずにジャックの腕や肩をきつくつかんだり、髪に指をさしこんだり、強く引っぱったり、にぎりしめたりした。快感に気を取られて、ジャックはほとんど痛みを感じない。

　じれったそうな声をもらして、ジャックは気ぜわしくボタンをはずし、シャツをぬぎ捨てた。ニコラは息をのんで、ジャックの日焼けした胸と黒い胸毛を見つめる。おずおずと手を伸ばして素肌に触った。ジャックはおののき、顔をニコラの胸にうずめた。

二人は、手と口を使って心ゆくまでたがいをまさぐった。鍵《かぎ》をかけていない玄関も、やりかけの仕事も、念頭に浮かびもしなかった。熱烈に求めあい、満たされること。それしかなかった。

唇を乳首にあてたまま、ジャックは手をもものあいだにすべらせる。指先がなめらかで柔らかい肉にふれると、ニコラの息づかいは乱れ、目の前がぼんやりするほど陶然とした。息を吸ったり吐いたりするごとに、そして心臓が拍動するごとに、歓びは増していく。ニコラは、ジャックも自分と同じように狂おしいほど官能のとりこになっているのを感じた。二人の脈拍が同じ時を刻み、血液が同じ血管を流れているかのようだった。これ以上は待てなかった。

二人はもどかしげに残りの衣類をぬぎ捨てる。ジャックがニコラにおおいかぶさった。ニコラは脚をひらき、ジャックを迎え入れる。一瞬の痛みは、一つになれるという喜びに比べれば何ほどでもなかった。二人はともに動き、ずっと昔に求めて得られなかった願いをようやくかなえようとする。ニコラの目がうるみ、涙の粒が静かに頬を伝った。なぜ泣いているのか、ニコラ自身にもわからない。ひたすら美しくて、哀《かな》しくて、切なかった。ジャックをしっかり抱きしめ、胸に顔をうずめる。

ジャックが声をあげ、激しく体をふるわせた。喜悦の激しさに、ニコラはただ我を忘れていた。全身全霊でジャックを愛している。自分は幸せなのか、不幸なのか。それすら、どうでもよくなっていた。

ジャックはニコラの上に倒れ伏した。胸を大きく上下させ、汗をかいている。小さな笑い声をたて、あお向けになった。

「こんなことになるなんて」ジャックはニコラを抱きよせて、体の上にのせる。ニコラの髪をなでた。まとめていた髪がいつの間にかほどけていた。長い髪は金色の絹糸のように柔らかい。ジャックは目をとじ、なめらかな手触りを楽しんだ。どこもかしこも極度に敏感になっている――ニコラの肌、息づかい、唇の味わい、濡《ぬ》れた頬……。「これは、何?」ジャックは親指をニコラの頬に伸ばした。「泣いてるの？　痛かった?」

「ううん」ニコラはかぶりを振る。〝いえ、まだ〟と口まで出かかったけれど、黙っていた。こういう成りゆきになれば、心が痛むことになりはしないかと恐れていたのだ。だが、こうなったのは誰のせいでもない。自分が選んだ道だ。

ニコラは頭をあげ、ジャックの顔をのぞきこんだ。知りあったころのギルを思わせる表情だった。なんて幸せそうな顔。昔とっても好きだった独特の笑みを浮かべ、黒い瞳がいたずらっぽく輝いている。ニコラもほほえみ、ジャックの胸に頭をのせて小さなため息をもらした。今のこの瞬間だけあれば、あとは何もいらない。裸の胸に唇を押しあて、いっそうぴったり体をよせた。規則的な鼓動が耳に伝わってくる。ジャックは眠りに落ちたようだ。ニコラはふたたび微笑し、まどろみかける。

目を覚ましたときは、ベッドにジャックがいなかった。ニコラはあわてて起きあがる。ジャックが体にかけてくれた服がすべり落ちた。大急ぎで服を着こみ、ヘアピンを拾い集めて髪をまとめた。居間を通って玄関へ行く。扉をあけると、門のそばでジャックが雑草をくわで掘り起こしているのが見えた。ニコラはほっとして、ひそかに自分を笑った。ジャックが黙って姿を消したと思うなんてばかね。

ジャックが顔をあげてニコラに視線を向け、にっこりして手を振った。ニコラもほほえみ返す。動転したように見えなければいいが。

その日の残りは、庭でジャックと一緒に仲良く働いた。冗談を言って笑いあったりしながら、雑草を取りのぞき、植えこみや草花を刈りこんだ。まるで十年という月日が消えてなくなったかのようだった。暗黙のうちに二人は不快な話題を避け、過去の出来事やリチャードのことは口にしなかった。

お茶はとっくに冷めていたが、ニコラが持ってきた弁当を二人で食べた。夕方近く、ニコラはまたお湯を沸かし、二人で玄関のポーチに腰かけて労働の成果を眺めながらお茶をすすった。

カップを片づけるために立ちあがったニコラの手首を、ジャックが手を伸ばしてにぎった。「明日も来る？」

かすかな訛《なまり》をふくんだ声の調子も、昔のギルに近くなった。

「ええ」どんな返事が返ってくるか不安で、ニコラは目を合わせようとはしなかった。

「あなたは？」

「ぼくも来る」ジャックは立った。「きみが来るなら」

ニコラはジャックを見あげた。ジャックの表情は真剣だった。手を伸ばして、ニコラの頬にあてる。「ぼくが気持を話すのを待っているのじゃないかと思うが、まだなんと言ったらいいかわからないんだ」

「何も言わなくていいのよ。今は、質問したいとも思っていないの」

「ぼくも」ジャックの顔に笑みがもどった。ジャックは、ニコラの手からカップを取ってポーチに置いた。そして、ニコラを抱きよせる。

こうしてジャックの腕に抱かれているだけで幸せ。今の望みはそれしかない。

ニコラを抱きしめながら、ジャックは髪に頬ずりした。「この世でいちばん美しい人」すばやく口づけする。「また明日」

来たときと同じように、ジャックはあっという間に去っていった。ちりんちりんという馬具の音は聞こえたものの、人馬の姿は見えなかった。ニコラは寂しさをおぼえ、またポーチに腰をおろした。両手でひざをかかえ、その上にあごをのせる。

今日、ニコラの人生は一変した。もうあともどりはできない。なのに、気持が割りきれたわけではなかった。私はジャックを愛している。けれども、ジャックが私を愛しているのか、信頼してくれたのかは定かではない。ジャックは明日にでもいなくなってしまうかもしれないし、そうなったらその後の消息を知りようがないのだ。世間の目から見れば、ジャックは危険な悪漢だ。

そうであってもジャックは、ニコラが愛したただ一人の人。今日はっきり自覚したことがある。もう二度と、愛する機会を逃してはならないということ。やってきた機会はしっかり捕まえること。そうすれば、もし終わりが来ても、思い出だけは残る。たとえいっときでも、真の意味で生きたと思うことができる。死ぬまで後悔しつづけずにすむだろう。

次の週は、それまでの生涯でもっとも幸せな日々だった。毎日、ニコラは弁当を入れたバスケットを持って、ローズおばあさんの家に馬で出かけた。ただし、一日を除いてだが。その日はどしゃぶりで、外出するもっともらしい口実をつくれそうもなかった。ジャックが先に来ているときもあった。馬はいつも、人目につかないように家の裏につないであった。ニコラが先に来て働いていると、音もなく近づいたジャックに後ろから抱きしめられ、うなじに顔を押しつけられたりした。

二、三日かけて雑草を除き、草木の剪定《せんてい》をして、種をまいた。記憶を頼りに、ニコラは薬草園の設計を考えた。りんごの香りがするカミツレなどのように、伸び放題ながらもまだ枯れていない植物もある。それらは手入れして、きちんともともとどおりにした。あと二カ月もすれば、いろいろな種類の薬草の種をまけるだろう。そう思って、土を耕した。きんせん花やコンフリー、玉ねぎ、にんにく、ローズマリー、小さな白い花が咲くのこぎり草などの薬草類だ。夏が来たときの庭の様子を想像すると、胸がはずむ。けれどもすぐ、先の計画を立てて何になるのだと思い直した。

ここには将来も過去もなく、あるのは現在だけ。ローズおばあさんの家は、この世ならぬ小さな魔法の世界のようなもの。ここでは質問をしないし、説明もしない。ジャックの疑いを無理に晴らそうとするつもりもない。とにかくいっさいふれないことにした。ジャックも何も言わなかった。またニコラは、自分に対するジャックの気持がどの程度のものか推しはかるのはやめにした。今は、ジャックと一緒に庭仕事をしたり話したり笑いあったりするだけで十分だった。テーブルにすわって弁当を食べ、お茶を飲み、ジャックの黒い瞳が生き生きと輝くのを見る。あるときは寝室で性急に求めあい、またあるときはゆっくり時間をかけて口づけや愛撫を交わす。ジャックを愛している。大事なことはそれしかない。ほかのもろもろは今はどうでもよかった。

庭の整備が終わってからも二人はローズおばあさんの家にやってきて、一緒に馬を走らせたり、暖炉の前でただ半日を過ごしたりした。

ある日の午後、覆面をしたままジャックが入ってきた。ニコラは覆面に目をやった。快い戦慄《せんりつ》が全身を走る。

「あ、ごめん」ジャックが覆面を取って、ポケットに入れた。「今日、村に行ったんだ。顔を見られないほうがいいと思ってつけていったのを忘れていた」

「いえ、取らないで」ニコラはジャックに近づいた。目が艶《つや》っぽくうるんでいる。ジャックの前で立ちどまって誘いのまなざしを向け、ポケットから黒いサテンの布を取りだした。「このあいだの夜、あなたの馬に乗せられたでしょう。あのとき、キスされて……私の顔にこの布がふれたの。ひんやりと柔らかくて、とても……刺激的だったの」

「そうだったのか」ジャックの目にも光がともった。早くも声がかすれている。

ニコラはうなずく。口のはたが少しあがっているのが魅惑的だった。「あなたのお顔が見えないので、ちょっぴり危険なにおいがして」

「ふうん……なるほど。ぼくはきみのことを大変お行儀のよい人だと、いつも思っていたのに」ジャックはぞくっとするような笑い方をしてニコラの手から覆面を取り、顔に巻いて後ろで結んだ。

追いはぎの姿になったジャックには怪しい魅力がある。ジャックでありながら、欲しいものは必ず手に入れる見知らぬ男のようでもある。ニコラは動くそぶりも見せず、あでやかな微笑のみで誘惑していた。

ジャックはニコラの手首をつかんで引きよせた。両腕を押さえつけ、身の自由を奪って抱く。覆面のすきまから燃えるような目でニコラを見つめた。

「きみはぼくのもの。今も、いつまでも」低く熱っぽい声音だった。

「私は誰のものでもないわ」ニコラは挑発する。

「そうかな？」ジャックはおかしそうにほほえみ、いきなり唇を押しつけた。

ニコラの魂をすくいあげてしまうような、深く激しい口づけだった。息がつまり、手足から力が抜けるほど、ニコラの体は欲望に打ちふるえていた。ニコラはうめき、ジャックにふれたくて手を振りほどこうとする。ジャックは逆に片手でニコラの両の手首を背中でしっかりにぎり、もう一方の手を体にはわせた。服の上からあちらこちらをまさぐった末に、手のひらを胸のふくらみにかぶせて乳首をもてあそぶ。同時にニコラののどに唇をあて、じらすようにゆっくりいったりきたりさせた。ニコラはもがき、懇願した。

「お願い……触らせて……あなたに……」

その声にジャックはぶるっとわななないた。服の上からでも肌の火照りを感じる。ニコラの手首から手を離し、体ごと持ちあげて骨盤を自分に押しつけた。ニコラはもだえながらジャックの胸や肩、背中をなでつづけ、首を伝って髪に手を伸ばす。すべすべした覆面に指がふれると、いっそうかきたてられた。体の奥が痛いほどうずき、股のあいだが熱く濡れそぼつ。ジャックに接吻《せっぷん》しながら脚を巻きつけ、欲望のみなもとを強く押しあてた。覆面に手を伸ばし、はずしてしまう。

ジャックは、ニコラをかかえたままベッドに歩いていって寝かせた。もどかしげにニコラの下ばきをぬがせ、ズボンのボタンをはずした。低いうめき声とともに、ニコラの奥深くへ入る。ニコラは声をあげ、身をふるわせた。すでに歓びの大波が押しよせていた。ジャックは歯を食いしばって、大波が通りすぎるのを待った。

「ううん、まだまだ。もっとすばらしいのが来るよ」ジャックは腰をゆっくり動かし、ニコラをふたたび頂へ導こうとする。両手をスカートの下にすべりこませ、ニコラがうめき声をもらしながらジャックにしがみつくまで臀部《でんぶ》をさすりつづけた。すれすれまでニコラの官能を高めてはしりぞき、そしてまた腰の動きを激しくする。くり返しているうちに、ジャック自身が限界に来ていた。

叫び声とともに、ジャックはニコラの体内に勢いよく放出した。ニコラも同時に達し、ジャックにひしと抱きついた。

ジャックは体をふるわせて、ニコラの上にうつぶせになる。しばらくのあいだ、二人はじっと動かなかった。

「服を着たままだったわ」ニコラが気恥ずかしげに笑った。嵐《あらし》が去ったあとの余韻がたゆたっている。

「うむ」ジャックはひじをついて上体を起こし、ニコラを見おろした。満ち足りた表情だった。「この次は、ぼくの希望を入れてくれる?」

ニコラはにこっとする。「希望って?」

「きみに目隠ししてもらう」

その少しあと、家の前につないであるニコラの馬がいなないた。ニコラは気がつかなかったが、頭の下にあてがったジャックの腕がぴくりとこわばった。ジャックは腕を引きぬいて起きあがり、窓ぎわへ行って外をのぞいた。ニコラも身を起こす。

「どうしたの?」

「なんでもないかもしれない。ただ、きみの馬が……」ジャックは緊張した。「馬に乗って誰かがこっちに来る」

「えっ?」ニコラは窓のそばへ急いだ。「まあ、大変!」

「あれは、何者?」

「ストーンよ。エクスムアが雇った警吏。私をつけてきたんだわ、きっと」ニコラは青くなる。不安でみぞおちが引きつった。「いやだ、どうしましょう。このあいだの晩、お食事をしているときに妹にからかわれたの。毎日どこに出かけるのかって。私はあまり気にしなかったけれど、リチャードに怪しまれたにちがいないわ。私ったら、なんてばかだったんでしょう!　尾行されているかどうかも注意しなかったとは!」

「そんなことは気にしなくていい」ジャックはさっと窓から離れ、ソファから上着を拾いあげた。すわって、ブーツをはきながら言った。「あいつに見つかったりするものか」

ジャックは立って室内を見まわし、自分がいた痕跡《こんせき》がないのを確かめた。「きみ一人でなんとか対応できる?」

「もちろん。あの人は嫌いだけど、まさか私に危害は加えないと思うわ。いくらエクスムアと仲良くなくても、私は伯爵の義理の姉ですもの。それよりも、あなたは? どうやって逃げるの? 裏口はないのよ」

ジャックの目がいたずらっぽく笑っている。楽しんでいる場合じゃないでしょうと、ニコラは言ってやりたくなった。「実は、ローズおばあさんのうちには秘密があるんだよ」ジャックは暖炉の横に行ってかがみ、炉石の一つをずらしてはずした。そして、そこにできた穴に手を入れ、てこをまわした。大きな音がした。次に暖炉のわきの石を強く引くと壁に細長いすきまがあいて、小さな戸棚くらいの大きさの空間があらわれた。ジャックは最初の炉石をもとにもどして、てこのありかを隠した。「先祖は魔女だと思われていたという話をしただろう? だから、こんな秘密の隠れ場所をつくったのかもしれない」

馬具がこすれあう音が聞こえた。「急いで!」ニコラは窓の外を見た。「早くして! 今、馬をおりるところよ!」玄関へ走っていって、錠をおろした。鍵もかけずにいたなんてどうかしてるわ!

ジャックはニコラに手をあげて暖炉わきの空間に体をすべりこませ、内側から秘密の戸をとじた。外からは細い裂け目一つ見えない。ニコラは、家に二人の人間がいたことを示す跡がないかどうか調べてまわった。

玄関の扉の取っ手をまわす音がした。ストーンが木の扉を強く押している。ニコラは台所にあったカップと皿を戸棚にしまった。

ノックが聞こえた。ニコラは玄関へ向かった。「どなたですか？」

「ミス・ファルコート、ストーンです」

「ミスター・ストーン？」ニコラは扉をあけ、けげんな顔をしてみせる。「どうなさったんですか？　デボラがどうかしました？」

「いいえ」ストーンは帽子をぬいだ。「私は、その、お嬢さんがご無事かどうか確かめに来たんですよ」

「私が無事かどうかですって？　いったいどういう意味？　もちろん、私は無事ですよ」ニコラは後ろへさがって、ストーンを通した。ジャックがいないことを確認させてやれば、早く帰るだろう。必要以上に長くジャックをあの箱みたいなところに閉じこめておくわけにはいかない。「何があるというんですか？」

「このへんを追いはぎがうろついていますから」家に入ってきたストーンはきょろきょろしながら、台所へ近づく。

「わかっていますわ。だから、玄関の鍵をかけておいたんです。ちゃんと用心はしてますのよ。どうして私がここにいるのがわかったのですか？」

ストーンは表情を変えない。「だんなさまから、ミス・ファルコートの身の安全のためにあとをつけるように言われました」

リチャードの指図によるだけとは思わなかったが、ニコラは調子を合わせた。「リチャードは心配しすぎですよ。私はこのとおりだいじょうぶです。追いはぎはもう私を狙《ねら》わないでしょう。馬に乗っている女が宝石や貴重品を持っているはずはないですもの」

「男が狙うものはほかにもありますよ」ストーンは台所から居間へもどり、小さな寝室に入った。衣装だんすをあけて、なかをのぞきこんでいる。

ジャックの覆面が床に落ちていたので、ニコラはぎょっとした。足でさっとベッドの下に蹴《け》りこんだ。

「たんすのなかに隠れているんじゃないかと、疑っておられるんですか？」ニコラは皮肉っぽく言った。「ミスター・ストーン、まさか……」

ストーンは顔をあげた。「なんだ？」

「え？」

「馬の鳴き声が聞こえた」ストーンは奥の壁に目を向けた。

ニコラの心臓はどきどきしだした。ジャックの馬！　ジャックは用心のために、馬をいつも家の裏手につないでいる。裏に面した窓がなくてよかった。だが家の裏へまわって馬を見れば、誰かいたことがわかり、もっと徹底的に家捜しをするにちがいない。それでも秘密の隠れ場所は見つからずにすむだろうか？　ニコラは今の今まで一度も気がつかなかった。けれども、注意して見たこともなかったから当然かもしれない。

「馬の鳴き声ですって？　私の馬でしょう」

「いや、家の前じゃなくて裏です」

「そう。でも、ときどききちんとつないでなくて、動きまわったりするから。おとなしい馬なので、遠くに行きはしませんけど」

ストーンはニコラを無視して玄関へ急いだ。あわててニコラもあとを追う。ジャックの馬がなぜそこにいるのか、何かもっともらしい口実はないだろうか？　村から友達が訪ねてきたというのは？　でも、その友達がいなければ話にならない。

ストーンはニコラの馬に目をやった。低い塀の外に、馬はしっぽを振り振りおとなしく立っている。つないだ場所から動いていない。ストーンはニコラに視線を移した。

ニコラは笑ってみせる。「ああ、あそこにいるわ。だったら、裏から聞こえたはずがないでしょう。空耳じゃないんですか？」

「いや、裏に馬がいたのは確かです」ストーンは庭を通りぬけて家の横に向かった。ニコラもあとに続く。

こっそりここで逢《あ》い引きしていたと嘘《うそ》をつこうか？　いや、そんなことを言ってストーンの気をそらそうとしても、相手の男はどこにいるという話になってしまう。

ストーンは足をとめ、低くののしった。「ちくしょう！」

後ろからニコラがのぞくと、家の裏には馬の影も形もなかった。ニコラは驚きを隠すのに苦労した。ジャックの馬はどこへ行ったのか？

「ほら、馬なんかいないじゃありませんか。やっぱり気のせいだわ。丘陵があるところではよくあることですよ。私かあなたの馬が鳴いたのを、裏から聞こえたように錯覚したのでしょう」ニコラは話しながら、あの隠れ場所には出口があったにちがいないと考えていた。ジャックは、あそこから逃げるつもりだったのだ。出口があるとは知らない私は、ジャックがずっとそこに隠れているものと思っていた。口もとがほころびそうになるのを、ニコラはこらえた。

ストーンは歩いていって、地面にしゃがんだ。「ひづめの跡が残っている。やっぱり馬がいたんだ」

「ときによってこっちに馬をつなぐこともあるんですよ。さっきも言ったように、動きまわったりするから」

ストーンはニコラの話を聞いていない。そこらへんを歩きまわって、走り去ったであろう馬のひづめの跡を探している。ニコラも一緒に歩いて、馬の足跡らしいものをさりげなく靴で消した。ひづめの跡は一、二メートル先の小さな空き地で消えていた。

「ちくしょう！」

「まあ、ミスター・ストーン！」ニコラは仰天したふうを装った。「なんて言葉づかいなんでしょう！」

「失礼しました」謝罪のかけらもない険しい目つきで、ストーンはニコラを見すえた。「ここに誰がいたんですか？　誰かがいたのはわかっている。あなたは追いはぎをかくまおうとしておられるのですか？　そういう行為は犯罪であって――」

「あらあら、ミスター・ストーン」社交界の華だとうぬぼれている見栄《みえ》っぱりのモロー夫人の口調を精いっぱい真似《まね》て、ニコラは小ばかにしたようにはぐらかす。「リチャードの妄想があなたにも移ったみたいね。私が手あたりしだいに男性とつきあっていると、リチャードは思いこんでますのよ。ずっと昔に私に振られたのを、いまだに根に持っているんでしょう」いったん言葉を切り、大げさに肩をすくめてみせた。「私、いくらなんでも追いはぎとつきあったりはしませんことよ。仮に遊ぶにしても、同じ階級の殿方を相手にするにきまってるじゃありませんか」

「ええ」

「ともかく、そろそろお引きとりくださいません？　毎日ここに来る目的は、もっとずっと平凡なことですわ。薬草を干したり煎《せん》じたりする作業のために来ているんです。仕事がありますから、もう失礼しますよ」

ニコラはさっさと家にもどり、ストーンが馬で帰っていくのを窓から見ていた。おそらく、岩山の反対側に馬のひづめの跡が残っていないかどうか調べるつもりだろう。だがジャックはとっくに走り去っていて、跡をたどられるようなへまはしないだろう。

まず頭に浮かんだのは、家に帰ってリチャードをなじることだった。尾行させるとは卑怯《ひきょう》な、と。だがそれよりも腹立たしいのは、自分のうかつさだった。考えてみれば、連日の外出をリチャードに怪しまれるのは予想できたことだ。それなのに、気にもかけなかったとは。その怒りを嫌悪しているリチャードにぶつければ少しはすっきりするかもしれない。

とはいえ、それは危険でもあった。腹立ちまぎれに何か口をすべらせて、追いはぎとギルが同一人物であることをリチャードが察したりしたら、事態はもっと悪くなる。追いはぎに金銭を奪われたことを自分に対する愚弄《ぐろう》だと取って、リチャードは激怒した。リチャード流の考え方によれば、ニコラを自分から奪ったのはギルなのだ。そのギルと追いはぎが同じ男だとわかれば、究極の侮辱だと感じるだろう。当時、リチャードがニコラのことを本当に愛していたとは思えない。というよりも、リチャードは人を愛することなどできない男なのだ。欲望の対象としてニコラを妻にしたかっただけだ。それなのにニコラは馬丁の青年を選んだ。この事実がリチャードには我慢できないほど悔しかったにちがいない。でなかったら、あれほど執拗《しつよう》にギルを排除しようとしたはずがない。

ここでニコラがへたに感情的になると、リチャードはますます疑いをつのらせるだろう。

むきになって抗議したりせず、冗談めかして話題にするほうが無難だ。それに、リチャードは笑いものにされるのを何より嫌う。ニコラに滑稽《こっけい》がられていると思ったら、考え直すかもしれない。

そういうわけで、ニコラはゆっくり帰り支度をしてからタイディングズにもどった。リチャードとは顔を合わせないように部屋にこもって入浴や着替えをすませ、ふだんどおり夕食の席に着いた。

スープの皿を前に、ニコラはあっさりと話を切りだした。「それにしても、リチャード、私のあとをこそこそ尾行させるなんて、ちょっと……品がよろしくないんじゃありませんか？」

「尾行？」デボラが目を丸くした。「それ、なんのこと？」

「ミスター・ストーンが——あのロンドンから来た警吏が、馬で出かけた私をつけてきたのよ」

「でも、どうして……本当なの？」デボラはけげんそうに夫を見た。

「実際はニコラの話と少し違うんだがね」リチャードは平然と答えた。「追いはぎが出没しているというのに、きみのお姉さんが供も連れずに毎日馬で出かけるのが心配で、用心のためにストーンに見張りをさせただけなんだよ」

「だからかしら？　ミスター・ストーンが戸棚のなかまでのぞいていたのは」

「戸棚のなかですって?」デボラはきょとんとしている。「戸棚って、どこの? ねえ、お姉さま、なんの話なの?」

「ローズおばあさんのおうちの話よ」ニコラはリチャードの顔から目を離さずに妹に説明した。ギルの祖母の名前に、リチャードはどんな反応を示すだろうか?

一瞬の沈黙があった。リチャードの表情は変わらない。けれどもニコラには、何かがリチャードの目をよぎったように見えた。

デボラは声をあげた。「ローズおばあさんって、亡くなったんじゃないの? 何年も前に」

「そうよ。おばあさんのおうちには誰も住んでなくて、ひどい状態になっていたの。馬で出かけたときに行ってみたら、雑草が生い茂って荒れ果てていたのよ。あんなありさまではあまりにかわいそうで、お庭をきれいにしに行くことにしたの。このところ毎日行ってたのは、ローズおばあさんの薬草園をもとどおりにするためよ。家のなかにちょっとしたおばあさんの仕事場があって、そこで私も薬草を乾かしたり煮たりしてお薬をつくってたの」ニコラはため息をついた。「でもせっかく張りきってやっていたことに、なんだか水をさされたような気持。だってこれからは、リチャードの部下が不意にあらわれるのじゃないかと思うとね」

「何もあなたに危害を加えるわけじゃない。危ない目に遭わないように用心させているだけだ」

「あ、そう」ニコラは妹に視線をもどす。「デボラ、本当のところはね、私が追いはぎの首領にこっそり会ってるんじゃないかと、リチャードは疑っているらしいの。ミスター・ストーンはさぞがっかりしたでしょう。追いはぎがいなくて」

「どうしてお姉さまが追いはぎと会ったりするの？」

「それこそ、私にも理解できないわ。そう思ってるのは、リチャードだけでしょう」

リチャードはニコラの顔をじっと見ている。「そうかな。先に話題を出したのは、あなたですよ」

「ねえ、私にはなんのことやらさっぱりわからないわ」デボラが訴えた。

「そうよ、つまらないわ。何か別のお話をしましょう。あなたが編んでいたあのかわいい毛布、どのくらいできた？」

乳母と一緒に取りかかっている編み物の話題になったので、デボラは嬉《うれ》しそうにしゃべりだした。ニコラはうわべは妹に調子を合わせつつ、リチャードの疑惑をそらすのに成功したのかどうか思案していた。

どこへ行くにもストーンがつけてくるのでは、ジャックにはしばらくのあいだ会えないだろう。ニコラは内心がっかりして、翌日は妹や乳母と一緒に赤ちゃんのための針仕事をして過ごした。デボラと乳母のおしゃべりを聞いているうちに、なぜローズおばあさんの家をきれいにしに行くことにきめたのかをあらためて思いだした。

その日の午後、ニコラはまたおばあさんの家に行った。ストーンがつけてくるにきまっているから、一人きりで働いているところを見せつけてやろうと思った。この家に来るのをやめれば、リチャードはいっそう疑うのではないか。昨日あんなことがあったあとでは、ジャックがあらわれるはずはない。

ローズおばあさんの家で一人で仕事をするのは、タイディングズに残っているよりもっとつらかった。ここでは、ジャックの不在を片時も意識せずにはいられない。何をしてもジャックを思いだし、目に入るものすべてにジャックの面影がかさなる。またもやしつこく土から顔を出しはじめた雑草を抜きながら、くわを振るっていたジャックの姿が目に浮かぶ。台所でお茶をいれていると、テーブルにすわって話したり笑ったりするジャックを思い起こす。ソファにすわればすわったで、二人でそこに腰をおろしたり暖炉の前に横になったりした場面を思い描く。二、三時間後におばあさんの家を出るとき、しばらくのあいだここに来るのはやめようとニコラは心にきめた。

翌日の午前中は家でぶらぶらして過ごした。デボラや乳母に少しつきあってから、書庫で読む本を探した。三冊選んで部屋にもどり、椅子に腰を落ちつけはしたものの、読書に没頭できない。頭はジャックでいっぱいだった。いつ、どんな方法で、ジャックに会えるだろうか？

ノックの音で、物思いにふけっていたニコラはびくっとした。その拍子に、本が床にすべり落ちる。召使いが銀のお盆に手紙をのせて持ってきた。アデレード叔母さまからかしら？　何かの用で私に来てほしいという手紙だといいけれど。

筆跡を見て、ペネロピからだとわかった。ニコラはいちだんと嬉しくなり、封を切るのももどかしく、手紙に目を走らせる。

ニコラ

長ったらしくて惨憺《さんたん》たる旅路の末に、ようやく無事に祖母の家に着きました。いとこのマリアンヌ、祖母、母、そして私の一行四人です。

ニコラは思わず笑った。どんなふうに惨憺たる旅路なのか、聞かなくても十分に想像できるからだ。あの口やかましくて威張りくさったペネロピの母、レディ・アーシュラとともに二日も馬車に閉じこめられていたら気が狂いそうになるだろう。

母が飼い犬のフィフィをどうしても連れていくと言い張ったあげく、はたしてこのまま行きつけるのかと案じたりもしました。それというのも、憶《おぼ》えていらっしゃるかもしれないけれど、フィフィが車酔いするたちだからです。案の定、フィフィは祖母の靴の上に吐いちゃったの。お祖母《ばあ》さまは、召使いの一人をつけてフィフィをロンドンに送り返すと言って怒りました。それでお母さまったら、すっかりすねて一時間くらい誰とも口をききませんでした。車内よりも外気にあてたほうが酔わないのではないかと、マリアンヌがお母さまをうまく説得してくれ、結局、フィフィをバスケットに入れて屋根にのせ、従僕に面倒をみさせることにしました。

今は、私たちみんなが祖母の家に落ちつきました。いとこのアレクサンドラとだんなさまのソープ卿《きょう》、それにランベス卿は、出発を二、三日遅らせることになりました。なぜか理由はわかりません。大型馬車にすれば、私たちと一緒に来られたのに。そういうわけで、彼ら三人とバッキーはもうじきバックミンスター邸に到着します。

ご都合がつきしだい、祖母の家にいらしてくださると嬉しいです。みんな、あなたに会いたがっております。ごきげんよう。

ペネロピ

なぜペネロピがこちらに訪ねてこないで、手紙をよこしたのか。ニコラは驚きはしなかった。二十二年前にタイディングズ邸を出て以来、先代の伯爵夫人はここに一歩も足を踏み入れていない。亡くなった息子ではなく、リチャードの手に渡った屋敷を見るに忍びないからだ。孫たちが受けた悪辣《あくらつ》な仕打ちを知った今、伯爵夫人とその家族はリチャードを忌み嫌っている。一族の誰一人、この屋敷を訪れようとは思わないのだ。

さっそくニコラは乗馬服に着替えた。ペネロピに会うのは久しぶりだ。話したいことが山ほどある。ほんの数分で身支度をすませ、デボラに伯爵夫人たちに会いに行くと告げに行った。それから階段を駆けおりて厩舎《きゆうしや》へ急ぎ、瞬く間に伯爵夫人宅へ馬を走らせていた。

15

伯爵夫人の屋敷はタイディングズからかなり離れている。リチャードの領地と違って村の北側に位置しており、タイディングズよりもバックミンスター邸や村に近い。

友達に会いたい一心で、ニコラは長い距離をものともせずに馬を駆りつづけた。ペネロピの手紙を受けとるまでは、ジャックのことをこんなにも誰かに話したい気持になっているのに気がつかなかった。妹に打ち明けることはできない。なんといっても、デボラはリチャードの妻なのだ。万が一を考えれば、とうてい話せない。けれどもペネロピとマリアンヌならば、安心して秘密を打ち明けられると思った。

上気した顔でニコラは邸内に入った。髪が乱れているが、ペネロピもマリアンヌも気にしないことはわかっている。言うまでもなく、レディ・アーシュラとなると話は別だ。ただニコラはずっと前から、高圧的な夫人に何を言われようと即座に忘れることにしている。

馬丁に手綱を渡し、正面玄関へ向かった。庭園の角を曲がったとき、植えこみから黒い巻き毛の女の子が飛びだしてきた。「ばあ！」

ニコラは胸に手をやって驚いてみせ、目の前できゃっきゃっと笑っている女の子にほほえみかけた。

「びっくりした？」青い瞳をきらきらさせて、ロザリンドが訊《き》いた。ロザリンドはマリアンヌの八歳の娘だ。母親似のロザリンドは色白で、すらりと背が高い。この子はいずれ社交界で指折りの美女になるにちがいないと、ニコラは思っている。今はまだ、愛嬌《あいきょう》たっぷりのおてんば娘だが。

「とっても」ロザリンドを喜ばせるために、大げさに答えた。「年をとってる人を敬わなくてはいけないって、教わらなかったの？」

ロザリンドはまた笑った。「お姉さんは年とってないもん。お祖母《ばあ》さまは年とってるの。でも、とってもきれい。そう思わない？」

ロザリンドの曾祖母《そうそぼ》にあたる伯爵夫人は七十代にさしかかり、長身の背中がさすがに曲がってきてはいるものの、まぎれもなく美しい。「本当にきれいね。お母さまはおうちにいらっしゃる？」

「ええ。家庭教師の先生と一緒に外に行きなさいと言われたの」

「家庭教師の先生？」ニコラはわざとあたりをきょろきょろ見まわす。「どこに先生がいらっしゃるの？　もしかして透明人間？　すごーい！」

「お庭の向こう側にいるの」

「あなたを捜してるんじゃない?」ニコラは厳しい顔をしようとするが、つい口もとがほころんでしまう。

「ママに言われたの。ミス・ノースカットにもっと優しくしてあげなければだめって。私もそうしようとは思ってるの。でも、すごくうるさい先生なんですもん。面白くないお話しかしないの。昔の王さまだのなんだのばかりで、飽きちゃうわ。こんなことも言われたのよ。立派な貴婦人かどうかは、すわり方できまるって! 本当なの?」

「必ずしも本当じゃないわ。それよりも、人柄のほうが大切だと思うけど」

「やっぱり。私も変だと思ったの。お祖母さまは背中をまっすぐにしてすわるけど」

ニコラはほほえんだ。「それはそうね。でも、ほかにもまっすぐの姿勢ですわる女の人はたくさんいるけれど、お祖母さまのお人柄にはかなわないでしょう。あなたは本当に新しいお祖母さまが好きみたいね」

「ええ、大好き。とっても面白いの。ときどき宝石を見せてくださって、そのいわれとか、いろいろなお話をしてくれるのよ。もちろん、お祖母ちゃんとはぜんぜん違うけど」お祖母ちゃんとは、マリアンヌの一風変わった元〝家族〟のなかで最年長の女性のことである。

「お祖母さまはエースにしるしをつけるやり方も知らないの。トランプで勝つのは、いつも私。それでも、一緒に遊ぶのが楽しい」

「お祖母さまたちがそれぞれ違うのはいいことなのよ」ロザリンドがふっと気がとがめた

ような顔をしたのを、ニコラは見逃さなかった。「みんな同じだったら、楽しくないじゃない。お祖母ちゃんと一緒のときとは別のことをお祖母さまと一緒にすればいいのよ」

「ほんとにそうね」ロザリンドはスキップをしながら先に行って玄関の石段を駆けのぼり、扉の叩《たた》き金を続けざまに三回打ちおろした。「私はいつも裏の戸口からおうちに入るの。でもお姉さんはお客さまだから、玄関から入らなきゃ。私、これをたたくのは初めてだから嬉《うれ》しい」

ただちに扉があいて、従僕が二人を迎えた。「ミス・ファルコート、ロザリンドお嬢さま」ニコラに対するのと同じように、従僕はロザリンドにも深く頭をさげて黒い巻き毛の少女を喜ばせた。「どうぞ、こちらにおかけください。ミス・カースルレイにお知らせしてまいりますから」

二人は感じのよい客間に通された。濃い赤褐色のマホガニーの家具に、青いカーテンやクッションをしつらえてある。ロザリンドは紋織りのクッションを置いた椅子にどっかり腰をおろし、みんなが来るまで一緒にいてあげると言った。

「まあ、それはご親切に。ありがとう」

「でもママが来たら、あっちへ行ってなさいって言われるわ。ママはね、私がミス・ノースカットに親切じゃないからかわいそうだと言うの。だけどミス・ノースカットも、もうちょっとがんばって面白くなればいいのに。そう思わない？」

「それもそうね。だけど、このことは忘れないで。初めてのときは、みんな少し緊張するものなのよ。あなたやあなたのお母さまにがっかりされるのではないかと、ミス・ノースカットは心配しておられるのかもしれないわ。いろいろなことをよく知っている先生だと、わかってほしいのよ、きっと」

「心配？」

「それはそうよ。もしも家庭教師のお仕事ができなくなったら、ミス・ノースカットはとても困るでしょう」

ロザリンドは考えこんでいた。やがて、椅子からおりて言った。「やっぱり、私、お庭の向こう側に行って、ミス・ノースカットを捜してくるわ。心配させるつもりはなかったの」

「もちろん、そうでしょうとも。捜しに行ってあげればいいわ」

よい行いをすべく、ロザリンドは部屋から駆けだしていった。

入れ替わりに、ロザリンドの母とペネロピが入ってきた。二人とも満面の笑みとともに、ニコラに手をさしのべる。二人の女性は実に対照的だ。燃えるような赤毛と深いブルーの瞳の持ち主であるマリアンヌは、背が高くて、なまめかしい。こんな麗人には会ったことがないとニコラが思ったほど、たぐいまれな美女だ。マリアンヌの妹のアレクサンドラも、負けず劣らず美しい。一方、ペネロピはやせて背が低く青白い。どんな場に出ても、影が薄くなりがちだ。けれども、この二、三カ月でペネロピは変わった。頬に赤みがさし、目が輝いている。恋する女のまなざしだと、ニコラは思う。

ニコラがマリアンヌと知りあってからまだ数カ月にしかならないが、昔から知っている貴族仲間の誰よりも親近感をおぼえる。マリアンヌは自分が貴族の生まれであることをまったく知らずに孤児院で育ち、召使いとして働いた経験もある。だから階級意識もなく、貴族社会にありがちな、上品ぶったり教養のあるふりをしたりするところがまったくない。ロンドンでニコラがかかわっている福祉の仕事にマリアンヌは偏見を持つどころか、すばらしいと賞賛した。そのうえニコラに協力を申しでて、新たに得た財産からなにがしかの寄付をしたり、ロンドン東部の家に何回も手伝いに来てくれた。

マリアンヌは、当意即妙の心温まるユーモア感覚に恵まれていて、愛する人たちをこのうえなく大切にする。ニコラと一緒にはしゃいで買い物に駆けずりまわるかと思えば、ペネロピとの読書談義も大いに楽しむのだった。ときどきニコラは、知りあったばかりのマリアンヌが長年の親友であるような気にさせられる。今や、信頼できる数少ない友達の一人になった。

「ニコラ！」二人とも嬉しそうに声をあげ、ニコラを抱擁した。

「あなたがロンドンを発《た》ってから何週間じゃなくて、何カ月もたったような気がするわ。私たち、お祖母さまにせがんで早く来たのよ」ペネロピは声をひそめて、つけ加えた。

「ママにも」

伯爵夫人に口を出さないよう申し渡されたとはいえ、結婚式の準備のうちのごく細かい部分であっても、レディ・アーシュラは自分抜きで進めることを許さないにちがいない。ペネロピの心もち悩ましげな表情から察するに、例のごとく母親があれこれ横やりを入れているのだろう。

「結婚式の支度のことで衝突したんじゃないの?」ニコラは訊いてみた。

マリアンヌが目を丸くして答える。「お祖母さまとアーシュラ叔母さまがなぐりあいのけんかをはじめるんじゃないかと、心配になったときもあったのよ」

ペネロピはくすくす笑った。「ある日なんか、お祖母さまが杖《つえ》で床をどんどん打ちだしたの。今までに、あんなことをしたお祖母さまは見たことないわ」

いつでも気高い伯爵夫人がそこまで感情的な反応をするとしたら、相手は高圧的な娘、レディ・アーシュラのほかにはありえない。

「結婚式をあげるのが二組なので、都合がよかったのよ。アーシュラ叔母さまがあまり不平をおっしゃると、ジャスティンが急に未来の公爵っぽい有無を言わせぬ口調で〝うちの家では代々そうしてきました〟と言って、黙《だま》らせてしまうの」マリアンヌは気どった口調を真似《まね》してみせながらも、婚約者への熱い想《おも》いをまなざしににじませている。

「そうそう」ペネロピも口をそろえた。「ママはランベス卿《きょう》には弱いのよ」

三人は小型のソファと鉤形《かぎ》に置いた揃《そろ》いの椅子にすわり、ひとしきり社交界の最新の噂《うわさ》話に花を咲かせた。アームブラスター夫人がまた新しい愛人をつくったとか、どこその貴族の息子がいかさまのトランプをやる仲間に引きずりこまれたとか、誰それが競馬で大損をしたとか。そんなおしゃべりのあいまに、マリアンヌはニコラの顔をじっと見てたずねた。

「こんなお話、あなたにとってはあまり面白くないんじゃない？」マリアンヌは眉をよせている。

「いいえ、そんなことないわ」ニコラはいちおう否定してみせた。

ペネロピが笑いだした。「マリアンヌの言うとおりよ。私としたことが、気がつかなくて」身を乗りだして、昔からの友達の目をのぞきこんだ。「あなた、何かあったわね。なんなの？」

ニコラはほほえむ。「ええ、まあ……ないでもないけど。どこから話していいやら」

「あなたは恋をしてるのよ！」マリアンヌが声をあげた。

「えっ！　ニコラ、それ、ほんと？」

ニコラはびっくりした。「どうしてわかったの？」

「あ、やっぱり本当なんだわ！」ペネロピの声もうわずっている。「マリアンヌ、あなたって、鋭いのね。どうやって勘をはたらかせたの？」

赤毛の美女は肩をすくめた。「お顔を見て、なんとなく」マリアンヌはニコラに言った。「あなたはいつ見てもきれいな方だけど、こんなにきらきらと光り輝いている感じって初めてなの」ほほえみを浮かべて、つけ加える。「そういう感じって、私にもわかるから」

ニコラは微笑を抑えられなかった。「当たりよ。恋をしてるの。でも、相手も私を愛しているかどうかわからないのよ……。とにかく、あれこれひどく複雑で。どうしたらいいかと悩んでるの」

「それこそ、恋なのよ」マリアンヌが言った。「さ、何もかも聞かせてちょうだい」

「わかりやすく話せるかどうか。前にあなたにお話ししたことを憶《おぼ》えてる？　ずっと昔に私が愛していた人をリチャードが殺したという話」

「ええ、もちろん。その当時は事故だと思っていたけれど、今は疑っているとおっしゃってたわね」

ニコラはうなずいた。「あれからわかったのは、やはり事故ではなかったということなの」

「あの人は邪悪よ！」ペネロピが小さなこぶしをにぎりしめている。「なんとかして、あの人の正体をあばいてやらなくては。今度わかったことって、なんなの？」

ニコラは、少女のころの馬丁の若者との初恋と、その後のあらましについて二人に話した。リチャードとギルがホワイト・レディ滝の上で争ったあげくにギルが崖《がけ》から落ちたこと。マリアンヌもペネロピも初めて聞く話なので、熱心に耳を傾けていた。

「それで、二週間ほど前に、ギルは死んでいなかったことがわかったの。生きてたのよ」

ペネロピもマリアンヌも、ギルが明かしたリチャードの欺瞞《ぎまん》に満ちた残酷な仕打ちに言葉を失ったようだった。

海軍にほうりこまれたと聞いたマリアンヌは叫んだ。「そんなの、死刑にされたのと同じじゃないの！」

「いかにもリチャードらしいわ！」ペネロピにしては珍しく、苦々しげに言い放った。「マリアンヌにしたことからしても、自分で手を下す勇気もない卑怯《ひきょう》なやつなのよ。そのくせ、実に陰険な手段で人を破滅させるの。なんの良心の呵責《かしゃく》もなく。というより、あの人には心なんてないの」

ニコラは大きくうなずいた。「あなたの言うとおりよ。私はリチャードが憎い。妹が結婚しなければよかったと、どれだけ思ったことか。でもギルについては、どう思う？　私を愛しているならば、リチャードがついた嘘《うそ》をいまだに信じていられるものかしら？」

ペネロピは眉をひそめた。「そうね、私にはなんとも言いようがないけれど。そのことについて、彼はどう考えてるの？」

「はっきりした考えは聞いてないの。だけど今でも、リチャードに彼の居場所を教えたのは私ではないという確信は持っていないようなのよ。リチャードがどうやって私あてのギルの手紙を手に入れたのか、その真相がわからないの。いずれにしても、ローズおばあさんが手紙を渡すはずはないし、私は受けとっていない。その点が明らかにならないから、疑問が残るのね」

ペネロピがずばりと指摘した。「彼はあなたの言うことを信じるのが怖いのよ。もしもあなたが手紙を受けとっていないことを認めたら、自分があなたを十分に信頼していなかったがために、二人とも人生の十年を棒に振ってしまったことになる。その事実と真正面から向きあわなくてはならないでしょう。それがつらいのよ」

「ニコラを信頼するかどうかという問題だけじゃないと思うの」マリアンヌも感想を言う。「どんなにあなたを愛していても、ギルとあなたのあいだには埋めようのない隔たりがあるのよ。そういう彼の感じ方をたぶんあなたは理解できないかもしれないけれど、私にはよくわかるの。私は召使いだったでしょう。身分の低い者にとって、支配階級の人たちはまさに雲の上の人なのよ。そんな人が自分を愛して結婚すると考えるほうがどうかしている。貴族が私たち庶民を利用することはあっても、いえ、ときには愛することもあるかもしれないけれど、結婚はしない。これが身分の低い人間の身にしみついた考え方なの。だからギルが不信感を持つのは、あなたではなくて、あなたの身分や生いたちだと思うわ」

「それはそうかもしれない。でも、ギルがどうしても不信感を克服できないとしたら、どうやって前に進んだらいいの？　いつまでも私を疑いつづけるしかないのかしら。私がちょっとした間違いをしても、裏切り行為のように見られてしまうとしたら……」ニコラはため息をついた。「それでも、一緒にいると……二人ともとっても幸せなの。こういうことはいっさい話さないようにしてるので、何もかもが……至福という感じ」

マリアンヌはにっこりした。「あなたのお顔にそう書いてあるわ」

「だけど、最悪の部分はまだ話してないのよ」

「え、まだ先があるの？　それも、もっと悪いこと？」

「彼は……追いはぎなの。この数カ月ほど、リチャードから金品を奪いつづけてるのよ」

マリアンヌとペネロピは言葉もなく、ニコラを見つめている。

「ね、わかるでしょう？　ひどく複雑だって、さっき言ったわよね。愛されているかどうかもわからない人を愛してしまっただけでもややこしいのに、そのうえ彼は犯罪者で、いつなんどき捕まって絞首刑になるかわからない状況なのよ。リチャードに見つからないように、こっそり会わなければならないなんて。私って、本当にばかでしょう？」

「でも、わくわくはらはらするお話。マリアンヌやアレクサンドラの数奇な運命をしのぐほどだわ」ペネロピは感に堪えた声を出した。

マリアンヌが言った。「その追いはぎの男の人って、私たちを助けてくれた人じゃないかしら。憶えてる？　フュークェイが廃坑の落盤を起こして、ジャスティンと私が生き埋めになりかけたとき、黒ずくめのいでたちの謎《なぞ》めいた男性が瓦礫《がれき》を掘って助けだしてくれたの。ジャスティンが言うには、彼は噂の追いはぎにちがいない、廃坑に略奪品を隠していたのじゃないかって」

「そうだったわね！　思いだしたわ！　ニコラ、憶えてない？」

「そんなお話を聞いたような気もするけど。あのあと、あまりいろんなことが起きたものだから。マリアンヌがさらに命を狙《ねら》われたり、しまいに伯爵夫人のお孫さんだったことがわかったり。その黒ずくめの人、名前を言った？　ギルは今、ジャック・ムーアと名のっているの」

マリアンヌは勢いこんでうなずく。「そうそう、ジャックよ！　でも、あなたのおっしゃるような犯罪者といった感じではなかったわ。ジャックは、ジャスティンと私の命の恩人よ」

「ええ、本当はいい人なの。ただ、リチャードを憎んでいるだけで。ジャックが奪うのは、ほとんどリチャードに関連したものばかりよ。それでも、捕まれば絞首刑にきまってるわ」

ペネロピがたずねた。「追いはぎをやめる気はないの？　だってあなたとギルは……」

「私とギルがこれからどうなるかわからないし、追いはぎをやめるかどうかについても、なんとも言えないわ。リチャードに復讐《ふくしゅう》したいという執念で、この十年間を生きてきたのよ。今になってそれを断念できるかどうか、私にもわからないわ」

「あなたを愛していれば、やめられると思うわ」マリアンヌが静かに言った。「追いはぎを続けている限り、あなたと一緒にはなれないんですもの」

「ええ」ニコラは不意に涙ぐんだ。「ギルが私をまだ愛しているかどうかを知る方法といったら、それしかないのね。私たちが一緒になるために、リチャードから略奪するのを断念できるかどうか。試金石みたいなものね。私と復讐のどちらを選ぶか」


翌朝、ニコラは妹の部屋へ行って、デボラと乳母に二組の結婚式の支度について話してきかせた。生まれてくる赤ちゃんの話ほどではないにしても、結婚式の話題といえば常に女性の興味をそそるものだ。二人とも身を乗りだしてニコラの話に耳を傾けているところに、従僕がやってきた。

「奥さま、厨房《ちゅうぼう》のほうに、ミス・ファルコートにお話をしたいという者がまいりましたが」

「私に？」ニコラが振り向く。「誰なの？」

「村の小僧のようです」村の子どもごときがお屋敷のお嬢さまに話をしたいとは何事か。従僕の口調は暗にそうほのめかしている。

「そう。誰か具合が悪くなったんでしょう」

「はい、お嬢さま。そのような話をしておりました」

「じゃ、厨房に行きます」ニコラは従僕のあとから廊下を通りぬけ、広々とした厨房へ急いだ。

十歳くらいの男の子が大きな暖炉のわきにちょこんと腰かけていた。厨房の立派さに気おされたような顔をしている。ニコラは見覚えはあるものの、どこの子か思いだせなかった。ニコラが近づいていくと少年はぱっと立ち、手に持った帽子をにぎりしめた。

「お嬢さま、マギー・フォークナーに頼まれてきました。赤ん坊の具合が悪くなって、マギーはあわててます。お嬢さまならどうしたらいいか教えてくれるって言ってました。来てくださいますか？」少年は口上をのべると、肩の荷をおろしたようにほっとした顔になった。

「ええ、もちろん行きます。お薬を取ってくるわね。赤ちゃんはどんなふうに具合が悪いの？」

「うちの母ちゃんは、赤ん坊はただぐずってるだけだって。母親がまだ若くてわからないんだろうと言ってたけど、マギーはものすごく心配してるんです」

「そうなの。すぐ行きますから、急いで村に帰ってマギーにそう言ってね」

威圧的な屋敷から抜けだすことができて安心したように、少年はいそいそと帰っていった。ニコラは二階にあがって乗馬服に着替え、医薬品の鞄《かばん》を取りだした。少年の母親がなんと言おうと、赤ちゃんがぐずったくらいで、あのしっかり者のマギー・フォークナーが私を呼ぶはずがない。できるだけ早く行かなければならないと思った。

厩舎《きゆうしや》へ急ぎ、タイディングズに来てからずっと乗っている馬に鞍《くら》をつけさせ、すぐ出発した。ストーンがつけてくるかどうか、振り返って見ようとはしなかった。どうせついてくるにきまっている。むしろ、それを望んでいた。この寒さのなか、フォークナーの家の外でずっと立っていればいいわ。

馬を飛ばしてきたので、いつもほどは時間がかからなかった。近道を歩いて帰ったあの子よりも先に着いたかもしれない。馬をおりると、マギーの夫が小走りに出てきてニコラの手綱を受けとった。

「赤ちゃんはどう？」

「だいじょうぶです。お嬢さまが来てくださったからには」

ニコラは家に入って、そっと呼びかけた。「マギー？」

若い母親はせかせかと近づいてきた。「お嬢さま、二階です」マギーは、階段をあがるようにニコラをうながした。狭くて曲がりくねった階段をのぼると、小さな部屋が二つある。想像したよりもずっと落ちついているマギーの様子をいぶかしく思いながら、ニコラは階段をあがった。

「赤ちゃん、どこが悪いの？」ニコラは首をねじって、あとからついてくるマギーに訊いた。「どんな具合？」

「ごらんになってみてください、お嬢さま。うまく言えないので」マギーは目の前の扉を指し示した。「そこです」

ニコラは取っ手をまわし、部屋に入った。一目で、室内にはベッドとたんすしかないのがわかった。揺りかごもなければ、赤ん坊もいない。背後で扉がぴしゃりとしまった。ニコラはあっと声をあげそうになる。腰をつかまれ、口を手でふさがれた。

「大きな声を出さないで。ばれるといけないから」耳もとで低い男の声がささやき、口から手が離れた。

「ジャック！」ニコラはぱっと振り向いた。喜びがこみあげる。「ああ、ジャック！」つま先で立ち、ジャックの首にかじりついてキスした。

心ゆくまで口づけを楽しんでから、ジャックは腕の力をゆるめた。ニコラはかかとを床につけて、輝くまなざしをジャックに向ける。「こんなところでどうなさったの？」

「どうしてもきみに会いたかった。ハル・フォークナーは村の協力者の一人なんだ。それでハルとマギーに頼んで、便宜をはかってもらった。赤ん坊は病気じゃない。隣の部屋ですやすや眠ってるよ」

「まあ、ジャック……」ニコラは手を伸ばして、ジャックの頰にあてる。「嬉しいわ。私もあなたに会いたくて、何かいい方法はないものかと知恵をしぼってたところ。でも、あなたに連絡の取りようがないし。どこへ行くにも、ストーンがついてくるし。あっ、大変！　今も外で、この家を見張ってるにちがいないわ！」

　窓ぎわへ歩きかけたニコラを、ジャックが引きとめた。「ほうっておいても、だいじょうぶ。ここにぼくがいるのは、やつにはわかりっこないよ。ぼくは夜明け前にここに来て、馬もつないでいないんだ。このことを知っているのはハルとマギーだけで、二人は絶対にしゃべらない。玄関までは来ないだろうし、仮に来ても、ハル夫婦が追い払うよ」

「あなたがそうおっしゃるなら……」手首をつかまれたまま、ニコラはジャックの温かい胸によりかかった。「とっても会いたかったわ……」

「ぼくも」ジャックはニコラを抱きしめた。「長いこと会ってないような気がする。きみのことばかり考えてた。今、何をしてるのかとか……」ニコラの頭のてっぺんにキスする。

「きみと引き離されているのはいやだ。手紙も書けないとは……」

　ニコラはほほえんだ。「私もよ」

「ええ、本当に」

「ああ、いいにおい」ジャックは鼻をすりつけて、ニコラの髪のにおいをかぐ。

　ジャックの唇が耳から頬に移っていくのを感じて、ニコラは甘い吐息をもらした。「ジャック……」

「十年ものあいだ、きみなしでどうやって生きてきたんだろう。ああ、ニコラ……」

　二人の唇がかさなる。最後にキスしてから数日ではなく数週間もたったかのように、いつまでも離れない。ニコラは両手をジャックの胸から背中にまわし、シャツ越しに筋肉をなでた。指をシャツの下にもぐりこませて、じかに触りたい。そう思っただけで、ぞくっとする。ジャックも同じことを考えていたのか、ニコラの体をかかえあげた。そのままベッドへ歩きだす。

「ジャック！　だめよ。ハルとマギーがいるのに」

「二人はあがってこないよ」

「でも、わかっちゃうじゃない……」

「何を？」ジャックはニコラの首筋に唇をあてた。

「私たちが……その……」ニコラはため息をついた。口づけは胸に移っていく。

「ん？」ジャックはベッドのそばにニコラをおろした。ニコラの目をのぞきこみつつ、両手を胸にはわせる。早くも乳首がつんと立った。胸から手を離さずに、接吻《せっぷん》しながらささやく。「私たちが何？」

「忘れた……」ニコラはジャックのシャツのすそをズボンから引っぱりだし、手をすべりこませた。筋肉質のたくましい胸が手のひらに熱く感じる。ジャックのにおい、感触、唇の味わい——それしか意識にのぼらなかった。

二人はベッドに倒れこんだ。まわりのすべてがもやに包まれ、遠のいていく。脚をからめ、手と唇でたがいをまさぐり、満たしあう。もしもこの瞬間、軍隊が踏みこんできても、忘我の二人は気づかないのではないか。

焦らずにゆっくり時間をかけて、二人は愛しあった。ジャックの巧みな技に全身をふるわせながら、ニコラはこの世にこれほどの感覚の喜びが存在しうるのかと思った。そしてともに歓喜の頂に飛翔《ひしょう》し、二人は一つに溶けあった。

息をはずませながらジャックはあお向けになった。汗ばんだ体にニコラを抱きよせる。

「きみを行かせたくない」

涙がこみあげ、ニコラはジャックにしがみついた。ジャックの皮膚にもぐりこんで、体の一部になってしまえたら。「私も行きたくない」

「この二、三日、きみのことばかり考えていた。考えないようにしようと努力してもだめだった」ジャックは間を置いて続けた。「もしも……追いはぎ〝紳士〟ジャック・ムーアが存在しないとしたら？」

「ど……どういうこと？」ニコラは口ごもった。

「つまり、もしジャックが姿を消したらどうかということ。で、ある日、それも近いうちに、ギル・マーティンがもどってくる。大人になって、もっと賢くなって、アメリカから帰ってくるんだ。追っ手に捕まる恐れのない、過去も未来もある男として」

ニコラは起きあがって、ジャックの顔を見おろした。「ジャック、それ、本気なの？」

ジャックはうなずく。「こんな生活がいやになった。ここそこ隠れてきみに会わなくてはならないのは、もうごめんだ。堂々ときみを訪ねていったり、一緒に馬に乗ったりしたい」ジャックは手を伸ばしてニコラの髪の束をにぎり、指にからめた。「きみに付き添って、オペラや芝居にも行きたい。〝紳士〟だとそんなことはできないだろう」

「それはそうね」ニコラは、ジャックのもう一方の手をにぎった。

「ぼくが追いはぎになったのは、ほんの半年ほど前なんだ。その前は、ペリーと一緒にアメリカのマサチューセッツ州で事業をやっていた。ぼくは実は平凡な男なんだよ」

「リチャードのことはどうするの？」

ジャックは顔をしかめた。「いくらぼくががんばっても、あの男を文なしにすることなんかできっこないんだ。あいつにとっては、せいぜいわき腹に棘《とげ》が刺さったようなもの。それでも少しは意趣返しができた。しかし、それだけが人生じゃないものね。リチャードを憎んだ最大の理由は、きみを奪われたことだ。今、こうしてきみを取りもどしたからには……」

ニコラはかがんで、ジャックにキスした。「これからどうなさるつもり？〝紳士〟がただ姿を消すの？」

「まず、最後の一仕事をやらなくちゃならない。あさっての早朝、エクスムアが鉱山から荷馬車を出発させることになっている。これまでよりもずっと巨額の金を積みこむそうだ。我々が与えた被害のせいで、エクスムアはその金を二カ月も鉱山の金庫に保管したままだったという。早朝の出発なら、かぎつけられずにすむと思ったんだろう。それと、我々の目をごまかすために、ふつうの鉱石運搬用の荷馬車を使って護衛もつけないそうだ。鉱山には我々の通報者がいるんで、この情報が手に入ったんだ」

ニコラの胸を不安がよぎった。「だいじょうぶ？　どうしてもその最後の仕事をしなくてはならないの？」

「ぼくは必ずしもしなくてもいいんだが。さっきも言ったように事業をやっていて、それを売却した金がある。こっちでもアメリカでも、また事業をはじめられるくらいの資金はあるんだよ。しかし、部下の連中に最後の手当てをたんまり持たせてやりたいんだ。それでしばらくは、なんとかやっていけるだろう。連中がまた、エクスムアに搾取されることになるんじゃやたまらないから」

「そうなの」不安が消えたわけではないが、部下を思うジャックの気持はニコラにもよくわかった。

「その一仕事がすんだら、〝紳士〟は忽然《こつぜん》と姿を消す。やがてギルが、たぶんロンドンあたりにあらわれるという寸法だ。この二つの出来事のあいだには少し時間を置いたほうがいいだろうね」

「ええ。私はふだんはロンドンにいるのよ。でも赤ちゃんが生まれるまでいてほしいとデボラに頼まれてるので、それまではこっちにいなくてはならないけれど。それと、来月の結婚式にも出なきゃならないの」

「きみがいないロンドンにいてもしょうがないから、ギルは故郷にもどってきたことにするか」ジャックはにっと笑った。「ぼくが継いだローズおばあさんの家を、きみがあんなにきれいにしてくれたしね」

ニコラはジャックによりかかって、腰に手をまわした。「ね、約束して。十分に気をつけるって」

「約束する」ジャックはニコラの髪にキスした。

ニコラはため息とともに言った。「私はそろそろ行かなくては。このおうちにいつまでもいると、ストーンが怪しむでしょう」

「うん、わかった」ジャックは軽くニコラの唇に口づけした。「またすぐ会おう」

「いつ？　どうやって？」

「さあ、どうしたものか」ジャックの目がいたずらっぽく笑っている。「もしかして、いきなり訪ねていったりとか」

それからまもなく、ニコラは部屋を出た。居間を通りぬけるときは、頬を赤らめずにはいられなかった。赤ちゃんを抱いてすわっていたマギーは黙ってほほえみ、立ちあがって玄関まで送ってくれた。

「あのストーンという男が私について訊きに来たら――」ニコラが言いかけた。

マギーは嫌悪の表情を浮かべた。「あの男ですか！　訊きに来たって、何一つしゃべってやりませんよ」

「でも、あまり隠しても怪しまれるだけだから、こう言ってください。赤ちゃんは耳が痛くなったけれど、私が手当てをしたので今は落ちついたと」

「だけど私が何も言わなくても、あの男は驚きませんよ。村の人間であの男と口をきく者はいませんから。あの男は私らを買収できると思ってるんです。金のために仲間を売ったりするもんですか！」

「ありがとう」ニコラはマギーにほほえみかけ、扉をあけた。「気をつけてね」

「はい。お嬢さまも」

ストーンの姿は見あたらなかった。けれども、どこかにひそんでいるのは間違いない。ハルが馬を連れてきて、乗る手助けをしてくれた。ニコラは感謝の言葉をのべ、帰路についた。今日はまっすぐ帰って、この幸福感を抱きしめ、ジャックとの将来に思いをめぐらせたい。いつもならば村に来た以上、牧師夫人やほかの何人かを訪ねたりするだろう。そうやってあちこちよって時間をつぶせば、ストーンはさらにむだ骨を折ることになる。意地悪をしてやりたい気持もなくはなかった。

けれども今日はやはり、牧師夫人につきあう気にはなれなかった。温厚な女性だが、退屈するにきまっている。それを我慢するには、胸がはずみすぎていた。結局、旅籠《はたご》によって飲み物を注文し、リディアとちょっとおしゃべりしただけで、タイディングズへ帰った。

その晩ニコラは、内心の興奮を妹やリチャードに悟られはしないかとひやひやした。常になく浮き浮きしている気分が顔に出ようものなら、不審がられるだろう。顔色を抑える努力が過ぎたためか、デボラが心配そうに〝どこか具合でも悪いの？〟と訊いたくらいだった。

それをいいことにニコラは、頭が痛いので早く寝室に行ってラベンダー水をこめかみに塗りたいと、妹に嘘をついた。そしてやっと自分の部屋にこもってベッドに横になり、ジャックとの薔薇《ばら》色の将来に思いをはせることができた。

ジャックは私を愛していると告白したも同然なのだ。私と一緒になるために、リチャードへの復讐をあきらめた。会いたくてたまらなかった。離れたくない。ジャックが言ったことを、ニコラはうっとり思い返す。結婚や愛という言葉は口に出さなかったものの、ちぎりを結んだのと同じこと。私が裏切ったと思いこんでいたのも誤解だったと気づいたのかもしれない。

ベッドの天蓋《てんがい》を見あげながら、ジャックをマリアンヌやペネロピたちに紹介する場面を思い浮かべていた。リチャードがどんな顔をするか。想像しただけでも、笑いがこみあげてくる。もとより怒るだろうし、ジャックがリチャードの過去の悪行をばらすのではないかとおびえるのではないか。リチャードのことだから、ジャックの口を封じるために殺そうとするかもしれない。ミスター・フュークェイをピストルで死なせたのも、おそらく同じような動機からだろう。だがフュークェイの場合のほうが、リチャードにとってはもっと深刻だったと思う。もしもフュークェイが暴露すれば、リチャードは貴族社会から追放されることになる。それにひきかえ、元馬丁がリチャードにひどい仕打ちをされたと告発したところで、上流社会にほとんどなんの波紋も起こさないだろう。リチャード自身も、十年前とは違ってギルに対する嫉妬《しっと》は薄らいでしまったかもしれない。

それより問題なのは、追いはぎ〝紳士〟が姿を消したこととギルの帰還には関係があるのではないかとリチャードに疑われる可能性だった。とはいえ、仮にリチャードが疑惑をいだいたとしても、証明のしようがない。ジャックとギルが同一人物だということは、ペリーや部下たちしか知らない事実だ。ハル・フォークナー夫妻を除いて、地元の住民は覆面を取ったジャックを見たことがない。だからたとえ口を割るように強要されたとしても、真相を語れる者はいないわけだ。リチャードがいくら疑っても、証拠がなければジャックは逮捕されない。そこまで考えて、ニコラは安心した。

翌日も、ニコラの幸せな気分は続いていた。ただし、夜までだった。デボラがおやすみなさいを言いに、ニコラの部屋へ来た。妹の表情がなんとはなしに不安げだったので、ニコラはどうかしたのか訊いてみた。

デボラはいちおう否定したものの、さしさわりのないおしゃべりを少ししてから言いだした。「お姉さま……追いはぎ団のなかには村の人たちもいるの？」

妹のおしゃべりをうわのそらで聞いていたニコラは、きっとなった。「え？　なんでそんなことを訊くの？」

「リチャードがね、あのストーンっていう人に話しているのを聞いちゃったの」

「なんて？」

「いえ、たぶん本心じゃないと思うけど……でも、自分の財産を守らなきゃならないから……それにしても、あまりに冷酷なやり方だと思って！」

「冷酷なやり方って？　リチャードはストーンと何を話してたの？」ニコラはみぞおちが引きつるのを感じた。

「明日の朝、鉱山から荷馬車でお金をたくさん持ちだすらしいの。でもそれは策略で、実際は、お金の代わりに銃を持った男たちがいっぱい乗るんですって」デボラは唇をかんで、訴えるように姉を見た。「リチャードは、お金を荷馬車で運ぶという嘘をおおっぴらに言ったらしいの。それを聞いた追いはぎが待ち伏せして荷馬車の後部をあけると、なかの男たちがいっせいに発砲する。そうやって追いはぎ一味を全部撃ち殺す手はずになっているんですって！」

16

ニコラは呼吸がとまったような気がした。「なんですって？　いきなりみんな撃ち殺しちゃうの？」

「できるだけたくさんということでしょう。もちろんみんな犯罪者だし、うちが大きな被害を受けているのは事実よ。捕まればおそらく絞首刑になるでしょう。でも少なくとも、まず裁判をしてからよね。だけど、こんなことって……」デボラは声をふるわせる。「殺人みたいなものでしょう」

「みたいなじゃなくて、殺人そのものよ。いくらリチャードだってまさかそこまで……いえ、リチャードならやりそうなことだわ。あの人にとっては、ほかの人間の命よりも自分のお金のほうが大事なのよ」ニコラは眉間《みけん》にしわをよせて、室内をいったりきたりしはじめた。「デボラ、なんとかしてとめなくては」

「でも、どうやってとめられるの？　いても立ってもいられず、お姉さまに言いに来たんだけど。もしも村の人たちが殺されたらと思うと……といって、私には何もできそうにないし。リチャードは、私の言うことなんか聞かないにきまってるわ。お姉さまの意見にも聞く耳を持たないでしょう。ときどきふしぎに思うほど、リチャードはお姉さまを嫌ってるみたいだから」

「そんなことわかってるわよ。でも必ずしもリチャードを説得しなくても、銃撃を避ける方法はあると思うわ。つまり相手がその場にいなければ、撃つことはないでしょう。罠《わな》だということを相手が知っていれば……」

「え？　お姉さま、それを追いはぎたちに知らせるの？」デボラは目を丸くした。「どうやって？」

「なんとかできると思う」ニコラは決然とした面もちで、衣装だんすのほうへ歩いていった。

「追いはぎが誰なのか、どこに住んでるのか、お姉さまは知ってるの？　どうしてわかったの？　リチャードは、お姉さまが追いはぎと親しいようなことを言ってたけど、嘘《うそ》だと思ってたのに」デボラは不安げに続けた。「追いはぎって、凶悪な犯罪者でしょう。お姉さまが……そのう、変わった人たちが好きなのはわかってるけど、いくらなんでも……追いはぎと親しいなんて！　何カ月にもわたって、うちからお金を奪った人たちよ」

「リチャードは何年にもわたってみんなからお金を奪ってるじゃない！」ニコラは乗馬服に着替えている。「ねえ、デボラ、あなたのだんなさまがどんな人か、本当に知らないの？　みんながリチャードをどう思ってるか、わからない？」

デボラは顔色を変えた。「お姉さま、何を言いだすの？」

「要するに、リチャードは悪い人だと言ってるだけ。もちろん、リチャードだけじゃなく誰のお金を盗《と》っても、追いはぎは許されない犯罪よ。だけど追いはぎ団が奪ったお金の大半は、リチャードが虐げてきた村の困ってる人たちに分け与えられてるの！　リチャードは小作人からお金をしぼりとってるので、みんなに嫌われてるのよ。命の危険を冒して鉱山で働いている人たちに、ほんのわずかなお金しか払っていないの。病気にでもなろうものなら、リチャードに首にされてしまう。食べるものもない生活って、あなた、想像できる？　子どもたちがひもじがってるのに、親はどうすることもできないのよ。そんなにひどい仕打ちをするリチャードは嫌われて当然だと思わない？　リチャードが追いはぎにお金を奪われても、同情するどころか喜ぶにきまってるでしょう。追いはぎ団が自分たちのお金を取りもどしてくれたような気持になるのよ。なぜ村の人たちが追いはぎをかばうと思う？　知っていても密告しない理由は何？　もしも奪われたのがバッキーのお金だとしたら、村の人たちの反応は違うと思うわよ」

「ええ……」デボラはすっかりしょげて、姉を見つめていた。

「だけど今は、こういうことを話してる暇がないの。今夜のうちに、リチャードのたくらみを知らせに行かなくてはならないから。いいこと、デボラ、一つだけ約束して」ニコラは妹の腕を取り、目をのぞきこんだ。「私が追いはぎに警告しに行くことを、リチャードには絶対に言わないで。そんな冷酷なやり口で射殺するなんていけないことだと、あなたも思うでしょう？　このことをリチャードが知ったら、必ず私を追ってきて――」

「絶対に言わないわ。でも、お姉さま、くれぐれも気をつけてね……お願い」

「できるだけ気をつけるわ」ニコラは腰をおろして、靴下とブーツをはいた。「ストーンにつけられないように、うちをこっそり抜けださなくては。こんな夜遅くまでストーンは見張ってるかしら。あなた、知ってる？」

「それはわからない。ただ、リチャードはお姉さまのことが心配なので、有能な人に見張りをさせるつもりだと言ってたけど。この家に泊まっているからには、お姉さまの身の安全を確保するのは自分の責任だからって。それと、私の姉でもあるし」

それはリチャードの欺瞞《ぎまん》だと言いかけて、ニコラは思い直した。今は、リチャードの正体を妹にわからせようとしてもむだだし、その時間もない。「今夜は絶対にストーンに尾行されたくないの。それだけはなんとかして避けなくては」

「どうするの？」

「そうね」ニコラは室内を見まわした。「あなたの部屋に何か重いもののない？　例えば、文鎮とか」

「文鎮ならあるわよ」

「じゃ、それを貸して。武器があったほうがいいから。アレクサンドラが言っていたとおりだと、このごろますます思うようになったの。ピストルを持って歩くべきだわ」

「ピストルですって！　まさか、冗談でしょう？」

「いいえ、本気。アレクサンドラはロンドンで危険な目に遭いそうなときは、手提げ袋にピストルを忍ばせていたの。ロンドンの治安がよくない地域に行くのだったら、ピストルを持っていったほうがいいと、アレクサンドラに忠告されたのよ。今になって、その意味が実感できるわ」

デボラは目をぱちくりさせて言った。「あのアレクサンドラっていう方、ちょっと変人みたいな気がするけど」

「アメリカ育ちだから」

それだけでデボラは納得したふうだった。ニコラと一緒に自分の部屋にもどり、小さいが重いクリスタルガラスの文鎮を渡した。それをニコラはポケットにしまう。姉妹は足音を忍ばせて階段をおり、家の横手の通用口の鍵《かぎ》をあけた。ニコラは闇《やみ》に包まれた庭園にそっと出る。

背後でデボラが戸をしめる音がした。いくら気の弱い妹でも、実の姉であるニコラへの忠誠心から、夫に告げ口をしないという約束をきちんと守ってくれればいいのだが。たとえリチャードに言わずにいられなくなったとしても、たっぷり時間を稼いでからにしてほしいと、ニコラは願うしかなかった。

家の外壁から離れないようにして、ニコラは急ぎ足で歩いた。黒っぽいマントのフードを目深にかぶって顔を隠していれば、暗闇にまぎれて見つかりにくいだろう。厩舎《きゅうしゃ》にいちばん近い建物の角まで来ると足をとめ、中庭をひとわたり見まわした。厩舎までの距離がいやに長く感じられる。家と厩舎のあいだには、木も植えこみもないので、どこからでも見通せる。ストーンかリチャードが見張っていないことを祈るばかりだ。木陰から一歩踏みだそうとしたとき、数メートル先の闇に赤い点のような光がともってすぐ消えたのに、ニコラは気づいた。

ぎくりとして、立ちすくむ。ふたたび赤い光の点が明滅したのを見て、それがなんであるかわかった。樫《かし》の木の下に立って、誰かがたばこを吸っているのだ。吸いこむたびに、ぽっと赤い光がともる。ニコラは忍び足で別の木の陰に近寄り、何者なのか背後からすかし見た。姿かたちからして、ストーンにほぼ間違いないと思う。ストーンらしき男は木の幹によりかかって立っていた。その場所からは、厨房《ちゅうぼう》の戸口と厩舎、そのあいだの中庭が一度に見渡すことができる。ストーンは私が夜中にこっそり家を抜けだしてジャックに会いに行くかもしれないと思い、毎晩あそこで見張っているのだろうか？　それとも、単に就寝前の一服を楽しんでいるだけ？　いずれにしても、見つかって尾行されてはならない。

ニコラはマントの下をまさぐり、ポケットに手を入れた。楕円形《だえん》のガラスの文鎮をにぎりしめる。ポケットから文鎮を取りだし、ひたひたと男ににじりよった。相手の不意を襲うのは卑怯《ひきょう》だとは思ったが、この際やむをえない。真後ろまで近づいて文鎮をかかげ、ストーンの頭めがけて力いっぱい打ちおろした。ストーンは奇妙な声とともに、地面に倒れた。

ただちにニコラは厩舎に走った。厩舎は真っ暗だった。馬丁たちは朝が早いから、全員すでに床についているにちがいない。忍びこんで、馬をそっと引きだそう。前にやったことがあるから、鞍《くら》も馬勒《ばろく》も自分でつけられる。問題は、寝ている馬丁に気づかれないように音をたてずにすむかどうかだ。そのうえ、手早くやらなければならない。気絶したストーンが、いくらもしないうちに目を覚ますかもしれない。手足を縛るものを持っていればよかった。

忍び足で中央の通路を進み、自分の馬がいる馬房にすべりこむ。馬に馬勒をつけて、静かに馬房から引きだした。できるだけ音をたてないようにして鞍をつける。今にも馬丁が目を覚ましておりてくるのではないかと、はらはらしどおしだった。幸い誰もおりてこず、ニコラは馬を中庭へ連れだした。前方の樫の木の下に、黒いかたまりがうずくまっているのが見える。ストーンはまだ気絶しているらしい。

厩舎からかなり離れたところまで馬を引いていき、低い石垣にのって馬上の人になった。

念のため振り返って誰にも見られていないのを確かめ、ニコラは馬のわき腹を蹴《け》って走りだした。

森に入ってから速度が遅くなるのがわかっているので、はじめはできるだけ馬を飛ばした。隠れ家までの道を思いだせればいいが。祈るような気持だった。道を記憶しておこうと必死だったときが一度あったが、そのとき以外はあまり注意を払わなかった。それにそのうちの一回は、隠れ家からタイディングズへではなく、ローズおばあさんの家に行ったのだった。

月光のもと、ニコラは速度をあげて牧草地を駆けぬけ、森の入口に着く。ここからはいやおうなしに馬の歩みをゆるめるしかない。木々のあいだを縫い、小川を渡って馬を進める。曲がるところを間違えたため、迷ったかと懸念した。けれどもやがて見覚えのある倒木が目にとまり、まわり道しただけだと気づいてもとにもどることができた。

夜行性の動物や小枝が割れる音が聞こえる。二、三メートル先でいきなり梟《ふくろう》が鳴いたとき、ニコラはびくっとした。夜のしじまを破るさまざまな音にかまわず進んでいくと、ようやく前方に小さな家が見えてきた。思わず安堵《あんど》のため息をもらし、隠れ家に近づいた。家の前で馬をおりて手すりにつなぎ、玄関の階段を駆けのぼった。ジャックの名を呼びながら、扉をどんどんたたいた。階段を駆けおりる足音が聞こえ、錠をはずす音がしたと思うと扉があいて、ジャックが顔を見せた。ジャックはズボンをはき、シャツの前がはだけている。髪はくしゃくしゃで、寝ぼけまなこだった。

「ニコラ！」ジャックは急いでニコラを家のなかに引き入れ、扉をしめた。「こんな遅くにどうした？　いったい何があったんだ？」

ペリーとほかの二人の男たちもおりてきて、ジャックの後ろからのぞいている。

ニコラは息を切らして知らせた。「明日の朝、鉱山に行ってはだめ！　罠なの」

「罠だと？　それは……金を積んだ荷馬車のことか？」

「そう！　リチャードとストーンが話しているのを、デボラが立ち聞きしたの。荷馬車にお金は積んでなくて、男たちがいっぱい乗ってるんですって。あなたたちを撃つか、捕まえるかするのよ。どっちかは、見当がつくでしょう」

ジャックは罵声《ばせい》をもらし、髪の毛をかきむしった。ニコラはジャックの腕に手をかける。

「だから、絶対に行かないで」

「わかった。ただ、あまりに――」

突然、勢いよく扉があき、数人の男がなだれこんできた。男たちは銃をかまえている。ニコラは悲鳴をあげた。銃声がひびき渡り、弾は階段の上の壁に当たった。追いはぎ一味は棒立ちになった。

リチャードがつかつかと入ってきた。「なんとなんと、ニコラ、よくぞ我々をここまで連れてきてくれましたな」ニコラの背後の階段に目をやる。「さて、我々の……」

急にリチャードが足をとめたものだから、後ろからついてきた小男は背中にぶつかってしまう。リチャードの顔から血の気が引いた。こんな状況でなければ笑いだしていたかもしれないほど、滑稽《こっけい》な顔つきだった。「こりゃあ、驚いた！　おまえとは！」

「こっちも同然さ」ジャックは吐き捨てるように返した。

「まさか……夢にも思わなかった」リチャードはつぶやいた。それから、きびきびと男たちに命じる。「やつらを縛りあげろ。ひったてて、牢獄《ろうごく》にぶちこむんだ」後ろからついてきた小男を振り返った。「どうです、警部？　我々の働きぶりにご満足いただけたでしょうかね」

ニコラがこぶしをにぎりしめて、リチャードにつめよった。「よくもこんなことができたものね！　私を利用するとは！」

男たちが侵入してきたとき、ニコラはリチャードにまんまとはめられたことに気がついた。吐き気すらおぼえた。罠の話じたいが罠だった。ジャックのもとに駆けつけるように誘導されたのだ。そして、ひそかにあとをつけさせる。ストーンが外で見張っていたのも計略の一部かもしれない。ストーンを気絶させてからは、尾行者がいるとは考えてもいなかった。

「なんて卑劣なんでしょう！　人間のすることじゃないわ！　彼に危険が迫っていると私に思わせておいて……あなたをこの手で殺してやりたい……」息巻くニコラを、リチャードは薄笑いを浮かべて見ている。

「なるほど、ニコラ」ジャックがさえぎった。その声音の冷たさに、ニコラはぱっと振り向いた。ジャックの口もとには嘲笑《ちょうしょう》がただよっている。ニコラの胸は凍りついた。

「またやってくれたね」蛇でも見るような嫌悪の目つきで、ジャックはニコラを見ている。「いくらなんでも、もう一度できるとは思っていなかったが、ともかくやってくれた。あんなひどいことをされたあとでも、ぼくはきみの言葉を信じるようになった。そのぼくを、きみはまた裏切った」

「違うわ！　裏切ってなんかいない！」ニコラは声を振りしぼって否定した。腹部に一撃を食らったかのように、ジャックの言葉はこたえた。ニコラがリチャードらをこの隠れ家に手引きしたと、ジャックは思っているのだ。

「ぼくだって、それほどばかじゃないさ」ジャックは苦々しげに答えた。

ニコラの目に涙があふれる。「そうじゃないの。お願い、ジャック、そんな目で私を見ないで。私があなたを裏切るはずがないじゃない！」

リチャードがしたり顔で口をはさんだ。「まあまあ、ニコラ、今さらごまかして何になる？　十年前と同じように今度も、あなたが彼の居場所を教えてくれたのは見え見えじゃないですか」わざとらしくジャックを見やる。「とにかく大した腕前だ。彼女の魅力にころりとだまされちまう男は大勢いるだろうな」

「でたらめはよして！　あなたなんかに教えるはずがないでしょう！　そんなくらいなら、蛇の手助けでもしたほうがましだわ！」ニコラは叫び、ぱっと向き直った。「ジャック、お願い……」

ジャックは顔をそむけた。「警部、ここから連れだしてください。この部屋に満ちている背信の悪臭に耐えられないんです」

ニコラは心臓にとどめを刺されたような気がした。ジャックは私を信じていない。また憎んでいる。それより悔しいのは、知らなかったとはいえ、ジャックを敵の手に渡す結果になったことだった。これでは憎まれても当然だ。ジャックの身に危険が迫っていることを案ずるあまり、衝動的で思慮に欠けすぎていた。こともあろうに、リチャードの手先として利用されるとは。こんな愚かな失敗をしたために、ジャックは……死刑になってしまう。

警部とリチャードが雇った男どもがジャックと部下たちを連行していくのを、ニコラはなすすべもなく見ているしかなかった。戸口へ出てみると、ジャックと部下たちは後ろ手に縛られて馬に乗せられている。リチャードがわきをすりぬけて、自分の馬にまたがった。警部とリチャードを先頭に、行列は出発した。ニコラ一人、玄関ポーチに呆然《ぼうぜん》と立ちつくしていた。私を憎んだまま、ジャックは去っていった。

涙があとからあとから流れ、ニコラは戸口にうずくまって泣きじゃくった。

ひとしきり泣いたあと、狭い家の二階にあがった。ジャックの部屋に入り、ベッドに腰をおろして目をとじた。まるでジャックがここにいるかのように感じる。急いでベッドを抜けだしたあとのくしゃくしゃになったシーツや枕《まくら》も、椅子にかけたシャツも、ジャックの残り香がする。

ニコラは目をしっかりつぶって涙をこらえた。さんざん泣いたのだから、もう涙は流すまい。とにかく、どうにかしなければならない。しばらく考えたあげく、腹をきめて立ちあがった。絞首台どころか、ジャックを牢獄に置いておくわけにはいかない。どんな手段も辞さず、ジャックを助けだそう。

まずバックミンスター邸へ馬を走らせた。ペネロピの話だと、前夜にはバッキーたちが到着しているはずだ。屋敷に着いたときは、すでに深夜だった。長いこと叩《たた》き金を打ちつづけた末に、ようやく寝ぼけまなこの従僕が出てきた。従僕用のかつらがひん曲がっていて、制服のボタンはかけ違っている。従僕は、しばらくのあいだニコラをまじまじと見つめていた。

「ミス・ファルコート？」

「ええ。いとこに会いに来たの。いますよね？」

「バックミンスター卿《きょう》ですか？　あ、はい、お嬢さま。ランベス卿とご一緒に馬車でゆうべお着きになりました。ソープ卿ご夫妻もです」

「バックミンスター卿にお話があるの」

「今でございますか、お嬢さま?」

「ええ、もちろん、今よ」ニコラは従僕をぐっと見すえる。「私を玄関に立たせたままにするつもり? それとも、なかに入れてくださるの?」

「あっ、お嬢さま、大変失礼いたしました」従僕は恐縮して後ろへさがった。「不調法いたしまして。ですが、お嬢さま、ただ今は午前三時になるところでございます。だんなさまは二時間ほど前におやすみになりました」

「あら、バッキーはもう田舎の時間に合わせてしまったのかしら。でも悪いけど、起こしていただくしかないわ。どうしても話さなければならないことがあるの。緊急の用件よ。それとも、私が自分で起こしに行きましょうか? お部屋はわかってるし」

「お嬢さま、とんでもない!」従僕はおののいて言った。「そんなことはいけません。お嬢さまがお見えになっていることを、わたくしがお伝えしにまいります」

ニコラは玄関でたっぷり十五分待たされた。寝間着の上にガウンをはおったバッキーが心配そうにあらわれた。

「ニコラ! どうしたの? いったい何があった?」

「何もかもよ」ニコラは立ちあがった。「どうしてもあなたに聞いてもらいたいことがあるの。今夜、私はとんでもないことをしてしまったので、あなたになんとかしていただければと思って来たのよ。囚人のことについて、判事さんに相談しに行ってくださらないかしら？」

「囚人だって？　それ、どういうこと？」バッキーはあっけに取られている。

「例の追いはぎの首領のことよ。今夜、警部たちに逮捕されたの。私のせいで。リチャードに一杯食わされたのよ。私ったら本当にばかで、罠だと見抜けなかったの」

「話がどうなってるのか、ぼくにはついていけないよ。追いはぎの逮捕とリチャードとどういう関係があるんだ？　その点で言えば、きみともどんな関係があるんだろう？」

「言ったでしょう。私のせいで逮捕されたんだって」リチャードにだまされて追いはぎの隠れ家を教えた結果になったことを、ニコラは手短に説明した。

「しかし、その追いはぎの首領って何者なんだ？　なぜ知ってるの？」バッキーはけげんそうにたずねた。

ニコラはためらった。いくら善良で親切なバッキーといえども、貴族であることに変わりはない。女のいとこであるニコラが追いはぎと恋仲だと聞かされて、バッキーが喜ぶとは思えなかった。「ローズおばあさんの孫なの。おばあさんのこと、憶《おぼ》えてない？」

「ローズおばあさんって、みんなの病気を治してたあのおばあさん？　憶えてるとも。きみはしょっちゅう訪ねていってたじゃないか」

「そうそう。おばあさんがとっても好きだったし、あちらも私をかわいがってくれたの。だから……おばあさんのたった一人の孫が絞首刑にされるのはいやなの。バッキー、お願い。あなたの力でなんとかして。判事さんはお母さまの親しいお友達だし、あなたの頼みなら聞いてくださると思うの」

「そりゃそうかもしれないが」

「釈放してもらえたら、ジャックはここを出ていって、決してもどってこないわ。誓ってそうすると思うの。要求されれば、イギリスを離れることにも同意するでしょう。この数年はアメリカにいたそうだし」

「だったらなぜ、こんなところで追いはぎなんかしてたんだろう?」

「それには複雑なわけがあって、簡単に説明できないの。ただ、これだけは私の言うことを信じて。死刑にされるほどのことはしてないのよ。牢獄に入れられるのも不当なの。断言するけど、ジャックは誰にも害を与えていないのよ――リチャード以外には。それも金銭的な意味だけで。もちろんリチャードは凶悪な追いはぎだと言いふらすにきまってるけど、実際は本当にいい人なの」

「ホールジーに話してみるよ」バッキーはホールジー判事の名を出し、急いでつけ加えた。「ただし、明日の朝。真夜中に起こすのはまずいから」

「そうね、そのとおりだわ」すぐ身支度して判事の家へ馬を駆り、たたき起こして訴えてほしい。それがニコラの本音だったけれど、バッキーの判断が正しいことは認めざるをえなかった。

「ニコラ、きみもここに泊まって、すぐ寝たほうがいいよ。こんな深夜に帰るべきじゃない」

バッキーの言うとおりだ。眠気はまったく感じなかったが、こんな時刻に何もできないのはわかっている。タイディングズにもどっても、どうせリチャードは寝たあとで、バッキーのように起きてくるはずがない。それに、リチャードの家にはもう寝泊まりしたくなかった。結局ニコラは、バックミンスター邸で暮らしていたころの自分の部屋で寝ることにした。

ベッドに横になっても、心痛で眠るどころではなかった。翌朝早く、前夜の服装のままタイディングズへ帰った。

早朝なのにリチャードとデボラは起きていた。二人が声高に言いあっているのが食堂から聞こえてくる。ニコラは食堂へ行って、なかをのぞいた。かたわらの大きなテーブルに並んだ朝食はそっちのけで、エクスムア夫妻は立ったまま口論している。

「姉を一人でそこに置きざりにしてくるなんて！　ひどいじゃありませんか！」デボラが上気した顔で夫をなじっていた。

「いや、逮捕させなかっただけでもありがたいと思うべきだ。何しろ犯罪者を手助けしたんだからね！」

「姉は優しいから」

「おせっかいで、最下層の者の世話を焼きたがる悪い癖があるだけさ」

ニコラは部屋に足を踏み入れた。「私はここにおります」

リチャードとデボラがぱっと振り向いた。

「お姉さま！」デボラが手をさしのべて近づいた。「すごく心配したわよ！」

ニコラは厳しいまなざしを妹に向けた。「あなた、計略を知ってたの？　リチャードに指示されて、私にあの罠の話をしたの？」

「まさか、違うわ！　私が知っていて、お姉さまをそんな危険な目に遭わそうとするはずがないじゃありませんか！　まったく知らなかったのよ。たまたま耳に入ったので、知らせに行っただけなのに」デボラは悲しそうに手を胸に持っていった。

「ごめんなさい」ニコラも腕を広げて、妹に近づいた。十年前に、ニコラが裏切ったとリチャードに聞かされたときの、ギルの気持はいかばかりであったか。いくぶんは実感できた気がする。リチャードにはめられたと知ったときから、ニコラは妹を疑っていたのだった。デボラが計略の片棒をかついでいたとしたら……？　一晩中、疑念を払うことができなかった。「そうよね、あなたがそんなことをするはずがないもの」ニコラは妹を抱擁した。「私、頭がおかしくなってしまって」

「わかってるわ。お姉さまはとっても疲れてるでしょう。今までどこにいらしたの？」

ニコラはかぶりを振った。「それはどうでもいいの」

「すぐ寝たほうがいいわ。私もお部屋まで一緒に行くから」

「いいえ。私はリチャードに話があって来たのよ」ニコラは妹から離れ、リチャードをまっすぐ見た。「ジャックを釈放してくださいと、お願いしに来たんです」

「釈放？」リチャードは目をむいている。「冗談だろう」

「いいえ、本気です。彼を捕まえる必要はなかったんですよ。どっちみち、この土地から出ていくところだったんですから」ニコラはリチャードに近寄った。

「そりゃそうだろう」リチャードはせせら笑って横を向いた。

「あの人にはもう十分すぎるほどの仕打ちをしたじゃありませんか」ニコラの目に涙が浮かんだ。「十年前にあなたがどんなことをしたのか、言われなくてもわかってるでしょう。あなたは彼の人生をめちゃめちゃにしたのよ。あなたを憎むのも、仕返ししたいと思うのも当然じゃありませんか」

「それ、なんの話？」横からデボラが訊《き》いた。「私にはよくわからないけど。リチャードはその人を知ってるの？」

「ええ、知ってるのよ。追いはぎ〝紳士〟は、ギル・マーティンなの」

「ギル・マーティン？」デボラはけげんそうにくり返す。

「ローズおばあさんの孫のギルよ」

デボラははっとして息を吸いこんだ。「ええっ、ギル？　まさか、あの、お母さまが……」

急に口をつぐんだ妹に、ニコラはたずねた。「お母さまが何？　お母さまとギルとどういう関係があるの？」

デボラは困った表情でちらりと夫を見る。リチャードは腕組みをして、嘲《あざけ》るようにデボラを見返した。

「デボラ、お母さんとギルとどういう関係があるか、お姉さんに話してやればいいじゃないか。きみとの関係も」

「あなたも？」ニコラは妹に近づき、腕に手をかけた。「ギルと何があったの？　お母さまがどうしたの？　話して、デボラ」

デボラは目をそらした。「私……お姉さまがお部屋に閉じこもっていたときのことよ。召使いのメアリー・ブロートンを憶えてるでしょう？　お姉さま付きの側仕《そばづか》えだった人。あのメアリーが手紙を私のところに持ってきたの。ノックしてもお姉さまが返事をしないからって。お姉さまあてのその手紙は、ローズおばあさんから渡されたと言ってたわ。ローズおばあさんがバックミンスター邸に手紙を持ってきたそうよ」

「それで……その手紙をあなたはどうしたの？」

「どうしたらいいかわからなくて……しまいに、読んでみたの」デボラは赤くなって、心もち反抗的な視線を姉に向けた。「ごめんなさい。でも、何か大事なことが書いてあるかもしれないし、お姉さまに知らせなくてはいけないことか、それとも大した用事じゃないか、確かめたほうがいいと思ったのよ。そうしたら、手紙はおばあさんの孫からのものだとわかって、私、なんだか怖くなったの。どうしたらいいか、悩んじゃって。だって、お姉さまが家出して馬丁と結婚してしまったら大変な騒ぎになるでしょう。それに、二度とお姉さまに会えなくなるかもしれないとも思ったの。お母さまは具合が悪くなるにきまってるし、家の恥になるから誰も私と結婚してくれないだろうと――」

「誰もじゃなくて、リチャードのことでしょう？」

デボラはみじめな顔つきでうなずいた。「ごめんなさい、お姉さま。私はまだ年が若くて、何も知らなかったから。お姉さまはギルの話をしたことがなかったし」

「そんな話をしたら、あなたもお母さまもどう思うかわかっていたからよ」

「でも、お姉さまが本気でギルを愛していたとは知らなかったの。少年少女の淡い恋で、すぐ気持が変わると思ってた。お姉さまがその後ずっと独身でいることも、悲しんだあげくにロンドンへ移ってしまうことも予想もつかなかったわ。それで……お姉さまの気持がわかると、打ち明けるのが怖くなったの」

「で、あなたは手紙をお母さまに見せたのね？」

「ええ。お母さまがリチャードを呼んで、二人で相談してたわ。何を話したのかは知らない。そのあとは、ギル・マーティンからなんの連絡もなかったの」

「そりゃそうでしょう。リチャードがギルを、強制的に水兵として地獄のような軍艦の船倉にぶちこんだんですもの」

「えっ、そんなひどいことを！　お姉さま……」

「ええ、あんまりでしょう。自分より身分が高い女を愛したというだけで、そんな仕打ちをされなくてはならないのは。でも、本当の理由は違うのよね、リチャード？」ニコラは怒りに燃えるまなざしをリチャードに向けた。「ギルをそんな目に遭わせたのは、あなた自身が欲しかった女を取られたからでしょう？　ギルは邪魔者だったのよ。だから罰したというわけ。そうでしょう？　おまけに、私がギルの居場所をあなたに教えたと、彼にでたらめを吹きこんだのよ。あなたはギルを地獄のような軍艦にほうりこんで身体的に苦しめただけでは飽き足らず、私に裏切られたと信じこませてギルの心までずたずたに切り裂いたんです」

「あいつにあなたを黙って渡すとでも思ってたのか？」リチャードはわめいた。「あんなくずみたいなやつに……あなたを触らせたり取られたりされてなるものか！　あなたはぼくのものだった！」

ニコラは言い返した。「私があなたのものだったことなんかあるわけないでしょう！

思いあがりもはなはだしい！　私はあなたになんの気持もないことを、数えきれないくらい何回も言ったはずよ。だけど、うぬぼれ屋のあなたは認めようとしなかっただけじゃない」

「いや、あいつが邪魔さえしなけりゃ、うまくいってたはずだ。何もかもやつのせいだ。ぼくが愛した女はあなただけだ！　それなのに、あのちんぴらがあなたをぼくから奪いやがったんだ！」

　デボラが悲鳴のような声をあげた。ニコラは振り向いた。夫の言葉に衝撃を受けたデボラは顔面蒼白《そうはく》になっている。

「リチャード？」デボラは目に涙をいっぱいためて、迷子のように頼りなげだった。「どういう意味？　あなたは私を愛していなかったの？」

「ええい！」嫌悪をあらわにしたリチャードが手を突きだした拍子に、テーブルから花瓶が転げ落ちた。「そうやってめそめそ泣いてばかりいるのはいいかげんにしろ。もちろん、きみを愛したことなんかない！　愛されてると思いこんでたのは、きみみたいなばかな女だけさ。きみがニコラの代わりになるかと勘違いしたぼくもばかだった。きみは妹だから、ニコラみたいに魅力のあるいい女かと思った。だからこそ、退屈で少女っぽいところや、ばかげた媚《こ》びも大目に見たんだ。結婚して大人の女になれば、姉さんに似てくるだろうと期待してたのさ。それが期待はずれだったうえに、跡継ぎの子さえ産めないとは！　きみす。

はろくでなしだ！　きみと結婚しても、ニコラは妬《や》きもしない！」

デボラの目から涙があふれた。両手で顔をおおい、デボラはへなへなと椅子に腰をおろ

リチャードはニコラに矛先を転じた。「なんであなたは、ぼくの言うことを聞かなかったのを後悔もしなかったのか？　財産も家屋敷も地位もみんな妹のものになったのに、なぜ嫉妬《しっと》も悔いも感じなかったんだ？」

「そんなもの、いらなかったからよ。私が欲しかったのは、愛する人だけ。あなたはばかだったし、いまだにそうだわ。あなたを愛している女は、この世にデボラしかいないのよ。なのに、そういう妻をないがしろにして。ぜんぜんわかってないのね」

リチャードは、背中を丸めてすすり泣いているデボラを一瞥《いちべつ》した。「ふん、それがなんだというんだ？　こんなつまらない女に愛されたからといって、それが何になる？　デボラはあなたじゃない！　夢にまで出てきて、ぼくを苦しめたのはあなただ。ぼくが愛した女はあなたしかいない。デボラは質の悪い代用品にすぎなかった」

「愛ですって？　あなたは私を愛してなんかいなかった！　人を愛するとはどんなことか、あなたは何もわかってないのよ。たぶん自尊心は傷つけられたかもしれないわ。どんな手段を使っても手に入れられなかったものに、あなたは執着していたから。私を愛していたわけじゃなくて、手に入れられないのが悔しくてたまらなかったんでしょう。あなたが愛

しているのは、自分自身だけ！」

「あなたのことも警察に渡してしまえばよかった！　心から後悔してるよ！」

「そんなこと、あなたにはできないでしょう。もしそうしていたら、ジャックをまた傷つけることができないもの。私が裏切ったとジャックに信じこませて、彼がまた私を憎むように仕向ける。それがあなたの卑劣な狙《ねら》いでしょう。私を牢獄にぶちこむために、せっかくの機会をむざむざ取り逃がすはずがないわ。リチャード、あなたは邪悪な人間よ。私はあなたの正体を知っている。あなたは芯《しん》まで腐ってるのよ」

　リチャードはどなった。「だったら、ぼくの家から出ていけ！　叔母さんのところでも、伯爵夫人の家にでも行ってくれ！　夫人とは仲がいいんだろう？」

「ご心配なく。出ていきますから。あなたと同じ家にいるのは、こっちこそごめんこうむります！　あなたの息で汚れた空気を吸いたくないですからね」ニコラは妹に言った。「ごめんなさいね、デボラ。赤ちゃんが生まれるまで一緒にいると約束したけれど、もうだめだわ。この化け物と同じ屋根の下では暮らせないもの」

　部屋を出ていこうとする姉に、デボラが呼びかけた。「待って！」

　ニコラは振り返った。デボラがすがるような目でくり返した。「待って。私も一緒に出ていくわ」

17

ニコラとデボラ、昔の乳母の三人は、衣類を入れた二、三個の鞄《かばん》だけを馬車の屋根にのせてバックミンスター邸にやってきた。バッキーとバックミンスター夫人、客たちは朝食の席に着いているところだった。一同はニコラとデボラの様子がおかしいと思っても、礼儀として口に出さなかった。執事のあとから二人が入っていくと、叔母は結婚祝いとしてペネロピに贈る二頭の馬について熱弁をふるっている最中だった。執事はいくぶんしおたれたなりのニコラ・ファルコートとエクスムア卿《きょう》の妻の姿を玄関で目にしたときは驚きを禁じえなかったのだが、そぶりにも出さずに二人の来訪を取り次いだ。

バックミンスター夫人は二人の姪《めい》ににっこり笑いかけた。「ニコラ！　デボラ！　いらっしゃい。さあ、すわって。嬉《うれ》しいこと。朝食、一緒にどう？　ハギンズ、二人の席を用意してちょうだい」

「ありがとうございます、叔母さま。でも、朝食はけっこうです。デボラと私、お部屋に行ってもよろしいかしら。つまり、その……」ニコラは言葉につまり、きまり悪そうに三人の客に目を向けた。

　イギリス紳士らしく、ソープ卿もランベス卿も、尋常とは言えないニコラたちの突然の訪問に眉一つ動かさなかった。ソープ卿夫人アレクサンドラはアメリカ育ちだけにはるかに率直だった。アレクサンドラはさっと立ちあがり、まっすぐ姉妹のそばへ行った。

「ニコラ、だいじょうぶ？　何があったの？」長身のアレクサンドラは、豊かな黒髪を波打たせた彫像のように美しい女性だ。ざっくばらんで歯に衣《きぬ》着せない話し方のために、きつい印象を与えることもある。だがその半面、思いやりがあって心が温かい。アレクサンドラはニコラの肩に手をまわして優しく言った。「とても疲れていらっしゃるみたい。まずはお休みになるべきよ」

「そうそう、そのとおりだわ」バックミンスター夫人も口を添える。「昔のあなた方の部屋はそのままになってるのよ。ハギンズ、二人を二階へ連れていって」

「ありがとう、叔母さま。ごめんなさい。私も少し休みたいですし、デボラはくたくたなの」前の晩デボラは、姉の身を心配するあまり、ほとんど眠れなかった。そのうえバックミンスター邸に来る馬車のなかでは泣きどおしだったので、ニコラにぐったりよりかかっている。

「さ、お部屋へ行きましょう。お手伝いするわ」例によって、アレクサンドラがその場をてきぱき取りしきった。姉妹をうながして二階へあがり、初対面のデボラに自己紹介はしたものの、詮索《せんさく》めいた質問はいっさいしなかった。

アレクサンドラはまずデボラを昔の部屋に連れていき、乳母に世話をまかせた。それから一緒にニコラの部屋へ行って、寝る支度を手伝った。水差しと軽い朝食を運んでくるように召使いに指図し、ベッドのかたわらに腰をおろしてニコラの目をのぞきこんだ。

「どうしたの？　原因はエクスムアでしょう？　今度は何をしたの？」

ニコラは、ペネロピやマリアンヌほどアレクサンドラとは親しくはない。マリアンヌの妹で伯爵夫人の孫娘ではあるけれど、アレクサンドラがイギリスに来たのはほんの半年ほど前のことである。ニコラがマリアンヌと出会ったときは、アレクサンドラはセバスティアン・ソープ卿とヨーロッパへ新婚旅行に出かけていた。あまり会う機会がなかったとはいえ、親しみを感じるのはアレクサンドラの気さくな人柄のためだろう。知りあうにつれ、マリアンヌと同じように大好きになりそうな気がする。言葉を飾ったりせずにずばりと核心を突く話し方にも、ニコラは共感をおぼえた。

いつしかニコラは、ギルとの恋を邪悪なリチャードに妨害されたいきさつのすべてをアレクサンドラに打ち明けていた。話が追いはぎ団の首領のくだりに来たとき、アレクサンドラは声をあげた。「追いはぎですって？　もしかして、私たちの追いはぎじゃないかしら」

ニコラは目をみはった。「マリアンヌも同じ言い方をしてたわ。どうしてあなたたちの追いはぎなの？」

「私とセバスティアンは、追いはぎの首領に助けられたのよ。私たちが気球に乗ったまま遠くまで流された事件を憶《おぼ》えていらっしゃる？　あのとき一夜の宿を提供してくれたのが、その人なの」アレクサンドラはいたずらっぽく笑った。「ただし、いつの間にかセバスティアンは財布を盗《と》られていたわ。おかげでロンドンまで乗合馬車で帰らなくてはならなくなり、セバスティアンはそのことをまだ許してないと思うけど」

微笑を誘われながらも、ニコラは不意に涙ぐんだ。「ジャックらしいわ。アレクサンドラ、私、どうしたらいいと思う？　私はジャックを愛してるの。ジャックは牢屋《ろうや》に入れられて……しかも、私を軽蔑《けいべつ》してるのよ！」

「おしまいまで聞かせて。どうして牢屋に入れられてしまったの？　どうせリチャードの差し金でしょうけれど」

「もちろん、そう。リチャードはジャックを憎んでるの」リチャードにだまされて追いはぎの隠れ家のありかを知られてしまい、ジャックはニコラが裏切ったと思いこんでいることをニコラは説明した。

一部始終を聞いたアレクサンドラは言った。「本当に面倒なことになったわね。バッキーが判事さんに頼みに行くとき、ランベス卿とセバスティアンも一緒に行くように言うわ。二人ともジャックに恩義があるんですもの。貴族が三人そろえば、判事さんも威圧感をおぼえるでしょう」

「そうね」ニコラは笑顔になった。

アレクサンドラは笑みを返し、励ますようにニコラの肩をぎゅっと抱いた。「心配しないで。私がなんとかするから。あなたは少し眠ってね。休んだあとは、前向きな考え方ができるようになるものよ」

午後になって目を覚ますと、ニコラは確かに元気が出てきたように感じた。少なくとも休息はとれた。とはいえ眠ったからといって、ジャックについての心配が消えたわけではない。急いで身支度し、バッキーたちの判事訪問が成果をあげたかどうか訊《き》くために、階下へおりていった。

バッキーをはじめ全員が客間にいた。マリアンヌとペネロピも来ている。マリアンヌは幸せそうに青い目をきらきらさせ、婚約者のランベス卿に手をあずけてすわっていた。金髪に怜悧《れいり》そうな瞳がきわだつ美男子のランベス卿も、マリアンヌに夢中であることがありありと見てとれる。控えめなペネロピもまた、恥じらいをふくんだまなざしをバッキーに向けていた。

浅黒くて精悍《せいかん》な面だちのソープ卿のかたわらに、新妻のアレクサンドラが腰をおろしている。それでも結婚後数カ月がたったというだけで先輩ぶった顔をして、二組の恋人たちをからかっているところらしかった。ニコラに気づくと、アレクサンドラはにっこりした。

「ニコラ、早くいらして。結婚を控えたこの人たちったら、もうお熱くて大変」

「あら、あなたこそセバスティアンがお部屋に入ってきたとたんに、めろめろになってしまうくせに」マリアンヌが妹にやり返した。「こんにちは、ニコラ。またお会いできて嬉しいわ」

ひとしきり挨拶《あいさつ》を交わすあいだ、ニコラは気が気ではなかった。やっと室内のみんなに挨拶を終えるや、バッキーの表情に目を向ける。「どうだった？　判事さんに話してくださったんでしょう？　なんとおっしゃってた？」

バッキーは困った顔をしている。「それがね……結果は思わしくないんだ。ずいぶん粘ったんだが。ジャスティンもセバスティアンも一緒に。問題は、ホールジー判事がエクスムアを怖がってる点なんだ。エクスムアは何がなんでもジャックを死刑にしようとしている。何しろリチャードは、このへんでいちばん幅をきかせている金持ちだからね。ホールジーも楯《たて》突きたくないんだよ。ぼくはリチャードみたいな伯爵じゃなくて男爵にすぎないし、エクスムアほどの大地主でもないし。ジャスティンとセバスティアンは地元の貴族じゃないだろう。侯爵であるジャスティンが口添えしても、地方判事にはあまり影響力がないんだ。ごめんね、ニッキー。ふだんならぼくとおふくろが頼めば、ホールジーはたいていのことは言うことを聞いてくれるはずなんだが。エクスムアを恐れるあまり、何もできないんだ」

「リチャードは生きている価値がないほど卑劣な人間だわ！」ニコラの声には憎しみがこもっていた。「あんな人が大きな顔をしてこの世にはばかっていることじたい、許せない！」ニコラは落ちつきなく部屋をいったりきたりしだした。

マリアンヌとアレクサンドラ、ペネロピの三人は心配そうに顔を見あわせた。自分たちは幸せのさなかにあるのに、ニコラがこんなみじめな思いをしているのは耐えられない。ペネロピが立って、ニコラのそばに行った。

「ニコラ……」

ニコラは振り向く。「私ならだいじょうぶ。あなたが心配してくださっても、どうしようもないことですもの。でも、私は絶望してるわけじゃない。どうすべきか、わかってるの」ニコラの目はすわっていた。

「ニッキー？」ニコラのただならぬ顔つきを見て、ペネロピは不安げに訊いた。「どういう意味？　どうすべきだというの？」

ニコラは平静な声で言った。「ジャックを牢屋から助けだすの。判事さんに頼んでもだめなら、もっと直接的な手段でやるしかないわ」

「ニコラ！　もしかして、脱獄させる気？　でも、どうやって？　そんなこと、違法じゃない！」

「違法だろうがなんだろうがかまわないわ。どういう方法にするかは、まだわからない。これから考えるの」

「ニコラ！」ペネロピは訴えるようにほかの人々を見た。「マリアンヌ、いけないことだと言ってあげて」

「でも、それしか方法がないから仕方ないじゃない」マリアンヌが答えた。

「マリアンヌったら！」

マリアンヌは肩をすくめる。「ごめんなさい。でも、本当なんですもの。もしも牢屋に入ってるのがジャスティンだったら、私も同じことをするわ」

アレクサンドラがうなずいた。「私も」

「アレクサンドラも！」

「あなただったら、そんなことはしない？　もしバッキーが絞首刑にされそうになったとして」

ペネロピはしばしアレクサンドラを見つめていた。「私……やっぱりそうするでしょうね。だけど、とっても危険よ」

黙って聞いていた男性たちのなかで、まずランベス卿が意見をのべた。「確かに非常に危険だ。ニコラを牢破りに走らせるわけにはいかないと思う」

ほっとしてペネロピは言った。「ほら、やっぱりそうでしょう？」

「だから、ぼくがやる」ランベス卿は淡々と続けた。

「え？」ニコラがランベスに視線を向けた。「でも、あなたが……どうして？」

「ジャックは、マリアンヌとぼくの命を救ってくれた。あのとき、彼のために役に立つことがあったらなんでもしたいと約束した。この際、知らん顔をしているわけにはいかない。判事に話しても効果がなかったわけだし」

マリアンヌが案じ顔でランベス卿を見やっている。反対するのではないかと、ニコラは思った。だが、マリアンヌは言った。「危険だから、あなた一人でいらっしゃるのはやめて。私も一緒に行きます」

「きみも行くって？　絶対にだめだ」ランベスは眉間《みけん》にしわをよせて即座に断った。「きみはここにいてくれたまえ。きみには、ぼくのアリバイを証明してもらわなければならない」

「でも、あなた一人でいらっしゃるのは――」ニコラが言いかける。

「一人じゃない」ソープ卿がさえぎった。「ぼくも行く。ジャックには、ぼくも恩義がある。二人で行ったほうがずっといいよ」

「三人です」アレクサンドラだった。「私はあなた方と同じくらい射撃の腕が確かよ。それに、私を置いていくなんて許しません」

「私も」マリアンヌも同調した。「四人で行きましょう」

ソープ卿とランベス卿はただちに反論しはじめた。バッキーとペネロピも、自分たちだけ残るわけにはいかないと論争に加わった。三十分にわたって誰が行く行かないで言いあいをしたあげく、ソープ卿が大声をあげて一同を黙らせた。

「よし。ランベス、これまでの苦い経験から、アレクサンドラは一度言いだしたら決して考えを変えないことがわかっている。彼女の姉上も同じにちがいない」

ランベス卿が顔をしかめる。「ああ、そのとおりだ」

ニコラは言った。「私も同様だと申しあげておいたほうがよさそうね。ジャックは私が愛している人です。彼が捕まったのは私のせいですし、私抜きでジャックを助けだしに行っていただくわけにはいきません」

「ええい！」バッキーがじりじりした声を出した。「だったらいっそ、みんなで行こう。死刑囚奪還団だ」

そのあとは具体的な計画について話しあい、それぞれの分担と細かい段取りをきめた。マリアンヌとアレクサンドラが看守の注意をそらしているあいだに、ランベスとソープは牢屋に入って囚人を助けだす。不本意ではあるものの、ニコラは牢獄の近くまで男たちに同行して、見張りと馬を押さえておく役目に甘んじなければならなかった。たとえ覆面や変装をしても人に目撃されたら、ニコラの女性的な体型は正体を見破られるもとになりかねないからだった。ペネロピとバッキーは全員のアリバイを証明するための工作をすることになった。伯爵夫人とレディ・アーシュラはバックミンスター夫人邸に夕食に招かれる。伯爵夫人が留守のあいだに、ペネロピとバッキーは伯爵夫人の家へ行く。そこで二、三の信頼できる召使いを抱きこみ、全員が出席していたように見せかけた晩餐《ばんさん》会を仕組む。そういう工作だった。

ニコラは、その日の夜すぐにでも脱獄計画を実行したかった。けれども、翌日の夜まで待つべきだというのがみんなの意見だった。伯爵夫人とアーシュラがいっとき家をあけることが重要な点なので、そのための手はずをととのえるには時間が必要だ。そう言われて、ニコラは従うしかなかった。

翌日の晩に伯爵夫人とアーシュラを招待するよう、ニコラとほかの女性たちはバックミンスター夫人に勧めた。叔母は快く承知した。事を早く運ぶために、ニコラは進んで招待状を代筆した。叔母が苦手とする社交儀礼の一つだからだ。手紙を書き終わると、あとはすることがなかった。伯爵夫人邸の腹心の召使いとひそかに打ちあわせをするのは、そこに滞在しているペネロピとマリアンヌの担当だ。ソープ卿の召使いはこのうえもなく忠実で、いざ格闘となれば並みの従僕よりもはるかに役に立つ。脱獄者のための馬は、ソープ卿の御者に手配させることにした。

ほかにニコラができることといったら、一つしかなかった。牢獄にいるジャックに面会に行くことだった。ジャックと部下たちがあらかじめこちらの救出作戦を知っていれば、逃げだすための気持の準備ができる。追いはぎと親しいことが知られているのは、ニコラだけだった。ランベスとソープが追いはぎと知りあいであることは伏せておいたほうがいい。

翌朝早く、ニコラは村の牢獄に向かった。正面の大きな部屋に看守とともにすわっていた警部は、ニコラを見ると驚いて声をあげた。

「ミス・ファルコート！　これはまたどうしたわけで？　ここは貴婦人がいらっしゃるような場所ではありませんよ」

「囚人のジャック・ムーアに面会にまいりましたの」

「しかし、お嬢さま、貴婦人はこんなところにはおいでにならないものです」

「こんなところだろうがなんだろうが、私は平気ですわ」

「ですが、お嬢さま……上流の慣例や礼儀では――」

「慣例だの礼儀だのは、あなたではなくて私が心配すればいいことでしょう？」ニコラは冷ややかな笑みを浮かべてみせる。「とにかく、早く囚人に面会させてください」

誰かに助けを求めでもするように警部は室内に視線をさまよわせたあげく、ため息をついて言った。「はい、お嬢さま」

警部は看守の机から大きな鍵束《かぎたば》を取りあげ、ニコラの先に立って建物の奥へ向かった。監獄の建物の前部と奥の監房とは、鉄格子のはまった扉で仕切られている。扉を鍵であけて入っていく警部のあとから、ニコラもついていった。警部は振り返り、驚きの顔でまたため息をついて、ジャックの独房まで歩いた。

狭い監獄には監房が三つあり、そのすべてをジャックと部下たちが占めている。ニコラが入っていくと、男たちは立ちあがった。ペリーと目が合った。ペリーがウィンクしたので、ニコラは少し元気づいたような気がした。いちばん奥の独房の前で警部とニコラは足をとめる。ジャックは狭いベッドに腰をおろしていた。石の壁に背をもたせかけ、脚を前に伸ばしている。警部とニコラを見るや、ぱっと立った。

「何しに来たんだ？」ジャックはどなった。「ちくしょう！　なんで彼女を入れたりしたんだよ？」ジャックはつかつかと鉄格子の前に来て、警部と向きあった。鉄格子で仕切られているにもかかわらず、警部は後ろへさがった。

「そのう、お嬢さんがおまえに面会に来られたんで――」

「ぼくは会いたくない。あっちへ連れていってくれ」ニコラには目を向けようともせずに、ジャックは警部に言った。

「ジャック、お願い……私の話を聞いて……」

「話はもうたくさんだ！」ジャックはようやくニコラを見た。その目は怒りで燃えている。

「何も聞きたくない。帰ってくれ。顔も見たくない」

ニコラは胸を刺されたような痛みをおぼえた。「あんなことになるなんて、私はちっとも知らなかったのよ。信じて」

「今度は何をたくらんでるのかはわからないが、義理の兄さんのために情報を聞きだそうとするつもりなら断る。これまであんたらにはさんざんだまされてきた。伯爵とあんたはぐるなんだ。ぼくの目は節穴じゃない。ローズおばあさんの家にストーンがやってきたのも、あんたの差し金だったんだ。逃げ道があることは計算外だったようだが」ジャックの口調は冷ややかだった。

「違うわ！」ニコラは愕然《がくぜん》として声をあげる。

「黙れ！」ジャックが声を荒らげた。「彼女をここから連れだしてくれ。話をしたくないし、今後も会うつもりはない。囚人にもそれくらいの権利はあるだろう？　これ以上、彼女に煩わされたくないんだ」

「ジャック……」あまりのことに、ニコラは心臓が凍りついて呼吸ができなくなったような気さえした。ジャックは私を憎んでいる。これではいくら訴えても、ジャックは聞く耳を持たないだろう。「ごめんなさい」涙がとめどもなく頬を伝い落ちた。

「泣き落としなんて手には乗らないよ」ジャックは顔をそむけ、粗末なベッドのほうへもどっていった。

ニコラは身をひるがえして、鉄格子の前を離れた。

一頭引き二輪馬車の座席で、二人の女性は落ちつきなく姿勢を変えた。夕暮れが近づき、あたりは暗くなりかけている。いよいよ一芝居打つ時刻だ。マリアンヌはひざから懐中時計を取りあげ、またのぞいた。

「それを見るのは、この二分ほどのあいだに五度目よ」アレクサンドラが眉をつりあげて姉をからかった。「そんなに神経質になるなんて、お姉さまが泥棒だったとは信じられない」

「そんなことを言うなら、あなたと私とどっちが勇気があるか試してみようじゃないの」マリアンヌは言い返した。むきになった言い方のわりには、笑顔が柔らかい。「私が万事抜かりなくやろうとしているからといって、何も――」

アレクサンドラの笑みにも愛情がこもっている。「わかってるわよ。そんな意味じゃないの。ただ、そういうお仕事を楽しくやっていたわけではなかったんじゃないか、と思っただけ」

「それはそのとおりよ。正直言って、泥棒稼業から足を洗えて本当によかったと思ってるの」マリアンヌは手を伸ばして、アレクサンドラの手をにぎった。「それと、妹に会えたことがとっても嬉しい」

「私も」アレクサンドラは姉の手をにぎり返した。

しばらくのあいだ、姉妹は黙っていた。マリアンヌは決して時計を見ようとしない。とうとうアレクサンドラがしびれを切らした。「わかった、降参するわ。もう時間じゃないの？」

　ほっとしたようにマリアンヌは時計を持ちあげて、時刻を確かめた。「あと一分。ジャスティンとセバスティアン、ニコラが出発するでしょう」

　二人が愛する男たちと大切な友達は、今ごろ馬で町はずれに向かっているだろう。そこで、アレクサンドラとマリアンヌが役割を果たすあいだ、待機する手はずになっている。アレクサンドラは武者ぶるいした。声には出さずに祈りの言葉をとなえているように、マリアンヌには見えた。

「二人ともだいじょうぶよ」マリアンヌがうわべは自信ありげに言った。

「私たちがうまくやりさえすればね」アレクサンドラは口をきっと引き結んだ。妹は夫の命がかかっているとなれば、看守の一人や二人はものともしないだろうと、マリアンヌは思った。

「必ずうまくやってみせるわ」マリアンヌは背筋をぴんと伸ばした。行動のときが近づくにつれ、かつてなじんだ高揚した気分が過敏な神経に取って代わる。いつもそうだった。事前に不安で気分が悪くなるほどどきどきするにもかかわらず、いざとなると肝がすわり、興奮していながらも沈着に事にあたれる。「行きましょう」

　アレクサンドラはひざにほうってあった手綱を取りあげ、馬の背をたたいた。馬は最初はゆっくりと走りだし、しだいに速度をあげていった。湾曲した道を飛ぶように走りぬけたときは、マリアンヌは座席の手すりをしっかりにぎりしめた。アレクサンドラが御者の手を借りずに自分で馬車を走らせるようになってから何年にもなる。最近は、夫のソープ卿に二頭立ての馬車の御し方も教わったという。妹は馬車の操縦に優れているにちがいないと思いながらも、速い乗り物に慣れていないマリアンヌはびくびくせずにはいられなかった。

気配を感じたのか、アレクサンドラは姉のほうを向いてにっと笑った。目がきらきらしている。もとに向き直った拍子に帽子が風で吹き飛ばされ、後方の道に転がっていった。髪が乱れるのを気にもかけず、アレクサンドラは声をあげて笑った。いずれにしても、二人は追いはぎに遭っておびえているふりをすることになっているのだ。とはいえ、アレクサンドラは手綱を引いて速度をゆるめた。夜の闇《やみ》が迫っているし、はしゃぎすぎて馬に怪《け》我《が》させてもいけない。

町はずれで馬をとめ、姉妹は馬車からおりた。思っていたとおり、町は人通りがなく閑散としていた。善良な市民は家で夕食のテーブルをかこんでいるのだろう。そういう時刻を狙《ねら》って立てた計画だった。

馬車を駆って上気したアレクサンドラの頬は薔薇《ばら》色に染まり、豊かな黒い巻き毛が肩のあたりに波打っている。どことなく異国風で美しい。アレクサンドラは姉にほほえみかけ、ドレスのボタンを上から二つはずして胸の谷間をあらわにした。

「準備できた？」

襟ぐりの深い妹のドレスを見やって、マリアンヌは訊いた。「シュミーズに何かつめたの？」

「男たちの気を散らすことが大事だと、ニコラが言うのよ」アレクサンドラの笑みが広がる。「つめ物はしてないの。人もあろうに、なんとペネロピが布を巻きつけるやり方を教えてくれたのよ。で、ほら、このとおり！」

「まったくもって、そのとおりだわ」

アレクサンドラは言い返した。「お姉さまだって、そんな格好してるくせに」マリアンヌのはだけたマントから、イブニングドレスの白い胸もとがのぞいている。

「ま、それはそうだけど」マリアンヌはくすくす笑った。「このドレス、体の線がくっきり見えるように背中をピンでとめてるの。だからさっきから息が苦しくてたまらない」

「でも、苦労のかいはあるわよ。さ、帽子もぬいで。その燃えるような赤毛もぞんぶんに見てもらわなくちゃ」アレクサンドラは手を伸ばして、マリアンヌの帽子を後ろへ押しやった。リボンをあごの下に結んだ帽子は背中に垂れさがった。「どう、完璧《かんぺき》じゃない？行きましょうか」

マリアンヌがうなずく。アレクサンドラは馬の首に手をかけた。何やら優しくささやきかけながら、小型馬車の左の車輪が溝に宙ぶらりんにはみだすところまで、馬をあとずさりさせた。あと二、三歩で馬車がひっくり返りそうな危ない状態だった。マリアンヌが急いでもう一方の車輪の下に石をはさみ、馬車を固定した。事故に遭ったように見せかけ、かつ、二人が速やかにこの場を離れられるようにしなければならない。アレクサンドラは近くの柵《さく》に馬の手綱を短くつないだ。

下準備を終えたマリアンヌとアレクサンドラは顔を見あわせ、スカートのすそを持ちあげて走りだした。牢獄までは遠い距離ではない。だが、そこからは見えないところに馬車を停《と》めてある。姉妹は牢獄の建物の扉を勢いよくあけ、悲鳴をあげながらよろめくようになかへ入った。

牛に似た顔つきの中年の看守が奥にすわり、冷めた夕食を食べている最中だった。いきなり二人の女性が入ってきたのに驚いて口をあんぐりあけ、目をむいている。

アレクサンドラはひざから下が丸見えになるほどまくりあげていたスカートから手を離し、素人役者のように大げさな身ぶりでその手を胸に持っていった。

「お願い！　助けてください！　私たち、襲われたんです！」アレクサンドラのかすれ声が室内にひびき渡った。

「襲われた！」看守の目はますます丸くなった。

「そうなんです！」マリアンヌも声をあげ、アレクサンドラと二人で看守の机に駆けよった。「追いはぎにやられましたの。恐ろしかったわ！」

「追いはぎですと？　もう追いはぎなんぞいないはずだが。みんな捕まって牢屋に入ってるのに」看守は狐《きつね》につままれたような顔をしている。

「でも、私たち、追いはぎに襲われたと言ってるじゃありませんか！」アレクサンドラは手を伸ばして看守の手首をつかんだ。胸を大きく上下させながら、さらに一歩近づく。看守の視線はたちまちアレクサンドラの胸もとに釘《くぎ》付けになった。

「ああ……そのう……」

「私たちを助けてください」マリアンヌも看守のわきによって、すがりつくように腕に手をかけた。「ランベスが知ったら怒りますわ」

「ランベス？」看守はマリアンヌの顔を見た。

「ええ。私の婚約者のランベス侯爵です」

効果を狙ってアレクサンドラがつけ加える。「ストーブリッジ公爵のご子息ですわ」

「これはこれは」二人の美人につめよられた看守はため息をついた。「すると……あなたは伯爵夫人のお屋敷にお泊まりで？　お孫さんと言われている――」

「ええ。私は伯爵夫人のもう一人の孫娘で、ソープ卿の妻ですの」

露出した胸に目がくらくらするわ、爵位に驚くわで、看守は呆然《ぼうぜん》としている。

「とにかく助けてください」アレクサンドラは迫った。

「私たちのたってのお願いですのよ。助けてください」マリアンヌは看守の腕を取り、戸口へ引っぱっていこうとする。「一緒にいらして」

「どこへ？」

「犯罪の現場にきまってるじゃありませんか」看守のもう一方の腕に、アレクサンドラが手をかけた。

「ああ、なるほど。しかし、まず警部を呼びに行ったほうがいいと思うんだが。それと、判事も」

アレクサンドラは大きな声を出した。「判事さんに何ができるというんですか？　私たちは、今すぐ助けていただきたいとお願いしてるのに！　それに、若くて強い方でないとだめなの」

「そうよ、急がなくては」マリアンヌが看守をせきたてる。「今ならまだ捕まえることができるかもしれませんわ」

「え？」看守はぴたと足をとめ、血相を変えた。「捕まえるですと！」

看守の青ざめた顔を見てとり、アレクサンドラはすぐさまマリアンヌに言った。「何を言ってるの。私たちが助けを求めているあいだ、追いはぎがぐずぐずしてるわけないでしょう。とっくに逃げたにきまってるわ。でも、溝にひっかかった馬車はなんとかしなくてはならないのよ」

「ほう、そうですか。あ、ちょっと待ってください。忘れるところだった」看守はほっとしたように、大きな鍵束が置いてある机のほうを振り向いた。

そのときアレクサンドラがふうっとため息をついたかと思うと、看守の胸に倒れかかった。

「あっ、気絶しちゃったわ！」マリアンヌは声をあげた。「まあ、大変！　どうしましょう？　ソープ卿に叱《しか》られてしまうわ。馬車で一まわりしようと言いだしたのは私なの。だけど、走っているうちに暗くなってしまい……」

マリアンヌはとりとめなくしゃべりだした。看守はきょろきょろとあたりに視線をはわせている。自分の腕のなかで貴族の婦人が気を失ってしまった事態に、見るからに途方に暮れているふうだった。やがて看守はアレクサンドラを床に寝かせ、指図をあおぐようにマリアンヌを見あげた。

「お水を持ってきてください」看守は奥へ走っていった。マリアンヌがかたわらにひざをつくと、アレクサンドラは片方の目をあけた。

「あの人、いなくなった？」小声でアレクサンドラが訊いた。マリアンヌはうなずく。

「鍵束を持っていかせるわけにはいかないわ」

「わかってるわ。もしも鍵束をベルトにさげて持っていこうとしたら、また失神して。こっそり抜きとるから。手口をダーに教わったことがあるの」マリアンヌは話しながら手提げ袋から小瓶を取りだした。

「何、それ？」アレクサンドラが小瓶に目をあてる。「まさか気つけ薬じゃないでしょうね」

「ううん。私は一度も気を失ったことがないもの。これはただの香水。でも気つけ薬に見せかけないと、顔に水をぶっかけられちゃうわよ」

「そんなの、いや！」アレクサンドラは小瓶を鼻先に持っていき、大きな吐息をもらしてみせる。「あら！　何があったの？」起きあがったところに、水をばちゃばちゃとはねさせながら看守がコップを手にもどってきた。

「気絶なさったんですよ。ここにおかけになってお休みになったほうがいい。ご主人さまを呼びに行かせます」

「ソープ卿を呼びに行くですって！　まさか、そんなことなさらないで」アレクサンドラは仰天した表情でそそくさと立ちあがり、看守の手首をぎゅっとつかんだ。その勢いでコップの水のほとんどが床にこぼれてしまった。「私たちがしたことがわかったら、ソープ卿は激怒するわ。馬車で出かけてはいけないと言われてたんですもの。とにかく早く屋敷に帰らなくては。今夜は晩餐会があるんです。こんなことをしていたら、遅刻してしまうわ」

「そうよ！」マリアンヌも勢いこんで相づちを打ち、気つけ薬に見せかけた小瓶を手提げ袋にしまって、看守の腕を取った。「もう行かなくては。さ、急いでください！　ソープ卿は癇癪《かんしゃく》持ちなの」この際、妹の夫をけなすのもやむをえない。

　気難しい貴族にどなりこまれるのはかなわない。仕方なく看守は婦人たちにうながされるまま、牢獄の建物を出た。鍵束は机に置きっぱなしだった。

「出ていった？　どうなってるんだろう？」牢獄の建物の角に身をひそめたソープ卿に、背後のランベス卿が小声で話しかけた。

「いや、まだなかにいるようだ」ソープ卿が答える。

「なんでこんなに時間がかかってるんだろうか？　彼女たちに手伝わせたのは失敗だったかな」

　結婚生活が六カ月になろうとしている先輩らしく、ソープ卿はあきらめの口調で言った。「といって、思いとどまらせようがなかっただろう。アレクサンドラはいったんこうときめたら、ぼくの言うことなんか聞き入れるはずがない」

　マリアンヌの頑固な性格からして、ソープ卿の言葉は自分の婚約者にもそっくりそのままあてはまるだろうとランベス卿は思った。

「待てよ！」ソープ卿の背中に緊張が走った。「扉があいた。やっぱり彼女たちだ」アレクサンドラが建物から出てきて、周囲を見まわしている。看守が手にしたカンテラのほの暗い明かりしかないのに、アレクサンドラの意気揚々とした表情が見てとれる。今宵《こよい》の妻は気分が上々で、いちだんと美しく見える。恐怖とはどういうものか、わかっていないのではないか。おびえているアレクサンドラを見たことがない。こんなすばらしい妻を持って自分は幸せだと、ソープ卿はあらためて思った。

「看守と三人で歩いていく。角を曲がったところだ」ソープ卿は息をこらして待った。なんらかの理由で看守が引き返してこないとも限らない。胸の内で十まで数える。背後のランベスも緊張しているのがわかった。「よし、行こう」

黒装束に覆面の二人は、すばやく牢獄の建物の入口へ向かった。暗闇に目が慣れて、明かりがなくても敏捷《びんしょう》に動けた。なかに入ると、まだランプの灯がともっていた。看守の机に大きな鍵束があるのが見える。

「でかしたぞ」ランベス卿は会心の笑みを浮かべ、机に近づいて鍵束を取った。ソープ卿がランプをかざしてあたりを照らした。

ランベス卿は先に立って奥の扉の鍵をあけ、狭い廊下に入った。両側に監房が並んでいて、鉄格子のはまった扉には鍵がかかっている。最初の扉の内側をのぞくと、粗末なベッドに二人の男が横になっていた。こんな狭苦しい空間に閉じこめられる苦痛を思い、ランベス卿は身ぶるいした。

鍵束の鍵をいくつか試したあげくに、合う鍵を見つけて扉をあけた。その音に気づいた男たちはすでに立ちあがっていた。「誰だ？　いったい何をしてる？」二人のうちの一人が訊いた。ランベス卿と同じような話し方だった。

「あんたたちを助けだしに来た。こんな場合、私なら何も訊かないね」

「それはそうだ」相手はたちまち納得して、廊下に出てきた。もう一人もあとに続いた。同じ鍵で次の扉もあいた。そこにも二人の男が収監されていて、驚いた顔で出てきた。

「どうなってんだ、ペリー？」最初の監房の男に、一人がたずねた。

「ここから出られるらしい」さらに奥へ進むソープ卿とランベス卿を目で追いながら、ペリーが返事する。

三番目の扉からは初めて、見覚えのある男があらわれた。背が高くて黒い髪の、あの追いはぎ団の首領だ。別々にではあるけれど、二人ともこの首領に助けられている。

「あんたたちはいったい何者なんだ？」首領は疑わしげに眉間にしわをよせている。

「贈り物にけちをつけるなと言うだろう？」ランベス卿はやんわりと言い返した。「ここでやたらに名のらないほうが身のためだと思う。廃坑で危ない目に遭ってるところをあなたに救出されたと言えば十分でしょう」ソープ卿も帽子のへりに手をかけて、首領に笑みを送る。「彼と彼の夫人も、あなたに一宿一飯の恩義がある」

「えっ、まさか？」ジャックは眉をつりあげてソープ卿に目を向け、にやっと笑った。

「あの気球に乗ってきた人たち？　なるほど、善行は我が身に返ってくるものなんですね」

「あのとき、ぼくの財布をくすねていなければ、善行の結果がもっと早く返ってきていたかもしれないよ」

ソープ卿の言葉に、ジャックは笑い声をあげた。「仰せのとおりです。失礼しました。ときどき出来心を抑えられなくなるもんで」ジャックは廊下の端まで行って、看守の部屋をのぞいた。「牢番の始末もつけてくれたんですね？」

ソープ卿が答えた。「今のところはね。だから看守がもどってくる前に、急いでここを出なくてはならない」

「了解。さあ、みんな、行くぞ」

さっそく戸口へ向かったジャックに、ソープ卿は呼びかけた。「待ってくれ。我々はただ牢破りの手伝いをしただけではなくて、馬の用意もしてあるんだ。我々についてきなさい」

ジャックは探るようにソープ卿からランベス卿へと視線を移し、肩をすくめた。「わかりました。あなた方を信用するしかないと思う」

「そういうことだ」まずソープ卿が扉をあけて用心深く外を見まわし、通りに一歩踏みだして一同に合図した。

全員で横道めがけて走った。ソープ卿を先頭にジャックの部下たちが続き、ジャックとランベス卿は後尾についた。しんがりが建物の角を曲がろうとしたとき、背後から叫び声が聞こえた。ピストルの発射音がひびいた。ランベス卿がうめいてジャックの腕をつかんだ。

18

監獄の建物を出たところで、アレクサンドラは振り返らずにはいられなかった。夫やランベス卿《きょう》の姿はどこにもない。このたぐいの芝居に妹より慣れているマリアンヌはあたりを見まわしもせずに、看守の腕をしっかりつかんでさっさと歩いていく。そして、怖い目に遭ってうろたえている、頭の空っぽな女のように絶え間なくしゃべっていた。二人は看守を引っぱるようにして建物の角を曲がり、馬と馬車をとめてある町はずれへ向かった。

「ほら、見て！　溝に落っこちて、私たち、死ぬところだったんですよ！」馬車の近くまで来ると、アレクサンドラがかん高い声をあげた。

妹が溝の上にはみだしている車輪を看守に示して説明しているあいだに、マリアンヌは反対側の車輪を固定していた石をさりげなく蹴飛《けと》ばした。騒ぎたてるアレクサンドラに気を取られつつ、看守は馬車の状態を調べて考えた。馬を上手に誘導して溝から離れれば、問題は簡単に解決するのではないか。ただし、車輪が地面にもどるまで自分が馬車を押さなくてはならないかもしれない。けれども二人の女がきゃあきゃあ金切り声をあげるわ泣きわめくわで、それだけの作業に倍も時間がかかってしまった。

ようやく看守が馬車を溝から一、二メートル離すと、アレクサンドラは感きわまって泣きくずれた。節くれだった看守の手をにぎり、あなたは命の恩人ですと何度も何度もくり返す。よくもこんなにたやすく涙が出てくるものと、我ながら感心していた。うわべは大げさな芝居をしつつも、胸中では夫のことが心配でたまらなかったせいだろう。セバスティアンたちは予定どおり牢獄《ろうごく》の建物に入れただろうか？　囚人全員を助けだすための時間は十分にあったのか？　もしもなんらかの原因で予想外に手間取ったとして、ここからもどった看守と脱獄者たちとが鉢合わせするような羽目になったら？

牢獄に帰る看守と一緒に歩きながら、アレクサンドラとマリアンヌはできるだけ到着を遅らせようと努めた。囚人たちを脱獄させるのにどのくらい時間がかかるのかは見当がつかない。いずれにしても、あまり早くもどったら大変なことになるのではないか。恐れていたとおり、建物の角を曲がったところで、脱獄者の最後の一人が飛びだしてきて通りを走り去るのが見えた。

目の前の光景に、看守はしばし呆然《ぼうぜん》としていた。それから大声をあげてベルトからピストルを引きぬき、走っていく男たちめがけて発砲した。一人がよろめいたが、なおも走りつづけて、路地に消えた。追いかけようとする看守に、マリアンヌとアレクサンドラは悲鳴をあげてすがりついた。

「囚人が逃げた！　捕まえなくちゃ！」看守は暗い路地に目をやり、不安げにくり返した。「とにかく捕まえなくちゃ」

アレクサンドラが叫んだ。「やめて！　危ないわ！　路地の向こう端に待ち伏せしていて、反撃してくるかもしれないじゃない。あなた一人に対してあっちは何人もいるのよ。それに、もうピストルを撃ってしまっているし」

「そうそう」マリアンヌも口を添えた。「あなたは身の危険もかえりみずに追跡なさりたいのでしょうけれど、私たちのことも考えてくださいな。お願い、私たちを二人きりにしないで。逃げた囚人たちがもどってきて、私たちを襲ったりしたらどうします？　それに、もしも牢屋にまだ残っている囚人もいて、私たちを殺そうとするかもしれないわ」

看守は、二人の女から暗い路地に視線を移してつぶやく。「まあ、無防備なご婦人方をほったらかしにするわけにもいかないし……」

マリアンヌは笑いをかみ殺した。「そうですよ。囚人を追いかけたいお気持はよくわかりますけれど、私たちのそばにいてくださったら、ランベス卿はどんなにあなたに感謝しますことか。持ち場にとどまって任務を果たすには、本当の勇気が必要なのでしょうね。一方では、闇夜《やみよ》のなかを完全武装した危険な男たちを追わなければという本能にもかられる。正直なところ、あなたは命がけで悪漢どもと戦いたいのでしょう？」

看守はごくりとつばをのみこんで口ごもった。「ええ……まあ、そうですが」

「それなのに、私たちのそばにいてくださるとは！」アレクサンドラが声をふるわせる。

「それでこそ、真の勇者のなさることですわ」

看守は胸を張った。「そのとおりです。私は本能に従うわけにはいかない。ここにとどまって、あなた方を守るという任務がある」

騎士気どりで看守は貴婦人たちとともに、堂々と牢獄へもどった。正面の扉はあけっぱなしだった。三人はなかへ入って、注意深くあたりを見まわす。机の上の大きな鍵束《かぎたば》がなくなっているほかは、室内の様子は変わっていない。看守は、監房が並ぶ奥の廊下へ足を踏み入れた。マリアンヌとアレクサンドラがあとに続く。短い廊下と監房に目を走らせ、三人ともほっとした。どの監房も空っぽで、鉄格子の戸はあいたままになっている。いちばん奥の監房の戸に鍵束がぶらさがっていた。

「おれの鍵だ！」度肝を抜かれた顔で、看守は反射的にベルトに手をやった。いつもそこにぶらさがっている鍵束がない。「しかし、どうして――」

「鍵をここに置きっぱなしにして出たというんですか？」未来の公爵夫人らしく権高な口調でマリアンヌが訊《き》いた。「誰でも入ってこられるここに？　なぜそんな不注意なことをなさったんでしょうね」

「しかし、私は……あなた方が……」看守は口をもごもごさせ、なぜ鍵束を置きっぱなしにしていったのか、必死に思いだそうとしていた。

アレクサンドラが慰めにかかった。「お気になさることないわ。あなたは立派に務めを果たされたことを、私たちが判事さんにお話しします。そのへんにひそんでいるかもしれない追いはぎから私たちを守ってくださったんですもの。ソープ卿がさぞ感謝することでしょう」

「どうやらたくらみだったのじゃないかと、私は思うの」マリアンヌは高貴な館《やかた》の奥方然とした態度を一転させて、看守に耳打ちした。

「たくらみ？」看守は間抜けな声を出す。

「ええ。追いはぎが私たちの馬車をあんな目に遭わせたのは、あなたのところに助けを求めに来させるためだったんですよ！　だって、私たちはここ以外に来るところがないでしょう。そして私たちは追いはぎのもくろみどおりにここに来て、助けてくださいとあなたにお願いしました。あなたが私たちに力を貸してくださっているあいだに、追いはぎたちは近くに隠れていて仲間を脱獄させたにちがいないわ。みんなが思っているよりも、追いはぎ団の人数が多いのかもしれません」

「なるほど、そうかもしれない」看守は感心している。「脱獄の手引きをするには一人や二人ではできないだろうな」

「とりわけ、勇敢なあなたが番をしてるんですもの」アレクサンドラも看守をおだてた。

「必ずしも私たちをあてにはできないでしょう。そもそもここに助けを求めに来ないこともありえるし。だとすると、あなたに立ち向かわなくてはならないから――そう、少なくとも四、五人はいたのじゃないかしら」

マリアンヌも口をそろえた。「そうよ。あるいは、もっといたかもしれないわ」

看守はうなずいている。「うむ、追いはぎ一味は大勢いるにちがいない。まだそこらへんに何人かひそんでいないとも限らないな」

「六、七人かしら」

「捜索に行かなきゃなるまい……」どことなく気乗りしない看守の口調だ。

「あなた一人で？」マリアンヌが声をあげる。「あなたは勇敢な方だけど、それはいけませんわ。向こうは何人いるとお思い？　牢屋に入っていた人たちと、脱獄を助けに来た人たちを合わせても、大勢いるにちがいないと、あなたも言ってらしたじゃない。みんな銃を持っているでしょうし」

「仲間を脱獄させに来たからには、寸分のすきもなく武装しているにきまってるわ。警部さんを呼びに行ったほうがいいのじゃないでしょうか」

「あ、そうですね！」表情がたちまち晴れた。「まず警部に報告しなくては。それと、判事にも。エクスムア卿……」看守はふたたび顔色をくもらせる。

アレクサンドラが言った。「エクスムア卿には、判事さんが報告に行くでしょう」

「ごもっとも。ホールジー判事にまかせればいい」看守はいくらかほっとしたふうだった。

「じゃあ、私はこれから判事の家に行ってきます」

「それがよろしいわ。私たちも帰らなくては。ランベス卿もソープ卿も心配してることでしょう。晩餐《ばんさん》会の時間にだいぶ遅れてしまいましたもの」

　本来ならば判事に被害届を出さなくてはならないところだが、看守がそのことに気づく前に姉妹はさっと建物を離れた。急ぎ足で馬車のほうに歩きながら、アレクサンドラはドレスのボタンをきちんとかけ、髪をまとめてまげのようにとめた。マリアンヌもマントの下に手を伸ばし、背中のピンをはずしてドレスの身頃《みごろ》をゆるめた。しめつけた胸のあたりに余裕ができて、ほっとため息をつく。

「二人はだいじょうぶだったと思う？　看守のピストルの弾が誰かに当たったんじゃないかしら？」馬車に乗りこんで、マリアンヌが訊いた。

「一人がよろめくのが見えたから、当たったと思ったけれど、それが誰だったのかはわからないの。遠いのと、みんな同じような格好をしてるので、よく見えなかった。黒い帽子と覆面で……」

「ええ。ジャスティンかセバスティアンかもしれない」

「そんなふうに考えないほうがいいわ。それに、どっちが撃たれたにしても、重傷のはずはないわよ。だって、そのまま走りつづけていたもの」

「とにかく、全速力で帰りましょう。早くジャスティンの顔が見たいの」

馬は走りだした。

アレクサンドラは黙ってうなずく。不安で胸がどきどきしていた。手綱を打ちつけるや、

ピストルの弾が二の腕をかすめ、ランベス卿は一瞬よろめいた。けれどもすぐ持ち直し、走りつづけた。ソープ卿を先頭に男たちは狭い路地を駆けぬけ、静かな通りに出た。できるだけ足音をたてないようにして通りを進み、細いわき道に曲がった。まずセバスティアンが速度をゆるめて歩きだし、ほかの男たちもそれにならった。ジャックは後ろを振り返り、追ってくるはずの看守の姿が見えないのをいぶかしく思った。

ランベス卿が低い声で言った。「牢番のことは気にしなくていい。女性たちがうまくやってくれるだろうから」

「女性たち？」

「ああ。そのうちの一人には、このあいだぼくと一緒に会っているよ」

「あの赤毛の美人か？」ジャックは目を丸くした。

「そのとおり。彼女はもうすぐぼくの妻になる」ランベス卿は釘《くぎ》を刺すように追いはぎの首領を見すえた。

ジャックは笑いだす。「なるほど。だからもう美人だと言ってもいけないということか？」

ランベス卿もほほえんだ。「いや、そこまで禁じるわけにもいかないが。とにかく、彼女には同じくらいきれいな妹がいて、姉妹は二人がかりで……なんというか、お人よしの看守をたぶらかしたというわけさ」

ジャックは眉をつりあげた。「しかし……女性たちにそんなことさせて危険じゃないか？」

「だけど、彼女にも一役買わせないと、ぼくはもっと危険な目に遭うだろう。きみもそのうち気がつくかもしれないが、世の中には男に指図されるのをいやがる女もいるんだよ」

ジャックは顔をしかめた。「おかげさまで、もう気がついている」

ランベス卿はくっくっと笑った。「そういえば、そうだったね」

「さっきピストルの音がしたが、撃たれたんじゃないか？」

それを聞きつけて、ソープ卿が振り向いた。「ランベス、撃たれたのか？」

「大したことはない。弾がかすっただけさ。痛みはひどいが、だいじょうぶだ」

一行は、枝を広げた樫《かし》の大木に近づいた。木の下に黒っぽいかたまりがいくつか群がっているのが見える。さらに近寄ると、数頭の馬であることがわかった。自分たちのために馬を待たせておいてくれたのだ。ジャックは驚かずにはいられなかった。しかも、以前に村の厩舎《きゅうしゃ》から〝失敬〟した自分の馬ではないか。ジャックはかたわらの覆面をした男にあらためて目を向ける。見知らぬ他人同然のこの貴族が自分のためにここまでしてくれるとは。信じられない思いだった。

ソープ卿が男たちに言った。「我々はここで別々の方向に別れよう。そのほうが追っ手に見つかりにくいと思う。ジャック、きみはぼくと一緒に来てくれたまえ」続いてペリーに話しかける。「きみはほかの連中を連れて、できるだけ早くエクセターに行ってほしい。向こうで待機している知りあいに、きみらが身を隠す手助けをしてくれるように指示してある。この男は信頼できる人間だ。〈ブルー・ボア〉という居酒屋へ行って、マードックという男を呼びだしてくれたまえ。とにかく機先を制することが肝心だ。ぼくの勘が当たっていれば、警察がきみらを追跡することはないと思う。狙《ねら》いは彼なんだ」ソープ卿が指したのはジャックだ。

「待ってくれ……」首領である自分の頭越しに部下に指示されるのが、ジャックは快くない。

「何？　きみも部下たちと一緒に行きたいというのか？　そうすれば、彼らも必ず追われるよ。エクスムアが捕まえたいのはきみだけなんだ。それは、きみもよく承知していると思う。エクスムアにとっては、部下たちはどうでもいいんだ」

ジャックはためらった。この貴族の言うことには確かに一理ある。それに、主導権を奪われたからといって、部下を危険におとしいれるわけにはいかない。といって……。「しかし、ぼくが仲間と別行動だということがどうやって向こうにわかるのか？」

ランベス卿は答える。「仲間と関係なく、きみの行く先がどこかはとっくに見破られていると思う。リチャードは我々を追跡すらしないんじゃないかな」

「さあさあ、早くきめてくれよ。時間のむだだ」ソープ卿がせきたてた。

「ペリー、彼の言うとおりにしろ」ジャックは命じた。この奇妙な救出劇にはどうも腑《ふ》に落ちないところがいろいろある。とはいえこの際、部下たちの安全を確保することが重要だ。

馬のそばへ行くと、黒っぽい服装で黒い帽子を目深にかぶった若者が手綱を持っているのにジャックは気がついた。若者は手綱をペリーたちに渡した。ソープ卿とすばやく打ちあわせをしてから、ペリーと仲間は馬に乗って走り去った。ランベス卿が三頭の馬の手綱を若者から受けとり、一組をジャックに渡した。

「訊きたいことがいっぱいあるだろうが、あとで全部答えるから待ってほしい。まずは一刻も早くここから離れよう」ランベス卿はジャックに言った。

ジャックはうなずき、手綱を手に自分の馬のほうを向いた。ソープ卿が若者に告げているのが聞こえた。「ジャスティンが撃たれた」

「えっ、なんですって?」若者は上流の女性らしい声音で小さく叫び、ランベス卿のそばへ行って負傷した腕を調べようとした。

「大したことはないんだ。かすっただけだから、本当にだいじょうぶ。とにかく出発しよう」ランベス卿は言い張った。

　ジャックは口もきけずに、若い男のなりをしている女性を見つめた。声ですぐわかった。ニコラだ。

「きみだったのか！」ジャックはニコラに近寄った。「これは驚いた！　いったいどういうわけなんだ？」

「こんばんは」ニコラは静かに応じた。

「どうしてニコラを来させたりしたんだ？」ジャックは、ランベス卿をにらみつけてとがめた。動じる色もなくランベス卿は覆面を取って、まっすぐジャックを見返した。

「来させるも来させないも、ニコラを思いとどまらせる方法があるならうかがいたいものだね」

「しかし、危険すぎる！　怪我《けが》したか、いや、殺されたかもしれないのに！　なんてことだ！」

　ニコラが口をひらいた。「あなたを脱獄させようと計画したのは私なの。この方たちは協力してくださると言って聞かなかっただけ」

　ジャックは目をむいている。「きみ一人でぼくを脱獄させようと計画しただと？　なんという無謀な！　頭がおかしくなったんじゃないか？」

　ランベス卿がじりじりした声を出した。「邪魔して悪いが、いつまでもここにぐずぐずしていると、我々みんな牢獄にあともどりってことになりかねない。ニコラ、腕の怪我の手当ては伯爵夫人の家に行ってからにしてくれないか。きみたち二人の言いあいも、続きをあっちで思う存分やったらいい。ぼくとしては、ここで捕まるのはごめんこうむりたいんだ」

言い終わると同時に、ランベス卿は馬にひらりとまたがった。ほかの三人もそれに従う。一行は村を避けて原野に馬を進めた。暗闇で馬に怪我をさせる恐れがあるので、速度は出せない。途方もなく時間がかかったように思われた。

それでもやっと、前方に大きな館が姿をあらわした。四人は厩舎の前で馬をおりた。間を置かず、暗がりから男が出てきた。

ソープ卿は男に手綱を渡した。「やあ、ハリス、ご苦労。妻はいるかね?」

「はい、だんなさま」男は軽く頭をさげる。「奥さまはいらっしゃいます。しごくお元気で。さしでがましいことではございますが」

「いや、言論の自由を妨げるわけにはいかない」

ハリスと呼ばれた大柄な男は、主人の皮肉を気にもかけずに続けた。「勝手ながら、馬と馬車は若い衆に片づけさせました。奥さまのご活躍については、みんな存じておりますもんで。ですが、こっちは私が内々にいたします」

「よし、頼む。もしも若い連中が訊いたりしたら——」

頑強そうな男はかすかに笑った。「だんなさま、やつらが私に何か訊くなんてことはありません。それに、私がしゃべるなと言えば、金輪際しゃべりやしません。ご安心ください」

「わかった、ハリス」

男は黙ってうなずき、ほかの三人の手綱を受けとって四頭の馬を厩舎へ静かに引いていった。ニコラと三人の男は急いで庭を横切り、厨房《ちゅうぼう》の戸口へ向かった。ジャックは建物を見あげて、なぜか胸が騒ぐのをおぼえた。淡い褐色の石造りの館は、どことなく歓迎してくれているように感じる。そればかりではなく、見覚えがあるような気さえするのだ。

「ここは誰の屋敷？」ジャックは小声で訊いた。

「エクスムア伯爵夫人のお屋敷よ」

ジャックはけげんな目をニコラに向けた。「というと、妹さんの家か？」

「いいえ、先代伯爵の未亡人」

「エクスムアのお母さん？」

「違う、違う！」ソープ卿が口をはさんだ。「そんなことを伯爵夫人に言うなよ。夫人はエクスムアが大嫌いなんだ。だけど、先代伯爵の長男チルトン卿とその息子のジョンも亡くなったので、遠い親戚《しんせき》のリチャードが屋敷と爵位を継いだんだよ」

ニコラは説明した。「あなたは前にここで暮らしていたとき、伯爵夫人を見かけたことはなかったの？　私たちが子どもだったころは、伯爵夫人はタイディングズに住んでらしたの。でも先代伯爵が亡くなってからは、この伯爵夫人邸に移られたのよ。ただし、ここにはあまりいらっしゃらないようだわ。あの……悲劇的な出来事が起きて以来、主にロンドンのお住まいにいらして、私もあちらでお近づきになったの」

一行は厨房の入口から家に入った。広々とした厨房には、男が一人ぽつんとすわっていただけだった。四人を見るなり、男はぱっと立ちあがった。たちまち安堵《あんど》の面もちになる。

「ソープ卿！　ランベス卿！　ミス・ファルコート！　無事なお姿を見て、いかばかり安心しましたことか」

「ありがとう、マルフォード。ご婦人方は着いておられるだろうな？」

「はい、だんなさま。ほかの皆さまもおそろいです」

「え？」ランベスが一歩前に出た。「どういうことだ？」

ニコラは言った。「そのことはあとにしましょう。それよりも、あなたの腕の傷口をきれいにするほうが先よ。マルフォード、清潔なガーゼと包帯、きれいな水を持ってきてちょうだい」

「はい、かしこまりました。お嬢さま」マルフォード執事は急ぎ足で出ていった。

「ジャスティン、今は傷口を水で洗う時間しかないの。あとで薬をつけてあげるわね。まずはジャックを隠して、私たちは夜会服に着替えなくては。たぶんいくらもしないうちに、リチャードが部下を引きつれてやってくると思うの」

執事が水や包帯を運んできた。ニコラはランベス卿の袖《そで》の破れ目を裂き、傷口を洗いはじめる。厨房の扉があいて、バッキーが心配そうにのぞきこんだ。一同を目にすると、みるみる表情をゆるめた。

「ランベス！　ソープ！　ひゃあ、よかった」バッキーは扉を大きくひらいて、厨房に入ってきた。「今、どうしようかと途方に暮れてたところなんだ。おや、ランベス、怪我したのか？　だいじょうぶ？」

「やあ、バッキー」ランベス卿は平静な声で応じる。バッキーは計画がわずかでも狂うと動転しがちなのを、ニコラやソープ卿と同様によく承知していた。「大した怪我じゃないから、安心してくれたまえ。それより何があったんだい？」

「レディ・アーシュラが来ている」その事実を口にしただけで、バッキーの顔色は青ざめた。

「そりゃ、大変だ！」思わずランベス卿は体をこわばらせる。

「じっとしてて！」ニコラが注意した。

ソープ卿も顔をしかめる。「いったい何しに？　アーシュラは、伯爵夫人と一緒にバッキーの母上のところにいるはずだったんじゃないのか？」

「わかってるさ！」バッキーはいらいらしている。「ぼくもそう言ったんだ。そうしたらレディ・アーシュラは、〝私たちはここにいてはいけないのか〟なんて言い返すんだよ。返事のしようがないだろう。〝みんなどっかに消えてくれ〟というのがぼくの本音だが、まさかそうも言えないし」

ソープ卿の眉間《みけん》のしわがますます深くなった。「みんなって？　伯爵夫人も一緒だというのか？」

「そう、全員そろっている。伯爵夫人、ぼくの母、そしてエクスムア夫人も」

「デボラもですって！」ランベス卿の腕に包帯を巻いていたニコラが手をとめて振り向く。

「でも、どうして――」

「急に思いついたんだとさ。みんな一緒のほうがもっと楽しいだろうと。うかがいますけどね、レディ・アーシュラも一緒でどこがもっと楽しいというんだよ？」

「まったく」

黙って聞いていたジャックがたずねた。「レディ・アーシュラって、誰？」

「ペネロピのお母さまよ」

ニコラの説明に、バッキーは憂鬱《ゆううつ》そうにつけ加える。「ぼくの義理の母になる人だ」ジャックに視線を向け、持ち前の人なつっこさで握手を求めた。「あなたが追いはぎ団の首領ですね。はじめまして。いや、厳密に言うと初めてではないが。何週間か前に、ぼくの馬車があなたたちに待ち伏せされた。だけどあのときは、正式に名のったわけじゃないから」

「そうですね」ジャックは笑いをかみ殺して、バッキーの手をにぎった。「お近づきになれて光栄です」

ソープ卿がバッキーに訊いた。「で、きみはなんと説明したのかい？　我々がいないことについて」

「それなんだよ。ぼくは困っちまってね。そうしたら、ペネロピがまことしやかな嘘《うそ》を並べて取りつくろったんだ」バッキーは得意そうな笑顔になった。「前から賢い人だとは思ってたけれど、あんなに頭がいいとは知らなかった。ペネロピはね、アレクサンドラとマリアンヌの帰りが遅いのできみらが迎えに行ったと説明したんだ。そして、いかにも心配そうにふるまっていた。内心では気がとがめていたにちがいない。だって、伯爵夫人に心配をかけることになるからね」

ニコラも顔をくもらせる。「まずいことになっちゃったわね。伯爵夫人を巻きこむことだけはしたくなかったのに」

「脱獄囚を捜しにエクスムアがあらわれたら、ご婦人方はいったいなんと言うか」ソープ卿は嘆息した。

ニコラがなだめた。「伯爵夫人は、リチャードのためになるようなことは決しておっしゃらないわよ」

「それはそうだ。しかし、レディ・アーシュラが何を言いだすかは予測不能だ。それに、自分たちの発言によっては我々が危険にさらされる恐れがあることも、四人は知らないわけだし」

「とにかくここまではうまくいったんだから、これからもなんとかしよう」ランベス卿が言った。「ニコラ、早くジャックを上に連れていったほうがいい。ソープとぼくは服を着替えて、客間のみんなと合流することにする」

ニコラはうなずき、ジャックに近づいた。「あなたには屋根裏部屋に隠れていてもらおうと思うの」

「お嬢さま、私がご案内いたしたほうが――」執事が言いかけたが、ジャックはすでに使用人専用の階段へ歩きだしていた。

「私たちだけでも、だいじょうぶよ」ニコラは執事に声をかけた。「あなたは客間でご用があるでしょう」ソープ卿の御者と同じく、伯爵家に長年にわたって仕えてきた忠実な執事にも秘密の計画を打ち明けてある。今夜、伯爵夫人たちの世話をする使用人は執事しかいない。

「はい、お嬢さま」

ニコラはジャックのあとを追い、ソープ卿とランベス卿も厨房を出た。バッキーはため息をつきながら、レディ・アーシュラらがいる客間へもどっていった。玄関広間に出ると、ジャックはためらいもせずに廊下を数歩進んで右へ曲がった。そこで、ソープ卿やランベス卿と別れる。二人は夜会服に着替えるためにマリアンヌの部屋へ行った。ニコラは、ジャックと一緒に廊下の突き当たりまで歩く。狭い階段をジャックがさっさとのぼりだしたので、ニコラはびっくりした。

三階の廊下はさらに暗くて狭い。廊下に面した扉がいくつもある。使用人が寝起きする階なので部屋もずっと小さく、造りが質素だった。またしてもジャックは迷いもせずに奥へ進んでいく。

「待って」ニコラは言った。「屋根裏部屋に通じる階段を見つけなくては」

ジャックは前方を指さした。「子ども部屋の先にあるよ」

「え？　どうしてわかったの？」ニコラは目を丸くしてジャックを見つめた。

「どうしてって、ほら、見えるじゃないか」ジャックの言うとおり、廊下の奥に狭くて険しい階段があった。階段をのぼりきったところに、小さな扉がある。

「あなたは私よりも目がいいんでしょう」暗い廊下の端に階段があるのはニコラには見えなかった。「でも、あれが子ども部屋だとよくわかったわね」

先に階段をのぼっていったジャックは、扉の前で首をかしげている。「うん、どうしてかな。変だね。ただ……どういうわけか、どっちに何があるかがわかるんだ」

ジャックは扉をあけて、屋根裏部屋に入った。ニコラもあとに続く。ジャックがろうそくをかかげて、真っ暗な室内を見まわした。「ここなら容易に見つかりそうもないね」

「ペネロピもそう言ってたわ。子どものころに、ここにあがってくるのが怖かったんですって。だだっ広いし、トランクや古い家具やら何やらがいっぱいあるでしょう」

「そうそう、隠れ場所として最高だ」ジャックの表情が変わった。

「どうかしたの？　なんなの？」

「いや、なんでもない。ただ、ちょっと……奇妙な感じがするだけ。なんだか前にここに来たことがあるような感じなんだ。ふしぎにも、大型トランクの陰にある古い揺り木馬が目に浮かんでくる。ペンキがすっかりはがれていて……」

　ジャックは歩きだした。家族の歴史を刻んだソファや椅子、衣装のつまったたくさんのトランクのあいだを縫っていく。ろうそくの明かりで気味悪く浮かびあがるのはすぐ近くのものだけで、広い室内の大方は闇に包まれている。ジャックはたんすの上に置いてあった帽子の箱をどけて、その後ろをのぞきこんだ。そこには大きなトランクがあり、その隣に古ぼけた赤い揺り木馬があった。掛け布は破れ、ペンキがはげかけている。ニコラはまじまじと揺り木馬を見つめた。背筋がひやっとした。

「ジャック……どうしてあなたは――」

「わからない。どうしてかわからないけれど、なんだか見覚えがあるような気がする。もしかして、ぼくが子どものころに、母がこの屋敷で働いていたのかもしれない。引っ越す前で、ぼくが病気になる前。病気の前のことはなんにも憶《おぼ》えていないんだ。高熱で記憶がすべて燃えつきてしまったみたいに。しかし病気になったときはローズおばあさんの家にいたんだし――これは憶えている。だとすると、そのころはローズおばあさんの家に同居していたことになる。で、母が伯爵夫人の召使いをしていたのかもしれない。それで、ここにも母に連れてきてもらったのかな？　ひょっとして、使用人の部屋に母と暮らしていたことも考えられる」

「そんなことって、あるかしら？　子連れの召使いを住みこませるなんていうこと。でも伯爵夫人は世間の人たちと違ってとても思いやりのある方だから、そういう配慮もなさったかもしれないわね。きっとそうよ」

ジャックは考えにふけっているふうだった。二人は部屋の入口にもどった。

ためらったあげくに、ニコラはジャックのほうを向いて口をひらいた。「あなたにわかっていただきたいことがあるの。私がリチャードを隠れ家に案内したわけじゃないのよ。絶対にそんなことするはずがないわ。リチャードにしてやられたの。あなたが殺されてしまうかもしれないと思いこまされ、とにかく知らせなくてはとあわてふためいて隠れ家に駆けつけたのよ。罠《わな》だとは夢にも思わなかった。誰かに尾行されているかもしれないとも考えつかず、後ろを振り向くことすらしなかったの。本当にばかだったわ。だけど、決してわざとしたことではないのよ」

意外にも、ジャックはほほえんだ。「わかってるよ」両手を伸ばして、ニコラの腕に添える。「きみがぼくを裏切ったとは、まったく考えなかった」

「えっ？」ニコラは驚いた。「だって、あなたは……牢獄に会いに行っても私を追い返したじゃない」

「きみを守ろうとしたんだよ。例によって、きみは頑固に拒んだが――」

「私を守ろうとした？」

「そうさ。きみが逮捕されるのを、なんとしても防ぎたかったから。だってきみは犯罪者の手助けをしたんだよ。ぼくを裏切ったことにすれば、警察はきみがぐるではないと思うだろう。またもや裏切られたとぼくが悔しがって怒り狂えば、リチャードは喜んできみが密告したふりをするだろうと思ったんだ。それで、あんなことを言ったんだよ。きみの悲しそうな顔を見るのはつらかったけど、ああするしかきみの牢屋行きを妨げる方法はなかった。ましてきみに牢屋に来られては、せっかくの努力が水の泡になってしまうだろう」

ニコラの目に涙が浮かんだ。「だったら、あなたは私を信じてらしたのね？」

ジャックはうなずいた。「ぼくもようやく利口になったんだ。頭ではなく、心で聞くことができるようになった。きみを愛している。ぼくにとって、いちばん大切なのはきみだ。これまであんなに自己憐憫《れんびん》にふけってばかりいなかったら、ずっと前に解決していたかもしれないことにやっと気がついた。何年もきみと離れ離れになっていたのは、エクスムアのせいじゃなくてぼくのせいだ。復讐《ふくしゅう》もエクスムアもどうでもいい。きみ以外のことはすべてどうでもいいんだ」

「私を愛してるとおっしゃったわね？」ニコラは輝くばかりの笑顔になった。

「きみを愛している」

「ああ、ジャック！」ニコラはジャックに抱きついた。「私もあなたを愛してるわ！」

ジャックはニコラをひしと抱きよせた。「ニコラ、ぼくを許すと言ってくれ」

「もちろん。何回でも言うわ。あなたを愛しています」

二人はしばらくのあいだ甘い口づけにふけった。ニコラはジャックの腕のなかで喜びに打ちふるえる。ようやく初恋の人と一緒になれた。

やがてジャックは顔をあげ、ニコラのひたいに軽くキスして、ため息とともに抱擁をほどいた。「もうみんなのところにもどったほうがいい」

「そうね」ニコラは涙をぬぐった。「あとでたっぷり時間をかけてやり直しましょう。もうすぐリチャードがやってくるにきまってるから、私は覚悟しなければ」

ジャックが悔しそうに言った。「ぼくはこんなところに隠れていて、きみ一人であの男と対決させなくてはならないとは！　いっそぼくが――」

「それはだめ」ニコラはジャックの腕に手をかけて、目をのぞきこんだ。「あなたが対決するわけにはいかないわ。そんなことをしたら、私たちが脱獄を助けたことがわかってしまうじゃない。ここにじっとしていて、見つからないようにしてくださることが最善の方法なの」

ジャックはため息をついた。こわばっていた腕から力が抜ける。「わかってるよ。ただ、なすすべもなくここにいるのがふがいなくてたまらないだけだ」

「できるだけ早くもどってくるわ。とにかく下に行かなくては」ニコラはつま先立ちをして、軽い口づけをしようとした。

だがジャックはニコラを抱きよせ、長いこと唇を離さなかった。「愛している」やっと身を引き、かすれ声でつぶやいた。「ああ、ぼくは長年にわたってなんという愚か者だったのだろう」

ニコラはジャックを抱きしめた。「そんなことはもう気にしないで。あなたが自由の身になれたのだから、あとはどうでもいいの。愛しあっていることだけで十分」

そしてニコラはジャックの唇にさっとふれ、なごり惜しそうに屋根裏部屋を出ていった。

19

　ニコラは大急ぎでペネロピの部屋へ行った。その日の夕方、ランベス卿《きょう》、ソープ卿、バッキーとともに伯爵夫人邸に馬車で着いたときは、四人とも晩餐《ばんさん》会という名目にふさわしく盛装してきた。けれども到着するなり、〝仕事着〟に着替えたのだった。ペネロピの部屋のベッドには、イブニングドレスと何枚ものペティコートが着替えたときのままになっていた。ただちにニコラは、変装用のブーツと若者風の衣服をぬいだ。

　突然、扉があいた。ニコラはぎょっとして振り向く。入ってきたのは、マリアンヌだった。ふっと力を抜いたニコラを見て、マリアンヌは言った。「驚かせてごめんなさい。着替えのお手伝いをしようと思って来たの」

「助かるわ」ドレスの背中に縦にずらりと並んだ小さなボタンを自分ではめるのは、ふだんでも容易ではない。まして気がせくときは、至難の技だ。

　マリアンヌに手助けしてもらって、まずペティコートを身につける。それからマリアンヌは緑色の絹のドレスをニコラの頭からかぶせて着せ、真珠貝のボタンを手早くはめていった。

「下の様子はどんなふう?」ニコラが訊《き》いた。

「めちゃくちゃよ。うわべはまだお行儀よくしているけれど。だけど、今にもアーシュラ叔母さまの質問攻めに遭いそう。これまでのところ、ぼろを出さずにすんでいるのは、叔母さまがバッキーをばかにしているおかげだと思うの。バッキーがわけのわからないことを言っても、どうせばかなんだから驚かないという感じだったわ。アレクサンドラと私はあれこれしゃべりまくって、叔母さまを煙《けむ》に巻こうとしたの。うまくいきそうだったけど、私が部屋を出るときに眉間《みけん》にしわをよせてらしたから、今ごろ何かおかしいと考えこんでるかもしれない。でもペネロピとバッキーが持ちこたえさえすれば、なんとか乗りきれるんじゃないかと思うわ。さすがのアーシュラ叔母さまも未来の公爵を尋問しづらいでしょうし、ソープ卿のことはちょっと怖がってるようなの」

「レディ・アーシュラを怖がらせる人がいるとは思いもしなかった」ニコラはほつれた髪をなでつけ、ピンをとめ直した。

「さ、できたわ」マリアンヌが後ろへさがって、ニコラを眺める。

「私、きちんとしてる?」

「ええ、だいじょうぶ。いつものようにきれいよ。さっきまで外を駆けずりまわっていたとは、とうてい見えないわ」

「ランベス卿の腕はどう？」

マリアンヌの表情はくもった。「見た目は完璧《かんぺき》だけど、腕の傷が痛むみたい。椅子のひじ掛けに腕をのせて、痛むところをかばっているの。でも、包帯がかさばってないので気づかれないと思うわ」

「かすり傷だから、あまり心配しなくてもだいじょうぶ。一段落したら、ちゃんと手当てをしてさしあげるわ」

「腕に負傷しているのをリチャードに感づかれさえしなければいいけど」

「そっちに目が行かないように気をつけましょう。じゃあ、下へ行って恐ろしいおばさまにご対面しましょうか？」

「アーシュラ叔母さまのこと？」

「ほかに誰がいる？」

ニコラとマリアンヌは腕を組んで、一階の客間へ向かった。ソープ卿は妻のアレクサンドラがすわっている椅子のかたわらに立ち、片方のひじを暖炉の上の飾り棚にのせていた。暖炉の反対側には、まるで一組のブックエンドの片方のようにバッキーが立っている。バッキーはいかにも不安げな視線を、まもなく義母になる中年の婦人に向けていた。二メートルほど離れたところに、暴君のようなレディ・アーシュラが青ずくめのいでたちですわっている。船の舳先《へさき》のような胸を突きだし、眉をひそめて伯爵夫人のかたわらに腰かけている娘をにらんでいた。気品に満ちた先代のエクスムア伯爵夫人はアーシュラの母であり、マリアンヌ、アレクサンドラ、ペネロピの祖母である。往年の麗人の面影を残している伯爵夫人はすらりと背が高く、背筋をぴんと伸ばして椅子にかけていた。かすかではあるが、夫人のひたいのあたりに憂いの色がかいま見える。緊張のあまり、ペネロピは両手で扇子をにぎりしめていた。ほかの人々の少し後ろにニコラの妹デボラと、姉妹の叔母バックミンスター夫人がいる。困ったような夫人の表情が息子のバッキーそっくりだった。二人の横の椅子はあいていて、その隣にランベス卿が心配ごとなどまったくないといった様子でゆったり腰をおろしていた。

マリアンヌとニコラの姿を目にするや、ランベス卿は立ちあがって会釈した。「マリアンヌ、ニコラ、待ったかいがあった。いつにも増して美しい」

「ジャスティンはいつもお上手なのね」ニコラは笑みを返した。

「ああ、ニコラ」さっそくレディ・アーシュラが口を出す。「なぜあなたがマリアンヌたちを捜しにランベスやソープと一緒に行かなくてはならなかったのか、私にはさっぱりわからないわ」

ニコラはこともなげに答えた。「私の性格をご存じでしょう。うちにじっとして待ってることができないたちなんです。ところで、ごきげんいかがですか？　とてもお元気そうですね」

ランベス卿もそれとなく口を添える。「ぼくも奥さまにそう申しあげていたところなんです。若々しくていらっしゃるから、うっかりするとペネロピのお姉さんに間違われますよ」

アーシュラは思わず顔をほころばせつつも、精いっぱい厳しく言い返した。「あなたは本当にお口がうまいから。おそらく姪《めい》も、ついその手に乗せられてしまったんでしょうよ」

「いや、逆です。乗せられたのは、ぼくのほうですよ」

ニコラは妹のそばへ行ってかがみ、頬にキスをした。「デボラ、あなたも一緒に来られるとは思わなかったわ。でも、よかった」

「自分でもちょっとびっくりしてるの。でも、伯爵夫人とアデレード叔母さまに誘われて、出かけてみようかという気持になったのよ。カード遊びやおしゃべりも悪くないなって」

ニコラはほほえみ、相づちを打ちながらほかのことを考えていた。みんなに何もかも打ち明けるべきだろうか？　そうすればリチャードがやってきたとき、一族は結束して対応できるかもしれない。リチャードに有利になるようなことを伯爵夫人が決して口にしないのはわかっている。けれども今夜の出来事についてまったく知らないままだと、無意識にうかつな発言をしないとは限らない。ただ、何も知らないのが伯爵夫人だけならば、ニコラはあまり悩まずに話していただろう。

問題はレディ・アーシュラだ。何を言いだすか、どんな行動に出るかがまったく予測できない。ペネロピのように心優しい娘ですらいじめるし、アレクサンドラを姪だと認めることにも最後まで抵抗した人物だ。だがその半面、リチャードにはいささかの好意も持っていなかった。抵抗したとはいえ、しまいにはアレクサンドラとマリアンヌを亡き兄の遺児として受け入れたからには、その姪たちの夫や婚約者が牢《ろう》破りに関係していたとは、いくらアーシュラでも明かしはすまい。といって、全面的に信頼するのもためらわれた。

とりわけ困るのは、自分の妹が信用できないことだった。悔し涙を流しながらデボラは、二度とリチャードには会いたくないと誓って家を出た。とはいえ、なんといっても妻なのだ。怒りや心の傷にもかかわらず、妹はまだリチャードを愛しているにちがいない。それにおなかの子の父親であるという事実は、女にとって重いだろう。リチャードの甘言につられて、デボラはニコラから聞いた秘密をもらしてしまう恐れがある。

ニコラはマリアンヌに目を向けた。マリアンヌたちとひそかに相談できないだろうか。

「なんだか変だと思うのは……」レディ・アーシュラが言いかけた。

まるで聞こえなかったかのように、アレクサンドラがデボラに話しかけた。「デボラ、確かにカード遊びもいいわね。セバスティアン、マリアンヌ、遊技室に行きません？」

「そうね、そうしましょうか」渡りに船とニコラが答える。部屋を変えれば、内緒話をする機会があるかもしれない。ニコラは立ちあがった。

そのとき、廊下から大声が聞こえてきた。ニコラは耳をそばだて、ランベスが椅子を立って扉のほうへ歩きかける。ソープ卿とバッキーもあとに続いた。

廊下に面した扉が勢いよくひらき、リチャードが押し入ってきた。警吏のストーンや地元の警部を従えている。それを、ホールジー判事が両手をもみもみ制止しようとしているらしい。そのあとから執事が呼びかけた。「閣下！　そのようなことはおやめに――」

「私に指図する気か？」リチャードはまず執事をどなりつけ、室内の人々をにらみまわした。彼らの後ろに、マスケット銃を手にした数人の男もいる。見知らぬ顔ばかりなので、ジャックを捕まえるためにリチャードが雇った男たちだろうとニコラは思った。

「いったいぜんたい何事だ？」ソープ卿が声を荒らげて詰問した。ソープ卿、ランベス卿、バッキーの三人が、女性たちをかばうようにリチャードの前に立ちふさがる。

「ああ、ソープ卿！」ホールジー判事が哀れな声を出した。「バックミンスター卿、ランベス卿……いきなりお邪魔して申し訳ありません。エクスムア卿、この方たちにこんなやり方をするのはまずいですよ」

「行く行くは公爵になる身分だからか？」リチャードはどやしつけた。「しっかりしてくれよ。正当な権利があって来てるんじゃないか」

ランベス卿が冷ややかに言った。「それはきみの勘違いだな、エクスムア。伯爵夫人のご自宅にいきなり乱入してお客を脅かすとは。そんな権利はきみにも判事にもありはしない。ただちに出ていってくれたまえ」

「我々は彼女に話があるだけだ」リチャードはニコラのほうを向いた。「ほかの人たちには何も用はない」

「そうですかねえ。この家からご婦人を威嚇して連れだすことが許されるとでも思っているなら、きみはぼくが考えているよりもさらに愚か者のようだ」ソープ卿がいやにもの柔らかな言い方をしてみせる。

「リチャード」部屋の奥から、伯爵夫人の威厳のある声が聞こえてきた。みんなの視線が夫人に集まる。夫人はすっくと立って、リチャードを冷然と見すえていた。大の男でも悪さをした学童のような心地にさせられる厳しいまなざしだった。「私の家に武装集団を引きつれて押し入ってくるとは、どういう了見ですか？」

さすがのリチャードも赤面した。「奥さまには関係のないことでして、我々が捜しているのは――」

「私に関係がないですって？」伯爵夫人の目が青い炎のように光った。「あなたは判事を引きずるようにして見知らぬ男たちとともに私の家に侵入してきたんですよ。それでなぜ関係がないんですか？」夫人は判事に目を転じた。判事はごくりとつばをのみこみ、一歩後ろへさがった。「ホールジー判事、どういうご用件でしょう？　私を逮捕しにいらしたの？　それとも、リチャードが言ったように、私のお客さまにいやがらせをしに来ただけなんですか？」

「いえ、奥さま、そのう……」

「なんです？」

「いやがらせのつもりなどございません……」判事はハンカチでひたいの汗をぬぐいながら、言い訳しようとする。

伯爵夫人は鷹揚《おうよう》に答えた。「あなたにそのおつもりはないとしても、そう見えますのよ。大勢でどかどかと入ってきて、私やお客さまを犯罪者扱いしてもかまわないとお思いになったんですか？　まずその人たちを外に出してください。それから文明人らしく穏やかに話しあいましょう。さもなければ、あなたは何一つ聞きだすことはできませんよ。たとえ私たちを牢屋に引ったてていったとしても」

「奥さま！　めっそうもない！　いやまあ、なんとひどいこと！」判事はリチャードに言った。「エクスムア卿、あの連中に外に出るように指示してください。これは不法侵入ですよ。だから言ったでしょう。まずいと――」

「いいかげんにしろ、ホールジー」リチャードがさえぎった。「連中は外に出します。この家から抜けだそうとする者は彼らが逃がしはしない。しかし私は話がすむまでここを動きません」

リチャードは後ろを向いて、ストーンに命令した。ストーンは部屋を出て、廊下にいた男たちに合図して去っていった。伯爵夫人は蔑《さげす》みのまなざしをリチャードに向けた。

「あなたはエクスムアの名を辱めたんです」夫人の声音はふるえをおびている。感情をあらわにしたのは初めてだった。

「お祖母《ばあ》さま……」すぐさまペネロピがそばへ行って、腕を取る。

アレクサンドラも憤りをこめて言った。「伯爵夫人をこれほど傷つけてもまだ足りないのですか？　ここまでしなければならないとは――」

「いえいえ！　奥さまを傷つけようとはまったく思ってもおりません」あわてて判事が否定する。「私どもが追っているのは、脱獄囚なんです。本当にそれだけです」

レディ・アーシュラが苦々しげに口をひらいた。「だけどなぜ、伯爵夫人のお宅に囚人を追ってこなくてはならないんでしょう。どうなんです？　え？　きちんとおっしゃい」

「ニコラがいるから」リチャードはニコラに目をすえた。

「ニコラ・ファルコートが？」レディ・アーシュラはけげんそうにくり返す。「ニコラは少しばかり変わってはいるけれど、囚人なんかじゃありませんよ。あなた、頭がどうかしたんじゃないの？　ホールジー、こんな話を真に受けるなんて、あなたも頭がおかしくなったんじゃない？」

判事はまた弁解しはじめた。「いえいえ、奥さま、ミス・ファルコートは囚人ではありません」

「今のところは」リチャードが皮肉をはさむ。

「だったら、いったいどういうことなの？」バックミンスター夫人も初めて発言した。

「あなたが話題にしているのは、私の姪なんですよ。わかっていらっしゃるでしょうが」

バッキーも口を添えた。「そう。ぼくだったら、いとこを中傷する前にもっと慎重に行動するだろうと思う」

「いや、バックミンスター卿、奥さま……私は決して……その、中傷などとは——」

「ホールジー、黙っていたほうがいい」リチャードがいらだたしげにさえぎった。「みんなでごまかそうとしているんだから。ニコラが囚人でないことくらい誰でもわかっている。我々が追っているのは追いはぎだ」

「追いはぎって？」何も知らないふうにペネロピが首をかしげる。

「今晩、アレクサンドラとミス・モントフォードに近づいた追いはぎか？」ソープ卿がたずねた。「二人ともひどく怖がっていた。そうそう、ホールジー判事、このあたりで犯罪が頻発しているようだね。明日、この事件のことで判事に会おうと思っていたところだ」

不信感をむきだしにして、リチャードは薄笑いを浮かべる。「ご婦人方に近づいたとかいうやつの話ではない。〝紳士〟と呼ばれている男で監獄にいたところを、今晩、仲間が脱獄させたんだ。それも、看守が……偶然にも……ソープ夫人とミス・モントフォードに呼びだされているあいだに」

「エクスムア、何が言いたいのかはっきりしろ。いいかげんな言いがかりをつけようとしたら承知しないぞ」ソープ卿が厳しい口調で言った。

「あんな時間にご婦人方が二人きりで馬車でお出ましとは、奇妙だと思うが」

「妻は馬車を操るのが得意だし、出かけたときはまだ日が高かった。あんなに遅くなるつもりはなかったようだが。いずれにしろ、妻の行動についてきみにあれこれ言われる筋合いはない」

ソープ卿とリチャードはにらみあっている。険悪な空気がただよった。

伯爵夫人がきびきびと言った。「お二方、もうおよしなさい。それより肝心のお話をしましょう。今晩の出来事については、孫娘たちから聞きました。恐ろしいとは思いますけれど、この家とはなんの関係もないじゃありませんか。ホールジー判事、孫娘たちに尋問するのは明日でもよろしいのでしょう？　たぶん孫娘たちは、その脱獄者についてあまりお役に立つような話はできないと思いますが」

「まあ、そうかもしれませんな」リチャードは意味ありげにマリアンヌとアレクサンドラを見やった。二人は動じる色もなくリチャードを見返す。「しかし、ミス・ファルコートは我々を助けてくださることができるはずですよ」

ニコラは落ちついて答えた。「どうやってお助けできるのか、私には見当もつきませんが。マリアンヌやアレクサンドラと一緒にいたわけでもないですし」

「あなたはむしろ監獄にいらしたでしょう」

「おやおや、こんな華奢《きゃしゃ》な若い貴婦人が牢破りさせたとでも言うのかね」さもおかしそうにランベス卿が口をはさんだ。「いくらなんでも、エクスムア……こじつけが過ぎやしないか？」

「ニコラを知ってる人間なら、そうは思わないだろうよ」

「ニコラはぼくの長年の友人で、よく知っている。今晩、ミス・ファルコートが監獄にいたなんてありえない話だ」

「そうよ、ありえません」ペネロピも言いきった。「ニコラは私たちと一緒にずっとここにいたんですもの。私たちは晩餐会をひらいていました」

　全身の神経を緊張させてニコラは黙っていた。レディ・アーシュラが、ニコラはついさっきあらわれたばかりだと言いだしたりしたらどうしよう？　あるいは、妹も同じような発言をするかもしれない。何も言わないでと、デボラに目くばせをしたかった。けれどもリチャードに見とがめられる恐れがあるので、妹のほうを向くこともできなかった。

　ふたたび伯爵夫人が加わった。「そのことは私たちみんなが証言できますわ。家族やお友達と小さな集まりをひらいていたんです。あいにく孫娘のうちの二人が遅刻しましたが、幸い無事にもどってきました。あなた方は、こういうことをお知りになりたかったんでしょう？　つまり今晩どこにいたかという証明」夫人は辛辣《しんらつ》な言い方をして、またしてもホールジー判事をふるえあがらせた。「もしかしてあなたは、私が自分の家にいたのではなく、監獄へ行って囚人たちを逃がしたと思ってるんですか?」

ニコラはひそかに安堵《あんど》する。レディ・アーシュラにしてもほかの誰にしても、伯爵夫人の発言に反論するはずがないからだ。

穴があったら入りたいといったふうに、判事は顔を真っ赤にした。「いえ、奥さま、とんでもない。私はそんなことは夢にも思っておりません。私は……奥さまを深く尊敬しております。お宅の皆さまも」最後につけ加え、レディ・アーシュラや孫娘たちにすまなそうな視線を向けた。

伯爵夫人は疑わしげな表情で答えた。「そうかしら? もし本当にそうなら、なぜ私の家に押し入ってきて家族やお客さまに、私たちにはなんの関係もない脱獄囚について詰問したりするんですか?」

「そのとおりよ、お母さま」レディ・アーシュラが立ちあがり、判事やリチャードに近づいた。モントフォード家の人々はみんな長身だが、アーシュラも大柄で堂々としている。威圧的な風采《ふうさい》のレディ・アーシュラが歩きだすと、みんなつい後ろへさがってしまいがちだ。加えて今は、憤怒《ふんぬ》にかられている。「ホールジー判事、言っておきますけど、あまりに厚かましいですよ。ずかずか入りこんできて、私の母を侮辱するとは、大した度胸ですこと」

「侮辱ですと！」判事はその場で卒倒しそうな気配だった。「いえいえ、奥さま、侮辱のつもりはまったくありませんです」

「ただでさえ母は、一族の誰やらの無礼を我慢しなければならないというのに……」アーシュラは猛々《たけだけ》しい目つきでリチャードをにらんだ。「そのうえ、あなたまで犯人の取り調べみたいなことをしようとするなんて。いいかげんにしてください。それともあなたは、その追いはぎとやらがここにいるとでも思ってるんですか？　家捜しでもしたいのかしらね――私たちの持ち物をくまなく調べるとか。ひょっとしてその囚人を隠してやしないかと、この場で私たちみんなの身体検査でもするつもり？」

「まさか、奥さま、なんということを。もちろん、家捜しなどするつもりはありません」

「だったら、よろしい。家宅捜索の権利などあるはずはないし、そんなことを我々は許さない」ソープ卿はリチャードに言った。「それにしてもきみは、ご婦人たちを脅かすためにやってきたのなら、見事に目的は果たしたじゃないか」とは言っても、デボラ以外の女性たちはおびえるどころか、闘志満々といった態度だった。「だいたいなんできみがこんなことに口を出さなきゃならないんだ？　これは警部や判事の仕事だろうに」

リチャードは言い返した。「追いはぎが奪ったのは主にうちの金品だ。だからロンドンの警吏を雇って、あの男を捕まえたんだ」

「その警吏というのは、何カ月か前にぼくの婚約者を尾行させるためにきみが雇ったのと同一人物か？」うわべは穏やかにランベス卿が訊いた。

「なんの話か、さっぱりわからない」

「しらばっくれるなよ。その警吏とじかに話をするのを今から楽しみにしている」

「話す機会はあるだろう」

ソープ卿がランベス卿の腕に手をかけて制止し、リチャードに言った。「エクスムア、もう帰ったらどうだ。きみの傭兵《ようへい》たちも連れて帰れ」

「ニコラ、おめでとう。きみは自分の浅ましい醜聞にお歴々を巻きこんで、なんとか成功したようだ」リチャードは、ニコラから伯爵夫人に矛先を移した。「私を嫌っておられるにしても、奥さまはいやに熱心にミス・ファルコートのお芝居に協力なさったものですね。しかしながら、ミス・ファルコートの愛人である追いはぎを助ける道を選択なさったからには、エクスムア一族の名前も引きあいに出されるのは避けられないでしょう」

そこここで息を吸いこむ音が聞こえ、リチャードは薄笑いを浮かべた。

「なるほど。ミス・ファルコートは皆さんに真相を打ち明けていないようだ。バックミンスター、きみらはニコラに説得されて、囚人を釈放するよう判事に圧力をかけたね。そのときも彼女はきっと、ぼくがいかに悪いやつで哀れな男を罠《わな》にかけたとしか話さなかったにちがいない。この数カ月、あの追いはぎ団の首領がいかに悪事をはたらいたかについては、一言もしゃべらなかったんだろう。その愛人とニコラは――」

「おい、待て！」ふだんはおっとりしているバッキーがリチャードに一歩つめよった。「いとこの悪口を言うなら、明日の夜明けにぼくと対決するのを覚悟してからにしろ！」

「ありがとう、バッキー」ニコラは笑みを送った。

ソープ卿も言葉を添える。「中傷した結果がどうなるか、エクスムア卿は承知しているだろう」

「中傷じゃない。ニコラが愛人に知らせに行ったのは、みんな知っていることだ。だから追いはぎを捕まえられたんだ。やつらの隠れ家のありかも彼女は知っていた。そこでこそこそ会っていなければ、知ってるはずがないだろう」

「もういいでしょう、リチャード」伯爵夫人がさえぎった。「これ以上脅したりののしったりするのはおやめなさい。ミス・ファルコートは私に何も話していません。まるで私が嘘《うそ》をついているかのように非難するなら、今すぐここから出ていきなさい。ホールジー判事、ご友人を連れてお引きとりください。招かれたのではない限り、二度と私の家の敷居をまたがないほうがよろしいわ」

夫人のこのほのめかしは判事の胸にずしりとひびいた。目前に迫った婚礼の催しに伯爵夫人から招待されなかったら、みえっぱりで横暴な妻からどんなに責めたてられることか。ホールジー判事はみるみる青ざめ、リチャードの腕を取って引きずるように部屋を出ていった。

玄関の扉がしまる音が聞こえるまで、一同は無言で立ちつくしていた。続いて、伯爵夫人に視線が集まる。伯爵夫人は親族を見まわし、ニコラにまなざしをすえた。

「では、よろしいわね。いったいどういうことなのか、包み隠さず聞かせてもらいましょう。さっきからあなた方がしゃべっていたようなふざけたお話じゃなくて、真実を知りたいんです」

「そのとおりよ、お母さま」レディ・アーシュラが重々しく相づちを打った。「夕暮れに馬車を走らせていたら、追いはぎたちに呼びとめられたとか……そんなばかげた話、聞いたことがないわ！」

「アーシュラ、まず話を聞きましょう」伯爵夫人は静かに言った。

ニコラは小走りで伯爵夫人に近づいた。「奥さま、本当に申し訳ございません！　皆さんを巻きこんで、いけないことをしてしまいました。私一人ですべきことでしたのに。ご迷惑をかけることだけは避けたかったのですが……」

「一人でやるなんて、そんなこと無理だわ」ペネロピがきっぱり言った。

「そうよ」アレクサンドラも同調する。「私たちはみんな追いはぎの首領に恩義があるんですもの。こんなときこそ、お返しをしなくては」

「その追いはぎって、誰のこと？　みんな恩義があるとは、どういう意味なの？」アーシュラがけげんそうに眉をひそめた。

伯爵夫人はため息をついた。「どうやら話が長くなりそうね。すわったほうがよさそうだわ」夫人は腰をおろし、アレクサンドラを指さした。「まず、あなたから。どうして追いはぎにお返しをしなければならないの？」

アレクサンドラは説明した。「セバスティアンと私が気球で飛ばされてしまったとき、追いはぎの首領に助けられたの。憶《おぼ》えていらっしゃる？」

「ええ、憶えていますとも」

「気球が地上に墜落して、私たちが道に迷っていると、彼が通りかかって一夜の宿とお食事を提供してくれたんです。翌日、乗合馬車に乗せるために私たちを村まで送ってくれたの」

「追いはぎらしくないじゃない」伯爵夫人はつぶやく。

「ええ。話し方も物腰も上流の人みたいなので、〝紳士〟と呼ばれているの」

マリアンヌが話しだした。「ジャスティンと私の場合は、命の恩人なんです。ジャックという追いはぎが廃坑から助けだしてくれなかったら、私たちは生き埋めになって死んでいたかもしれないの。だからそのジャックが捕まったと聞いては、知らん顔しているわけにはいきませんでした。いくら追いはぎだといっても、絞首刑になるのを黙って見てはいられないわ。そんなわけでニコラがバッキーに相談に来たとき、みんなで力を合わせようということになったの」

「なるほど。でも例えば、腕のいい弁護士をつけることは考えなかったの？　あるいは、釈放されるように何人かの有力者に圧力をかけてもらうとか。牢破りを強行するしか方法はなかったのかしら？」

「圧力をかけてはみたんですが……」伯爵夫人の言葉に、ソープ卿はいくらかきまり悪そうな面もちで弁解した。

だが、ランベス卿はにっと笑って言った。「強行突破のほうが面白そうだし」

あわててニコラが説明する。「圧力をかけるのは失敗したんです。私がバッキーやジャスティン、セバスティアンにお願いして判事に会いに行ってもらったところ、リチャードに逆らうのが怖いようでだめでした。リチャードはどうしてもジャックを絞首刑にしたかったんです。根深い個人的な恨みのせいで」

「そう。その〝紳士〟のほうも、リチャードに恨みがあるようね」伯爵夫人が指摘した。

「そのとおりです。でも、ジャックは決して悪い人ではありません。誓って申しあげます。ただ、何年も前にリチャードがジャックをひどい目に遭わせたんです。本当にむごい仕打ちで、ジャックは殺されかけました。でも生きていたことがわかると、今度はジャックをさらわせて強制的に水兵として軍艦にぶちこんだんです」

「まあ、なんてことを！」バックミンスター夫人が声をあげた。

伯爵夫人は苦々しげに言った。「いかにもリチャードらしい邪悪なやり方だわ。どうしてジャックという人をそんな目に遭わせなくてはならなかったの？　どういう恨みがあったの？」

「そのころのジャックは、私より三つ年上の二十歳になるかならぬかの若者でした。リチャードが彼を憎んだ理由は……」ニコラは言いよどんで、妹をちらりと見た。

デボラは力なげに言った。「どうぞ、話して。リチャードがお姉さまにどういう気持をいだいていたか、私はよくわかっているから」

「リチャードは私に結婚の申しこみをしました。でも、私がジャックを愛していることを知って……ジャックは当時はギルという名前で、タイディングズの厩舎《きゅうしゃ》で働いていたんです」ニコラは意を決して、伯爵夫人の目をまっすぐ見た。「身分が低い若者を愛するとはと、奥さまは私を軽蔑《けいべつ》なさることでしょう。でも、私はかまいません！　ジャックは私が愛したただ一人の人です。今でも愛しております。すばらしい人なんです。朗らかで心根が優しく、凛々《りり》しくて勇気のある人です。奥さまもお会いになれば、きっと気に入ってくださるでしょう」

「その方に会ってみたいわ」伯爵夫人の返事を聞いて、ニコラはにっこりした。夫人は話の先をうながす。「それで、その方とリチャードのあいだに何があったの？」

「あるとき、私たちがホワイト・レディ滝で会っているところを、リチャードに見つかったのです。リチャードとジャックは取っ組みあって激しく争い、私はとめることができませんでした。しまいにジャックは崖《がけ》からすべり落ちてしまったんです。リチャードは事故だと言い張りましたけれど、ジャックはリチャードに押されたと言っています」

「そっちが本当らしいわね」

「ジャックが落ちた滝つぼの周辺を捜したんですが、とうとう見つかりませんでした。何年もジャックからは連絡がなかったので、死んだものと私は思っていました。でも、死んではいなかったんです。下流に流されてなんとかはいだしたところを、農夫に助けられたそうです。ジャックは……私に手紙を送ったけれど、私は受けとりませんでした。母が手紙を読んで、リチャードに渡したことがあとでわかりました。リチャードは力ずくでジャックを農家から連れだし、私が裏切ったとでたらめを吹きこんだのです。ジャックは長年にわたって私に裏切られたと思いこんでいました。私は私で、彼は死んでしまったと思っていました。私に残されたものは、ジャックからもらった指輪だけでした」

「婚約指輪なの？」

「いいえ、男の人の指輪です。特に変わっているというわけではないのですが、ジャックにとってはとても大切なものでした。なぜかというと、お父さまの形見の品はそれしかないんですって」ニコラは服の下から指輪をつるした鎖を取りだし、頭をくぐらせて伯爵夫人にさしだしてみせた。「私はこれをずうっと身につけていました。これは……どうなさったんですか？　奥さま？」

鎖に通した指輪を手に取って一目見るなり、伯爵夫人の顔から血の気が失《う》せた。夫人は口もきかずに、まじまじと指輪を見つめている。

「お母さま？」レディ・アーシュラが心配そうに母のそばによってきた。そして、指輪に目を落としたとたんに声をあげた。「まあ！」

ニコラの視線は、伯爵夫人とアーシュラのあいだをせわしくいったりきたりする。「なんですの？　どういうことですか？」

「この指輪についてジャックが何を言っていたとおっしゃった？」伯爵夫人の顔が今度は紅潮している。まなざしも輝いていた。

「それは……ジャック自身もあまりよく知らないらしいのですが、お父さまの形見だとお母さまに言われたとか。お父さまのことを憶えていないらしくて、だからなおさら大切にしていたようです」

伯爵夫人が急《せ》きこんで訊いた。「今どこにいるの？　その追いはぎの方は。その方にぜひ会いたいの」

「今すぐにですか？」

「ええ、もちろん」

「お祖母さま、どうなさったの？」マリアンヌと一緒に近寄ってきたアレクサンドラが気づかわしげにたずねた。

「なんでもないわ」伯爵夫人はさえぎるように手をあげ、椅子から立ってニコラにくり返した。「どこにいるの、ジャックという人は?」

「このお屋敷におります。お望みでしたら、連れてまいりますが」

「ぜひ連れてきてちょうだい。話をしたいの」

20

ジャックは屋根裏部屋にはいなかった。ニコラが名前を呼んでも、返事はない。不安がこみあげた。急いで階段をおりて廊下にもどると、一つの部屋の扉があいているのに気がついた。戸口に近づき、なかをのぞいてみた。子ども部屋らしい。長いこと使われていなかったようで、おもちゃや絵本がきちんと戸棚にしまってある。ジャックは子ども用のテーブルに向かって腰をおろしていた。小さな椅子に長い脚を無理に折り曲げてすわっている姿がおかしくて、心配していたことも忘れてニコラは笑いだした。ジャックはびくっとして振り向き、きまり悪そうな笑みを浮かべた。

「こんなところで何をしてらっしゃるの？　びっくりするじゃない」

「ごめん。何をしてるのか、自分でもわからないんだ。ただ、なんとなく……落ちつかなくて」ジャックは首を振って微笑した。「ばかみたいだね。もう出ていくべきだというのに。いつまでもここに隠れていると、みんなにもっと迷惑をかけることになる。脱獄させてくれただけでも、十分危険な目に遭わせてしまった。これ以上みんなに危害を及ぼすわけにはいかない」

「みんなはあなたの力になりたがっているのよ。あなたに命を助けられた恩返しをしたいと思ってしたことなの。それにこの家には、エクスムアに好意を持っている人間は一人もいないわ。まだここから出ていってはだめ。さっきまでエクスムアが来ていたの。今ごろは、手下たちと一緒にそこらへんを捜しまわっているにちがいないわ。一日か二日待って、捜索が下火になってからここを出ればいいでしょう。私も一緒に行きます」

ジャックはニコラの目をのぞきこんで、じっと見つめた。恋慕の情があふれるまなざしに、ニコラの胸はしめつけられた。「いや、そんなことまで頼むことはできない。危険すぎる」

「私についてきてほしくはないの？　さっき愛しているとおっしゃったけど、本心じゃなかったのかしら」

「もちろん、本心にきまってるよ。愛している。十年間ずっときみを愛しつづけた。裏切られたと思って憎んでいたときさえ、本心ではきみを愛していたんだ。だけどきみは、追いはぎと結婚するわけにはいかないだろう」

「そのお仕事をこれからも続けるつもり？」

「もちろん、やめるよ。帰ろうと思う――アメリカに」

「私も一緒に行くわ」

「ニコラ、考えてみてほしい。ぼくは貧乏ではないが、きみが慣れているたぐいの富裕な暮らしはさせてあげられないんだ」

「そんなことは私にとってどうでもいいと言ったでしょう？　まだわからない？　私はあなたを愛しているから一緒にいたいの。大切なのはそれだけ！」

ジャックはニコラの腕をつかみ、ぐいと抱きよせた。「ぼくの美しくてすてきな恋人。どうしてきみを疑ったりできたんだろう？　ぼくはなんという愚か者だったのか」

ジャックはかがんで、熱い唇をかさねた。

ようやくジャックは顔をあげ、かすれた声でささやいた。「本当にきみがそうしたいなら、結婚してアメリカに渡ろう。しかし、まずぼくが安全なところまで行ってから、きみを呼びよせることにしたい。あるいは、ロンドンで落ちあってもいい。きみが自分の家に帰っていれば、ぼくが訪ねていくよ。だけど、馬で一緒に出ていくことはできない。もしも失敗したらどうする？　きみも共犯者として捕まってしまうかもしれない。もっと悪い場合、追っ手に撃たれたら――」

「そんな危ないことにはならないわ。騒ぎが静まるまでここにじっとしていればいいんですもの。様子を見きわめてから一緒に行きましょう。ジャック、もう二度とあなたと離れ離れになりたくないの。たとえ、二、三日でも。運命がどんなひどい仕打ちをするか、これまでの経験でわかったじゃない。あなたを一度は失った。それをくり返すのは絶対にいや」

「もう決してぼくを失ったりはしないよ」ジャックはふたたびニコラを抱きしめた。「きみが離れようとしても放さないからね」

「だったら、あなたがここを出るときは私も一緒に行くことに賛成してくださるのね？」

「そのことについては、あとでもっと話しあおう」ジャックは笑いをふくんだ声音で答え、ニコラから手を離して後ろへさがった。「それで、エクスムアがやってきてどうなったの？」

ニコラはかいつまんでリチャードとのやりとりを話し、伯爵夫人がジャックに会いたいと言っていると伝えた。「伯爵夫人の立派だったことといったら……ジャック、あなたにも見せたかったわ。私たちが真っ赤な嘘《うそ》をついているのを承知のうえでおくびにも出さず、リチャードの非難に対しても動じる色もお見せにならなかったわ。女王みたいに気高く毅《き》然《ぜん》としてらして、リチャードと判事を追い払ってしまったの。かわいそうに、ホールジー判事ったら、すっかりしょげてた」

「本物の貴婦人みたいだね」

「そのとおりなの。で、あなたにお会いになりたいって」

「ぼくに？」

「ええ。リチャードが出ていってから、あなたやこれまでのいきさつについて伯爵夫人に説明したの。そうしたら、あなたに会いたいとおっしゃったのよ。だから私は、あなたを呼びにあがってきたというわけ」

ジャックは困ったような顔をした。「だけど、ぼくは一度も伯爵夫人などには会ったことがないし」

「何をおっしゃるの。伯爵よりも位の高い人に会ったじゃない。ランベス卿《きょう》は侯爵よ。いずれは公爵を継ぐことになっていて、マリアンヌは公爵夫人になるの」

「それとこれとは別じゃないか」

「いいから、さあ、いらして」ニコラはジャックの手を取り、戸口へ引っぱっていこうとする。「今まであなたが誰かの前で気後れしたのなんか見たことがないのに。伯爵夫人は、あなたを一目見て気に入るにきまってるわ」

二人が客間に入っていくと、室内に緊張が走るのがわかった。ジャックはつと足をとめ、奇妙な表情を浮かべてあたりを見まわしている。ニコラはジャックを見あげた。ジャックの視線が伯爵夫人にとまる。ジャックの腕がこわばるのを、ニコラは手のひらで感じた。

伯爵夫人は立ちあがり、ジャックをじっと見つめた。「ここへいらっしゃい」

ためらったのちに、ジャックはニコラとともに夫人に近寄った。ニコラは人々の顔色をうかがった。みんなジャックを見ているが、表情からは何も読みとれない。二人は伯爵夫人の前に立ち、ジャックが優雅な身のこなしでおじぎをした。

「奥さま、はじめまして。ジャック・ムーアと申します」

「ミスター・ムーア」老婦人は張りつめた声で話した。「ぶしつけだとお思いかもしれませんが、あなたに二、三、おたずねしたいことがあります」

「どうぞ、なんなりとお訊《き》きください。知っていることはなんでも申しあげます」

伯爵夫人は手のひらにのせたジャックの指輪を示した。「この指輪……どうやって手に入れたの？」

その質問は予想外だったらしく、ジャックは驚いている。「それは、母からもらったものです。父の指輪なので、いつまでも大切に持っているようにと、母に言われました」

「でしたら、拾ったものではないということね？　たとえ拾ったり取ったりしたものであっても、私はかまわないの。本当のところが知りたいだけなんです」

ジャックはけげんそうに眉根をよせた。「いいえ、拾ったものではありません。盗んだのかとおたずねでしたら、そうではないと誓います。父の形見だと母が言って、ぼくにくれたものです。母の言葉が真実かどうかまでは、誓うことができません。母はしばしば……なんというか、ぼくを元気づけるようなことを口にしていたので」

「元気づけるって？　どういう意味なの？」

「子どものときに重病にかかったものですから」

レディ・アーシュラがはっと息をのんだ。ジャックはそちらを向いて眉間《みけん》にしわをよせ、アーシュラをじっと見た。けれども、伯爵夫人のたたみかけるような質問に向き直った。

「重病にかかった？　それはいくつのとき？」

「さあ、たぶん七つか八つのころだったと思います。ぼくは、子どものときのことをよく憶《おぼ》えていません。母とローズおばあさんがぼくの看病をしてくれたことは憶えていますが、それがいちばん昔の記憶です。病後もずっと体が弱くて……いつもたいてい元気がなかった。長いこと外で遊んだりできなかったせいでしょうが、本当のところはよくわかりません。とにかく悲しかったのを憶えています。ずっと寝たきりだったし、体が弱っていて何もできなかったものだから。それで、母がよくいろいろな話をしてくれました。母は亡くなる前にこの指輪をくれて、お父さんのものだから大事にするようにと言われたんです」

「お母さまは……お父さまについて何か言ってらしたの？」

ジャックは当惑した。「たわいのない話ばかりです」

みんながジャックと伯爵夫人に注目して、話に耳を傾けていた。廊下のかすかな物音に気がついた者は一人もいない。そこへ、いきなり扉があいた。一同はびくっとして振り向く。戸口に、ピストルを手にしたリチャードが立っていた。判事と警吏のストーンを従えている。ストーンはマスケット銃をたずさえていた。三人の後ろには、気まずそうな面もちの男たちがいる。

「ほうら、見ろ、ホールジー！」リチャードは得意げに声をあげた。「ここにいると言っただろう。かくまわれているのはわかっていたんだ」

気がとがめたふうに、判事は伯爵夫人をちらりと見た。「しかしそれにしても、我々にこんな権利はないんで……」

「えい、くそ！」リチャードはいらだたしげにののしってピストルをベルトにさしこみ、ジャックをひっとらえようと歩きだした。

伯爵夫人がさっとジャックの前に立ちはだかった。青い目が怒りに燃えている。「この人に指一本ふれてはなりません！」夫人は命じた。復讐《ふくしゅう》の天使そっくりだった。「もしもこの人に危害を加えたりしたら、あなたの命はないものと思いなさい！」

その憤りのすさまじさに、全員が立ちすくんで伯爵夫人を見つめる。やがて、アレクサンドラのきびきびした声がひびいた。「お祖母《ばあ》さま、私にまかせてください」

華やかなイブニングドレス姿のアレクサンドラは、小型ピストルをまっすぐリチャードの心臓に向けている。

「よしなさい、ミスター・ストーン」ソープ卿が言った。「そのマスケット銃をかまえたが最後、あの世へ行ってもらおう」

銃を持ったストーンはソープ卿に視線を走らせた。手には銃身の長い決闘用のピストルがにぎられ、銃口はストーンを狙《ねら》っている。ストーンが視線をちょっとずらすと、ランベス卿もピストルをリチャードに向けているのが目に入った。

ランベス卿はこともなげに言った。「エクスムア、真っ先にきみが死ぬんだな。ぼくは射撃の名手だし、ソープ卿の銃の腕前も引けを取らない。その点で言えば、ソープ夫人も同様だ。なんせ、アメリカ人だからね」

「ばかな。撃てるものか。絞首刑になるぞ」

「さあね、勲章をもらうんじゃないか。いずれにしても、きみは結果を知りようがない。頭と心臓にそれぞれ一発ぶちこまれるんだから」

「エクスムア、銃を下に置け」ソープ卿が命令した。憎々しげにソープをにらみつけて、リチャードはピストルを床にほうった。

「きみもだ、ストーン」

ののしりの文句とともに、ストーンもマスケット銃をテーブルに置いた。

ホールジー判事は吐息をもらして椅子にすわりこみ、ひたいの汗をぬぐった。「やれやれ、なんてことだ」

「しっかりしてくださいよ、ヘンリー」レディ・アーシュラが判事を叱咤《しった》する。「あなたは王に任命された法律の代理人なんでしょうが。それならそれで、きちんと話を聞いたらどうなんですか」

反射的にホールジー判事は背筋を伸ばした。「はい、おっしゃるとおりです、奥さま。

しかし……なんのお話でしょうか？」

「まあ、見てらっしゃい」レディ・アーシュラは、武器を手になんとなくぐずぐずしている粗末な身なりの男たちに鋭い目を向けた。「あなたたち、なんのためにそこに立っているんですか？　今すぐ、この家から出ていきなさい」

ソープ卿の口もとがほころんだ。「そう、そのとおりだ。武器を置いて、出ていってくれ」

男たちは途方に暮れた顔で、ストーンやリチャードを見た。ランベス卿がピストルの発射装置をかちりといわせ、リチャードに言った。「リチャード、ぼくは気が短いんでね」

「わかった！」リチャードが悔しそうにどなった。「言うとおりにしろ。ストーン、やつらを連れて出ていけ」

男たちは肩をすくめて銃を下に置き、ストーンのあとからぞろぞろ出ていった。バッキーが扉をしめて、錠をかけた。「よし！　これで邪魔が入らないだろう」

ソープ卿が伯爵夫人をうながした。「では、どうぞ、続けてください。ジャックに質問していらっしゃいましたね」

伯爵夫人は席にもどった。「ジャック、さっきあなたは、子どものころお母さまからお父さまのお話を聞かされたと言ってたわね。どんなお話だったの？」

ジャックは落ちつかない様子で、リチャードをちらっと見た。「おとぎ話みたいなものです。ぼくの父が地位もお金もあって、みんなに尊敬されていたとか。そのときによって父は王だったり、王子だったり、軍人だったり、何通りもありました。とにかく母の空想物語です」

「お父さまがどうして亡くなったのかは聞いたの？」

「それも、日によっていろいろありました。戦闘で死んだとか、あるいは、裏切られたとか」ジャックの口もとを苦笑がよぎった。「だけどいずれの場合も、父は雄々しく死んだそうです」

「では、よく考えてみてね。お母さまは、お父さまがどういう方だったのか、名前なりなんなりをおっしゃらなかった？」

ジャックは困惑した面もちを伯爵夫人に向ける。「奥さま、ぼくには解せないのですが、どうしてこの指輪にそれほどの関心をお持ちなのでしょうか？　それと、母の話にも」

「ごめんなさいね、いろいろ訊いて。でも、私にとってはとても大事なことなの」

ニコラは伯爵夫人のただならぬ目の輝きや緊張した様子に気づき、レディ・アーシュラやアレクサンドラに視線を移した。二人ともジャックの受け答えに聞き入っている。そして突然、どういうことなのか悟った。驚きの声をあげそうになるのをこらえ、ジャックに目をやった。まさか、そんなことがありえるかしら？　でもそう考えれば、つじつまが合うではないか。

「わかりました」覚悟をきめたように、ジャックが話しだした。「正直なところ、母は父が誰なのかわからなかったのではないかと思います。大きくなってから、噂《うわさ》を聞きました。つまり……母はあまり品行方正じゃなかったようです」

リチャードがばかにしたように鼻を鳴らした。

頬を紅潮させて、ジャックは話を続ける。「ぼくの父親は酒場にやってくるそのへんの男と違って立派な人だと信じたいあまり、母はああいう話をつくりあげたんだと思います。もっと悪いことに――」

「もっと悪いって、どういうこと?」

「いまわのきわに、母はこんなことを言ったんです。ぼくには受け継ぐべき〝遺産〟があると。うわごとみたいにそれをくり返し、ぼくにひどいことをしたと泣きつづけていました。でも、ぼくを心から愛していると何度も言ってました。いいお母さんだったから心配しないでと母をなだめようとしたら、ぼくの身の安全のためにしたつもりだったけれど、自分のわがままだったかもしれないとも言いました。ぼくには理解できないことが多かったんですが、しまいに母が言ったのは、ぼくの父親は伯爵だということでした。母が死んでから祖母と暮らすことになり、母の言ったことについて祖母にたずねてみました。祖母には、そのことは口にしないほうがいい、と言われました。忘れたほうがいいと……」ジャックはふたたびリチャードに目をやり、視線をもどしていっきに話を終えた。「つまりぼくは、エクスムアの私生児かもしれないんです。そんなつながりは、こっちから断りたい」

「は！　あんな女を誰が相手にするというのか！」リチャードがせせら笑った。

気色ばんでつめよろうとするジャックを、ニコラがとめた。「ジャック！　やめて。あんな人はほうっておきなさい。こちらの話のほうがずっと大事なのよ」

「あなたは伯爵の息子だと、お母さまがおっしゃったのね？」伯爵夫人は急に老けこんだように見えた。

「ええ。もしかしたら、伯爵の跡継ぎだと言ったかもしれません。はっきりは憶えていないんです」

「お祖母さま！」アレクサンドラが声をあげて走りよった。「やっぱりそうよ！　間違いないわ！」

まるで初めて見るような目つきで、ジャックはアレクサンドラをじっと見つめる。その顔からみるみる血の気が引いた。

「どうしたの？」伯爵夫人が目ざとくジャックの顔色に気がついた。「あなた――」

「ああ……失礼しました。ちょっと気分が悪くなっただけです。お許しください、奥さま。この二、三時間、変な感じがするものですから」

「変な感じって？」

ジャックは眉をしかめて言葉を探した。この家に入ってから感じている奇妙な気分をなんと言いあらわせばいいのだろうか？「どう説明したらいいのかわからないんですが、気持が悪くなりそうな……それでいて幸せで、わくわくするような感じと言ったらよいか。同時に、悲しくもある……」

「今、アレクサンドラを見たときに感じたのは？」さらに伯爵夫人が訊いた。

「さあ……びっくりして衝撃を受けたというか。あのご婦人には以前にもお目にかかったことがあるのに、この部屋でお会いしたら……頭のなかでひらめくものがあったんです。でも、それが何かは説明できない」

「だったら、アーシュラを見たときは、どう感じたの？」伯爵夫人は身ぶりで娘を指した。「さっき私の娘を見て、あなたの表情が変わったのに気がついたわ。とっても妙な表情だったけれど」

ジャックは困ったような顔をした。「ばかげたことなんです」

「どんなことでもいいから、話してくださらない？」伯爵夫人はうながした。

「突然、脈絡もなくこう思ったんです。〝ぼくが壊したんじゃないよ〟と」

「え？」

ジャックは肩をすくめた。「なぜか、そう思ったんです。ぼくが壊したんじゃないと」

「何が壊れたの？」

「小さなガラスの馬です」ジャックはますます困惑している。「すみません――」口をひらきかけると、レディ・アーシュラが立ちあがってさえぎった。

「これは驚いたわ！」

みんなの視線がレディ・アーシュラに集中した。アーシュラはジャックをまじまじと見つめている。

「それは一角獣なのよ。クリスタルガラスの一角獣。赤ちゃんのために私が買ってきて、シモーヌに見せたんです。で、この部屋のテーブルにそれを置いたまま、私たちは二階にあがったの。もどってきたときには、ガラスの一角獣は壊れていた。私はてっきり、ジョンが遊んでいるうちに落っことしたのだろうと思ったの。ジョンは、自分が壊したんじゃないと何度も訴えていたわ。チルトンは……」兄の名を口にして、アーシュラは涙ぐんだ。「息子が壊してないと言うからには、絶対に壊していない。兄はそう言ってたわ」

驚きのあまり、みんな口もきけずに黙っていた。伯爵夫人は今にも気を失いそうに見える。突然、夫人の肩がふるえだし、涙があとからあとから頬を伝い落ちた。「ジョニー、あなただったのね。生きていてくれたんだわ」

興奮した声がいっせいに室内を飛びかった。アレクサンドラとマリアンヌが泣きながら抱きついてきたので、ジャックはあっけに取られている。

「でたらめだ！」リチャードがわめいた。

ジャックは言った。「ちょっと待ってください！　二人の美人に抱きつかれるのは嬉《うれ》しいが、何がなんだかさっぱりわからない」

「あなたは私のお兄さまなの！」はずんだ声でアレクサンドラが答えた。「いいえ、私たちのお兄さま。マリアンヌと私の。お兄さまは死んだとばかり思っていたけれど……」

このご婦人は頭がおかしいのではないかというように、ジャックは目を丸くしてアレクサンドラを見つめる。その視線を移すと、伯爵夫人は涙を流しながらも、このうえもなく幸せそうに見えた。「奥さま……いや、こんなこと、ありえない！」

「おやおや、初めて本当のことを言ったな」リチャードが嘲《あざけ》った。「この男がジョン・モントフォードだとは、ありえないよ、まったく。死んだやつが生き返るはずもなし。こいつは、この村の魔女と酒場の女の親子に育てられた単なるろくでなしさ。チルトン一家の噂を聞いて、あなた方の同情を引くために話をでっちあげたんですよ」

伯爵夫人はぴしゃりと言い返した。「この問題について、あなたに発言権はありません。それに、ジャックは話をでっちあげてやしませんよ。その証拠に、私たちが何を言っているのか、ジャックはさっぱりわかっていないじゃありませんか」

「しかし、奥さま……」好奇心には勝てず、ホールジー判事がおずおずと口をはさんだ。「どういうことなのか、私にもよくわからないんです。〝紳士〟は奥さまの孫だとお考えで――つまり、二十年以上前にパリで暴徒に殺されたというチルトン卿のご子息だと？」

「子どもたちは殺されはしなかったんですよ。三カ月ほど前に、マリアンヌが私の孫娘だとわかったでしょう。お忘れになった？　バックミンスター卿のお宅でパーティがあったあとのことよ」

「パーティでの騒ぎは憶えております。そのあともいろいろありましたね。しかし、ご子息は亡くなったというお話でしたが」

「そう思いこんでいただけだったの。私たちみんなの思い違いだったんです。あなたは憶えていらっしゃらないかもしれないけれど、私の息子チルトンは、ジョンが二つくらいのときからこの家に暮らしていたのよ。ジョンはここに五年も住んでいました。ここがジョンのおうちだったの。アーシュラが話したように、ジョンがガラスの一角獣を壊したかどうかについて、この部屋で家族がちょっと言いあったんです。あとになってから、そそっかしい召使いが落っことしたのがわかったけれど」伯爵夫人は声をふるわせながらも続けた。「で、みんなも聞いていたように、ジャックはその出来事を憶えていたのよ」

またしても、リチャードが鼻で笑った。「誰かに教わったんでしょうよ。芝居がうまいということ以外には、なんの証明にもならない」

「これが証拠です！」伯爵夫人は、ニコラから渡された指輪をかかげた。「リチャード、あなたも見覚えがあるでしょう？　モントフォード家伝来の指輪です」夫人はジャックに言った。「これは私の息子のものだったのよ。モントフォード家に代々受け継がれた指輪で、爵位の継承者が身につけるしきたりになっているの。継承者は息子のチルトンでした。チルトンが亡くなった今、この指輪は孫であるあなたのものです」

「しかし、そんなことがありえるんでしょうか——ぼくがあなたの孫とは？　ぼくの母は旅籠《はたご》の居酒屋で働いていた女でした」

「ごめんなさいね。私たちの説明が足りなかったわ」アレクサンドラがジャックに事のてんまつを話してきかせた。伯爵夫人の息子チルトン卿一家は二十年以上前のフランス革命に巻きこまれ、家族全員が殺されたと伝えられた。ところが最近になってから、三人の子どもたちは実は動乱のパリをひそかに脱出していたことが判明した。チルトン卿夫人の友達リーア・ウォードが子どもたちを無事にロンドンに連れて帰り、エクスムア伯爵夫人の屋敷に送っていった。だが、夫人にはその事実も知らされずに、追い返された。

マリアンヌもつけ加えた。「跡継ぎの長男をはじめとして遺児たちがあらわれるのを妨害するために、リチャードがたくらんだことなんです。私を孤児院に連れていった男は必ずしも悪人ではなかったけれど、リチャードに強制されてやるしかなかったようだわ」

「でたらめだ！」リチャードがわめいた。マリアンヌたちにつめよろうとするのを、ソープ卿がピストルで制止した。「そんな中傷を続けるなら、こっちにも——」

「事実だから、中傷ではない」ランベス卿がはねつける。

「事実だという証拠は何もないじゃないか」

伯爵夫人は言った。「当時うちに同居していたウィラにマリアンヌとジョンを渡したと、ミセス・ウォードがはっきり証言していましたよ」

「狂人と死んだ女の言うことなんかあてになるもんか」

アレクサンドラが憤然として抗議した。「リーア・ウォードは狂人なんかじゃありません！」

「きみに不利な証言ができる人間がみんな死んでしまうとは、なんと都合がいいじゃないか」ランベス卿が指摘した。「ミスター・フュークェイも口を割らせる前に死んでしまった――きみの手にかかって」

デボラがいるあたりから小さなあえぎ声が聞こえたが、夫もふくめ、誰一人気がつかなかった。リチャードは目をむいて、くり返している。「でたらめだ。なんの証拠もない」

「宝石類はどうしたの？」ペネロピが不意に発言したので、一同びっくりした。

「え、何？」マリアンヌは訊き返す。

「お母さまが子どもたちをミセス・ウォードに託したとき、宝石類もあずけたそうじゃない？　憶えてるでしょう？　モントフォード家に伝わる宝飾品や、チルトン卿がシモーヌ伯母さまに贈った装身具よ」

「そうそう」アレクサンドラの目が光った。「チルトン卿夫人からあずかった宝飾品もウィラに手渡したと、母は言っていたわ。おそらくウィラはそれもすべてリチャードに渡したのでしょう」

「その宝石類をリチャードが持っているなら、子どもたちをウィラから受けとった証拠になるじゃないか」ソープ卿は妻にたずねた。「アレクサンドラ、どんな品物だったのかわかる？」

伯爵夫人が代わって答えた。「サファイアのペンダント。チルトンがいつシモーヌに贈ったのかも憶えています。ダイアモンドのチョーカー。四代目の伯爵から受け継いできた、大粒で、すばらしい光沢のある真珠のネックレス。エメラルドのブローチ……それから、黒玉のイヤリング」

「トパーズの指輪」突然、デボラが立ちあがった。みんないっせいにデボラのほうを振り向く。「ルビーの装身具一式もでしょう？　それと、青と金の七宝のブレスレットも？」

レディ・アーシュラが驚きの声をあげる。「それ、みんなシモーヌのものよ。どうして知ってるの？」

「私がこの目で見たからです」デボラはまっすぐ夫を見すえた。「ある晩、あなたは宝飾品を取りだして見ていたわ。私は二階で眠っているものと思ったのでしょうが、寝てなかったんです。あなたが品物を一つ一つ眺めてから金庫にしまうのを、私はこっそり見ていました。それらはなんだろうと思い、のちにあなたがロンドンに行っているあいだに、金庫から出して見たんです」

「黙れ、デボラ！　ばかなことを言うんじゃない！」リチャードは妻をどなりつけた。

「私はばかじゃないわ。あなたはいつも私をばか扱いしてきたけれど。頭が悪い私には金庫のありかや鍵《かぎ》の隠し場所もわからないだろうと、たかをくってたでしょう。でも、私は知っていました。ほかにもいろいろ見て知ってるわ。あの日、金庫をあけてみると、美しい宝飾品がいっぱい入っていました。それらを私にくださるでもなし、身につけることも許さなかったのはどうしてだろうと疑問に思ったわ。今になって、その理由がやっと――」

リチャードは顔面蒼白《そうはく》になって、力なくつぶやいた。「なんの証拠にもならない」

アレクサンドラが厳しく言い返した。「私の母が言ったことが正しいという証拠じゃありませんか。子どもたちと宝石類をあなたに渡したというウィラの話も事実だったわ」

「私を殺すようにミスター・フュークェイに指示したのも、リチャード、あなたでしょう」マリアンヌもリチャードを責めた。「だけど、フュークェイはそれほどの度胸がなかった。ジョンのことも殺すように言われたのでしょうけれど、死にそうなほど重い病気だったので誰かに渡した。運命の手にゆだねることで、責任を逃れたかったのかもしれません。フュークェイがジョンをジャックのお母さまにあずけたとしたら？　ジャックを育てた女の人のことよ」

「それにしても……」ジャックは両手で髪をかきあげ、混乱した面もちで口ごもった。

ニコラがジャックの腕に手をかけた。「でもそう考えれば、つじつまが合うじゃない。伯爵夫人のお孫さんと同じような時期に、あなたも病気だった。高熱のせいで記憶が失われてしまったのでしょう。あるいは、思いだすにはあまりに恐ろしい経験をしたためかもしれないわ。だから病気のあとのことしか憶えていないのよ。それでも、今夜ここに来て奇妙な感じがしたのは潜在意識がはたらいたのだと思うの。屋根裏部屋や子ども部屋がどこにあるか、教わらなくてもあなたはわかっていたでしょう。それも当然よ。ここはかつてあなたのおうちだったのですもの。あなたのお母さま……ヘレンは、病気のあなたをフユークエイから渡されて、自分のお母さまのところに連れていったにちがいないわ。そんなに重い病気にかかった子どもを治せるのは、ローズおばあさんしかいないことがわかってらしたから。で、おばあさんは見事にあなたの病気を治したのよ」

「しかし、ぼくの病気が治ったことがわかったら、そのフユークエイという男かエクスムアがまた捕まえに来たはずだろう」

アレクサンドラが代わりに推測した。「あなたは死んだというヘレンの話を信じたのでしょう。フユークエイは何か危ないことをたくらんでいるのではないかと、ヘレンは疑ったと思うの。だって、独身の紳士が重病の子どもを人に押しつけに来るなんて、なんだか変でしょう？　もしかしたら、あなたがどこのお坊っちゃんかも見当をつけていたのかもしれません。狭い村のことですもの。前に見かけて知っていたことも考えられるし。ヘレンは、リチャードがどういう人物かもわかっていたにちがいないわ。ひょっとしたらフュークェイは、子どもを亡き者にするようにリチャードに指示されたと、ヘレンに打ち明けていたかもしれないでしょう。あなたを助けるためには、〝子どもは病気で死んだ〟と言うのがいちばんいいと考えたのよ」

「だから、ヘレンは引っ越したのね」ニコラが言った。「リチャードに疑われるのを恐れて、あなたが元気になりしだい、ローズおばあさんの家を離れたのでしょう。どうして遠くへ移ったのか腑《ふ》に落ちなかったけれど、やっと理由がわかったわ」

「だとしたらなぜ母はぼくを伯爵夫人のところへ連れていって、説明しなかったんだろうか？　そのほうがずっと手っとり早いのに」

今度はマリアンヌが話した。「貧しくてロンドンへ行くお金もなかったのかもしれないわ。それに、エクスムアが怖くて伯爵夫人をじかに訪ねることなんかできなかったんじゃないかしら。そんなことをしたら、たちまち見つかって危害を加えられると思ったかもしれない。ヘレンにとっては、あなたを連れて身を隠すのが精いっぱいだったのでしょう」

「それと、ヘレンはあなたがかわいくて手放したくなかったんじゃないかと思うの」ニコラがしみじみと言った。「さっきあなたは、亡くなる前にヘレンが自分のわがままであなたにひどいことをしたと泣いていたと、話してらしたでしょう？　それから、ホワイト・レディ滝で私とあなたが会っているのを見つけたときのエクスムアの反応を憶えてる？」

ニコラはリチャードを見すえた。「私は最初は、あなたが嫉妬《しっと》にかられていると思っていたわ。でもただならぬ剣幕で怒り狂ったのは、私が鎖で首につるしていたギルの指輪を見たときだった。あなたはいきなり指輪をもぎとってほうり投げたわね。あのときあなたは、彼が誰なのか悟った。そうでしょう？　ギルを崖《がけ》から突き落として殺そうとした本当の理由はそれなのよ。だけど生きていることがわかると、力ずくで海軍にぶちこんだ。そうしておけば、死にはしなくてもダートムアには二度ともどってこられないと考えたからでしょう。ところが、今……」ニコラの口もとを蔑《さげす》みの微笑がよぎる。「ジャックはこうして自由の身になっている。内心、あなたはあわてふためいていることでしょうね。あれほど執念深くジャックを捕まえて絞首刑にしようとしたのも失敗してしまったんですもの」

「馬丁がその指輪を持ってたからといって、誰があわてるものか。そんなもの、なんの証拠にもならない」

「そうかしら？　だったらなぜ、私の部屋に忍びこんで指輪を捜そうとしたんですか？」

「いったいなんの話か、さっぱりわからないね」

「よくご存じのくせに。タイディングズに着いてすぐのある晩、私が寝ているところに何者かが侵入してきた事件を忘れているはずはないでしょう。おかしなことに、その侵入者は鏡台をひっかきまわしていたわ。あれは、あなただったのよ。指輪を捜していたんです。犯人はあなたではないかと、私はずっと疑っていた。あなたはジャックだと言い張ったけれど、私はそうじゃないと思っていたわ。忍びこんだ男の背丈も体つきもあなたにそっくりだったし、どの部屋にもあなたなら容易に入れるし。ただ、なんのためにそんなことをしたのか、動機がわからなかった。だけど今になって、はっきりしたわ。私が指輪を首からつるしているのにどこかで気がついて、寝室から盗みだそうとしたんです。でも、見つかるはずがない。肌身離さずいつもつけているんですもの」

「そんな指輪、なんてことない」この期に及んでもなお、リチャードは強弁を試みようとする。「どこにでも転がってるものさ。仮にモントフォード家伝来の貴重な指輪だとしても、それを持っている男がチルトンの息子だという証明にはならない。法廷で持ちこたえられるようなことは何も言ってないじゃないか」

「そうでしょうか？」伯爵夫人がさっと立った。悠然とほほえんでいる。「でもこの事実なら、持ちこたえられると思いますよ。ジョン・モントフォードには生まれつきのあざがあるんです。このことは系図にも記録されていますよ。ジョンの背中には三日月のような形の茶色のあざがあって、場所は右の肩胛骨《けんこう》のあたりです。そのあざがジャックにあれば、ジョンであることが確認できます」夫人はジャックに近づいた。「ごめんなさいね。シャツをぬいでいただきたいの」

ジャックは心底びっくりした様子で伯爵夫人を見つめ、向きを変えてシャツをぬいだ。広い背中の右の肩胛骨には、夫人が言ったとおり、三日月形の小さなあざがある。

「これは驚いた！」ホールジー判事が感嘆の声をあげた。

「ジョン！」伯爵夫人の目に涙があふれる。「ああ、ジョニー、やっと帰ってきてくれたのね」夫人は片手を伸ばして、ジャックの頬にふれた。

一同の視線が伯爵夫人とジャックに注がれているすきにリチャードは身をひるがえし、判事を突きのけて戸口へ走った。ランベスがぱっと振り向き、ピストルをかまえる。だが早くもジャックは、野生動物のような叫び声とともにリチャードに飛びかかっていった。

二人の男は床に転がり、取っ組みあいになった。テーブルや椅子にぶつかったり物をはね飛ばしたりしながら、猛然となぐりあっている。まずリチャードがよろよろと立ちあがり、ジャックのわき腹を蹴《け》った。ジャックは負けじと手を伸ばしてリチャードの足首をつかみ、床に引き倒した。そして起きあがるすきを与えず、リチャードのあごに一撃を食らわす。リチャードはぐったりした。

ジャックは息づかい荒く立ちあがった。ニコラが駆けよった。「だいじょうぶ？」

「うん、だいじょうぶ」

それでもニコラは心配そうにジャックの傷を調べ、そのあいまにキスをしたり抱きしめたりした。ようやく二人は伯爵夫人のほうへもどりかけた。

みんな口々にしゃべりだし、ジャックとニコラに目を向けていたので、床に倒れたリチャードが身動きしたのに誰も気づかなかった。リチャードは顔をあげ、あたりを見まわしている。その視線は、ニコラと手をにぎりあって歩いているジャックの背中にぴたりととまった。リチャードの顔は憎悪で醜くゆがみ、のどの奥からうなり声がもれた。リチャードはそっと立ちあがり、テーブルにほうりだしてあったアレクサンドラのピストルに走りよった。

リチャードの動きを見つけたペネロピが悲鳴をあげた。ジャックとニコラをはじめとして、一同はいっせいに振り向いた。リチャードの手からピストルを奪うには離れすぎていたが、すぐさまソープ卿とランベス卿が駆けよった。リチャードとジャックはにらみあっている。身のすくむ一瞬だった。リチャードはピストルをかまえ、狙いを定めた。

発射音が鳴りひびいた。がくりと後ろによろめいたのは、リチャードだった。驚愕《きょうがく》の表情を浮かべている。白いシャツの胸のあたりがみるみる赤く染まった。リチャードは床にくずおれ、動かなくなった。みんなが振り返ると、ほっそりと背が高く姿のよい伯爵夫人がすっくと立っていた。その手にはソープ卿のピストルがにぎられている。

「地獄で朽ち果てなさい」伯爵夫人は静かに言って、ピストルを床に落とした。

エピローグ

ニコラはペネロピのベールを手でふくらませ、後ろへさがってできばえを眺めた。「あなた、すごくきれい」

「ありがとう」ペネロピはほほえんだ。

二人はマリアンヌを見た。婚礼衣装をまとったマリアンヌも、まばゆいほど美しい。アレクサンドラが目に涙をためて、姉のベールをととのえている。アレクサンドラはニコラに笑顔を向けた。

「二カ月先には、私たちがあなたに同じことをしてさしあげるわ。すてきじゃない？　みんな姉妹になるなんて」

マリアンヌが感慨深げに言った。「ほんの二、三カ月前まで、私には家族がいなかったのよ。それが今は、お祖母《ばあ》さま、お兄さまと妹、いとこや叔母さまたちがいて……もうすぐ義理のお姉さまも持てるとは」ニコラの両手をにぎる。「私、本当に幸せ」

「私も」

リチャードが死んでから一カ月たち、そのあいだに状況はがらりと変わった。ジャックに対する告発は取りさげられた。告発者が死亡したうえ、略奪した金品は本来はジャック自身のものであるから罪にならないと見なされたのだ。

ジャックは伯爵夫人やアーシュラとともに、タイディングズの屋敷で暮らしている。アーシュラは、二カ月先のジャックとニコラの結婚式までとどまる予定だ。この一カ月ほどジャックは、リチャードに虐げられてきたエクスムアの領地の小作人や労働者の待遇改善のために努力した。すべてをあるべき姿にもどすにはまだ時間がかかるだろう。だがジャックはその課題を楽しんで進めているし、地域の人々にも慕われていた。ペリーたちを呼びもどして、タイディングズで合法的な仕事につかせることにした。ペリーは鉱山の管理を担当している。

「地獄から天国にのぼったような気分です」このあいだニコラが村にリューマチに効く薬草湯を持っていったとき、メイディ・トンプスンに言われた言葉だ。

ニコラは一人ほほえむ。私にとっても、この一カ月は地獄から天国にのぼったようなものだ。十年前に失った恋人がもどってくるとは夢にも思っていなかったので、それこそ天にものぼる心地だった。まもなくジャックと結婚して、心温かい家族の一員になる。このうえもなく幸せな人生が待っている。

花嫁たちの着つけを見守っていた伯爵夫人が声をかけた。「二人とも、とってもすてきよ。これ以上、何も言うことなしという気持。今日こうして、二人の孫娘が結婚するのを見られるとは。こんなにも長い年月がたってからあなたたちが帰ってくるなんて……」夫人は涙ぐんだ。

ニコラは思い返した。リチャードを撃ったことについて、伯爵夫人は遺憾の言葉を一言も発していない。少なくとも、ニコラが聞いた限りでは。おそらく今後も口にすることはないだろう。

実のところ、リチャードの死を悼んだ人はほとんどいなかった。デボラだけはリチャードを愛していたとはいうものの、悲しみは薄れてきたようだ。それればかりでなく、威圧的な夫から解放されたデボラは、これまで見せたことのない華やぎをただよわせはじめた。ニコラはひそかに、ジャックの仲間のペリーが足しげくデボラを訪ねるせいではないかと思っている。それともう一つ。いよいよ臨月に近づいてきて、今度こそは赤ちゃんを産めそうだと、妹が明るい気持になっているのも理由の一つかもしれない。昔の乳母に来てもらったのがよかったと、ニコラは喜んでいる。

「さあ、まいりましょう」アーシュラ叔母がせかせかと入ってきた。「馬車が待っていますよ。今ごろ教会は満員でしょう」

女性たちはタイディングズの寝室で婚礼のための衣装に着替え、村の教会に馬車で行くことになっていた。みんなで階段をおり、正面玄関に向かった。

階段の下で待ち受けていたジャックが、女性たちに優雅なおじぎを捧《ささ》げた。「こんなに美女ばかりそろった家族って、世界中を探してもいるだろうか。なかでもお祖母さまが最高だ」

「なんてお口がうまいこと」伯爵夫人はジャックの頬を軽くつねって笑った。「あなたは女性にもてるだろうと、昔からわかってたわ」

伯爵夫人は娘や孫娘たちと一緒に、ジャックのそばを通りすぎた。ジャックはニコラにいとおしげにほほえみかけ、手を取って唇へ持っていった。

「二カ月も待てるのか、ぼくは自信がないよ」ジャックはニコラの手のひらにキスし、耳もとでささやいた。「もう片時も離れたくないんだ。夜はきみと一緒に寝て、朝はきみのかたわらで目覚めたい」

「私もまったく同じよ」ニコラは声をつまらせる。「でも、これからの生涯、ずうっとそうできるのだから」

「うん、楽しみにしてる」ジャックはかがんで口づけした。

いつものようにニコラはジャックの胸に身をあずけ、接吻《せっぷん》の喜びにひたった。やっとジャックが顔をあげ、きらきら光るニコラの目を見おろした。

「突然、伯爵になったり、本当の家族に会えたり、ここに来てからぼくの身の上に起きたことはみんなすばらしいと思う」ジャックのまなざしは真剣そのものだった。「でもそれより何より幸せなのは、またきみの愛を取りもどせたこと」

「出発の時間ですよ！」玄関でレディ・アーシュラが声を張りあげた。

ジャックとニコラは顔を見あわせて笑い、手に手を取って歩きだした。

訳者あとがき

モントフォード家の遺児兄妹《きょうだい》の数奇な運命をたどる三部作の完結編は、長男ジョンの物語です。

二〇〇五年四月発行の第二巻『盗まれたエピローグ』のヒロイン、マリアンヌは泥棒をなりわいとしていましたが、兄ジョンも同じく無法の世界に生きる追いはぎ団の首領です。といっても、ただの盗賊ではありません。極悪非道の領主から奪った金を貧しい人々に分け与える義賊として、村人に慕われてさえいました。義賊といえば、英国にはかの有名なロビン・フッドがいます。ロビン・フッドは十二世紀ごろ、イングランド中部のノッティンガムシャーにあったシャーウッドの森に住み、得意の弓を用いて貴族や金持ちから略奪しては貧乏人に施したと言われています。仲間とともに緑色の服を身にまとい、〝悪を懲らしめる人民の友〟と称して活躍した伝説的英雄です。多くの詩や小説、戯曲の題材になっている点では、我が国の鼠《ねずみ》小僧といったところでしょうか。江戸末期に武家屋敷のみ襲って盗んだ金を貧しい庶民に配ったという義賊、鼠小僧次郎吉は、ちょうどこの物語と同時代の一八三二年に処刑されました。

追いはぎ〝紳士〟ジャック・ムーアことジョンが伝説上の英雄ロビン・フッドのような存在ならば、ヒロインのニコラ・ファルコートは、さしずめ現代のボランティア活動家になぞらえられるでしょう。ニコラは、与謝野鉄幹のうたう〝妻をめとらば才たけて顔《みめ》うるわしく情けある〟を絵に描《か》いたような女性です。そのうえ、この時代の貴族の令嬢にしてはまことに珍しい実践的な平等主義者だったので、社交界ではもっぱら変わり者扱いされています。ロンドン東部の虐げられた女性たちのための〝ホーム〟をつくるニコラの活動は、教会を通じて行われた上流婦人のいわゆる〝慈悲深い〟奉仕を超えたものでした。

この三部作に限らず、キャンディス・キャンプ作品に登場するヒロインたちは、意識してかどうかは別として、フェミニスト的な生き方をしています。英国で女性の解放、男女同権をめざすフェミニズムの運動がはじまったのは、十九世紀後半、ヴィクトリア女王在位中のことです。けれどもそれに先立つ十九世紀初め、ちょうどこの物語の時代のころにはすでに、女性解放思想が芽生えていました。性別や身分、貧富の差が人間の価値をきめるかのような考え方はばからしいと言いきるニコラは、時代の尖端《せんたん》を行く〝翔《と》んでる女〟だったのです。

それに比べれば、生まれながらに優遇されている紳士連の意識の遅れていること。例えば、第二巻のヒロイン、マリアンヌに〝愛人になってください〟と申しこんだジャスティン・ランベスの言い分などは、男の身勝手さを如実にあらわしています。とはいえ、三人の紳士たちはいずれも、因習や社会通念にとらわれない〝じゃじゃ馬〟を人生の伴侶《はんりょ》に得て、苦笑しながらも感化されていくものと思われます。

この波瀾《はらん》に富んだ歴史ロマン三部作、いかがでしたか。ご愛読ありがとうございました。

二〇〇五年七月

細郷妙子

〈参考文献〉『イギリス近代フェミニズム運動の歴史像』河村貞枝・明石書店刊

訳者　細郷妙子

東京外国語大学英米科卒。外資系企業勤務ののち、ロンドンで宝石デザインを学ぶ。創刊当初よりハーレクイン社のシリーズロマンスを翻訳。主な訳書に、キャンディス・キャンプ『黒い瞳のエトランゼ』『盗まれたエピローグ』、ペニー・ジョーダン『パワー・プレイ』、ジェイン・A・クレンツ『運命のいたずら』(以上、MIRA文庫)がある。

運命のモントフォード家 III

追憶のフィナーレ

2005年11月15日発行　第1刷

著　　者／キャンディス・キャンプ

訳　　者／細郷妙子（さいごう　たえこ）

発 行 人／スティーブン・マイルズ

発 行 所／株式会社 ハーレクイン

東京都千代田区内神田 1-14-6

電話／03-3292-8091（営業）

03-3292-8457（読者サービス係）

印刷・製本／凸版印刷株式会社

装 幀 者／松岡尚武、坂本知恵子

ISBN4-596-91154-1

MIRA文庫

MIRA文庫

エレイン・コフマン
村井　愛　訳

令嬢マレーザの運命

母の命と引き替えに生まれたマレーザは、父から疎まれ、孤独な環境で育った。愛を知らない少女がたどる数奇な運命とは…。『ある騎士の肖像』関連作。

エレイン・コフマン
村井　愛　訳

ある騎士の肖像

19世紀初頭、動乱のイタリアで一途な愛を貫く男女の姿があった。NYタイムズ・ベストセラー作家が精細なタッチで綴る傑出ヒストリカル・ロマンス。

ナーン・ライアン
小林令子　訳

忘れえぬ嵐

19世紀、沈みゆく船の中で伯爵令嬢は選んだ。婚約者ではなく、傲慢で危険な男を…。ヒストリカルの名手ナーン・ライアンが奏でる魅惑の調べ。

スーザン・ウィッグス
岡　聖子　訳

孤島の囚人

19世紀、シカゴ大火災の混乱の中で誘拐された令嬢デボラ。そして冬、凍てつく寒さの孤島に、たった一人残された。そこには予期せぬ運命の愛が…。

スーザン・ウィッグス
岡　聖子　訳

炎の誓約

上流社会に憧れるお付き娘のキャスリーンと欧州帰りの御曹司。恋に落ちた二人の行く手に、シカゴ大火が燃え上がる——大人気『孤島の囚人』続編。

スーザン・ウィッグス
岡　聖子　訳

永遠の絆

一目で縁を感じた変わり者の令嬢と実業家だったが、男には美しい妻がいて…。シカゴ大火が生んだ歴史超大作『孤島の囚人』『炎の誓約』に続く最終話。

MIRA文庫

キャンディス・キャンプ
細郷妙子 訳

ときめきの宝石箱

19世紀初頭のイギリスで、家名存続のため古い地図を手がかりに財宝を手に入れようと思い立ったお嬢様。仇敵と力を合わせて探すうち…。スリル満点の恋物語。

キャンディス・キャンプ
細郷妙子 訳

偽りのエンゲージ

19世紀イギリス、令嬢カミラは出会ったばかりの謎の男と偽装婚約。殺人事件、密輸団との出会い…。大冒険の中、愛は謎とともに深まっていく?!

キャンディス・キャンプ
細郷妙子 訳

初恋のラビリンス

使用人との恋仲を引き裂かれ嫁がされた没落貴族の娘アンジェラ。13年後、離婚した彼女の次の政略結婚の相手は、瞳に憎しみをたたえた初恋の人だった。

キャンディス・キャンプ
細郷妙子 訳

令嬢とスキャンダル

ヴィクトリア時代のイギリス。令嬢プリシラの家に記憶を失った若い男が助けを求めて転がり込んだ。その日から、彼女の恋と冒険の日々が始まった!

キャンディス・キャンプ
細郷妙子 訳

裸足の伯爵夫人

19世紀のロンドンで、おてんば令嬢チャリティが妻殺しと噂されるデュア伯爵に逆プロポーズ! この結婚のメリットを懸命に語る彼女に、伯爵は…。